Helen Paris

Lynnwood Falls – Sommer der Liebe

Über die Autorin

Helen Paris liebt das Abtauchen in fremde Welten, ob virtuell in Geschichten oder auf ihren Reisen rund um den Globus. Seit knapp zwanzig Jahren lebt sie mit ihrem Mann zeitweise auf ihrem Segelkatamaran und ist auf allen Weltmeeren unterwegs. Eine halbjährige Reise quer durch Nordamerika mit Schiff und Wohnmobil hat ihre Liebe zu diesem vielseitigen Kontinent geweckt.

Helen Paris

Lynnwood Falls – Sommer der Liebe

Für Dorothea

Ich wünsche dir eine wundervolle Zeit in Lynnwood Falls.
Es ist so schön, dich als meine liebe Kollegin zu haben!
Gute Unterhaltung wünscht Helen Paris

Juli 2021

lübbe

FSC
www.fsc.org
MIX
Papier aus verantwortungsvollen Quellen
FSC® C014496

Dieser Titel ist auch als E-Book erschienen

Vollständige Taschenbuchausgabe
der bei Bastei Lübbe erschienenen E-Book-Ausgabe

Umschlagmotive: © iStockphoto: PeopleImages;
© shutterstock: icealien | tomertu | Tanya Sun
Umschlaggestaltung: Sandra Taufer, München
Satz: 3w+p GmbH, Rimpar (www.3wplusp.de)
Gesetzt aus der Palatino
Druck und Verarbeitung: GGP Media GmbH, Pößneck
Printed in Germany
ISBN 978-3-404-18385-2

5 4 3 2 1

Dieses Buch enthält eine Leseprobe des in der Bastei Lübbe AG erschienenen
eBooks »Healing Hearts – Für immer in deinem Herzen«
von Annabell Nolan.

Kapitel 1

Hope

New York

Die Wirkung der Narkose ließ allmählich nach. Die großen Ohren der Französischen Bulldogge bewegten sich leicht, als Hope sich zu ihr hinunterbeugte, ihren massigen Hals kraulte und ihr zuraunte: »So, jetzt hast du es geschafft, meine Gute. Nun müssen wir nur noch sehen, wie wir deiner Mummy möglichst schonend beibringen, dass sie dich vernünftiger ernähren soll.«

Hope sah auf die Uhr, die kurz vor halb drei anzeigte, und nickte ihrer TFA Lara, der Tiermedizinischen Fachangestellten, zu, um deren Mundwinkel ein Schmunzeln zuckte. »Der Venenkatheter kann gezogen werden. Und geben Sie bitte Mrs Carrington Bescheid, dass sie ab circa fünfzehn Uhr vorbeikommen kann, wann immer es ihr zeitlich passt. Lassen Sie mich bitte informieren, wenn sie unten am Eingang ist.«

Lara lächelte. »In Ordnung, Doktor Archer.«

Hope blieb somit noch genug Zeit, sich die Ergebnisse der zurückliegenden Kernspintomografie anzusehen und sich den Papieren auf ihrem Schreibtisch zu widmen. Das Quietschen ihrer Sohlen auf dem schieferfarbenen Linoleum übertönte die dezenten Klassikklänge, die aus den verborgenen Lautsprechern drangen, als sie den Gang in Richtung ihres Büros hinuntereilte. Von irgendwoher zog Kaffeeduft zu ihr herüber. Genießerisch hob sie die Nase und sog den Geruch ein. Sie könnte jetzt auch einen Kaffee gebrauchen.

Sie bat ihre Sekretärin um einen Cappuccino und schloss die Bürotür hinter sich. Die makellosen weißen Möbel wurden vom hereinfallenden Sonnenlicht in einen hellen Schein getaucht. Heute war ein herrlicher Tag, endlich war das Wetter dem Mai würdig.

Hope trat ans Fenster. Nicht nur hier drin wirkte durch die elegante Einrichtung alles hell und freundlich, auch draußen schimmerte der nördliche Central Park wie frisch gewaschen nach dem Dauerregen der letzten Wochen. Hope riss sich nur widerwillig von dem Anblick des sonnigen Tages los und ließ sich in das weiche, weiße Leder des Bürostuhls sinken. Sie kippte ihn nach hinten und schloss für einen Moment die Augen.

Der Vormittag war anstrengend gewesen, vor allem die Operation am Kreuzband einer Bordeaux Dogge. Nur schwerlich widerstand Hope der Versuchung, die Füße auf den gläsernen Schreibtisch zu legen, doch ihr Kaffee wurde sicherlich gleich gebracht. Resolut setzte sie sich auf, es gab genug zu tun. Sie zog das Smartphone aus der Hosentasche. Ihre Uhr, die mit dem Telefon verbunden war, hatte vorhin einen Anruf vermerkt, als keine Zeit gewesen war, sich darum zu kümmern. Vielleicht hatte Colin sich gemeldet? Doch das Display zeigte nicht die Nummer ihres Freundes, sondern einen verpassten Anruf ihrer Mutter an.

Kurz überlegte sie, den Rückruf auf den Abend zu verschieben, aber vielleicht war es wichtig. Normalerweise rief ihre Mutter sie tagsüber nur in seltenen Fällen an. Unruhe überkam Hope, und sie drückte die Rückruftaste.

Mary Archer nahm direkt beim ersten Läuten ab, als hätte sie am Telefon gesessen. Was gut möglich war. Die Tierarztpraxis ihrer Eltern war schließlich quasi dauerhaft besetzt.

»Sweetheart! Wie schön, dass du anrufst!« Ihre Mutter klang auch mit fünfundfünfzig noch wie ein junges Mädchen, und die Freude war ihrer Stimme deutlich anzuhören. Wenigstens war sie wohl nicht besorgt! Erleichterung durchflutete Hope.

»Hi, Mom! Ich hatte gesehen, dass du versucht hast, mich zu erreichen. Gibt‘s etwas Wichtiges?«

Ihre Mutter lachte, doch in der Fröhlichkeit schwang ein Unterton mit, den Hope nicht deuten konnte. »Muss es etwas Wichtiges geben, damit ich mich bei meiner Tochter melden darf?«, fragte sie in gutmütigem Spott.

»Nun ja, du rufst sonst selten bei der Arbeit an.« Hope versuchte, mit einem Lachen den leichten Vorwurf zu kaschieren, den sie selbst heraushörte.

»Oh, du arbeitest am Samstag? Gab es einen Notfall?«

Hope schob unwillig die Unterlippe vor. Glaubte ihre Mutter denn, es wäre das Privileg einer Landarztpraxis wie der ihrigen, Tag und Nacht erreichbar zu sein? Hätte ihre Tochter auf einem *Nine-to-five-Job* beharrt, wäre sie nicht mit dreißig Jahren zur Leiterin der Orthopädie-Abteilung in einer der renommiertesten Tierkliniken im gesamten Nordosten der Vereinigten Staaten ernannt worden. Ansässig in der Upper East Side in New York – das musste man sich mal auf der Zunge zergehen lassen! Auch sie musste hart für den Erfolg arbeiten. Das zahlte sich schließlich aus; ihr Name wurde bereits lobend in Fachzeitschriften erwähnt. Dr. Hope Archer war jemand, über den man sprach! Doch das sagte sie besser nicht.

»Einen Notfall?«, echote sie stattdessen.

Waren Haltungsschäden eines Löwenäffchens, hervorgerufen dadurch, dass der Schneider seine Weste zu eng genäht hatte, wirklich dringlich? Oder die schiefe Gangart eines Chihuahuas, weil seine Krallen durch das ständige Herumtragen im Täschchen zu lang waren? War die Französische Bulldogge ein Notfall, nur weil ihre Besitzerin Mrs Carrington gerade heute von ihrem Wohnsitz aus Long Island vorbeikam, um sie untersuchen zu lassen? Weil sie samstags immer in der dem

Klinikum angrenzenden Fifth Avenue einkaufen ging und ihren Liebling nicht allein in der Obhut der Hundesitterin zur Untersuchung schicken wollte, da sie selbst später die Ergebnisse besprechen wollte?

»Ich hatte heute Morgen eine OP«, murmelte Hope schließlich, ohne zu erwähnen, dass es ein Kreuzband gewesen war, das im Grunde nicht so dringlich gewesen wäre, dass es am Samstag hätte operiert werden müssen. Aber sie hatte sich nach den Terminen der finanzstarken Besitzer zu richten, da kamen Ausnahmen durchaus vor. So nahe sie sich standen und obwohl sie von ihren Eltern nie einen Vorwurf gehört hatte – ja, die beiden ermunterten sie sogar zu ihrer Karriere –, so spürte sie doch instinktiv, dass es ihnen lieber gewesen wäre, wenn sie in die elterliche Praxis eingestiegen wäre, wie ursprünglich zu Beginn ihres Veterinärmedizin-Studiums geplant.

Bevor ihre Mutter näher darauf eingehen und sie nach ihren Fällen fragen konnte, setzte Hope schnell hinzu: »Wie läuft es bei euch? Was macht Pops?«

»Der alte Hank hat eine trächtige Elchkuh angefahren. Dein Vater und Ryan sind noch dort. Ich denke, sie mussten das Kalb holen.«

»Ach, herrje!«, gab Hope bestürzt zurück und redete sich ein, dass ihr Herzschlag sich durch den Gedanken an das Unglück beschleunigt hatte und nicht durch Erwähnung ihres Ex-Freundes. Der nun an ihrer statt in die Praxis ihrer Eltern eingestiegen war. *Ryan.* Ihre Jugendliebe. Ihr erster richtiger Freund. Unwillkürlich vermeinte sie, den Duft nach Kiefern zu riechen, spürte den weichen Waldboden in ihrem Rücken, hörte das sanfte Murmeln des Williams Creek und das Rauschen des Windes in den Bäumen. Sah Ryans zerzauste kastanienbraune Haare und das übermütige Grinsen vor sich, das ihm stets einen verschmitzten Ausdruck verlieh und seine dunklen Augen zum Funkeln brachte. Sah die tiefe Zuneigung in seinem Blick, als er sich zu ihr hinunterbeugte …

»Weißt du schon mehr über die Elche?«, warf sie schnell ein und fragte sich, warum bei Gesprächen mit ihrer Mutter stets sämtliche Überlegungen über ihr Leben über sie hereinbrachen.

»Nein, ich werde es nachher erfahren, wenn die Männer heimkommen«, kam es pragmatisch wie immer zurück. Obwohl ihr das Leid der Tiere sehr naheging, würde ihre Mom es nie zeigen, dazu war sie als TFA professionell genug.

In dem Moment klopfte es an der Tür, und Hopes Sekretärin kam mit einer Kaffeetasse herein, die sie auf dem Schreibtisch abstellte. In den Milchschaum war ein Farnblatt gezeichnet. Hope lächelte ihr zu und formte mit den Lippen ein »Danke«.

»Mom, ich muss noch ein paar Sachen erledigen. Lass uns heute Abend …«, da fiel ihr ein, dass sie mit ihrem Freund einen Termin hatte, »nein, heute Abend bin ich mit Colin bei einem Violinkonzert im Madison Square Garden. Eingeladen von wichtigen Förderern unserer Klinik.« Den Stolz konnte sie nicht ganz aus ihrer Stimme fernhalten. Schließlich stand auch ihr eigener Name auf den Einladungen, seit sie selbst eine der leitenden Fachtierärzte war, und sie war nicht mehr nur das Anhängsel des großen Dr. Colin Harper, des Chef-Kardiologen der Veterinärklinik.

»Oh, wie schön!« Doch eine echte Begeisterung schwang nicht in den Worten mit.

Hope unterdrückte ein resigniertes Seufzen. Sie spürte selbst, wie sich ihre Interessen hier in der Großstadt zunehmend von denen ihrer Eltern auf dem Land entfernten. »Lass uns morgen noch mal telefonieren, okay?«

Die Antwort ließ auf sich warten. »Natürlich, Liebes. Und wenn du am Wochenende zu beschäftigt bist …«

»Ich finde schon Zeit zum Telefonieren«, unterbrach Hope

sie und schaffte es nicht ganz, die Ungehaltenheit zu unterdrückten.

»In Ordnung. Dann mach's gut.« Klang ihre Mutter enttäuscht?

»Ich hab dich lieb, Mom«, lenkte sie ein. Und das kam von Herzen.

»Ich dich auch, Sweetheart.« Nun sprach wieder Wärme aus ihrer Stimme.

Als Hope aufgelegt hatte, fiel ihr ein, dass sie gar nicht wusste, was ihre Mutter eigentlich von ihr gewollt hatte. Unterschwellig war da etwas Wichtiges gewesen. Doch das würde sie lieber in Ruhe herausfinden; zum Grübeln blieb jetzt keine Zeit. Eine Mrs Carrington ließ man nicht warten, auch wenn das Wartezimmer der Klinik vom Ambiente her eher einer mondänen VIP-Lounge glich, mit Sesseln, in denen man regelrecht versinken konnte.

Hope schaffte es gerade, sich die Röntgenbilder und die Ergebnisse des MRT ihres nächsten vierbeinigen Patienten anzusehen und die wichtigsten beiden Berichte für ihre Sekretärin zu diktieren, die am Montag auf dem Tisch des Chefarztes liegen mussten, als Lara sie rief. Schnell schlüpfte sie in ein frisches Oberteil.

Auch der vorwiegend in Hellblau gehaltene Aufwachraum wirkte eher wie ein gemütliches Wohnzimmer mit einer kuscheligen Sitzecke. Die Hündin lag bereits davor auf einer weichen Decke und blinzelte verschlafen, als Mrs Carrington, eingehüllt in eine Wolke teuren Parfüms, hereingerauscht kam. Vermutlich waren diverse exquisite Duftwässerchen in die Einkaufstaschen gewandert, die sie bei sich trug. Die kleine drahtige Frau verströmte für ihr Alter – sie war sicherlich weit über sechzig – eine ansteckende Energie, die einen unwillkürlich mitriss.

Hope beugte sich nach unten und tätschelte die überdimensionalen Speckringe der Französischen Bulldogge. »Schau mal, Whoopey, deine Mummy ist da!«

»Hat mein Darling eine schlimme Krankheit, Doktor Archer?« Die Angst um ihren Liebling stand Mrs Carrington ins Gesicht geschrieben. Sorgenfalten gruben sich in die glatt geliftete Stirn. Nervös ließ sie sich auf der Sesselkante nieder und drehte die lange Perlenkette um ihren Zeigefinger.

Die Hündin spitzte die großen Ohren, als wollte sie kein Wort von der Antwort verpassen. Sie röchelte mitleiderregend. Hope kraulte sie am Hals, wofür die Kleine ihr dankbar die Hand leckte und mit dem Stummelschwänzchen wackelte.

Es kostete Hope Kraft, die wahren Gedanken hinter Professionalität zu verstecken. Zu gern hätte sie die selbst so schlanke Dame gefragt, warum sie eigentlich ihren Hund so mästete; das grenzte schon an Tierquälerei. Von dem sonst eher drahtigen Körperbau einer Französischen Bulldogge war bei Whoopey nichts mehr zu sehen. Die Hündin glich mehr einem Mops. Hope riss sich zusammen und lächelte die Hundebesitzerin an. »Es gibt erste Anzeichen von Arthrose, aber es zeigen sich noch keine relevanten Schädigungen.« Doch die Ermahnung durfte sie Mrs Carrington zum Wohl der Hündin nicht ersparen. »Whoopeys starkes Übergewicht ist Gift für ihre Gelenke. Sie sollten in nächster Zeit unbedingt auf die Ernährung achten. Es gibt spezielle Diät-Hundefutter, die …«

»Meine Köchin bereitet die Mahlzeiten für Whoopey selbst zu«, fiel Mrs Carrington ihr empört ins Wort und spitzte die dezent rosa geschminkten Lippen.

»Das ist hervorragend«, lobte Hope. »Dann lasse ich Ihnen einen Diätplan ausdrucken.«

Während sie Mrs Carrington Tipps zur Ernährung und Steigerung der Bewegung gab, hing deren Blick wie festgenagelt an dem abstrakten Hundegemälde an der Wand, als hätte sie den Basset mit Hut noch nie gesehen. Fühlte sie sich durch die Ratschläge kritisiert? Schließlich lag die Fettleibigkeit doch in der Verantwortung der Besitzerin; da gab es nichts zu beschönigen, auch wenn Hope die Vorwürfe so dezent wie möglich formulierte.

Abschließend fuhr sie fort: »Ich schlage vor, Ihre Köchin richtet sich für vier Wochen nach dem Fütterungsplan, und Sie lassen sie häufiger ausführen. Sollte sich bei der folgenden Untersuchung irgendeine Ungereimtheit zeigen, wird sich unser Kardiologe, Doktor Colin Harper, auch Whoopeys Herz genauer ansehen. Falls vorher Schwierigkeiten auftreten, kommen Sie natürlich unverzüglich.«

Die Erwähnung von Colin schien Mrs Carrington zu versöhnen, sie nickte gnädig.

Als Hope nach dem bordeauxfarbenen Ensemble aus Wolle griff, das Whoopey bei ihrer Ankunft getragen hatte, winkte die alte Dame ab. »Warten Sie, ich habe ihr etwas Frisches zum Anziehen mitgebracht.« Stolz blitzte in den wässrig blauen Augen auf, und die blond gefärbten Löckchen wippten, als sie eifrig nickte. »Wissen Sie, ich häkle die Kleidung für meine Prinzessin immer selbst.«

Einer Prinzessin glich Whoopey weniger, eher einem rosa Drops, nachdem man sie in das mit Rüschen verzierte Etwas gezwängt hatte. Das überschwängliche Lob über Mrs Carringtons Häkelkünste kam Hope nur schwer über die Lippen.

Immerhin strahlte die alte Dame nun. »Vielen Dank.«

Nachdem Hope Whoopey noch einmal gekrault und ihr Frauchen mit einer erneuten Ermahnung zur Diät für ihre Hündin in die Hände ihrer kompetenten Assistentin entlassen hatte, öffnete sie den Lamellenvorhang und genoss einen Moment die warmen Sonnenstrahlen auf ihrem Gesicht.

Zorn überkam sie, als sie an ihre vierbeinige Patientin dachte. Wieso mussten es manche Tierbesitzer so »gut« meinen? Merkten sie denn nicht, dass sie vor lauter Egoismus ihre Kleinen zu Tode liebten? Hope schüttelte sich, dann rief sie sich zur Vernunft. Sie sollte nicht lamentieren.

Es war Zeit, nach ihrer eigenen Hündin, Miss Sophie, zu sehen, die sie während ihrer Arbeitszeit in einem weitläufigen Raum im Untergeschoss unterbringen konnte, der mehr einem Spielzimmer für Hunde glich. Sie war froh, dass das Klinikpersonal sich um die Labradorhündin kümmerte, wenn sie selbst länger nicht dazu kam, nach ihr zu sehen. Von dem Leid, das Miss Sophie im Tierheim erfahren hatte, aus dem Hope sie geholt hatte, war nichts mehr zu spüren, als sie nun voller Euphorie über das Wiedersehen an ihr hochsprang, als wären sie nicht nur wenige Stunden, sondern Jahre getrennt gewesen.

Lachend kraulte Hope sie hinter den Ohren und duldete es einen Augenblick, dass sie ihr übers Kinn leckte, bevor sie ihren Liebling mit einer Ermahnung von sich schob. »Du sollst doch nicht hochspringen, meine Süße!«

Nach einem Blick auf ihre Fitness-Armbanduhr, die kurz nach vier anzeigte, beschloss sie, das traumhafte Wetter auszunutzen und die gute Stunde nach Hause zu laufen. Das würde ihnen beiden guttun. Heute über Mittag war sie nicht, wie sonst meist, mit Miss Sophie im Central Park gewesen. Sie hatte noch genug Zeit, bevor sie sich für das Violinkonzert im Madison Square Garden zurechtmachen musste. Kurz überlegte sie, bei Colin vorbeizusehen und sich zu verabschieden, doch ihr Freund mochte es nicht, wenn er bei der Arbeit gestört wurde, und so verwarf sie den Gedanken wieder. Sie würde ihn schließlich am Abend sehen.

Der typische Verkehrslärm, vermischt mit Gesprächsfetzen und begleitet von dem Geruch nach Abgasen, empfing sie, als sie mit Miss Sophie an der Leine durch den Hauptausgang auf die Madison Avenue trat. Der warme Sonnenschein umhüllte sie wie eine wohlige Weste. Es herrschten sicherlich um die fünfundzwanzig Grad. Wie ein Schwamm sog Hope das New Yorker Straßenleben in sich auf. Ganz nach dem hiesigen Motto *Keep on moving* folgte sie dem Strom der Passanten, die über die überfüllten Gehsteige eilten. Immer darauf bedacht, niemals stehen zu bleiben, lieber die Straßenseite zu wechseln, als an einer roten Ampel zu warten. Stillstand war hier, wo man alle denkbaren Sprachen hörte, ein Fremdwort. In der Stadt, die niemals schlief, befand man sich direkt am Puls des Lebens. Sie wirkte wie Champagner in der Blutbahn. Hope war inzwischen ein Teil dieses multikulturellen Schmelztiegels geworden. Sie konnte sich nicht mehr vorstellen, wie sie jemals hatte in einer Kleinstadt leben können, so sehr sie Maine und ihre Heimat Lynnwood Falls liebte und ihre Familie vermisste.

Mit großen Schritten bog sie in die 97. Straße Ost in Richtung Fifth Avenue ab. Das Grün des Central Parks leuchtete ihr entgegen. Es schien, als wäre ganz New York an diesem ersten sonnigen Tag seit Wochen in »seinem« Park unterwegs. Hundesitter, teilweise mit fünf oder mehr Schützlingen an der Leine, zogen an ihnen vorbei, doch wie immer scherte sich Miss Sophie nicht darum. Die Labradordame fand es spannender, den Boden nach aufregenden Spuren abzuschnüffeln.

Ein Paar Mitte fünfzig, das sie irgendwie an ihre Eltern erinnerte, stand eng umschlungen da. Die beiden hoben die Gesichter in die Sonne, während sie einem Gitarrenspieler lauschten, der eine ganz eigene Version von *Blowing in the Wind* spielte. Sichtbares Glück ließ ihre Züge erstrahlen. Unwillkürlich musste Hope lächeln.

Die gute Stimmung hielt an, bis sie bei ihrem Apartment an der 23. Straße Ost eintraf. Das Klinikum besaß einige der oberen Stockwerke in dem Wolkenkratzer, der mit Klinkersteinen verkleidet war, und so hatte Hope das Glück, eine der begehrtesten Wohnungen in Manhattan, mit freiem Blick auf das nördlich liegende Empire State Building, zu ergattern, was sonst ein Ding der Unmöglichkeit war.

Der Fahrstuhl ruckelte mal wieder bedenklich, doch inzwischen machte es ihr nichts mehr aus. Hauptsache, er funktionierte, denn den einundzwanzigsten Stock hatte sie ein Mal zu Fuß erklimmen müssen. Das Gebäude war alt, ihre Bleibe nicht groß, insgesamt fünfundzwanzig Quadratmeter, Wohnküche, Schlafzimmer und Bad, aber selbst die waren normalerweise hier unbezahlbar. Zum Glück trug die Klinik einen Teil der Kosten, denn der Eigenanteil ihrer Miete von zweitausend Dollar schlug gut zu Buche, obwohl sie als Leiterin der Orthopädie-Abteilung nun ordentlich verdiente. Es würde nicht für ewig sein. Colin besaß ein komplett neu renoviertes, elegantes Apartment in Brooklyn, und über kurz oder lang würde sie sicherlich zu ihm ziehen. Auch wenn das bislang noch kein Gesprächsthema zwischen ihnen gewesen war.

Hitze schlug ihr entgegen, als sie die Tür zu ihrem Apartment öffnete. Die Heizung, die sich leider lediglich über das Öffnen und Schließen der Fenster regulieren ließ, lief noch auf vollen Touren, da die letzten Abende kühl gewesen waren. Hope eilte zu den Fenstern und öffnete sie sperrangelweit. Selbst hier, hoch oben über der Stadt, war der Verkehrslärm, begleitet von Hupen und Menschen, die ihre Stimmen hoben, um sich gegen den Krach verständlich zu machen, noch deutlich zu hören. Er wurde nur von Miss Sophies Hecheln übertönt, der es wohl ebenfalls zu warm war.

Schnell ließ Hope ihr eine Schale mit Wasser volllaufen, das die Labradordame gierig aufschlabberte.

Hope wusch sich die Hände, nahm eine Dose Hundefutter aus dem Schrank, füllte den Napf der bereits ungeduldig wartenden Miss Sophie und nahm sich dann selbst einige Babykarotten aus dem Kühlschrank. Das Violinkonzert, zu dem sie eingeladen waren, begann erst um neun Uhr. Essen würde es im Anschluss geben, doch sie wollte nicht vorher vor Hunger sterben. Sie fand auch noch einen Butterfinger in der Kühlschranktür und ließ den mit Erdnussbutter gefüllten Schokoriegel auf ihrer Zunge zergehen. Zum Glück kam sie nach ihrer schlanken Mutter und musste nicht auf die Figur achten.

Auch die widerspenstigen braunen Haare und die bernsteinfarbenen Augen hatte sie von ihr geerbt, während sie ihren teilweise etwas schrägen Humor, der nicht jedermanns Nerv traf und den sie zum Glück bei der Arbeit inzwischen im Griff hatte, wohl eher von ihrem Vater übernommen hatte.

Die Zeit verflog wie im Nu. Sie gönnte sich noch einen Snack aus einem mächtigen Sandwich mit Schinken, Käse und Tomaten, dazu eine Flasche eiskaltes Yuengling Lager. Eilig polierte sie einige Fingerabdrücke von der hochglänzenden Oberfläche der schwarz-weißen Küchenschränke. Es sah zwar elegant aus, sie hatte beim Kauf auf Colins Rat gehört, der fand, diese ältere Wohnung brauchte ein paar schicke Accessoires, aber die glänzende Oberfläche war super empfindlich und verzieh keine Berührung.

Colins mahnenden Blick vor Augen, der es gern elegant hatte, legte sie einen Korkuntersetzer unter den Teller auf den Glastisch und lümmelte sich, so gut es ging, auf der »Chaiselongue«, wie Le Corbusier das Sofa nannte, das Colin ihr vermacht hatte. Es war zwar todschick, aber leider nicht übermäßig bequem, vor allem zusammen mit Miss Sophie, die sich – natürlich! – zu ihr quetschte. Doch lange konnte Hope bei ihrem vollen Terminplan meist sowieso nicht hier verweilen.

Nach dem Duschen schlüpfte sie in die dunkelblauen Seidendessous, die Colin ihr zu Ostern geschenkt hatte. Sie drehte sich vor dem Spiegel hin und her. Nicht schlecht, musste sie sich selbst eingestehen. Das Bustier hob ihre Brüste vorteilhaft hervor, und auch der Slip saß wie angegossen. Colin hatte ein gutes Augenmaß. Wärme stieg bei dem Gedanken in ihr auf, wie viel Mühe er sich wohl damit gegeben hatte, etwas so Passendes zu finden.

Make-up trug sie nur dezent auf. Strähne für Strähne zog sie über das Glätteisen und fasste die Haare zu einem strengen Dutt zusammen, auch wenn sich schon wenig später die ersten vorwitzigen Löckchen wieder um ihre Ohren ringelten. Sie seufzte. Schon längst hatte sie den Versuch aufgegeben, sie vollkommen zu bändigen. Es blieb auch keine Zeit mehr. Draußen dämmerte es schon, der Himmel überzog sich kurz vor Sonnenuntergang mit leuchtend roten Streifen. Es war gleich acht.

Ihr Blick fiel aus dem Fenster, wo soeben die Spitze des Empire State Building in hellem Licht erstrahlte. Doch nicht wie normalerweise in Weiß, sondern in den Amerika-Farben Rot, Weiß und Blau, wie es zu besonderen Feiertagen der Fall war. Hope wurde es gleichzeitig heiß und kalt.

Verdammt! Es war das letzte Wochenende im Mai. Am Montag war Memorial Day, der Feiertag, an dem die im Krieg gefallenen Soldaten geehrt wurden. Der Tag, an dem die Familie etwas zusammen unternahm. Sie hatte ursprünglich zu ihren Eltern nach Lynnwood Falls fahren wollen. Auch wenn sie sich nur noch selten sahen, gab es einige wenige Feiertage wie Thanksgiving oder die Weihnachtsfeiertage, an denen sie normalerweise nach Hause fuhr. Und eben der Memorial Day. Das Picknick an diesem Tag war obligatorisch und allen in ihrem Heimatort, in dem es auch einige Kriegsveteranen gab, quasi heilig. Vor lauter Arbeit und dem Streben, auf der Karriereleiter ganz nach oben zu kommen, hatte Hope es völlig verschwitzt. Deshalb hatte ihre Mutter angerufen! Und vermutlich gehofft, es würde ihrer Tochter selbst einfallen. Inzwischen hatte sie es wohl aufgegeben, sie zu bitten.

Das schlechte Gewissen drückte Hope, doch gerade als sie das Handy ergreifen wollte, um ihre Mutter nochmals anzurufen, kläffte Miss Sophie, und es läutete an der Tür. Hope hatte Colin zwar einen Schlüssel aufgenötigt, aber er benutzte ihn nie. Für einen Moment überlegte sie, sich etwas überzuwerfen, doch ein Blick auf die Uhr sagte ihr, dass sie ein paar Minuten abzwacken konnten. Der Schalk überkam sie. Vielleicht könnte sie noch etwas Zweisamkeit mit ihrem Freund genießen?

Sie hielt sich hinter dem Türblatt verborgen, steckte nur den Kopf um die Ecke, als sie öffnete. Colins Anblick in dem blütenweißen Hemd und dem dunkelblauen Maßanzug von David Reeves Bespoke, der die eisblauen Augen zur Geltung brachte und im selben Farbton wie die leicht gemusterte Krawatte war, ließ ihre Knie weich werden. Dieser Mann war einfach der personifizierte Stil. Das schwarze Haar trug er wie immer sorgfältig gescheitelt, und er war glatt rasiert, was das markante Kinn hervorhob. Der aufregend herbe Herrenduft von Dolce & Gabbana umfing sie. Das einzig Unattraktive war der leicht missbilligende Zug um die Lippen, als Colin sie in ihrer Unterwäsche musterte.

»Du bist noch nicht fertig?«

Hopes Arme, die sie soeben gehoben hatte, um ihm um den Hals zu fallen, sackten nach unten. Sie verdammte sich dafür, dass sie sich in seiner Gegenwart manchmal wie ein kleines ungezogenes Mädchen fühlte, das Schelte bekommen hatte. Schließlich war er nur sechs Jahre älter als sie.

Herausfordernd hob sie das Kinn. »Wie wäre es, wenn du mich erst einmal richtig begrüßt?«

Er riss sich sichtlich aus dem Tatendrang-Modus, in dem er fast immer steckte. »Natürlich! Entschuldige, Honey!«

Und endlich lag sie in seinen Armen. Spürte seine warmen Lippen auf ihren. Der Anzugstoff rieb an ihrem nackten Bauch. Viel zu früh schob er sie von sich.

»Wir sollten gleich los, ich möchte nicht zu spät kommen. Das Taxi wartet unten. Die Coldwells sind aktive Unterstützer unseres Klinikums; wir sollten sie keinesfalls warten lassen. Das Konzert ist ausverkauft, es gibt sicherlich viel Verkehr vor dem Madison Square Garden.«

Nein, zu spät würde der große Doktor Colin Harper wohl niemals kommen. Er war die Zuverlässigkeit in Person. Bei ihm lief alles geradlinig. Doch war es nicht genau diese Art, die ihr an ihm gefiel? Die ihr selbst zu ihrem Erfolg verholfen hatte? Sein unerbittliches Streben nach Perfektion. Sie hatte ihm so viel zu verdanken!

Versöhnlich nickte sie. »Du hast recht, ich ziehe mir gleich etwas über.« Dennoch konnte sie sich den Augenaufschlag und die Bemerkung nicht verkneifen: »Gefalle ich dir wenigstens in deinem Geschenk?«

Aus Colins Kehle drang ein unterdrücktes Stöhnen, das ihr unter die Haut ging. »Und wie! Wenn der Abend vorbei ist, werde ich dir zeigen, wie sehr.«

Wärme breitete sich in ihrem Bauch aus und verdrängte die aufkommende Enttäuschung. Sie hätte es besser wissen müssen. Colin war nicht der spontane Typ. Aber genau diese Zuverlässigkeit und seine Zielstrebigkeit waren es, was sie an ihm so schätzte. Immerhin stand sie für später auf seinem Plan. Sie würde am Ende des Abends auf ihre Kosten kommen. Gut in allem, was er tat, war Colin auch ein guter Liebhaber. Es wäre unter seiner Würde, etwas schlecht zu machen, zu versagen.

Nachdem sie in ein ehemals sündhaft teures blaues Cocktailkleid geschlüpft war, das sie vergangenen Herbst bei einem Ausverkauf in der Fifth Avenue zu einem halbwegs finanzierbaren Preis erstanden hatte, und die Perlenkette ihrer Großmutter umgelegt hatte, kehrte ihr Selbstbewusstsein zurück. Und als Colin sie anerkennend musterte und ihr sagte, sie sehe wunderschön aus, war sie wieder vollends versöhnt.

Sie kraulte Miss Sophie ein letztes Mal das helle Fell, schlüpfte in die hohen Riemchensandalen, schnappte ihr silbernes Abendtäschchen und hakte sich gut gelaunt bei Colin ein.

Als sie im Aufzug standen, fielen Hope ihre Eltern wieder ein. »Was war das am Montag für ein Segeltrip in Long Island? Könnten wir das verschieben? Ich würde so gern zum Memorial Day meine Eltern besuchen. Wir könnten nach Portland fliegen, das sind nur knapp eineinhalb Stunden Flugzeit, und von dort ist es bloß eine Dreiviertelstunde mit dem Mietwagen nach Lynnwood Falls.«

Ihre Eltern und ihr Freund standen sich zwar nicht nahe, aber das würde mit der Zeit sicherlich noch kommen, wenn sie Colin besser kennenlernten. Hope hegte den Verdacht, dass ihre Antipathie daher rührte, dass sie ihn dafür verantwortlich machten, dass ihre Tochter nicht zurück in ihre Heimatstadt kam, auch wenn das natürlich Unsinn war. Vielleicht könnte so ein Feiertag in entspannter Umgebung dazu beitragen, dass sie sich näherkamen?

Colin musterte sie stumm. Niemand, den sie sonst kannte, schaffte es, durch so minimale Gesichtsregungen so viel Missbilligung auszudrücken. Die Augenbrauen hoben sich nur geringfügig, die Lippen waren unmerklich geschürzt. Auch der Tadel im Tonfall klang nicht wirklich deutlich heraus, als Colin sagte: »Es sollte eine Überraschung sein. Wir sind auf die Jacht von Paul Edwards eingeladen. Dabei sprechen wir über die Finanzierung der neuen Physiotherapie-Abteilung *für dich*, die er sponsern wird. Ich nehme an, das ist *dir* wichtig?«

Scham wallte in ihr auf. Colin opferte seinen freien Tag für sie, um ihr zu der erwünschten Abteilung zu verhelfen! Die weiterführende Behandlung war für ihre Patienten so wichtig. Wie großartig war ihr Freund? »Du bist der Beste, danke!«, murmelte sie betreten.

»Du wirst ein andermal fahren können«, erwiderte er milde lächelnd. Die verhohlene Missbilligung war jedoch noch nicht ganz aus seinem Blick verschwunden.

Hope zwang sich zu einem Lachen. »Da hast du recht. Der Segeltörn wird bestimmt wundervoll. Ich freue mich schon riesig darauf.« Es gelang ihr überraschend gut, Begeisterung in ihre Stimme zu legen. »Hoffentlich können wir Paul Edwards überzeugen.« Doch Colin würde das bestimmt gelingen.

Dann mussten ihre Eltern eben warten. Wie so oft. Besser, sie richtete ihre Konzentration jetzt auf den bevorstehenden

Abend, der sie auf ihrer steilen Karriereleiter wieder ein Stückchen nach oben bringen konnte; das war sie Colin schuldig. Schließlich gab er alles für sie.

Ryan

Lynnwood Falls

Mit der grünen Sechs verschwand die dritte volle Kugel in Serie im Billardtisch. Lauthals schmetterte Brandon den Michael-Jackson-Song *Beat it* mit, der aus den altertümlichen Boxen des *The Eighties* dröhnte, und tanzte um seinen Queue. Die Discokugel an der Decke warf dabei bunte Punkte auf sein blondes Haar und den hellen Bart.

Ryan hielt sich lachend die Ohren zu. »Hör bloß auf! Das ist Körperverletzung! Du konntest noch nie singen.«

Brandon zuckte mit den Schultern. »Du hast doch nur Angst, dass ich dich schlage. Drei auf einen Streich. Beat it, Doc Cooper!« Ungerührt summte er weiter, während er sich nach vorn beugte und die Lage der Kugeln einschätzte. Das moosgrüne T-Shirt mit dem stilisierten Biber, dem Logo der *Beavers*, spannte sich dabei über seinen breiten Oberkörper, als er mit der weißen Kugel die rote Drei anvisierte. Nur knapp verfehlte er das Loch, die Kugel prallte von der Kante ab, begleitet von Brandons Fluch.

»Schlagen? Du mich? Das glaubst du doch selbst nicht. Das wäre diesen Monat ja das erste Mal«, konnte sich Ryan das Frotzeln nicht verkneifen.

Brandon hob die Augenbrauen, seine grauen Augen blitzten. »Herausforderung angenommen!«

Bevor Ryan sich an die halben Kugeln machen konnte, trat Susan zu ihnen. Auch heute trug sie Röhrenjeans, Cowboystiefel und ein Karohemd, das nicht zu hundert Prozent der aktuellen Mode entsprach, aber zum Ambiente ihrer Achtzigerjahre-Kneipe passte – und die Kleidung stand ihr super, selbst mit Mitte fünfzig war ihre Figur noch mädchenhaft. Die langen blonden, dauergewellten Locken hingen ihr offen über den Rücken. Sie selbst betitelte sich immer als »Kind der Achtziger«. Sehr passend, wie Ryan innerlich schmunzelnd zustimmen musste.

Es faszinierte ihn immer wieder, wie lange sich diese Kneipe schon als In-Treff von Lynnwood Falls hielt. Susan hatte sie zusammen mit ihrem Mann Curtis vor fast zwanzig Jahren eröffnet. Der Laden lief seitdem bombastisch – und zwar bei allen Altersgruppen. Die stickige Luft war erfüllt vom Stimmengewirr zahlloser Gäste, doch das gehörte dazu.

Gedankenverloren ließ Ryan die Blicke schweifen. Die Einrichtung war schon in die Jahre gekommen, aber durch und durch authentisch. Regale voller CDs zierten die Wände, auch wenn die Musik inzwischen von einem Streaming-Dienst kam. Dazwischen hingen Bilder von Culture Club, Madonna, Michael Jackson und George Michael, dazu Filmausschnitte aus *Top Gun*, *Flash Gordon* und *Dirty Dancing*. Neben den beiden Billardtischen gab es einige Flipper und andere Spielautomaten. Auf der anderen Seite reihten sich Sitzgruppen auf mit schweren Eichentischen. Die Bänke waren mit rotem Kunstleder bezogen, das bereits einige Risse aufwies.

Susan deutete auf die Bühne an der Stirnseite, die aktuell leer stand. »Kommt ihr am Sonntagabend? Wir haben eine Live-Band, die Coversongs spielt. Die Jungs sind neu im Geschäft, aber verdammt gut. Achtzigerjahre-Mucke«, setzte sie unnötigerweise hinzu.

Was sonst? Ryan konnte das Grinsen nicht unterdrücken. »Mal sehen, ich überlege es mir.«

»Elly und ich sind dabei«, sagte Brandon. »Komm, gib dir einen Ruck, und schalt mal ein bisschen ab.«

Nachdenklich rieb sich Ryan über den Dreitagebart. Er hatte schon länger nicht mehr mit den anderen abgehangen;

es war mal wieder an der Zeit. Die Tanzfläche würde ihn zwar vermutlich weniger zu sehen bekommen, aber gegen gute Musik hatte er nichts einzuwenden. »Alles klar. Wenn ich nicht weggerufen werde, bin ich dabei!«

»Brave Jungs!« Susan nickte zufrieden. »Wollt ihr noch ein Bier?«

Ryan trank den letzten Rest, wischte sich mit dem Handrücken den Schaum vom Mund und reichte ihr den Krug. Einen Moment rang er mit sich, dann schüttelte er den Kopf. »Nein, danke! Ich bin platt, bereit für mein Sofa. War ein harter Tag. Gestern Nacht litt Carls Pferd unter schweren Koliken, ich war bis zum Morgengrauen dort. Und heute Vormittag hat Hank ein Stück nördlich eine trächtige Elchkuh angefahren. Wir mussten eine Notgeburt einleiten. Mutter und Kalb sind momentan stationär aufgenommen und befinden sich in Marys Obhut.«

Susan nickte zuversichtlich. »Mary wird das schaffen, sie hat dafür ein Händchen. Wie oft hat sie Tiere durchgebracht, die Glenn schon abgeschrieben hatte!«

»Da hast du recht.« Ryan lächelte.

Es war unglaublich, welche Wunder Marys magische Hände bewirken konnten. Sie war einfach die gute Seele der Veterinärpraxis. Mary lachte immer nur, wenn ihre »beiden Männer«, wie sie Ryan und ihren Mann Glenn gern nannte, sie mit ihren Wunderhänden aufzogen.

Susans Tätscheln seines Arms war freundschaftlich. »Dann erhol dich heute Abend gut und lass dich nicht wieder aus dem Bett klingeln.«

»Das ist der Plan.« Er bückte sich zu seinem Bobtail, der brav in der Nähe des Billardtisches lag, und kraulte ihm den Kopf. »Außerdem killt mich Chief, wenn ich noch bleibe und ihm nicht bald was zu fressen gebe.«

Chief gab ein bestätigendes Kläffen von sich.

Susan lachte auf. »Dein Hund kann keiner Fliege was zuleide tun.«

Damit hatte sie wohl recht. Zum Glück. Chief war einfach eine herzensgute Seele, Ryan liebte den alten Hund abgöttisch.

Besser, er schaute, dass er fertig wurde. Mit wenigen Stößen schaffte es Ryan, sämtliche halbe Kugeln einzulochen und auch die schwarze Acht erfolgreich im letzten Loch zu versenken.

»Wolltest du mich nicht schlagen?«, fragte er Brandon scheinheilig, was ihm einen gutmütigen Schlag auf den Arm einbrachte.

»Ich brauche halt länger zum Warmspielen, aber du haust ja jedes Mal gleich wieder ab.«

»Gleich? Das waren zwei Runden, und ich bin der klare Gewinner. Ich gehe nur, damit du zu deiner Frau kommst. Elly wartet sicher schon mit dem Essen auf dich!«

»Freundin«, korrigierte Brandon.

»Was nicht ist, wird demnächst werden.«

»Sagt der ewige Single«, kam es lakonisch zurück.

Ryan beschloss, nicht darauf einzugehen, sondern hob nur den Finger. »Du schuldest mir beim nächsten Mal ein Bier! Komm, Chief! Die Gewinner gehen jetzt!«

Beim Hinauslaufen schüttelte er noch die ein oder andere Hand und erhielt diverse freundschaftliche Schläge auf den Rücken. Die Tierarztpraxis von Hopes Eltern, in der er seit dem Ende seines Studiums arbeitete, war in Lynnwood Falls beliebt, und die Zuneigung weitete sich auf ihn aus.

Der Bobtail trottete geduldig hinter ihm her in die laue, nach Kiefern duftende Abendluft.

Doch der Abschied von Brandon ließ Ryan nicht los.

Ewiger Single! Damit hatte sein Freund einen Nerv getroffen. Unwillkürlich schweiften seine Gedanken zu Hope. Er sah ihren herausfordernden Blick vor sich, die dunklen Augen, die stets auf den Grund seiner Seele zu blicken schienen.

Die Farbe schwankte zwischen braun und grün; je nach ihrer Stimmung glänzten sie wie Bernstein. Die vollen Lippen, die einen direkt zum Küssen einluden, konnte sie so aufreizend vorstülpen, wenn ihr etwas nicht passte. Und das kam häufiger vor, eigenwillig, wie sie war. Genau wie ihre dichten dunklen Haare, die nie taten, was Hope wollte. Zumindest ihrer Meinung nach – Ryan hatte die wilde Mähne immer bezaubernd gefunden. Verlockend, die Hände darin zu vergraben.

Ewiger Single! Empört schnaubte er auf. Er war nicht immer Single gewesen. Doch irgendwie hatte er es seit der Trennung von Hope vor sechs Jahren nicht wieder geschafft, sich länger als ein paar Wochen zu binden. Natürlich hatte er Bedürfnisse. Die er auch gelegentlich stillte, bei Ausflügen nach Portland oder in Nachbarorte. Wenn er Zeit dazu fand, was zunehmend schwieriger wurde. Aber jedes Mal befielen ihn schon nach kurzer Zeit die Zweifel. Und er stellte unwillkürlich Vergleiche an. Zu Hope. Der Liebe seines Lebens, die ewig währen würde, wie er früher einmal gedacht hatte.

Vehement riss er sich aus den Grübeleien und öffnete die Fahrertür, während Chief auf die Ladefläche des rostbraunen Pick-ups sprang und sie abschnüffelte. Vermutlich roch sie immer noch nach Elch, obwohl Ryan sie mit dem Schlauch abgespritzt hatte.

»Los, komm, Chief. Nach vorn! Ich mach dir auch das Fenster auf.«

Sein Hund liebte es, sich den Wind um die Schnauze wehen zu lassen. Irgendwie widerstrebte es Ryan heute, Chief auf der Ladefläche mitfahren zu lassen. Er hatte wohl noch den Unfall vom Vormittag vor Augen.

Der alte Wagen orgelte einige Male, und es kostete Ryan einiges an gutem Zureden, bis er ansprang. Eigentlich war es heute Abend doch warm genug; im Winter machte sein Wagen mehr Zicken.

Die Farm, die er von seinen Eltern geerbt hatte, lag etwas

außerhalb des Ortskerns. Sie hatte sich mit der Zeit zu einem Gnadenhof für alte Tiere entwickelt, weil Ryan es nicht übers Herz brachte, die Nutztiere, die nicht mehr arbeiten konnten, einzuschläfern. Das Haupthaus und die Ställe lagen im Dunkeln, nur über der Garage brannte Licht. Das bedeutete, die Tiere waren schon gefüttert. Der alte Angus zog sich nie in sein Zimmer zurück, bevor ihre Schützlinge nicht versorgt waren.

Erleichtert seufzte Ryan auf. Eigentlich hatte er nur alten Tieren eine Heimat geben wollen, aber nachdem Angus gesundheitsmäßig nicht mehr konnte und seinen Hof verkaufen musste, weil er in massiven finanziellen Schwierigkeiten steckte, hatte Ryan ihn kurzerhand bei sich aufgenommen. In dem Altersheim, in das ihn seine Kinder hatten stecken wollen, weil sie kein Interesse an dem arbeitsintensiven Bauernhof gehabt hatten, wäre der einst so arbeitsame Farmer schlichtweg eingegangen. Und für Ryans Hof erwies er sich als Segen, denn Angus war heilfroh, noch eine Aufgabe zu haben, und half ihm mit den Tieren, so gut er konnte.

Von der Gicht gebeutelt, brauchte er seine Zeit, doch daran mangelte es ihm hier nicht, wo keine sonstigen Arbeiten für ihn anfielen. Angus' Dankbarkeit war völlig überzogen für das mickrige Gehalt, das Ryan ihm zahlen konnte. Es reichte ja gerade fürs Essen, für das abendliche Bier und eine gelegentliche Prise von Angus' geliebtem Kautabak. Doch Ryan spürte, wie wichtig es dem alten Mann war, noch gebraucht zu werden. Das war wohl der Lohn, um den es Angus ging. Dabei wäre die Erleichterung eigentlich mehr wert, die Tiere versorgt zu wissen, wenn Ryan oft spät von der Arbeit kam oder nachts rausmusste und nicht vor dem Morgen nach Hause kam. Er konnte es sich offen gestanden nur nicht leisten. So gut wie alles, was er verdiente, verschlang der Erhalt seiner Farm.

Wenigstens konnte er den alten Mann mietfrei bei sich

wohnen lassen. Das Zimmer über der Garage hatte eh leer gestanden, und eine einfache Sanitäranlage war schnell installiert gewesen, denn ein Wasseranschluss war vorhanden. Das Arrangement mit Angus war eine echte Win-Win-Situation für sie beide.

Kaum hatte Ryan den Wagen vor dem Haus geparkt und war ausgestiegen, ertönte ein Wiehern von der anliegenden Koppel, gefolgt von einem unrhythmischen Hufgetrappel. Die alte Quarter-Horse-Stute Suzie-Q lahmte wohl wieder stärker. Aus dem bereitstehenden Fass schnappte er sich eine Karotte, als Suzie-Q schon den Kopf über den Zaun streckte und herausfordernd wieherte. Lachend streichelte Ryan ihr die dunkle Mähne, fuhr über die weichen Nüstern und hielt der Stute mit der flachen Hand die Karotte hin. Er presste den Kopf an ihren Hals. »Na, meine Schöne, auch dir ein Hallo. Morgen früh, wenn es hell ist, sehe ich mir noch mal deinen Knöchel an.«

Als hätte sie ihn verstanden, schnaubte sie zustimmend.

Chief war wohl der Meinung, er hätte nun lange genug mit Suzie-Q geschmust, und stupste ihn auffordernd an.

»Ja, ja, schon gut, du kriegst gleich dein Fresschen.« Grinsend folgte er ihm ins Haupthaus. Die letzten Tage hatte Ryan den Kamin angefeuert, es roch immer noch angenehm nach Holzfeuer. Wie immer war er froh über die schlichte, aber gemütliche Bleibe, die er sein Eigen nennen konnte. Die Einrichtung bestand hauptsächlich aus hellem Holz, was dem Ganzen viel Wärme verlieh.

Während Chief genüsslich sein Fressen in sich hineinschlang, nahm sich Ryan eine eisgekühlte Cola, schaltete den Fernseher ein und ließ sich aufs Sofa fallen. Die Federn ächzten unter dem plötzlichen Gewicht. Er sollte sich unbedingt bei Gelegenheit nach einer neuen Couch umsehen. Damals hatte er sie recht günstig erstanden, und der vermutlich nicht wirklich hochwertige dunkelblaue Stoff verschliss schon. Doch ihm fehlte die Zeit, um sich nach einer neuen umzusehen; wie für so vieles andere. Und das Geld wurde für Wichtigeres benötigt. Zumindest war das Sofa bequem, und das war ja die Hauptsache.

Genussvoll ließ er das kalte Getränk seine Kehle hinunterglucken. Er kämpfte mit sich, ob er sich noch ein paar Eier aus dem Stall holen und sie in die Pfanne hauen sollte, sicherlich hatte Angus einige eingesammelt. Aber er war zu müde. Zum Glück hatte ihm Annabella am späten Nachmittag ein Roastbeef-Sandwich von den Ausmaßen eines Wagenrades zubereitet, das ihn immer noch sättigte. Obwohl sie in ihrem Café eigentlich nur Frühstück, Lunch und nachmittags Kuchen anbot, tischte sie ihm jedes Mal auch später noch etwas Handfestes und Herzhaftes auf, wenn er bei ihr vorbeikam. Der Verdacht keimte in ihm auf, dass sie es extra schon für ihn zurückgelegt und ihn erwartet hatte, doch darüber wollte er besser nicht nachdenken. Er mochte die ein Jahr jüngere Annabella sehr gern. Sie war mit ihrer braunen Haut, die einen exotischen Kontrast zu ihren naturblonden Haaren bot, auch ausnehmend hübsch, aber er empfand eben nur freundschaftliche Gefühle für sie. Hoffentlich sah sie das auch von ihrer Seite aus so.

Ryan griff nach der Fernbedienung, verfolgte eine Weile die Nachrichten und zappte dann weiter. Er blieb bei einer Doku über Tiere in der Serengeti hängen. Chief sprang zu ihm aufs Sofa, worüber es sich wieder mit einem lauten Ächzen beschwerte, und machte es sich hinter den Kniekehlen seines Herrn bequem, den Kopf auf seinem Oberschenkel. Ryan kraulte ihn hinter den Ohren.

»Wir müssen dich noch bürsten«, murmelte er, bevor er, eingelullt von Chiefs Schnarchen, wegdämmerte.

Er konnte nicht sagen, wie lange er geschlummert hatte. Das Schrillen seines Telefons schreckte ihn aus dem Tiefschlaf.

Auch Chief bellte erschrocken auf. Eilig hangelte Ryan nach dem Handy.

Die Nummer der Praxis! Er unterdrückte ein Stöhnen. *Nicht schon wieder ein nächtlicher Notfall!*

»Mary, was gibt's?«, meldete er sich und versuchte, so wach wie möglich zu klingen.

Als Antwort kam nur ein Schluchzen. Alarmiert richtete er sich auf, was ihm ein unwilliges Brummen von Chief einbrachte. »Was ist passiert?«

Mary gingen die Tierschicksale sehr zu Herzen, vor allem, wenn ein Schützling ihrer Obhut anvertraut war. Doch er konnte sich nicht erinnern, dass er sie bislang schon einmal weinen gehört hatte. Es musste etwas Schlimmes geschehen sein.

»Nein, es …«, sie schniefte, »es geht um Glenn.«

»Glenn?« Ryan erstarrte. Der grausame Tod seiner Eltern war mit einem Schlag präsent. Er vermeinte, wieder die Stimme seiner Großmutter zu hören, die mit dem New Yorker Polizisten telefoniert hatte, während er selbst paralysiert auf den Fernseher gestarrt hatte, und die Bilder, die sich ihm dort präsentiert hatten, nicht hatte fassen können. Was für seine Eltern ein fröhlicher Ausflug in die Stadt hätte werden sollen – zum ersten Mal im »Big Apple« –, hatte tödlich geendet. Es war in seinem letzten Schuljahr der Primary School gewesen. Glenn war inzwischen eine Art Ersatzvater für ihn geworden. Eine eisige Hand ergriff Ryans Herz und quetschte es zusammen. Er rang nach Luft.

»Was ist mit ihm?«, stammelte er und schnappte im Hinauslaufen die Schlüssel vom Sideboard, Chief auf den Fersen.

Mary schien sich wieder etwas gefasst zu haben; die Worte wurden klarer. »Plötzlich waren seine Beine taub, völlig gelähmt! Sein Rücken … Er muss sich wohl verhoben haben heute Mittag?« Sie betonte es wie eine Frage.

»Die Elchkuh, verdammt!«, fluchte Ryan harscher als beabsichtigt. »Hank und er haben sie auf die Trage gehievt, während ich mich um das Kalb gekümmert hatte. Ich habe noch gesehen, dass Glenn sich an den Rücken gefasst hat, aber er sagte, es sei nichts. Der alte Sturkopf! Verflucht, hätte ich nur gleich reagiert! Oder hätten wir nur gemeinsam …«

»Gib dir bloß keine Schuld!«, fiel ihm Mary ins Wort.

Doch, das tat er! Zum Diskutieren blieb jedoch jetzt keine Zeit. »Wo ist er?«

»Ich habe gleich den Krankenwagen gerufen. Sie vermuten, es ist etwas mit der Bandscheibe. Wir sind gerade auf dem Weg nach Portland ins Krankenhaus. Eventuell wird Glenn unverzüglich operiert, sagt der Notarzt. Es könnte sonst bleibende Schäden geben. Die Lähmung …« Sie schniefte wieder.

Bilder von dem einst so aktiven Glenn im Rollstuhl schoben sich vor Ryans inneres Auge. Er erschauderte. »Ich komme sofort!«

»Ich … du musst nicht!« Doch sie klang nicht wirklich überzeugt. »Francy fährt hinterher; sie war bei uns. Ich wollte dir nur …«

»Quatsch nicht, das ist doch selbstverständlich«, fuhr er ihr über den Mund, vermutlich etwas zu rüde, doch die Sorge um seinen väterlichen Freund schnürte sich wie ein Ring um seinen Hals, der sich enger und enger zog. »Ich bringe nur kurz Chief zu Angus, dann bin ich schon unterwegs. Ich nehme die Harley, damit bin ich schneller.« Schön und gut, dass Marys beste Freundin, die örtliche Tierbedarfshändlerin und ihre größte Unterstützerin, ebenfalls kam. Aber vielleicht konnte er aus ärztlicher Sicht noch etwas tun. Zu Hause hätte er eh keine Ruhe.

»Danke!«, sagte Mary leise, und er konnte ihr die Erleichterung anhören.

»Ich danke dir fürs Bescheidgeben.« Ryan zögerte. »Hast du … Hope schon angerufen?«

»Ja, aber ihr Handy ist aus. Sie sagte etwas von einem Konzert. Denkst du, sie wird kommen? Sie hat gerade so viele Termine.« Die sonst so taffe Mary, die die Praxis mit resoluter Hand managte, klang auf einmal ungewöhnlich hilflos.

»Natürlich! Sie wird ihren Vater besuchen und bei dir sein wollen«, sagte er im Brustton der Überzeugung. Zumindest hätte die Hope, die er früher einmal gekannt hatte, alles stehen und liegen lassen und wäre losgestürzt. Bevor sie ein Stadtkind geworden war. Er hoffte für ihre Eltern, dass sie auch jetzt mit wehenden Fahnen herbeieilen würde.

Kapitel 2

Hope

Portland

Der strahlende Sonnenschein passte so gar nicht zu ihrem Gemütszustand, als Hope die Gangway hinuntereilte. Auf dem Geländer glitzerte noch der Morgentau; sie hatte den ersten Flug nach Portland genommen. Die Gedanken wirbelten durch ihren Kopf. Die Wahrscheinlichkeit einer bleibenden Lähmung war zwar nicht ganz so hoch, dennoch lag ihr die Angst um ihren Vater wie ein Sack Zement im Magen, der ihr regelrecht auch den Hals zuschnürte.

Ungeduldig drängte sie sich mit ihrem Rucksack an einem älteren Ehepaar vorbei, das alle Zeit der Welt für sich gepachtet zu haben schien. Wie gut, dass sie auf den Rollkoffer verzichtet hatte, so war sie schneller! Colin, der sie netterweise am Morgen mit seinem Jaguar zum Flughafen gebracht hatte und Miss Sophie für heute in seine Obhut nahm, ging davon aus, dass sie am Abend wieder zurückfliegen würde, doch Hope hatte sich sicherheitshalber Wäsche zum Wechseln eingepackt. Der Kleiderschrank bei ihren Eltern war zwar noch voll mit zeitlosen Freizeitklamotten, die sie in New York seltener brauchte, da dort ihre privaten Aktivitäten eher kultureller Natur waren und sie hauptsächlich elegante Kleidung benötigte. Aber die Unterwäsche von damals war doch eine andere als die, die sie heute trug.

Zum Glück erwischte sie direkt ein Taxi. Heute hatte sie keinen Blick für den weißen Leuchtturm, der markant in den blauen Himmel ragte, und die bezaubernden Klinkerstein-Gebäude der Hafenstadt Old Port aus dem neunzehnten Jahrhundert. Oder für die vorgelagerten Inselchen des Arcadia National Park, grau-grüne Tupfen inmitten des tiefblauen Atlantiks. Bei ihren vorigen Besuchen hatten ihre Eltern sie vom Flughafen abgeholt, und sie hatte das Fenster im Land Rover ihres Vaters heruntergekurbelt, um die salzhaltige Luft des Atlantiks einzuatmen. Heute jedoch begnügte sie sich mit der Klimaanlage des Taxis, das für ihren Geschmack viel zu langsam vorankam.

Vorübergehende Paralyse, Querschnittslähmung, dauerhafte Schädigung, jagte es durch ihren Kopf. Ihre Eltern waren ihr immer unverwundbar erschienen. Auf einmal wurde ihr bewusst, dass sie älter wurden. Wenn ihr Vater tatsächlich durch den Bandscheibenvorfall gehandikapt bleiben würde, wäre das eine Katastrophe. Wie sah es mit der Versicherung ihrer Eltern aus? Hatten sie für solch einen Fall vorgesorgt? War das Haus abbezahlt? Die wirrsten Gedanken wirbelten durch ihren Kopf, als befänden sie sich auf einem sich endlos drehenden Glücksrad, auf dem nur Nieten zu finden waren.

Endlich ragte der Gebäudekomplex des Krankenhauses vor ihnen auf. Hope drückte dem Fahrer eine Zwanzig-Dollar-Note in die Hand und eilte zum Haupteingang, ohne auf das Wechselgeld zu warten. Sie hörte noch, wie der Fahrer ihr einen fast unterwürfigen Dank für das üppige Trinkgeld hinterherrief, dann wurde sie schon von der Drehtür am Hauptportal verschluckt.

Der Geruch nach Desinfektionsmitteln war vertraut und doch irgendwie fremd. Hier, in dieser in die Jahre gekommenen Klinik, gesellten sich die Ausdünstungen zahlloser kranker Menschen hinzu. Hope verfluchte sich, dass sie vergessen hatte, ihre Mutter nach der Station zu fragen, und stellte sich am Informationsschalter an. Zum Glück waren nur zwei Personen vor ihr.

»Das Zimmer von Doktor Glenn Archer, bitte«, verlangte sie, als sie an der Reihe war.

Obwohl Hope mit dem Schlimmsten gerechnet hatte, erschrak sie, als sie hörte, dass ihr Vater gerade erst aus dem Aufwachraum gekommen war. Die Rezeptionistin musste sich mehrmals verbinden lassen, bis sie die Zimmernummer in Erfahrung gebracht hatte; sie war noch nicht im Computer. Dann war die Operation wohl doch schwieriger gewesen als befürchtet. Hope folgte den Anweisungen der Schwester und läutete kurz darauf an der Tür zur Station.

Es dauerte einen Moment, bis ein in eine blaue Tracht gekleideter Krankenpfleger kam und sie durch den Türspalt nach ihrem Wunsch fragte.

»Doktor Hope Archer, mein Vater Glenn Archer liegt hier«, sagte sie so resolut wie möglich. Wie erwartet öffnete der Pfleger die Tür sofort. Sie gehörte sonst nicht zu den Menschen, die mit ihrem Doktortitel hausieren gingen, aber hier erschien es ihr angebracht, um schnellstmöglich an Informationen zu kommen. Mit der weißen Jeans und dem weißen Polohemd wirkte sie hoffentlich auch einigermaßen seriös und kompetent.

An der Tür zum Zimmer ihres Vaters hielt Hope kurz inne und atmete tief durch. Leise Stimmen erklangen. Sie zögerte, bevor sie schließlich anklopfte und die Tür vorsichtig öffnete.

Schemenhaft erkannte sie durch den Vorhang zwei Personen, die neben dem Bett saßen. Das Nachbarbett war zum Glück leer, sogar in Folie gepackt. Das Piepen der Gerätschaften, das vom Krankenbett ihres Vaters kommen musste, zerrte an ihren Nerven. Da wurde auch schon der Vorhang beiseitegezogen, und ihre Mutter stand vor ihr.

»Mom!« Mit einem Aufseufzen, das beinahe schon einem Schluchzen glich, fiel sie ihrer Mutter in die ausgebreiteten Arme. Und spürte sofort ein Gefühl des Nachhausekommens.

»Hope, Sweatheart, ich bin so froh, dass du gekommen bist!«

»Das hat viel zu lange gedauert, aber es war der erste Flug«, murmelte sie gegen den Hals ihrer Mutter, bevor sie sie von sich schob. Unter den bernsteinfarbenen Augen, die vermutlich vom Weinen von roten Äderchen durchzogen waren, lagen tiefe Ringe. Um die vollen Lippen zeichneten sich feine Fältchen ab, die Hope bei ihrem letzten Besuch nicht aufgefallen waren. Und auch in den dunklen Locken zeigten sich mehr Silberfäden als zuvor.

»Wie geht es Pops?« Vorsichtig schob Hope den Vorhang ein Stück zur Seite und blickte auf das aschfahle Gesicht ihres Vaters, das sich farblich kaum von dem Weiß des Krankenhaushemdes abhob. Dieses hatte wenigstens noch blaue Blüten, während die Haut ihres Vaters wächsern wirkte. Sein Gesicht war auch sonst eher hager – er war der sehnige Typ –, aber nun wirkte er regelrecht eingefallen. Die geschlossenen Lider lagen tief in den Augenhöhlen.

Sie hatte ihren Vater immer blond vor Augen gehabt. Doch zum ersten Mal fiel ihr auf, dass die Haare einen Graustich angenommen hatten. Mit zweiundsechzig war dies zwar nicht verfrüht, aber es erweckte auf einmal ein eigenartiges Gefühl in ihr.

»Er schläft. Sie haben ihn die halbe Nacht operiert«, sagte ihre Mutter leise.

»Und?«

»Er ist erst kurz wieder aus dem OP zurück; der Arzt müsste jede Minute zu uns kommen. Und dann erfahren wir hoffentlich mehr.« Ihre Mutter seufzte. Die unterschwellige Nervosität war in jeder ihrer angespannten Bewegungen zu erkennen.

Erst durch das Quietschen von Stuhlbeinen auf dem Linoleum wurde Hope wieder der zweiten Person am Bett ihres Vaters gewahr.

Und schon lag sie in weichen Armen, die sie umhüllten wie ein warmer, weicher Mantel an einem kühlen Herbsttag. Sie sog Geborgenheit ein.

»Francy! Wie schön, dass du da bist!«

»Ich lasse doch deine Mutter nicht allein«, kam es resolut zurück.

Unwillkürlich musste Hope lächeln. Ihre Patentante Francine, die beste Freundin ihrer Mutter, war einfach ein Unikum. Obwohl sie nicht groß war, steckte sie voller Tatendrang und konnte ordentlich zupacken. Was sie auch musste, denn im örtlichen Tierbedarfshandel, den sie leitete, gab es öfter Schweres zu schleppen. Mollig, aber nicht wirklich dick, mit modisch kurz geschnittenen rotblonden Haaren, in denen trotz des Alters von Ende fünfzig noch kaum graue zu finden waren, strahlte Francine eine Herzensgüte aus, die alle in ihren Bann schlug. Solange Hope denken konnte, war Francy ein Teil ihres Lebens, und sie liebte sie, als gehörte sie tatsächlich zu ihrer Familie – was sie wohl irgendwie auch tat.

Ihr Blick fiel auf den dritten leeren Stuhl, über dem eine Lederjacke hing, die ihr vage bekannt vorkam. Plötzlich erinnerte ihr trockener Mund sie daran, dass sie heute noch kaum etwas getrunken hatte. War das …?

In dem Moment klopfte es an der Tür, und sie öffnete sich.

Da stand er. Höchstpersönlich. *Ryan.*

Für diese Jahreszeit war er ungewöhnlich braun gebrannt; vermutlich verbrachte er viel Zeit im Freien. Der Dreitagebart, den er früher nicht getragen hatte, stand ihm ausgezeichnet und machte ihn männlicher, als sie ihn in Erinnerung hatte.

Mit einem Blick nahm sie seine schlanke Gestalt in sich auf. Die verwaschene Jeans saß eng auf seinen Hüften, die Füße steckten in Boots, und das khakifarbene T-Shirt spannte über seinen Schultern, die auch breiter als früher zu sein schienen. Seine Größe wirkte fast einschüchternd, doch sicherlich lag es nicht daran, dass er gewachsen war. Colin war nur ein Stück größer als sie, während Ryan sie um beinahe einen Kopf überragte.

Ihr Pulsschlag hämmerte ihr so laut in den Ohren, dass sie meinte, jeder im Raum müsse ihn hören. Er übertönte auch das Piepen der medizinischen Gerätschaften ihres Vaters.

Ihre Glieder schienen sich in Beton verwandelt zu haben, und sie starrte ihn einfach nur an, unfähig, sich zu bewegen oder etwas zu sagen.

Auch er war wie in der Bewegung eingefroren und musterte sie stumm. Den Blick aus seinen braunen Augen konnte sie nicht deuten. Lag etwa Wehmut in seinem verhaltenen Lächeln?

Ihre Trennung war nach vier Jahren Fernbeziehung, in denen sie sich nur in den Semesterferien gesehen hatten, aus der Distanz erfolgt. Es war das erste Mal, dass Hope ihm seitdem gegenüberstand. Die vergangenen sechs Jahre hatten seinem guten Aussehen nicht geschadet, im Gegenteil. Das Männliche stand ihm hervorragend. Hätte er nicht einfach dick und glatzköpfig werden können?

»Hallo, Hope«, sagte er schließlich heiser, ohne Anstalten zu machen, ihr die Hand zu reichen. »Wie geht es dir?«

Sie räusperte sich. »Hi. Es war ein Schock, das mit Pops.«

Er nickte bekümmert. Falten gruben sich in seine Wangen. Es schien auch ihn mitgenommen zu haben.

»Und, was ist passiert, Ryan?«, mischte sich ihre Mutter ein. »Wer hat angerufen?«

Er schüttelte sich, als müsste er sich in die Gegenwart zurückbringen. »Mrs Bloombergs Hund ist unglücklich in ein Loch getreten und hat sich vermutlich das Bein gebrochen. Ich sollte gleich los.«

»Kommst du allein klar?«

»Das schaffe ich schon.« Er legte kurz die Hand auf den Arm ihres Vaters, murmelte etwas und schnappte sich die Lederjacke vom Stuhl. Kurz meinte Hope, seinen Duft nach Kiefern und Sandelholz wahrzunehmen, doch vielleicht hatte sie es sich auch nur eingebildet.

Das Leder der Jacke knirschte, als ihre Mutter ihn umarmte. »Richte Mrs Bloomberg liebe Grüße aus und alles Gute. Danke, dass du für uns da bist.«

Sanft tätschelte er ihren Rücken. »Da gibt es nichts zu danken, das ist selbstverständlich. Ich wäre gern geblieben und hätte die Ergebnisse gehört. Ich schaue, ob ich draußen noch einen Arzt erwische. Sag mir bitte gleich Bescheid, wenn ihr etwas Neues von Glenn wisst.« Er umarmte auch Francy und nickte Hope zu. »Dann mach's gut! Ich wünsche dir alles Gute!« Mit der Andeutung eines Lächelns war er zur Tür hinaus.

Hope ließ sich auf den frei gewordenen Stuhl sinken, meinte, noch Ryans Körperwärme darauf zu spüren, und ergriff die Hand ihres Vaters, ohne die Kanüle zu berühren. Seine Finger waren kalt. Sie redete sich ein, dass das seltsame Gefühl in ihrem Bauch allein daher rührte, dass sie sich um ihren Vater sorgte.

»Schade, dass Ryan wegmusste«, sagte Francy mit Bedauern in der Stimme.

Hope versteifte sich unwillkürlich. So bedauerlich fand sie es gar nicht. Bei ihren letzten kurzen Besuchen hatte sie es wohlweislich geschafft, ihm aus dem Weg zu gehen. Oder er ihr, denn »zufällig« war er auch meist unterwegs gewesen, wenn sie nach Lynnwood Falls gekommen war. Dann rief sie sich zur Vernunft. Herrje! Sie war eine erwachsene Frau, die erfolgreich mit beiden Beinen im Berufsleben und in einer festen Beziehung stand, in der sie sehr glücklich war. Warum ließ sie zu, dass sie verwirrt war? Vielleicht war auch sie übermüdet. Die Sorge um ihren Vater hatte sie wach gehalten.

Ihre Mutter seufzte. »Wieder ein Notfall! Der arme Ryan kommt nie zur Ruhe. Er hat schon vorletzte Nacht kaum geschlafen.«

Doch zum Glück enthob sie ein Klopfen an der Tür einer Antwort.

Der Arzt, der sich mit dem blumigen Namen Doktor Rose vorstellte, war noch recht jung, vielleicht Mitte dreißig. Obwohl sein Gesicht jugendlich war, zeichnete die Müdigkeit Falten in seine Haut, und seine aschblonden Haare wirkten zerzaust, als hätte er schon länger nicht mehr vor einem Spiegel gestanden. Vermutlich dauerte sein Dienst auch schon länger als acht Stunden. Die Hand, die er ihnen reichte, war weich, der Händedruck jedoch kräftig.

Er bat sie, mit nach draußen zu kommen, um den Patienten nicht zu stören.

»Doktor Hope Archer, ich bin die Tochter, und das ist meine Mutter Mary Archer«, stellte Hope sich vor.

»Sehr erfreut. Ich habe gerade schon mit Doktor Cooper gesprochen. Ihrem Vater und Gatten geht es den Umständen entsprechend gut. Die Operation war etwas schwierig. Wir hatten sehr viel Glück, dass Sie so schnell reagiert haben, Mrs Archer.« Er nickte ihrer Mutter anerkennend zu. »Die Quetschungen am Nerv hätten bleibende Schäden verursachen können, wenn die Bandscheibe ihn noch länger gereizt hätte. Doch Gott sei Dank konnten wir den Nerv ohne irreversible Beschädigungen retten.«

Hope stieß die Luft aus, die sie vermutlich die ganze Zeit angehalten hatte, ohne es zu merken.

Auch ihre Mutter rang hörbar nach Atem. »Das heißt, er wird wieder völlig gesund werden?« Ein zaghaftes Leuchten erhellte ihre Züge.

Der Arzt nickte.

»Haben Sie ihn operiert, Doktor Rose?«, erkundigte sich Hope.

Sein Lächeln wirkte müde. »Nein, da der Fall schwieriger lag, hat Professor Vanderbilt die Operation selbst übernommen, aber ich habe ihm assistiert. Er wird morgen auch noch selbst mit Ihnen sprechen, er musste gleich weg.«

Sie zog die Augenbrauen zusammen. »Was meinen Sie mit ›schwieriger‹? Können Sie mir die Details nennen?«

»Sind Sie vom Fach, Doktor Archer?« Nun wirkten seine blauen Augen wacher.

»Orthopädie«, murmelte sie, ohne ihn darüber in Kenntnis zu setzen, dass sie Veterinärmedizinerin war. Schließlich unterschied sich ein menschlicher Bandscheibenvorfall nicht wesentlich von einem tierischen; das Prinzip blieb dasselbe.

»Die Bandscheibe war vorgewölbt, der Spinalkanal war zu eng und musste ausgefräst werden. Wir mussten auch ein Stück Wirbel entfernen, um an die Bandscheibe zu gelangen. In dem Zug haben wir gleich einige Zysten an der Wirbelsäule entfernt.«

Der Doktor schien von ihrer Fachkenntnis beeindruckt zu sein, als sie gezielt Fragen nach der Operation stellte, und nahm sich ausführlich Zeit, sie zu beantworten.

»Das Wichtigste ist nun«, er nickte Hope anerkennend zu, »das werden Sie selbst wissen, Doktor Archer, dass Ihr Vater sich schont …«

»Das sagen Sie mal meinem Mann«, seufzte ihre Mutter.

»Es geht hier um seine Gesundheit. Diese ist noch labil.« Er lächelte müde. »Ich weiß, dass Ärzte die schlechtesten Patienten sind, aber ich hoffe, er wird vernünftig genug sein, sich nicht zu belasten. Vorerst darf er nur liegen oder einige Schritte gehen; er darf keinesfalls sitzen. Ich würde direkt eine Reha empfehlen. Es gibt eine hervorragende Einrichtung an der Küste, in der Nähe von Bath. Dann ist er auch von zu Hause weg und wird nicht verführt, mit anzupacken. Die Physiotherapie anschließend ist ebenso wichtig.«

»Darum kümmere ich mich persönlich«, versprach Hope.

»Das ist wundervoll. Dann wäre das ja geklärt.« Das Strahlen ließ sein Gesicht gleich noch jünger erscheinen. Er ergriff ihre Hand. »Es freut mich sehr, Sie kennengelernt zu haben, Doktor Archer.«

»Herzlichen Dank für alles, Doktor Rose.«

»Keine Ursache!« Er drückte auch ihrer Mutter die Hand, bevor er sich auf quietschenden Sohlen entfernte.

Da stürmte auch schon Francy auf sie zu, die sich diskret zurückgezogen hatte. Die Sorge stand ihr ins Gesicht geschrieben. »Und, wie geht es ihm?« Als sie hörte, dass Glenn einige Wochen in Reha musste, schlug sie die Hand vor den Mund. »Ich hatte schon befürchtet, dass er eine Weile ausfallen wird. Wird Ryan das schaffen? Sie kommen doch zu zweit schon kaum klar …«

Ihre Mutter wirkte grau im Gesicht, als sie die Schultern hob. »Der arme Junge rackert sich ohnehin schon von früh bis spät ab. Ich weiß ehrlich gesagt nicht, was wir ohne ihn tun würden. Wir haben kürzlich die medizinische Betreuung der Tiere auf dem Wellington-Hof mit übernommen, das gibt auch noch mal extra Geld, das wir sicherlich in der jetzigen Situation mehr als gut gebrauchen können. Aber ich denke, das Sinnvollste wird sein, wir geben wieder etwas ab.« Ihr Seufzer kam aus tiefstem Herzen.

»Was ist mit dem alten Doc Morris? Der hat doch Pops immer vertreten?«, fragte Hope.

»Der hat Parkinson, starker Tremor. Er kann unmöglich operieren. Ryan hat quasi auf den Höfen seinen Part übernommen.«

»Sprich zuerst mit Ryan, bevor du etwas entscheidest. Er ist ein Goldjunge, ihm wird etwas einfallen«, schlug Francy vor. »Vielleicht kennt er auch jemanden aus dem Studium, der ihn unterstützen kann.«

Ihre Mutter nickte müde.

In Hope kämpften die widersprüchlichsten Gefühle. Es verletzte sie, dass niemand an sie dachte. Das war schließlich das Naheliegende. Und dann sah sie Colins Gesicht vor sich.

Missbilligend verzogen. *Du erwägst das ernsthaft?*, schien er sie zu fragen.

»Ich werde euch helfen«, sagte sie, bevor sie den Gedanken zu Ende gedacht hatte.

»Was?« Das Leuchten, das über das Gesicht ihrer Mutter zog, ließ den Kloß in ihrem Hals zurückkommen, den sie schon am Morgen verspürt hatte.

Hope drückte den Rücken durch. »Ich lasse euch jetzt nicht im Stich. Wir sind eine Familie, und wir halten zusammen. Das habt ihr mir doch beigebracht.«

Hinter ihren Lidern begann es zu prickeln. Plötzlich drehte sich der Gang um sie herum, die Wände rückten näher. Die Panik über den Entschluss drohte sie zu überwältigen. Sie hatte in New York eine Station zu leiten, Patienten. Was tat sie da? Sie atmete einige Male durch. Doch tief in ihrem Herzen verspürte sie eine Ruhe, die sie überraschte. Was sie gesagt hatte, fühlte sich so richtig an.

»Aber, Sweatheart, du hast doch deinen Beruf, deine Führungsposition in New York, wie …« Ihre Mutter wischte sich über die Augen.

»Der Sommer naht. Da werden die wohlhabenderen New Yorker Städter flüchtig; sie ziehen auf ihre kühleren Landsitze. Da ist bei uns in der Klinik nicht so viel los. Ich werde um eine unbezahlte Auszeit bitten. Ich hatte kürzlich eine Assistenzärztin, deren Anstellung zum Monatsende ausläuft. Vielleicht kann sie ihre Zeit bei uns noch verlängern und mich vertreten. Sie ist schon eingearbeitet. Ich werde wohl gelegentlich nach New York fliegen oder zumindest einiges von hier aus koordinieren müssen, doch im Großen und Ganzen bin ich da. Ich werde mich direkt darum kümmern«, versprach Hope mit mehr Bestimmtheit, als sie verspürte.

Und schon verschwand sie wieder in Francys tröstender Umarmung. »Ich wusste, dass mein Baby die Familie nicht im

Stich lässt.« Auch sie musste sich eine Träne aus dem Augenwinkel wischen.

Hope legte ihr eine Hand auf die Wange. »Natürlich nicht.« Doch die Furcht, einen schrecklichen Fehler zu machen, drückte ihr die Luftzufuhr ab. Was sollte aus Miss Sophie werden? Hope wollte der Hündin keinen Flug zumuten. Sicherlich würde sie vorübergehend sehr gut versorgt werden, aber sie fehlte ihr jetzt schon unendlich.

Dann war da noch ihr Chefarzt, den sie von dem Arrangement überzeugen musste. Sie musste auch Colin einiges beibringen. Nicht nur, dass sie am heutigen Abend nicht mehr zurückkam und den Segeltörn für morgen ausfallen lassen musste, den er ihretwegen arrangiert hatte. Sie würde ihm auch erklären müssen, dass sie gleich für sicherlich zwei, drei Monate ausfallen würde.

Colins Familie war anders als ihre. Seine elegante Mutter war kälter als ein Fisch in der Arktis, und sein Vater war ein wandelnder Geschäftssinn. Würde Colin Verständnis für ihre familiäre Situation haben? Vermutlich nicht. Sein missbilligender Blick schien sie förmlich zu erdolchen.

Doch wenn sie ehrlich zu sich selbst war, rührte das Grummeln im Magen nicht nur daher. Da war noch Ryan. Mit dem sie jetzt zusammenarbeiten würde. Früher einmal war das ihr großer gemeinsamer Traum gewesen: Seite an Seite in einer Praxis. Und nun verursachte der Gedanke ihr einfach nur eine nackte, unbestimmbare Angst.

Ryan

Lynnwood Falls

Das vertraute Knattern der Harley wurde lauter, als Ryan auf einer Steigung herunterschaltete und Gas gab. Mit seinem gesamten Körper nahm er das Vibrieren wahr. Das Sonnenlicht, das durch die hohen Kiefern gefiltert wurde, verursachte einen rasanten Licht- und Schattenwechsel. Er fuhr zu schnell. Nicht nur im Hinblick auf mögliche Polizeikontrollen; die fürchtete er am heutigen Sonntagmorgen nicht. Sheriff Thomson hatte momentan vermutlich anderes zu tun, als seine Jungs hier auf der Strecke nach Portland zu postieren, wo um diese Zeit noch wenig Verkehr herrschte. Aber Ryan war übermüdet, und auch wenn er sich aktuell voll von Adrenalin und hellwach fühlte, so war seine Aufmerksamkeit doch abgelenkt von dem Morgen. Glenns Operation. Der Notfall.

Und das Wiedersehen mit Hope.

Sie hatte ihn angestarrt, als wäre er ein Wildfremder, der sich in ihr Gespräch drängte. Von Wiedersehensfreude keine Spur.

Ryan holte tief Luft und sog die würzige Waldluft ein, die nach Erde und Kiefern duftete. Er konnte es sich nicht leisten, einen Unfall zu haben und auch noch auszufallen. Dennoch musste er sich regelrecht zwingen, Gas wegzunehmen, bis die Harley wieder in ein sonores Blubbern überging.

Der Wald endete, und im Tal breitete sich Lynnwood Falls aus. Wie immer überkam ihn beim Anblick seiner Heimat ein wohliges Gefühl. Portland war mit fünfundsechzigtausend Einwohnern keine unangenehme Großstadt, dennoch war ihm das ländliche Leben lieber. Die Höfe, die sich weiträumig durch die Ebene zogen, der »Stadtkern« mit seinen farbenfrohen Häusern in Pastellblau, Mintgrün und Hellgelb mit den weißen Veranden – alles atmete eine heimelige Sauberkeit aus, obwohl viele der Häuser bereits in die Jahre gekommen waren und der Zahn der Zeit an ihnen beziehungsweise dem Putz oder den Anstrichen nagte.

Mrs Bloomberg wohnte nur einige Häuser von der Praxis entfernt. Ryan parkte direkt vor ihrer Veranda und eilte die hölzernen Stufen hinauf zum Haus. Sie öffnete, noch bevor er geklingelt hatte.

»Danke, dass Sie so schnell gekommen sind, Ryan …« Eine feine Röte überzog das faltige Gesicht. »Doktor Cooper«, korrigierte sie sich schnell.

Ryan lächelte. »Wir kennen uns mein Leben lang. Sagen Sie ruhig weiterhin Ryan, Mrs Bloomberg. Wir schauen gleich nach Ihrer Kleinen. Die bekommen wir schnell wieder hin.«

»Wie geht es Doktor Archer denn?«

»Den Umständen entsprechend. Die OP ist gut verlaufen. Ich soll Sie von Mary grüßen.«

»Danke! Kommen Sie herein, Missy ist drinnen. Sie hat im Garten umhergetollt und muss in einen Hasenbau getreten sein. Sie hat fürchterlich gejault und konnte nicht mehr auftreten, da habe ich sie ins Haus getragen.«

Der dunkel getäfelte Hausflur wirkte nach dem grellen Sonnenlicht doppelt düster. Es roch auch etwas modrig im Inneren, nach alten Möbeln, die ihre besten Zeiten schon hinter sich hatten. Auch die Politur, die ihre Duftnote beitrug, konnte den Geruch nicht ganz unterdrücken.

Die gebrechliche alte Frau, die wie ein Hutzelweibchen wirkte, hatte es irgendwie geschafft, ihre dreißig Pfund schwere, grau melierte Mischlingshündin ins Haus zu schleppen und auf das geblümte Sofa zu betten. Die Hündin hob den Kopf als er zu ihr trat, doch ihr Bellen klang gequält. Sie jaulte auf, als er das Bein berührte.

»Ich weiß nicht, ob ich das richtig gemacht habe.« Mrs Bloombergs Stimme zitterte.

»Ja, das war genau das Richtige, sie hinzulegen. Das nächste Mal besser auf den Boden, auf eine Decke, damit sie sich beim Runterspringen nicht zusätzlich verletzt. Aber sie ist ja eine Brave und liegen geblieben«, beruhigte er sie. »Generell ist Kühlen mit etwas Eis genauso hilfreich wie bei Menschen.«

Er kraulte die Hündin, murmelte einige beruhigende Worte, bis er spürte, dass sie ihn akzeptierte. Dann untersuchte er vorsichtig das Bein. Der Knochen knirschte leicht. »Ich nehme sie mit in die Praxis, und dann untersuche ich sie. Möchten Sie mitkommen?«

»Gern!« Die alte Frau sah erleichtert aus. Vermutlich war Missy das Einzige, was ihr nach dem Tod ihres Mannes geblieben war. Sie wollte bei ihrer »Angehörigen« bleiben.

Er nahm Missy auf den Arm.

Mrs Bloomberg legte sich ein Tuch um die Schultern, zog einen Hut auf – schließlich war heute Sonntag –, hängte sich die altmodische Handtasche über den Arm und tippelte neben ihm her in Richtung Praxis.

Seine Achtung vor ihr stieg. Die Hündin war nicht groß, aber dennoch wurde sie mit der Zeit schwer. Ryan spürte die Anstrengung in den Armmuskeln. Er war froh, als er mit der Last die Stufen zur Praxis erklommen hatte.

»Könnten Sie mir bitte in die rechte Jackentasche fassen – dort ist der Schlüssel – und die Tür öffnen?«, keuchte er.

Obwohl ihre Hand zitterte, schaffte es Mrs Bloomberg zum Glück schnell, das Schloss zu öffnen, und stieß die Tür auf.

Vorsichtig legte er den Hund auf dem Untersuchungstisch ab, was nur ein kurzes Aufjaulen von Missy zur Folge hatte. Er kraulte sie und beruhigte sie abermals mit sanften Worten. Dann legte er ihr eine Kühlkompresse auf das Bein, um die Schmerzen zu dämmen, während er eine Spritze aufzog. Da Mrs Bloomberg ihn mit Argusaugen beobachtete, bemühte er sich, kein allzu besorgtes Gesicht zu machen.

Möglichst ruhig sagte er: »Mary Archer ist noch unterwegs. Sie dürfen nun meine Assistentin sein, Mrs Bloomberg. Ich gebe Missy jetzt ein Betäubungsmittel. Wenn Sie sie dazu kurz ruhig halten würden? Danach werde ich ein Röntgenbild machen, damit wir sehen, was los ist.« Er ließ es extra einfach klingen.

Ryan wartete, bis das Röntgenbild entwickelt war. Zum

Glück war es ein glatter Speichenbruch, der gerichtet und extern bandagiert werden konnte, die Elle war nicht verletzt.

Er schlüpfte in den Kittel, wusch sich sorgfältig die Hände und drückte auch Mrs Bloomberg eine Schürze von Mary in die Hand, bevor er sie bat, sich ebenfalls die Hände zu desinfizieren. Man spürte förmlich, wie die alte Dame sich wichtig vorkam. Sie hatte das Gefühl, gebraucht zu werden, und das tat ihr gut. Ganz wie er es bezweckt hatte.

Mrs Bloomberg half ihm beim Schienen und Anlegen des Stützverbandes. Sie machte ihre Sache gut, ohne allzu viel zu reden.

»An Ihnen ist direkt eine Assistentin verloren gegangen«, lobte Ryan sie, was ihm ein glückliches Strahlen einbrachte.

Die faltigen Wangen röteten sich. »Denken Sie?«

»Auf jeden Fall«, versicherte er lächelnd.

Sie stellte sich auch beim Fixieren des Verbands erstaunlich geschickt an, und wieder lobte er sie, während er Missy eine Spritze zum Aufwachen gab.

»Wissen Sie, als mein Alfred gefallen ist, damals im Vietnamkrieg, war ich ja noch gar nicht so alt. Und hatte keinen Beruf. Da habe ich das Schneidern angefangen. Mit verschiedenen Lagen Stoff kann ich also umgehen.«

Ryan lachte. »Das merkt man. Sie machen das wirklich prima.«

Wie zur Bestätigung leckte ihr die Hündin schläfrig die Hand. Ryan griff in die bereitstehende Box und gab ihr ein paar Leckerli, bevor er sie am Hals kraulte.

»Das hast du brav gemacht«, lobte er auch sie, bevor er sich an Mrs Bloomberg wandte: »Schauen Sie, dass Missy die nächsten Tage nicht so viel herumspringt. Leichte Spaziergänge kann sie mit Ihnen machen. Sie wird das Bein automatisch nur so viel belasten, wie es ihr guttut. Aber halten Sie sie an der Leine. Der Verband muss regelmäßig gewechselt werden. Machen Sie bitte am Montag die Termine mit Mary Archer aus. Ich gebe Ihnen noch Schmerzmittel mit, die Missy einige Wochen einnehmen muss. Die Dosierung schreibe ich Ihnen auf. Es ist wichtig, dass Ihre Hündin diese regelmäßig nimmt.«

»Vielen, vielen Dank, Doktor Cooper!« Nun war Sie doch wieder bei der förmlichen Anrede. »Was bin ich Ihnen schuldig?«

Ryan zögerte. So wie es aussah, bekam Mrs Bloomberg nur eine kleine Witwenrente und konnte aufgrund ihrer schlechten Augen nicht mehr viele Näharbeiten annehmen. Zumal sie schon weit über siebzig war. Als Selbstständige bekam sie sicherlich nicht viel Rente und hatte sich bestimmt auch nicht übermäßig abgesichert. Mary und Glenn hatten es immer so gehalten, dass sie auch pro bono arbeiteten, wenn bei den Tierbesitzern das Geld knapp war. Doch etwas sagte ihm, dass es Mrs Bloombergs Stolz verletzen würde, wenn er gar nichts nahm.

»Das macht dreißig Dollar fürs Röntgen und das Material«, sagte er schließlich.

Wieder färbten sich ihre Wangen. »Aber … aber … das reicht doch nicht! Sie sind extra von Portland gekommen. Und Ihre Arbeit …«

»Sie haben doch fleißig mitgearbeitet«, gab er lächelnd zurück.

»Nein, aber … das möchte ich nicht«, sagte sie entschieden.

Er winkte ab. »Das konnte ich einschieben. Wissen Sie, was? Mary liebt Ihre vorzügliche Philadelphiatorte, und ich könnte dafür sterben. Warum zaubern Sie uns nicht nächste Woche irgendwann eine Ihrer wundervollen Torten? Das ist uns wesentlich mehr wert«, schlug er vor und zwinkerte ihr zu. »So etwas Köstliches kann man ja nirgends kaufen. Bei der letzten Kirchenfeier konnte ich wieder kein Stück ergattern; sie war so schnell weg.«

»Das mache ich gern.« Ihre Wangen nahmen die Farbe von reifen Äpfeln an. »Sind Sie sicher, dass das genügt?«

Ryan nickte. »Absolut sicher. Mir läuft jetzt schon das Wasser im Mund zusammen vor Vorfreude.«

Mrs Bloomberg öffnete ihre abgetragene Handtasche, die sicher schon einige Sommer und Winter ins Land hatte gehen sehen, und holte das Portemonnaie heraus. Als er sah, dass sie die letzten Scheine zusammensuchte, um ihn zu bezahlen, überkam ihn die Gewissheit, das Richtige getan zu haben.

Das Geld schloss er in die Schatulle für Mary und legte sie zurück in den Safe. Er war sich sicher, dass Glenns Frau ihm zustimmte, wenn sie davon hörte. Mal davon abgesehen, dass sie sich sicherlich auf die Torte freute.

Er hob Missy vom Untersuchungstisch und setzte sie behutsam auf dem Boden ab, wo sie vorsichtig einige Schritte humpelte. »Sie ist noch etwas benommen, aber das legt sich bald.« An die Hündin gewandt fuhr er fort: »So, junge Dame. Dann pass du nächstes Mal besser auf, wohin du trittst.«

»Vielen Dank nochmals, Doktor Cooper.« Mrs Bloomberg ergriff seinen Arm. »Und jetzt geben Sie mir noch ihren Kittel mit; da hängt die rechte Tasche ein Stück runter. Die nähe ich Ihnen an.«

Verlegen grinste Ryan. »Da haben Sie recht. Die habe ich mir gestern eingerissen und wollte den Kittel schon weghängen. Das ist ein prima Deal!« Spontan umarmte er die alte Dame zum Abschied. »Ich wünsche Ihnen einen guten Memorial Day morgen.«

Nachdenklich sah er ihr hinterher. Sie war seit dem Tod ihres Mannes vor über fünfzig Jahren allein geblieben. Morgen wurde seiner gedacht. Ob er wohl ihre große Liebe gewesen war und sie nie wieder jemand Adäquates gefunden hatte?

Dann schüttelte er sich. Woher kamen die sentimentalen Gedanken, um Himmels willen? Bestimmt rührten sie von der Übermüdung her. Er würde jetzt nach der Elchkuh und ihrem

Kalb sehen, anschließend Mary anrufen, danach heimfahren, duschen, etwas essen und dann mit Chief ein Mittagschläfchen halten. Und hoffen, dass ihn niemand dabei störte. Schließlich hatte er Susan und auch Brandon versprochen, später ins *The Eighties* zu kommen. Er freute sich schon auf den Abend unter Freunden.

Kapitel 3

Hope

Portland/Lynnwood Falls

Hope beendete das Telefongespräch und ließ sich gegen die Wand des Motelzimmers sinken, das sie mit ihrer Mutter fürs Wochenende gemietet hatte.

Zuerst hatte sie ein schlechtes Gewissen gehabt, ihre Kollegin heute, am Sonntag, anzurufen und sie zu fragen, ob sie denn gegebenenfalls bereit wäre, für sie einzuspringen, wenn der Chefarzt sich einverstanden erklärte. Doch ihre Assistenzärztin hatte sich so sehr über die Aussicht auf eine befristete Stelle gefreut, dass sich das schnell relativiert hatte. Das lief ja alles wesentlich besser als geplant. Natasha war nicht nur überglücklich, sie zu vertreten, sondern bot an, wenn alles klappte, auch ihre Wohnung zur Zwischenmiete zu übernehmen, und versprach, ihr gleich eine Kiste mit Kleidern per Express zu schicken. Zudem kümmerte sie sich um Miss Sophie; so wurde diese wenigstens nicht aus ihrer gewohnten Umgebung gerissen. Ihre Hündin fehlte ihr jetzt schon schmerzlich.

Wie natürlich auch Colin. Beim Gedanken an ihn wurde Hope das Herz schwer. Er hatte so viel für sie getan. Sie fühlte sich schäbig und undankbar, dass sie ihn morgen beim Segeltörn im Stich ließ.

Sie beschloss, zuerst ihren Chef um unbezahlten Urlaub zu bitten. Auch er war ein Arbeitstier, der keinen Sonn- und Feiertag kannte, und sie wollte es schnell hinter sich bringen. Zum Glück überwand er seinen anfänglichen Unmut schnell, als sie ihm die fertige Lösung präsentierte, und stimmte zu, Natasha die Vertretung übernehmen zu lassen. Hope versprach ihm, sich telefonisch auf dem Laufenden zu halten und die Klinik zu unterstützen, wo immer Not am Mann beziehungsweise an der Frau war.

Der Anruf bei Colin fiel ihr am schwersten.

Wie erwartet echote er fassungslos: »Du nimmst eine Auszeit? Bis zum ersten September? Und hast alles schon arrangiert, ohne mich vorher in Kenntnis zu setzen?«

»Ich würde bis Mitte August dort bleiben, dann haben wir ja unseren gemeinsamen Sommerurlaub geplant, bei dem bleibt es natürlich«, versicherte sie schnell.

»Ich spreche nicht von unserem Urlaub«, kam es kalt zurück.

Zerknirscht biss Hope auf ihren Daumennagel. »Es tut mir so leid. Ich bin noch völlig durcheinander von der Sorge um meinen Vater. Aber es ist mir so wichtig, bei ihm zu sein, meine Familie zu unterstützen, und ich musste sofort eine Lösung suchen.«

Die Stille in der Leitung wog bleischwer. »Nun gut. Es ist deine Entscheidung.« Colins missbilligender Tonfall ließ keinen Zweifel daran, was er davon hielt. »Ich werde morgen auf jeden Fall an dem Segeltörn teilnehmen und für deine Physiotherapie-Abteilung kämpfen.« Auch jetzt wurde sein Gedanke ganz deutlich: nämlich dass er fand, dass sie selbst hätte dafür kämpfen müssen.

»Du bist der Allerbeste, ich danke dir von Herzen. Wenn wir uns sehen, werde ich es wiedergutmachen.« Sie gab ihrer Stimme einen verführerischen Tonfall. »Sodass du alles andere vergisst.«

Colin klang ein kleines bisschen versöhnlicher. Dennoch konnte er sich wohl nicht verkneifen zu sagen: »Ich hoffe, du vergisst deine Pflichten und Prioritäten nicht ganz.«

»Nein, natürlich nicht. Und du fehlst mir schon jetzt.«

»Das hättest du dir vielleicht etwas früher überlegen sollen, bevor du Entscheidungen über meinen Kopf hinweg fällst.« Dies schien ihn tatsächlich zu treffen.

Sie konnte ihn im Laufe des Gesprächs noch ein bisschen versöhnen. Morgen Abend würde sie ihn wieder anrufen. Sie hatte tatsächlich einiges bei ihm gutzumachen, wenn sie sich wiedersahen.

Am nächsten Morgen besorgten sie in einem 24/7-Supermarkt einige lokale Leckereien wie geräucherten Kabeljau, Mi xed Pickles, die ihr Vater so gern mochte, Donuts mit rosa Zuckerguss, wie ihre Mutter sie liebte, und Mountain Dew, da ihr Vater keinen Alkohol trinken durfte. Wenigstens sollte es am heutigen Memorial Day für ihn ein kleines traditionelles Picknick geben.

Mit dem Taxi fuhren sie zum Krankenhaus. Der Weg führte am Meer vorbei. Irgendwo da draußen auf dem Atlantik, ein Stück südlicher, segelte in diesem Moment Colin. Hope schämte sich dafür, dass sie es genoss, den heutigen Tag im Kreis ihrer Eltern zu verbringen. Seit Weihnachten hatte sie die beiden nicht mehr gesehen, das war eine lange Zeit.

Ihr Vater konnte – und sollte – zwar einige Schritte gehen, aber für die lange Strecke hatten sie ihm einen Liege-Rollstuhl besorgt. Sie fanden ein Bänkchen und stellten ihn quer vor sich. Heute sah er schon viel besser aus, und in der Sonne bekam sein Gesicht schnell Farbe. Obwohl er ein äußerst ungeduldiger Patient war, nahm er sich ihnen zuliebe sichtlich zusammen und fand auch in Gesellschaft »seiner zwei Frauen«, wie er sie nannte, teilweise wieder zu seinem alten Humor zurück.

Die Zeit verging im Nu.

Und schon traf Francy ein, die über Nacht zurück nach Lynnwood Falls gefahren war, um sie mit dem Auto nach Hause zu bringen.

Ihr Vater nahm Hope bei der Hand. »Danke, Sweety, dass du deiner Mom und Ryan hilfst und für mich einspringst. Das bedeutet mir sehr viel.« Er sah ungewöhnlich gerührt aus. Normalerweise versuchte er solche Regungen meist zu verbergen.

Sie strich ihm über die stoppeligen Wangen. Es war ganz ungewohnt, dass er nicht rasiert war. »Bist du sicher, dass Mom nicht bei dir bleiben soll? Sonst versuchen Ryan und ich …« Schon bei dem Gedanken daran, mit ihm allein zu sein, wurde ihr mulmig.

«Absolut«, brummte ihr Vater zum Glück. »Es wuseln hier doch schon mehr als genug Leute um mich herum, die es *gut mit mir meinen!*« Er betonte die letzten Worte, als wollte ihm jemand an die Gurgel.

Ihre Mutter lachte. »Du alter Brummbär! Du fehlst mir jetzt schon.« Sie zog seine Hand an ihre Wange und schmiegte sie hinein. Die beiden sahen sich einen Moment wortlos an, und man konnte förmlich das innige Band zwischen ihnen spüren.

Hope hatte immer bewundert, wie gut sich ihre Eltern verstanden, obwohl sie beinahe den ganzen Tag zusammen verbrachten. Natürlich gab es auch mal Streit zwischen ihnen. Dennoch bildeten sie eine unzertrennliche Einheit. Als Kind war sie immer der Meinung gewesen, das wäre bei Eltern generell so, bis sie bei anderen gesehen hatte, dass solch eine tief gehende Liebe nicht selbstverständlich war. Die Scheidungsrate war in Lynnwood Falls zwar vergleichsweise niedrig, aber es hatte doch die eine oder andere Trennung bei Eltern ihrer Freunde gegeben. Unwillkürlich überzog ein wehmütiges Lächeln Hopes Gesicht.

Sie war froh, dass sie auf der Fahrt nach Lynnwood Falls hinten im Auto sitzen und ihren Gedanken freien Lauf lassen konnte.

Colins und ihr Leben war vom Aufbau ihrer beider Karrieren geprägt. Sicherlich würden sie sich eines Tages auch so nahestehen, sie verbanden ja schließlich ebenfalls viele gemeinsame Interessen.

Sie schrak zusammen, als ihre Uhr vibrierte. War er es? Es war noch früher Nachmittag. Gab es schon eine Rückmeldung zu ihrer neuen Abteilung, die sie sich erträumte? Ihr Herz begann schneller zu schlagen.

Doch zu ihrer Überraschung war es eine Nachricht von Elly. Ihre ehemalige *BF. Best friend*, Busenfreundin. Sie hatten sich einst so nahe gestanden. Zwar hielten sie heute noch ganz losen Kontakt, gratulierten sich gegenseitig zum Geburtstag oder tauschten Weihnachts- und Neujahrsgrüße aus, hatten sich auch schon unzählige Male vorgenommen, sich zu treffen, aber jedes Mal war etwas dazwischengekommen. Hopes Stippvisiten in der Heimat waren zu kurz. Die Zeit verbrachte sie lediglich mit ihren Eltern – außer Francy hatte sie niemanden gesehen –, und Elly hatte ihr Versprechen, sie einmal in New York zu besuchen, bislang noch nicht eingelöst.

Neugierig öffnete Hope den Messenger.

Heeeey! Ich habe gehört, du bist im Lande? Sehen wir uns? Komm doch heute Abend ins The Eighties. Oder wir treffen uns irgendwo auf ein Bier? Die Party hier endet bald. Hast was verpasst. Sie räumen schon den Platz, es sieht nach Regen aus. Die Jungs haben eh längst alle Hotdogs und Burger weggefuttert. Bussi, Elly

Unwillkürlich musste Hope schmunzeln. Sie sah ihre quirlige Freundin direkt vor sich. Ihre Blicke schweiften in den Himmel. Tatsächlich brauten sich dichte Wolkenberge zusammen, bleigrau und schwer von kommendem Regen.

Auf einmal hatte sie den Festplatz vor Lynnwood Falls vor Augen, als stünde sie dort. Der große Rasenplatz in der Ortsmitte, der multifunktional als Sportplatz, Picknickplatz und für lokale Events herhalten durfte, war an diesem Nachmittag sicherlich vor prallem Leben geborsten. Zum Memorial Day pilgerte die Bevölkerung, zumindest viele der Alten, die einen geliebten Menschen im Krieg verloren hatten, nach dem Gottesdienst gemeinsam auf den Friedhof. Danach versammelten sich so einige für ein Picknick auf dem Platz. Viele versorgten sich selbst, aber es gab auch Food-Trucks, die Hotdogs, Burger oder selbst gebackenen Kuchen anboten.

Ursprünglich war Hope froh gewesen, dass sie mit ihrer Mutter in Portland geblieben war. Irgendwie scheute sie seit ihrem Wegzug vor zehn Jahren die Ortsgemeinschaft, ohne selbst genau zu wissen, warum. Plötzlich aber regte sich ein leichtes Heimweh in ihr.

Sie nahm wieder ihr Smartphone zur Hand, um zu antworten.

Sehr gern! Sie hielt inne. Und gab sich einen Ruck. Ich komme ins The Eighties. *So gegen acht? Ich freue mich!*

Wenn sie länger in Lynnwood Falls bleiben wollte, musste sie sich schließlich irgendwann unter die Leute wagen. Und mit einem Mal freute sie sich darauf.

Hope pochte das Herz bis zum Hals, als sie schließlich einige Stunden später mit dem grünen Land Rover ihrer Mutter vor der In-Kneipe von Lynnwood Falls vorfuhr. Der Regen trommelte aufs Dach.

Tatsächlich hatte der Himmel seine Schleusen geöffnet und »das Land gegossen«, wie die Leute hier in Lynnwood Falls zu sagen pflegten. Der häufige Regen in Maine sorgte für saftige Böden, die die Tiere nährten und den Landwirten reichhaltige Ernten bescherten. Hier beschwerte sich niemand über das Wetter, sofern es nicht ins ein oder andere Extrem, wie Dürre oder Überschwemmungen, ausschlug. Es wurde hingenommen, da sowohl Sonne als auch Regen für das Land gut und wichtig waren.

Hope schaltete die Scheibenwischer ein, die gegen die Wassermassen kaum ankamen. Sie sah einige neugierige Blicke der unermüdlichen Raucher, die sich in den abgegrenzten Raucherbereich im danebenstehenden Pavillon gezwängt hatten, um auch bei Regen ihrem Genuss zu frönen. Sie konnte nicht ewig im Auto sitzen bleiben.

Seufzend griff sie nach der Öljacke ihrer Mutter. Kein Mensch würde in New York solch ein quietschgelbes Ding tragen. Doch hier störte sich niemand daran. Es war die praktischste Kleidung bei dem Wetter, das war die Hauptsache.

Hope versuchte, im Rückspiegel einen Blick auf ihr Aussehen zu erhaschen, aber es war zu dunkel im Wageninneren. Sie hatte sich nur sparsam geschminkt, Eyeliner und Wimperntusche. Farbloser Lipgloss. Die Haare, die sich bei dem Regenwetter sowieso kringelten, ließ sie einfach offen. Das dunkelblaue T-Shirt und die ausgewaschenen Jeans waren neutral genug, um nicht aufzufallen.

Sie atmete einige Male tief durch und öffnete dann die Autotür. Ihre Boots platschten durch die Pfützen. Das Wasser spritzte ihr bis in die Kniekehlen, als sie durch die bleischweren Tropfen zum Eingang spurtete.

»Hope? Lange nicht gesehen!«

Eine kräftige Pranke schlug ihr auf die Schulter. Sie blinzelte die Tropfen von den Wimpern und hoffe, ihre wasserfeste Mascara hielt, was sie versprach. Um ihrem Gegenüber ins Gesicht zu sehen, musste sie den Kopf in den Nacken legen. Sommersprossen, ein verschmitztes Lächeln und rote, ebenfalls feuchte Haare ließen die Erinnerung in ihr aufblitzen.

»Herrje, Ian, bist du das? Warst du schon immer so groß?« Ihr ein Jahr jüngerer Kindergartenfreund, der seine irischen Vorfahren nicht verleugnen konnte, war früher eher ein schmächtiger Junge gewesen, doch nun war er ein regelrechter Hüne geworden. Mit einem dröhnenden Lachen.

»Na, ich hoffe nicht. Das hätte meiner Mutter bei der Geburt sicherlich Schwierigkeiten bereitet.«

Hope verschwand lachend in einer Umarmung, bevor sie in die Arme einer ihr unbekannten dunkelhaarigen Frau geschoben wurde, deren mächtiger Leib sich vorwölbte.

»Das ist meine Frau Rebecca, Becky. Wir erwarten Zwillinge, beides Mädchen.« Er platzte beinahe vor Stolz. Und an seine Frau gewandt fügte er hinzu: »Hope ist die, mit der ich immer Staudämme im Williams Creek gebaut habe.«

Beckys sympathisches, offenes Lachen nahm Hope sofort für sie ein. »Herzlichen Glückwunsch, ihr beiden! Wann ist es denn so weit?«

Ians Frau klopfte sanft auf ihren Bauch. »Erst in dreieinhalb Monaten. Das sieht schlimmer aus, als es ist.« Wieder lachte sie ansteckend. »Schön, dich kennenzulernen! Ich habe schon viel von dir gehört.«

»Becky ist Grundschullehrerin hier im Ort«, sagte Ian ebenfalls mit sichtlichem Stolz.

»Oh, ich kann mich erinnern, dass du damals schon in der ersten Klasse in deine Lehrerin verschossen warst. Du scheinst eine Schwäche für Frauen dieser Berufsgruppe zu haben«, neckte sie.

»Du alte Petze!«, beschwerte sich Ian, doch Becky beugte sich verschwörerisch näher.

»Das hat er mir schon gestanden.«

»Es ist ein offenes Geheimnis.« Hope hätte sich gern noch länger mit Ians sympathischer Frau unterhalten, doch da kamen schon die nächsten, die sie begrüßten.

Bald war sie umringt von Menschen, jungen und alten, die sie schon lange Zeit nicht mehr getroffen hatte und bei denen es sich doch so anfühlte, als wäre es erst gestern gewesen. Bemerkungen wie »Lange nicht gesehen« und »Schön, dass du da bist« wurden von Fragen nach ihrem Vater und ihrem eigenen Befinden abgelöst. Überall schlug ihr offene Herzlichkeit entgegen, die Hope regelrecht überwältigte. Sie blinzelte, schob die Tränen in ihren Augenwinkeln auf den Regen. Wieso hatte sie geglaubt, nicht mehr hierherzugehören? Warum hatte sie diese Menschen gemieden? Weil sie angenommen hatte, sie würden ihr übel nehmen, dass sie Lynnwood Falls den Rücken gekehrt hatte?

Sie öffnete die Tür. Wärme, Bierdunst und laute Musik schlugen ihr entgegen. *I want to break free*, erschallte es aus den Boxen und aus zahlreichen Kehlen. Sie musste wieder blinzeln. Das *The Eighties* hatte sich in der Zeit ihrer Abwesenheit kein bisschen geändert. Selbst Susan, die auf sie zueilte und sie in den Arm nahm, schien noch genau dieselbe wie vor Jahren zu sein. Lediglich ein paar mehr Lachfältchen gruben sich in ihr sympathisches Gesicht.

Blaue Augen musterten sie. »Gut schaust du aus!«

Hope lachte. »Das Gleiche wollte ich gerade zu dir sagen. Du hast dich kein bisschen verändert.«

»Du Schmeichlerin! Ich sammle Falten wie andere Rabattmarken.« Sie wandte sich zur Theke. »Schau mal, Curtis, wer da ist!«

Susans Mann eilte hinter dem Tresen hervor, wo er an belebten Abenden Bier am Fließband zapfte. »Hope! Du wirst deiner Mutter immer ähnlicher.« Und wieder verschwand sie in breiten Armen.

Hope versuchte, sich zu erinnern, wann sie das letzte Mal so viel umarmt worden war. Sie konnte sich nicht entsinnen. Abermals wölbte sich ihr ein runder Bauch entgegen. Aber ziemlich sicher ohne Zwillinge, schoss es ihr amüsiert durch den Kopf.

Der Wirt hatte seine Figur mit den Jahren nicht so gut bewahren können wie seine Frau. Der Bauch hing ihm über die Jeans und dehnte den Kopf von Homer Simson auf seinem T-

Shirt, dass es aussah, als grinste der breit. Unwillkürlich musste Hope ebenfalls schmunzeln. Von Curtis' dunklen Haaren, die er früher nackenlang getragen hatte, war nichts mehr zu sehen. Unter seinem Cowboyhut schien sich keine große Haarpracht mehr zu verbergen. Unverändert geblieben war jedoch die herzliche Art, die auch seine Frau so auszeichnete.

»Willst du 'n Bier?«

Hope nickte.

»Vom Fass?«

Sie nickte wieder und erwartete, er würde ihr gleich die Sorten aufzählen, wie sie es aus New York gewohnt war, doch er verschwand wortlos hinter dem Zapfhahn.

Hope verkniff sich ein Grinsen. *Welcome back in Lynnwood Falls!* Sie hatte es schon ganz vergessen: Hier gab es eine Sorte Fassbier: Lager. Wer Pils, Light Beer, Ale oder Alkoholfrei wollte, musste auf Flaschen zurückgreifen, und auch da war die Auswahl nicht üppig. Eben das, was vorwiegend getrunken wurde. Es war ja immer das Gleiche.

»Elly sagte schon, dass du kommst. Sie sind am Billardtisch.« Susan deutete mit dem Kopf in die hintere Ecke. »Geh ruhig schon vor, ich bringe dir dein Bier.«

Auch der Weg war gepflastert von Umarmungen, Schulterklopfen und Händeschütteln, bis ein Schrei an ihr Ohr gellte, der sogar die laute Musik übertönte.

»Hope!«

Sie befreite sich lachend aus der alkoholseligen Umklammerung ihres älteren Nachbarn Geoffrey, der vermutlich schon am Nachmittag einige Bierchen getankt hatte – sonst standen sie sich gar nicht so nahe, dass sie innige Umarmungen austauschten –, und drehte sich herum.

Elly hüpfte wie ein Gummiball auf und ab, sodass ihre schulterlangen Haare nur so flogen. »Wie schön, dass du wieder da bist!«

Wieder da? Sie war nur vorübergehend hier, aber bevor sie

das korrigieren konnte, fiel Elly ihr schon um den Hals, und automatisch hüpfte Hope mit, bis sie lachend beinahe übereinanderfielen. Eine längst vergessene Leichtigkeit sprudelte in ihr auf. Sie wären gestürzt, wenn Brandon sie nicht mit seinen kräftigen Armen aufgefangen hätte.

»Na, das nenne ich mal Wiedersehensfreude!«, kommentierte er trocken. »Hi, Hope!«

»Hi, Brandon!« Für einen Moment überkam sie eine unerwartete Schüchternheit, als sie seine Wangenküsse erwiderte.

Brandon war einst der gefeierte Football-Star von Lynnwood Falls gewesen. Schon in seiner Jugend war er der erfolgreichste Quarterback des Staates gewesen, und der ganze Ort hatte große Hoffnungen auf ihn gesetzt. Jeder hatte damit gerechnet, dass er in der NFL landen würde. Und alle Mädchen hatten heimlich für den smarten Blonden mit den breiten Schultern geschwärmt. Die Knieverletzung, die seine Karriere abrupt beendet hatte, war nach ihrem Weggang aus Lynnwood Falls erfolgt. Sie hatte schon von ihrer Mutter gehört, dass Elly inzwischen mit Brandon zusammen war. Ihre Freundin richtete auch gelegentlich Grüße von ihm aus, doch zusammen hatte sie die beiden noch nie gesehen. Sie waren ein schönes Paar, das einander sehr verbunden wirkte, so verliebt, wie sie sich ansahen.

»Du siehst toll aus«, lobte Hope und meinte es ganz ehrlich. Sie schob ihre Freundin von sich, um sie genauer anzuschauen. Früher war Elly immer etwas zu dünn gewesen. Sie war schnell in die Höhe geschossen und hatte sich selbst spaßhaft als »Bohnenstange« bezeichnet, aber das hatte sich inzwischen zu einer fraulichen Gestalt entwickelt. Elly machte in der engen Jeans und der smaragdgrünen Bluse eine super Figur.

Sie lehnte sich vertraulich näher. »Das liegt an der Haarfarbe. Erdbeerblond. Der neuste Schrei.« Sie kicherte so ansteckend, dass Hope unwillkürlich einstimmte, bis ihr die Seiten schmerzten.

»Du verrückte Nudel«, keuchte sie und ließ sich zum Billardtisch mitziehen.

Ian und Becky, die wohl in der Zwischenzeit an ihr vorbeigegangen waren, standen neben Brandons jüngerer Schwester Lizzy, die um die achtundzwanzig und ihrem Bruder wie aus dem Gesicht geschnitten war. Sie musste mit einem der Fuller-Zwillinge liiert sein; einer von ihnen hatte den Arm um ihre Schulter gelegt. Jim und Jack hießen die beiden, und Hope konnte die schwarzhaarigen Jungs auch heute noch nicht auseinanderhalten. Die zwei schienen sich auch immer noch einen Spaß daraus zu machen, die gleiche Frisur und die gleichen Klamotten zu tragen.

»Jim-Jack«, sagte Hope lachend und umarmte sie gleichzeitig, um sich nicht in die Bredouille zu bringen.

Die beiden lachten.

»Kannst du sie denn immer auseinanderhalten?«, fragte Hope Lizzy, als sie sie auf die Wangen küsste.

»Ich hoffe schon. Zumindest im letzten Moment«, antwortete sie und lachte. »Jim hat ein Muttermal genau hier«, Lizzy deutete schmunzelnd auf eine Stelle zwischen Unterleib und Oberschenkel, »das Jack nicht hat.«

»Na, ich kann ihnen ja nicht jedes Mal die Hose runterziehen, um zu sehen, wer welcher Zwilling ist«, rutschte es Hope heraus und erntete damit schallendes Gelächter der Umstehenden. Hier musste sie tatsächlich kein Blatt vor den Mund nehmen.

»Du kommst gerade richtig. Ryan ist soeben gegangen, wir brauchen noch einen Mitspieler. Oder eine Mitspielerin«, fügte Brandon grinsend hinzu, als Elly ihn strafend ansah.

»Sehr gern. Ich weiß aber nicht, ob ich es nicht schon verlernt habe«, erwiderte Hope möglichst lässig. Ob Ryan wohl meinetwegen geflüchtet ist?, schoss es ihr durch den Kopf. Sie ignorierte schnell das komische Gefühl in ihrem Bauch. Zum Glück brachte Susan in dem Moment ihr Bier, und sie war froh, dass sie nach dem Anstoßen einen großen Schluck nehmen konnte.

Hope bekam Jack als Teampartner zugeteilt. Sie beschloss, sich den Unterschied einfach daran zu merken: Derjenige, der Lizzy im Arm hielt, war Jim. Sie spielten in Vierergruppen an zwei Tischen, sie beide die erste Runde gegen Elly und Brandon.

Während die Jungs an der Reihe waren, hakte sich ihre Freundin bei ihr ein und zog sie ein Stück beiseite. »Jetzt erzähl mal, wie geht's dir? Du bist ziemlich erfolgreich in New York, sagt deine Mutter.«

Hope merkte, wie sie sich innerlich versteifte, doch es lag kein Arg in Ellys grünen Augen, die sie scherzhaft immer »Katzenaugen« nannte. Sie schien sich ehrlich zu freuen, so entspannte sich Hope wieder. »Ja, ich leite die Orthopädie-Abteilung der Tierklinik in New York.«

»Das ist so großartig! Dein Traum hat sich erfüllt.« Elly presste ihren Arm an sich.

»Und was machst du? Du hast doch Jura studiert?« Zumindest angefangen, aber Hope wollte nicht den Finger in eine Wunde legen, falls es denn eine war.

Ellys Blick schweifte zu Brandon, doch zum einen starrte er gerade konzentriert auf den Tisch, und zum anderen war die Musik laut genug, damit niemand ihr Gespräch verfolgen konnte. »Ich habe mittendrin abgebrochen. Halloween vor fünf Jahren verbrachte ich zu Hause, zum Geburtstag meines Dads. Das war direkt, nachdem Brandon seinen Unfall hatte.«

»Es ist beim Training oder bei einem Spiel passiert?«

Elly seufzte. »Nein, das ist ja das Problem. Ich denke, er käme besser damit klar, wenn er sozusagen *im Kampf gefallen* wäre. Ein Autofahrer hat ihn nachts vom Fahrrad geholt.«

In dem Moment rief Brandon nach ihr. »Hey, ihr seid

nicht zum Quatschen da. Wir spielen. Du bist dran, schöne Frau.« In seinen Augen funkelte es verschmitzt.

Elly klopfte ihm auf den Po, holte sich einen Kuss ab und visierte die Kugeln an.

Hope stellte sich zu Jack und deutete auf den Tisch, dessen abgestoßener grüner Filz davon zeugte, dass er häufig in Benutzung war. »Du hast ja schon gut abgeräumt.«

»Danke!« Das Lob schien ihn zu freuen; seine kornblumenblauen Augen leuchteten auf.

Sie nahm ihm den Queue ab und rieb nachdenklich mit der Kreide über die Spitze. Brandon wirkte ausgeglichen. Er schien in Lynnwood Falls seinen Frieden gefunden zu haben. Vielleicht lag es auch an Elly, die ihm offenbar sehr viel bedeutete.

Die gespannte Erwartung ergriff von Hope Besitz. Und das hing nur zum Teil damit zusammen, dass sie schon lange nicht mehr gespielt hatte. Vielmehr merkte sie auf einmal, dass sie wissen wollte, wie es ihren Freunden ergangen war.

Auch Elly konnte zwei Kugeln versenken.

Hope wischte sich die Hände am Hosenboden ab, bevor sie die Lage der Kugeln begutachtete. »Die blaue Zwei?«, wisperte sie Jack zu.

»Ich würde lieber die orange Fünf versuchen«, raunte er zurück. »Die Zwei liegt in einem unguten Winkel. Könnte an der Kante abprallen.«

Brandon schob Elly von sich, die er gerade geküsst hatte. »Hey, hier wird sich nicht abgesprochen.«

»Wir sind ein Team, und ich habe schon Jahre nicht mehr gespielt. Für mich gilt noch Welpenschutz«, konterte Hope.

Brandon lachte. »Da spricht die Tierärztin.«

Jack hatte recht gehabt. Die orange Fünf lag günstig, sie verschwand im linken hinteren Loch. Hope jubelte und nahm gleich einen großen Schluck aus ihrem Glas. Jack klatschte seine Hand gegen ihre erhobene. Doch leider hatte sie bei der

Zwei nicht so viel Glück. Wie Jack vorhergesagt hatte, prallte die Kugel von der Kante ab.

»Sorry«, murmelte Hope zerknirscht und reichte Jack den Queue.

Doch der nahm es entspannt und lachte. »Passt schon. Nicht deine Schuld. Wie sagt man so schön? Eins ist besser als keins.«

Dieses Mal hakte sich Hope bei Elly unter und zog sie beiseite. »Und dann?«

Elly grinste verschmitzt. »Ich hatte Brandon hier im *The Eighties* getroffen. Du erinnerst dich sicher, er war für uns alle immer irgendwie unnahbar, der große Star.« Sie kicherte. »Und weißt du, was? Das war ihm gar nicht bewusst.« Sie beugte sich ganz nah zu ihr und flüsterte ihr ins Ohr. »Er ist nämlich ein bisschen schüchtern.«

Lachend schüttelte Hope den Kopf. »So kann man sich irren. Wir haben immer gedacht, er wäre der große Unnahbare, der über allen schwebt, obwohl er uns ja im Grunde immer total nett behandelt hat.«

»Richtig! Auf jeden Fall war er an dem Abend völlig am Boden zerstört. Frisch aus der Klinik entlassen, alle Träume mit diesem Auto, das ihn überfahren hat, zermalmt. Saß mit seinen Krücken an der Theke, hat getrunken und sich mit Ryan unterhalten, beziehungsweise sich bei ihm ausgeheult. Dann musste der weg, ein Notfall. Ich weiß nicht, woher ich den Mut genommen habe, mich zu ihm zu setzen. Du weißt ja, in der großen Gruppe war es immer einfach mit ihm. Da haben wir ja alle viel Unfug gemacht. Aber ich bin noch nie mit ihm allein gewesen. Wir haben die halbe Nacht gequatscht.« Ein verlegenes Grinsen erhellte ihr Gesicht. »Und weil es zu mir nach Hause näher ist, habe ich ihn zu mir mitgenommen.« Wieder beugte sie sich näher und gluckste. »Und wir hatten gleich in der ersten Nacht Sex.«

»Trotz der Krücken?«, neckte Hope.

»Es geht alles, wenn man nur will.« Die Discokugel warf bunte Lichtblitze auf Ellys verschmitzte Miene. »Und trotz meines heiligen Vorsatzes, erst mal eine Weile mit jemandem zusammen zu sein, bevor … Du weißt ja, wie anständig wir früher waren.«

Hope bejahte lachend.

Ein schwärmerischer Ausdruck schlich sich auf Ellys Züge. »Ich hätte früher irgendwie nie gedacht, dass er so zärtlich ist. Es hat uns beide einfach überwältigt. Seitdem sind wir zusammen.«

»Ihr scheint total glücklich zu sein.«

Elly nickte verträumt.

Hope lächelte, und ein warmes Gefühl breitete sich in ihrem Brustkorb aus. Ihre Freundin war ein großherziger Mensch; sie hatte es so sehr verdient, glücklich zu sein. Brandon und Elly neckten sich viel, aber man merkte genau, dass die Neckereien einer tiefen Zuneigung entsprangen.

Als hätte Brandon gespürt, was sie gerade über ihn gedacht hatte, kam er herüber, verneigte sich vor Elly, den Queue quer auf den Händen balancierend, und sagte: »Mylady, darf ich Sie in Ihrem eklatant wichtigen Gespräch stören und zu Tische bitten?«

Mit einem hoheitsvollen Nicken nahm Elly ihm den Billardqueue ab, beugte sich übertrieben weit nach vorn über den Tisch und rieb sich dabei mit ihrem Hinterteil wie zufällig an Brandons Vorderseite.

Er packte sie an den Hüften, hielt sie fest und presste sich gegen sie. »Wenn du nicht willst, dass Susan uns auf immer und ewig Hausverbot erteilt, dann lässt du das besser«, feixte er und gab ihr einen sanften Klaps auf die Kehrseite, bevor er sie von sich schob.

Hope prustete heraus, und auch Jack lachte, selbst Elly und Brandon stimmten ein.

Wieder überkam sie eine Leichtigkeit, wie sie sie schon

länger nicht mehr verspürt hatte. Die Angst, hier nicht mehr hinzugehören, als »die Exotin« zu gelten, war auf einmal wie weggeblasen. Niemand wies ihr eine Sonderstellung zu. Sie war ein Teil der Gruppe, als wäre es zwischenzeitlich nie anders gewesen.

Es machte ihr auch nichts aus, dass sie die Runde gegen Elly und Brandon verloren. Auch Jack nahm es mit Humor. Und in der Revanche-Runde erhielt sie den Anstoß und konnte zu Beginn zumindest gleich zwei Kugeln versenken.

»Und als du und Brandon zusammenkamt, hast du dein Studium aufgegeben?«, erkundigte sich Hope, als Elly und sie wieder Spielpause hatten.

»Genau! Ich wollte nicht ständig von ihm getrennt sein. Ich weiß nicht, wie du und Ryan das geschafft habt, so lange räumlich voneinander …« Sie verstummte sichtlich betreten.

»Wie du siehst, gar nicht«, kommentierte Hope trocken.

»Das tut mir so leid!« Mitleidig rieb Elly ihren Arm. »Ihr wart immer mein Vorbild. Ich dachte, ihr beide wärt das perfekte, unzertrennliche Paar.«

»Schon gut«, wiegelte Hope ab und spürte, wie sich bei dem Gedanken daran sofort wieder die Mauer in ihrem Inneren aufbaute. Es kostete sie viel Kraft, sich nichts davon anmerken zu lassen. »Erzähl mir lieber, was ihr jetzt tut.«

»Brandon ist Kaufmann geworden. Er leitet das Heim- und Gartencenter, seit der alte Bowman in Rente gegangen ist. Ist komplett modernisiert, der Laden brummt.«

Hope nickte. Das konnte sie sich gut vorstellen. Der Betrieb war hier auf dem Land schon früher gut gelaufen. Dennoch überkam sie Mitleid mit Brandon. Das war – im Gegensatz zu einer Karriere bei der NFL – natürlich ein riesiger Rückschritt. Im selben Moment schämte sie sich für den Gedanken. Sie wollte seinen Job nicht herabwürdigen. Hoffentlich hatte Elly ihre Gedanken nicht an ihrer Miene abgelesen. Aber sie konzentrierte sich zum Glück im Moment auf den

Spieltisch, wo Jack gut vorlegte, und plauderte auch schon weiter:

»Die paar Semester Jura waren nicht umsonst; ich bin jetzt Rechtsanwaltsgehilfin. Erinnerst du dich an Will McGinty?«

Hope krauste die Stirn. »War der alte McGinty nicht dieser widerliche Typ …«

»Genau!«, bestätigte Elly.

Hope erschauderte. »Ich erinnere mich. Ein gruseliger Kerl. Will ist sein Jüngster? Er war eher ruhig, oder?«

»Ganz genau, der Bücherwurm. Man hat früher nicht so viel von ihm mitbekommen. Inzwischen hat er sich richtig herausgemacht. Ein echt …«, sie legte eine bedeutungsvolle Pause ein, »fescher Typ, der total was auf dem Kasten hat.«

Hope schmunzelte. Niemand außer Elly benutzte heutzutage mehr das Wort »fesch«. Aus einem Spaß hatte sich das zu ihrem Lieblingswort entwickelt.

»In seiner Anwaltskanzlei in Portland«, fuhr sie fort, »bearbeitet er die großen Fälle. Hier in Lynnwood Falls besitzt er ein Büro, das ich leite. Bei vielem lässt er mir freie Hand, er ist ein total loyaler Chef. Wir hatten kürzlich einen aufregenden Fall, in dem er im Namen der Mitarbeiter die *Obligon Chemicals* verklagt hat, die ihre Leute üblen Chemikalien ausgesetzt haben. Ich durfte die gesamte Vorbereitung übernehmen. Das war total spannend. Den Schweinen haben wir's gezeigt! Das gab eine fette Entschädigung.« Ihr Gesicht leuchtete vor Begeisterung.

»Da bist du also eine richtige Erin Brockovich, die für die Armen und Unterdrückten kämpft?«, neckte Hope sie.

»Aber hallo! Das kannst du laut sagen!« Elly lachte.

»Das klingt toll.«

»Ja, ich bin auch total glücklich.« Ihr inneres Strahlen bestätigte die Worte. »Will ist ein prima Chef.«

Hope fuhr sich grübelnd durchs Haar. »Ich habe gehört, der alte McGinty ist gestorben. Wer hat dann die Farm übernommen? Ich dachte, die beiden älteren Söhne wären im Knast?« Sie war selbst erstaunt, wie viel sie doch vom »Dorfklatsch« mitbekommen hatte, obwohl ihre Mutter überhaupt nicht der Typ war, der tratschte, und sonst hatte sie ja kaum Kontakt.

»Genau, Wills Brüder sitzen noch, in Portland. Schwerer Einbruch-Diebstahl, bewaffnet. Sie gehen eher nach dem Alten, wobei der mittlere Sohn, A.J., wohl zum Glauben gefunden und sich um hundertachtzig Grad gewandelt hat. Nein, die Farm leitet jetzt auch Will. Er baut sie zu einem Biobauernhof um. Ganz nebenher. Ein echter Tausendsassa. Wobei er für den Hof gute Leute hat. Er ist nicht immer dort.«

»Stimmt, ich erinnere mich, dass meine Eltern die Tiere vom McGinty-Hof mitbetreuen. Mom sagte mal, es geht ihnen jetzt richtig gut im Vergleich zu vorher.«

»Genau, Will kümmert sich wirklich super.«

»Was ist mit seiner Mutter? Das war so eine zarte Frau. Sie hat mich immer an ein aus dem Nest gefallenes Vögelchen erinnert.«

Elly lächelte. »Der Vergleich passt. Leider ist sie im Saint Andrew's Manor, dem Seniorenheim – sie ist recht früh an Demenz erkrankt.« Ihre Freundin beugte sich näher. »Die Leute hier behaupten, ihr Mann hätte sie zu oft gegen den Kopf geschlagen.«

Hope erschauderte. »Wie furchtbar.«

»Will besucht sie jede Woche ein bis zwei Mal; er kümmert sich rührend um sie. Anfangs hat er sie mithilfe einer Pflegerin sogar selbst versorgt, bis es nicht mehr ging.«

»Klingt faszinierend, der Typ. Ich bin schon gespannt, ihn wiederzusehen.«

»Hast du eigentlich jemanden?«, fragte Elly mit unüberhörbarer Neugierde in der Stimme.

Hope stieß die Luft aus. Das schlechte Gewissen regte sich. Sie hatte seit einer ganzen Weile nicht mehr an ihren Freund gedacht. »Ja, ein Kollege. Chef-Kardiologe in unserer Klinik. Colin ist großartig, hat mir so viel geholfen und mich unterstützt«, schwärmte sie. Als ihr das noch etwas mager vorkam, setzte sie hinzu. »Er sieht fantastisch aus. Wir ergänzen uns prima.«

»Das ist schön«, sagte Elly, doch ihr nachdenklicher Blick brannte sich in Hopes Stirn.

Sie würde wohl noch etwas Überzeugungsarbeit leisten müssen, um ihrer Freundin deutlich zu machen, wie glücklich sie mit Colin war. Wie sehr er für sie da war.

Da winkte jedoch schon Brandon.

Hope hielt Elly am Arm fest. »Es wäre mir lieb, wenn du niemanden von meinem Freund erzählst. Ich möchte von den Leuten, außer dir natürlich, nicht mit Fragen zu ihm bombardiert werden. Die räumliche Trennung ist so schon schwer genug.«

»Alles klar«, versprach Elly und drückte ihr verständnisvoll die Hand.

Hope war froh, dass Jack kein großer Redner war, als sie sich neben ihn stellte. Sie wunderte sich über sich selbst, warum sie diese Bitte geäußert hatte. Sie hatte doch nichts zu verbergen. Und etwas sagte ihr, dass Elly im umgekehrten Fall vermutlich von Herzen gern den lieben langen Tag über Brandon gesprochen hätte.

Doch zum Glück war Elly schnell fertig und Hope wieder an der Reihe. So wurde sie abgelenkt, als sie sich auf die Kugeln konzentrieren musste. Sie versenkte sogar eine. Trotzdem gewannen wieder Elly und Brandon. Zur Entschädigung spendierte Hope Jack ein Bier und bestand auch darauf, die Verliererschulden bei Elly und Brandon in Bierwährung allein zu übernehmen, weil sie sich schuldig an ihrer Niederlage fühlte.

»Das wäre nicht nötig«, beruhigte er sie, ließ sich jedoch überzeugen, als sie ihm vorschlug, er könnte sie dafür trainieren, damit sie zu ihren alten Fähigkeiten zurückfand.

»In Ordnung. Wir üben demnächst mal heimlich, dann bist du schnell wieder drin«, versprach er ihr mit einem übermütigen Funkeln in den Augen, das sie zum Lachen brachte.

Zum Reden mit Elly kam Hope nicht mehr, da ihre Freundin sie am Arm packte und auf die Tanzfläche zog.

»Das ist unser Lied«, schrie sie gegen das Dröhnen der Boxen an und schmetterte lauthals mit: »*Girls just wanna have fun.*«

Hope stimmte lachend ein, und sie tanzten, bis ihnen die Füße wehtaten.

Die anderen hatten sich an einen Tisch verzogen, und sie setzten sich dazu. So kamen sie auch hier nicht mehr zum Quatschen, aber sie würden in nächster Zeit noch genug Gelegenheit bekommen. Es war schön, wieder eine Freundin zu haben. In New York hatte Hope zwar auch Freundschaften geschlossen, doch es waren eher bessere Bekanntschaften. Eine Jugendfreundin war und blieb etwas Besonderes.

Auch in der großen Runde war das Gespräch äußerst erheiternd, und alle waren bemüht, nicht nur aktuelle Dinge zum Thema zu machen, um Hope nicht auszuschließen. Es wurde sogar die ein oder andere Anekdote aus ihrer Jugend ausgekramt.

»›Weißt du noch‹ ist vermutlich der am häufigsten gesprochene Satz an diesem Abend«, kommentierte Elly zwischendrin lachend.

Es gab nur einen unguten Moment, als Becky aufstand und sich stöhnend den Rücken rieb. »Leute, ich muss nach Hause. Ian, Honey, bleib ruhig noch da, ich …«

Ellys sonst so fröhliche Gesichtszüge versteinerten sich. »Du wirst doch deine Frau nach Hause bringen, Ian?«, fiel sie ihr empört ins Wort und presste die Lippen zusammen.

Die Bestürzung auf den Mienen der anderen war erschreckend, alle wirkten überdurchschnittlich betroffen. Bevor

Hope nachfragen konnte, was das zu bedeuten hatte, legte Ian schon den Arm um seine Frau.

»Natürlich nicht. Mir reicht's auch für heute. Ich muss morgen früh raus, und gestern war es ebenfalls spät.«

Lizzy und Jim schlossen sich ihnen an, und ein großes Verabschieden begann, sodass Hope auch dann nicht zum Nachhaken kam. Erst als sie später das Auto stehen ließ und zu Fuß nach Hause ging – nach vier Bier fühlte sie sich nicht mehr fahrtüchtig –, fiel ihr die Begebenheit wieder ein. Doch niemand schien sich zu sorgen, als sie sich nach wenigen Metern von den anderen trennte, die ebenfalls zu Fuß in verschiedene Richtungen gingen. Deshalb beruhigte sie sich, dass sie es womöglich überbewertet hatte. Bestimmt war Lynnwood Falls nicht unsicher geworden. Vielleicht hatte es auch etwas mit Rebeccas Schwangerschaft zu tun gehabt.

Die nächtliche Stille war so ungewohnt. Nur ganz selten hörte man entfernt Autos fahren. Irgendwo bellte ein Hund, der in ihr sofort die Sehnsucht nach Miss Sophie aufwallen ließ, und einige Meter weiter schrie ein Kater zum Herzerweichen. Vermutlich hatte eine rollige Katze ihre Duftmarken hinterlassen; er schien wirklich bedürftig zu sein. In seinen Gesangspausen hörte Hope sogar ihre Schritte auf dem nassen Pflaster hallen, obwohl ihre Boots Gummisohlen besaßen. Selbst das Platschen in den Pfützen war überlaut. Es fühlte sich beruhigend und aufregend zugleich an.

Zum Glück hatte es zu regnen aufgehört. Genussvoll sog Hope den Geruch nach feuchter Erde und Blüten in sich auf. Ihre Blicke schweiften über die gepflegten Vorgärten mit den akribisch gestutzten Rasenflächen und Büschen, die von den gelblich scheinenden Straßenlaternen in ein warmes Licht getaucht wurden. Es war ein anderes Leben hier. Die nächsten Wochen würden sicherlich eine schöne Abwechslung werden. Ein Schwelgen in nostalgischen Momenten, bevor sie wieder nach New York zurückfahren würde. Wo, neben Miss Sophie und Colin, Anerkennung und eine anspruchsvolle Aufgabe auf sie warteten.

Sie sah auf die Uhr. Es war erst halb elf. Wenn sie in ihrem Zimmer war, würde sie Colin anrufen. Er war sicher noch auf. Hope freute sich schon darauf.

Ryan

Lynnwood Falls

Ein rötlicher Lichtschein schimmerte durch die offenen Butzenfenster, als Ryan aufwachte. Die Sonne schob sich wohl langsam in Richtung Horizont. Ein leichter Wind ließ die Blätter des knorrigen Ahornbaums rascheln, der hinter dem Haus stand. Zu seinen Füßen sägte Chief. Mit dem Alter wurde er ein richtiger Schnarcher. Zum Glück hatte Ryan einen festen Schlaf. Nur seinem Handy und seinem Wecker gelang es, ihn zu wecken. Letzterer zeigte momentan erst kurz nach fünf an.

Ryan räkelte sich genüsslich, doch irgendwie fühlte er sich hellwach, von einer seltsamen Aufregung erfüllt. Vermutlich lag es daran, dass er heute Nacht fast neun Stunden geschlafen hatte. Schließlich war er ja extra früh nach Hause gegangen, um mal richtig auszuschlafen. Das war zumindest die Erklärung für die innere Unruhe, die ihm am liebsten war.

Heute wollte er eh früh aufstehen. Er hatte Will McGinty versprochen, seine Schweine zu untersuchen, bevor sie zum Metzger kamen. Auch wenn Fleischbeschau eigentlich nicht ihre offizielle Aufgabe war, übernahmen Glenn und er dies gelegentlich für die ansässigen Kleinbauern. Zumindest überprüften sie den allgemeinen Gesundheitszustand der Tiere. Das gab ein gutes Extra-Geld, das in der Praxis immer willkommen war.

Natürlich hatte Chief sofort mitbekommen, dass sein

Herrchen wach war, und stellte ihm aufgeregt die Vorderpfoten auf den Bauch.

Ryan ächzte und schob ihn von sich herunter. »Du zerquetscht mir meine Eingeweide. Warum glaubst du immer, du wärst ein leichtes Schoßhündchen, Junge? Du bist ein schwerer Brocken!«

Mit einem herzerweichenden Seufzer legte sich Chief neben ihn, ließ den Kopf auf seine Brust sinken und sah ihn treuherzig an.

Ryan lachte auf und kraulte ihn hinter den Ohren. »Du alter Charmeur!«

Während er sich wusch und anzog, wuselte Chief, der sein Fressen in Windeseile verschlungen hatte, aufgeregt um ihn herum. Spürte der Hund seine innere Anspannung?

»Ja, ich bin heute auch voraussichtlich die meiste Zeit in der Praxis«, bestätigte er ihm, während er sich mit dem Langhaarschneider über die Wangen fuhr.

»Wuff«, antwortete Chief mit aufmerksam erhobenem Kopf, wohl um zu signalisieren, dass er verstanden hatte. Die braunen Augen glänzten, und der Schwanz wedelte beinahe die frischen Handtücher vom Board.

»Glenn ist krank, aber seine Tochter wird ihn vertreten«, sagte Ryan beiläufig, während er sich mit der Bürste durch die Haare fuhr.

Chief hechelte erwartungsvoll.

»Sie wird nicht lange bleiben, also brauchst du dein Herz nicht an sie zu hängen«, wies er ihn zurecht.

Ein schief gelegter Hundekopf war die Antwort.

»Du bist unmöglich.« Kopfschüttelnd schob Ryan ihn beiseite. »Komm, los jetzt. Wir haben viel zu tun.«

Wie üblich ließ er Chief nach draußen, damit er sein Geschäft erledigen konnte. Ryan selbst drehte eine schnelle Runde durch die Ställe und versicherte sich, dass seine Tiere in Ordnung waren. Angus würde sich zwar nachher gut um sie kümmern, aber er fühlte sich trotzdem für sie verantwortlich. Suzie-Q holte sich wie immer ihre Karotte.

Er tätschelte ihr den Hals und stieg zu ihr in die Koppel. »Jetzt zeig mir mal deinen Knöchel.« Die gutmütige Stute ließ zu, dass er sich den Huf auf das Knie legte. Mit geübten Fingern tastete er das Gelenk ab. Die Schwellung war noch da; ansonsten fühlte es sich schon bedeutend besser als die letzten Tage an. Sanft verrieb er die Pferdesalbe, bevor er den Huf wieder absetzte.

»Braves Mädchen.« Zur Belohnung bekam sie noch einen Apfel.

Für das bissige Maultier, das erst kürzlich bei ihm eingezogen war, hatte er einen separaten Teil des Geheges abgegrenzt. Er hatte sich in den Kopf gesetzt, es zu zähmen. Kein Tier war von Grund auf böse. Sein Vorbesitzer hatte es wegen seiner vermeintlichen Bösartigkeit Voldemort getauft und einschläfern lassen wollen. Ryan nannte das Maultier nur »Lord V«. Immerhin kam es bereits von selbst zögerlich an den Zaun. Und bekam dafür eine Karotte – mit der gebotenen Vorsicht. Irgendwann würde auch Lord V ihn mit Freude begrüßen. Das kleine Lamm Marion, ein Zwillingstier, das von seiner Mutter verstoßen worden war, weil es zu klein und schwach gewesen war, wuchs schon prächtig heran, auch wenn es auf den langen, dünnen Beinen immer noch staksig wirkte. Vielleicht konnte es irgendwann in die Herde zurück.

Auch die Elchkuh und ihr Kalb, die Ryan im Stall nebenan untergebracht hatte, entwickelten sich prächtig. Das Kleine stand noch auf wackeligen Beinen, aber seine Mutter säugte es bereits. Vermutlich konnte er bald aufhören mit Zufüttern. Er hielt sich fern und sprach nicht, da er nicht wollte, dass sich die sonst, zu ihrem eigenen Glück, scheuen Tiere an Menschen gewöhnten. Dennoch schien das Muttertier eine Erinnerung an ihn zu haben. Der sanfte Blick aus den braunen

Augen ruhte für einen Moment auf ihm. In wenigen Tagen konnte er die beiden sicherlich in den Wald zurückbringen.

Die Sonne schob sich gerade über den östlichen Hügel und tauchte die saftigen grünen Wiesen in einen hellrosa Schein, als Ryan in seinen alten Pick-up stieg und das Fenster für Chief herunterkurbelte.

Von den angrenzenden Feldern zog noch schwach der Geruch nach Gülle herüber. Die Farmer hatten vor dem Regen gedüngt.

Die Fahrt dauerte nicht lange. Obwohl sein Hund ja liebend gern alles auf dem McGinty-Hof abgeschnüffelt hätte und sich schon an ihm vorbeidrängen wollte, als er in seine Gummistiefel schlüpfte, ließ Ryan ihn sicherheitshalber im Wagen. Der Wachhund, der noch aus Zeiten des alten McGinty stammte und ihn mit einem ohrenbetäubenden Kläffen begrüßte, war scharf, und Ryan wollte keine Raufereien riskieren. Er schnappte sich die Kryobox für die Probengefäße und stapfte zu dem weiß getünchten Haupthaus, das Will nach dem Tod seines Vaters komplett neu gebaut hatte.

Will, der das Wochenende und den Feiertag in Lynnwood Falls verbracht hatte, war auch schon auf und kam heraus, bevor Ryan läuten konnte. Seine schwarzen Haare waren noch feucht vom Duschen. Er trug zwar eine schwarze Jeans und ein weißes T-Shirt, hatte jedoch einen grauen Anzug und ein gestärktes Hemd über dem Arm, die er in seinen schwarzen Chrysler Aspen hängte, bevor er ihn begrüßte.

»Ryan! Danke, dass du dir Zeit nimmst.«

Er schüttelte die dargebotene Hand. »Aber immer gern doch.«

»Möchtest du einen Kaffee oder so?«

»Nein, danke, ich hatte gerade einen und trinke in der Praxis bestimmt noch ein paar.«

Will stimmte in sein Lachen ein. »Kommt mir bekannt vor.« Er wurde wieder ernst. »Ich muss leider gleich los, ich habe heute eine Verhandlung in Portland. Doch Bob ist im Stall, er weiß Bescheid und kann dir auch helfen.«

»Kein Problem, ich komme schon klar. Dann viel Erfolg!«

Will zwinkerte ihm siegessicher zu, seine grauen Augen blitzten übermütig. »Ich gehe davon aus, dass ich den haben werde.«

Nachdenklich sah Ryan ihm hinterher, als er ins Haus zurückging. Ihre Freundschaft hatte sich erst in den letzten Jahren entwickelt, hauptsächlich nach dem Tod seiner Grandma vor knapp drei Jahren, als Will ihm mit den Erbschaftsformalitäten geholfen hatte. Seitdem hatte er schon einige Wochenenden bei Will in Portland verbracht, oder sie waren auf Festivals umhergezogen. Früher war Will ein stiller, fast schon verstockter Junge gewesen. Es faszinierte Ryan immer noch, wie positiv er sich entwickelt hatte. Vermutlich hatte auch die Tatsache, dass Will sich so um das Wohl seiner Tiere sorgte, ihn ihm so nahegebracht. Ryan beriet ihn seit der Übernahme des Hofes bei der Umstellung auf natürliche Tierhaltung und war sehr von Wills Besorgnis um seine Schützlinge beeindruckt.

Ryan riss sich aus den Gedanken und ging in den Stall, wo ihn ein lautes Grunzen und Quieken empfing. Seit dem Tod von Wills Vater, für den Tierwohl ein Fremdwort gewesen war, hatte sich der ehemalige Mastvieh-Betrieb um Welten gewandelt. Wohin man auch sah: saubere Boxen, in denen die Tiere viel Raum zum Leben hatten, wenn sie denn im Stall waren. Will achtete darauf, dass sie so viel Zeit wie möglich im Freien verbrachten. Das Futter wurde ihnen nicht einfach in Tröge geschüttet. Vielmehr durften die Schweine – wie in der Natur – im Boden danach graben.

Natürlich stank auch ein sauberer Schweinestall nach Mist, doch Ryan störte sich nicht an dem Geruch, er gehörte einfach zum Landleben dazu. Allemal war er ihm lieber als stickige Autoabgase.

Der Farmleiter Bob war gerade dabei, das Futter zu richten, und die Schweine drängelten sich schon erwartungsvoll am Gatter zum Futtergehege.

Bob erwiderte den Gruß mit einem knappen »Morgen, Doc!«, damit war vermutlich die heutige Konversation erschöpft.

Ryan unterdrückte ein Schmunzeln. Der Farmleiter war ein wortkarger Zeitgenosse, der nur bei seinen Schweinen aufblühte. Auch sie schienen einen besonderen Draht zu ihm zu haben. Zusammen stieg Ryan mit Bob ins Gehege und nahm sich im Nachbargehege ein Schwein nach dem anderen vor. Die Tiere ließen sich von Bob erstaunlich ruhig halten, während Ryan Augen, Mäuler und ihren Gesamtzustand überprüfte und ihnen Blut abnahm.

Dank des reibungslosen Ablaufs kam er zügig durch, und er konnte sich schon bald wieder auf den Weg machen.

Als er vor *Annabella's Café* vorfuhr, öffnete sie gerade die Tür zum Lüften.

Sie schob sich eine blonde Haarsträhne hinters Ohr und strahlte. »Hey, guten Morgen! Du bist heute aber früh dran.«

»Guten Morgen!« Er erwiderte das Lächeln. »Ja, ich war schneller fertig als gedacht. Soll ich später wiederkommen?«

»Nein, komm rein, ich richte dir rasch was. Was möchtest du heute?«, fragte sie, während sie den eifrig schwanzwedelnden Chief begrüßte, der genau wusste, dass er gleich eine Scheibe Schinken oder eine andere Leckerei bekommen würde.

»Frischkäse, bitte!«

Mit geübten Händen zupfte sie Salatblätter von einem Kopf, wusch sie und schüttelte sie zum Trocknen aus. Währenddessen ließ Ryan den Blick durch das Café schweifen, das sie gemütlich in den Farben Schwarz, Weiß und Rot im Stil eines französischen Straßencafés eingerichtet hatte. Mit Bleistift-Zeichnungen vom Eifelturm, der Seine und der damals noch unversehrten Notre Dame; auch eine lebensechte Zeichnung von einem auf einer Bank liegenden Clochard war dabei.

»Du bist gestern früh heimgegangen, oder?«, fragte sie wie beiläufig, bevor sie einen Sesam-Bagel aufschnitt und mit reichlich Frischkäse bestrich.

»Ich war platt, war ein anstrengendes Wochenende«, wich er aus. Er hatte keine Lust auf lange Erklärungen, wieso er nur auf einen Sprung ins *The Eighties* gegangen war.

Sie schien ganz darauf konzentriert zu sein, eine Lage Salat und frische Tomatenscheiben auf den Bagel zu schichten, und sah ihn wieder nicht an, als sie sagte: »Ich habe gesehen, Hope ist wieder da.«

»Sie bleibt nur so lange, wie Glenn ausfällt«, korrigierte Ryan automatisch.

Annabella strahlte wieder, als sie ihm den zusammengeklappten Bagel in Papier einschlug und entgegenhielt. »Möchtest du dann nur einen Donut für Mary heute?«

»Nein, gib mir …« Er zögerte. »Gib mir bitte drei Zimtrollen, die duften so lecker«, sagte er schließlich.

»Kommst du später vorbei?«, fragte sie, während sie ihm das Wechselgeld herausgab.

Er steckte ihr einen Dollar in die Trinkgeldkasse. »Ich kann noch nicht sicher sagen, was heute los ist. Rechne mal nicht fest damit. Sonst esse ich das, was übrig ist«, sagte er augenzwinkernd.

»Alles klar.« Sie lachte.

Und etwas sagte ihm, dass sie schon dafür sorgen würde, dass noch etwas da war, wenn er kam.

Marys Auto stand nicht vor der Tür, vielleicht war sie einkaufen. Also legte er die Tüte mit dem noch warmen Gebäck auf ihren Schreibtisch, steckte sich eine Zimtrolle in den Mund und platzierte die Blutproben in der Zentrifuge, um sie für das

Labor vorzubereiten, bevor er sich den Terminkalender schnappte.

Natürlich war auch Hope noch nicht auf; in der Stadt fing man sicherlich später an. Er biss sich gedanklich auf die Zunge. Es war wirklich nicht besonders nett, so zu denken.

Mit der Glaskanne goss er Wasser in die altmodische Kaffeemaschine, legte eine Filtertüte ein und löffelte reichlich Pulver hinein. Schon bald blubberte und duftete es verheißungsvoll.

Mit Chief zu seinen Füßen ließ er sich an seinem Schreibtisch nieder und sichtete die Termine, die Mary mit ihrer fein säuberlichen Schrift für heute eingetragen hatte. Einige leichte Routinearbeiten wie Impfungen und zwei Voruntersuchungen für Kater-Kastrationen waren dabei. Was Hope wohl »in der Stadt« so gelernt hatte? Clever war sie und auf ihrem Gebiet sicherlich hervorragend, aber würde sie mit den Arbeiten auf dem Land auch klarkommen? Er war gespannt.

Kapitel 4

Hope

Lynnwood Falls

Der Schweiß lief ihr in Strömen den Rücken und zwischen den Brüsten hinunter. Ihr Pferdeschwanz hüpfte im Takt, als sie mit gleichmäßigen Schritten die Straße entlangjoggte. Die Gehwege waren noch nicht komplett abgetrocknet, doch die Sonne wagte sich verhalten hinter Restwolken hervor und streckte ihre Strahlen wie warme Finger nach ihr aus.

Die neugierigen Blicke hinter der ein oder anderen vorgezogenen Gardine entgingen ihr nicht. Vermutlich dachten die Anwohner, »die Städterin« würde hier von nun an ihre regelmäßige Runde joggen. Hope verkniff sich ein Kichern, dazu fehlte ihr die Luft. Wenn die wüssten!

Joggen war gar nicht so ihr Ding. Gelegentlich lief sie pflichtbewusst mit Colin einige Runden im Central Park, da er sehr auf seinen Körper achtete. Er hatte ihr auch die Fitness-Uhr geschenkt. Doch der Spaß an dieser Quälerei, von der sich manche eine regelrechte Erleuchtung oder ein Fallen in eine Trance versprachen, hatte sich ihr immer noch nicht wirklich erschlossen.

Hope wollte lediglich den Wagen ihrer Mutter holen, bevor diese ihn brauchte, und war froh, noch eine alte dreivierttellange schwarze Leggins gefunden zu haben. Das T-Shirt war wohl mit der Zeit eingelaufen; es rutschte ihr immer lästig den Bauch hinauf. Sie ertappte sich ständig dabei, daran zu zupfen, als wäre sie mit Schwitzen nicht schon beschäftigt genug. Schade, dass Miss Sophie nicht hier war! Ihr hätte der morgendliche Lauf bestimmt gut gefallen. Die Hündin fehlte ihr wirklich schmerzlich.

Marys Auto stand noch unverändert vor dem *The Eighties*, das so früh am Morgen wie ausgestorben dalag. Ohne die rote Blinkschrift wirkten die gelben Holzplanken farblos. Hope breitete eine alte Decke auf dem Sitz aus, um ihn vor Schweiß zu schützen, und fuhr nach Hause.

In der Hofeinfahrt parkte ein rostbrauner Pick-up neben dem Parkplatz ihrer Mutter. Sie holte tief Luft. Also war Ryan schon da. Sie zögerte einen Moment mit dem Aussteigen, doch es half ja alles nichts.

Kaum hatte sie die Wagentür geöffnet und war ausgestiegen, schoss ein grauer Blitz in Form eines Bobtails freudig kläffend auf sie zu. Er stutzte kurz, vermutlich hatte er Mary erwartet, dann sprang er schwanzwedelnd um Hope herum.

»Ja, wer bist du denn?«, fragte sie lachend und hielt ihm die Hand hin, damit er daran schnuppern konnte. War das der erste Patient? Anscheinend hatte ihm gefallen, was er gerochen hatte, denn er sprang begeistert an ihr hoch.

Von ihrer Labradorhündin war sie das Gewicht gewohnt; auch Miss Sophie war ja groß und kräftig. Dennoch musste sie kämpfen, nicht umgeworfen zu werden. Sie kraulte dem Hund die Ohren und drückte ihre Wange an die feuchte Schnauze. »Na, das nenne ich mal eine stürmische Begrüßung! Du bist ja ein Hübscher«, sagte sie lachend.

Sie zuckte zusammen, als ein schriller Pfiff ertönte.

»Chief! Bist du von allen guten Geistern verlassen? Seit wann springen wir denn hoch? Was ist denn das für ein Benehmen?«, rief Ryan unüberhörbar streng.

Sichtlich schuldbewusst ließ Chief, wie der Bobtail wohl hieß, von ihr ab, zog den Schwanz zwischen die Hinterbeine und warf seinem Herrchen einen treuherzigen Schulterblick zu.

Unwillkürlich musste Hope abermals lachen. »Schon okay, das ist kein Problem für mich.«

Ryan runzelte die Stirn. »Aber für mich. Ich möchte nicht, dass er sich das angewöhnt.« Er schien regelrecht verärgert zu sein.

Hope ging in die Hocke. »Na, dann schmusen wir halt so«, raunte sie dem Hund zu und knuddelte ihm den Kopf. Er leckte ihr dankbar über die Wange.

»Aus, Chief!«, ertönte es von den Stufen. »Und fang bloß nicht an, ihm auch noch das Abschlecken durchgehen zu lassen. Das lassen wir gar nicht erst einreißen!«, brummte Ryan und stapfte mit einem erneuten Pfiff, dem der Hund sichtlich widerwillig gehorchte, in die Praxis zurück.

Welche Laus war dem denn über die Leber gelaufen? Gut, sie achtete auch streng darauf, dass Miss Sophie keine fremden Leute ansprang oder ableckte, aber wenn es jemand tolerierte oder die Hündin dazu ermunterte, drückte sie mal ein Auge zu. Obwohl … wenn sie ehrlich war, hatte sie es auch noch nie erlebt, dass Miss Sophie das bei Fremden tat.

Schulterzuckend zog sie das T-Shirt herunter, das ihr durch Chiefs Sprünge über den Bauch nach oben gerutscht war, und folgte Ryan in die Praxis. Auf in den Kampf! Es nutzte ja nichts.

Er saß am Schreibtisch, den Hund zu seinen Füßen. Der hob den Kopf, hechelte begeistert, und sein Schwanz klopfte vor Freude rhythmisch auf den Boden. Auf einen scharfen Blick seines Herrchens, der die Freude über ihre Anwesenheit nicht unbedingt zu teilen schien, blieb er jedoch brav liegen. Ryan hatte bei all seinen Hunden immer auf Gehorsam geachtet. Chief hatte er wohl bekommen, als der Bobtail schon älter war, aber die beiden bildeten ganz offensichtlich eine unzertrennliche Einheit, und Chief gehorchte aufs Wort.

»Guten Morgen«, sagte sie möglichst liebenswürdig.

»Guten Morgen.« Ryan nickte ihr förmlich zu. »Ich muss mich für meinen Hund entschuldigen …«

»Schon gut, das ist kein Problem.«

»Das macht Chief normalerweise nicht. Ich weiß nicht, was in ihn gefahren ist«, fuhr er ungeachtet ihres Einwurfs fort.

Während er seinen Bobtail streng ansah, zwinkerte Hope Chief hinter Ryans durchaus ansehnlichem Rücken verschwörerisch zu.

»Ich werde darauf achten, dass das nicht mehr vorkommt«, sagte sie in übertrieben unterwürfigem Tonfall.

»Mach dich ruhig über mich lustig …«

»Schon gut!« Hope winkte ab. Was war denn mit ihnen los? Bei der englischen Queen ging es sicherlich weniger steif zu. Sie beschloss, auf die rein geschäftliche Ebene zurückzukehren. »Ich dusche kurz und komme dann runter. Was steht heute an?«

Ryan reichte ihr wortlos einen Tischkalender, auf dem sie die akkurate Schrift ihrer Mutter erkannte.

Hope riss die Augen auf. »Ein Kalender in Papierform? In welchem Jahrhundert leben wir denn? Meine Mom ist doch in der Lage, einen Computer zu bedienen.«

»Nun, dann sprich mit ihr, wenn du das umstellen möchtest. Ich habe damit kein Problem, so oder so«, sagte er mit unbeteiligter Miene. »Falls du wissen möchtest, was heute ansteht, findest du darauf die Termine.« Er deutete auf den Kalender. »Wir können nachher besprechen, wie wir was aufteilen. Oder möchtest du heute erst mal gemeinsam mit mir arbeiten?«

Den ganzen Tag an Ryans Seite? Sein Gesichtsausdruck ließ vermuten, dass er davon genauso wenig erbaut war wie sie.

»Ich denke, ich komme klar. Ansonsten frage ich«, antwortete sie schnell.

»Gut, ich habe alle Termine, die ich absagen konnte, gecancelt und werde heute Vormittag vorwiegend in der Praxis sein, falls kein Notfall kommt. Du erinnerst dich vielleicht noch, dass dein Vater früher halb in der Praxis, halb auf den Höfen war und sich mit Doc Morris die Notdienste geteilt hat. Wir haben dessen Patienten komplett übernommen und uns so aufgeteilt, dass ich die Fälle auf den Höfen übernehme und dein Vater hier vor Ort die Kleintiere behandelt. Dienstag und Donnerstag sind die OP-Tage. Ich würde sagen, du nimmst solange Glenns Sprechzimmer.«

Erst jetzt wurde Hope die Umgebung bewusst. Bislang hatte Ryans Präsenz ihre Aufmerksamkeit vollkommen in Anspruch genommen. Die Diskrepanz zu ihrem eleganten Sprechzimmer in der Upper Eastside war frappierend. Wieso war ihr dieser Unterschied früher nie aufgefallen?

Die Wände waren schon zu ihren Zeiten, als sie hier noch gewohnt hatte, in diesem Lindgrün gestrichen gewesen, das vor gefühlt Jahrzehnten modern gewesen war. *Wenn sie noch eine Weile mit Streichen warten, wird es vielleicht irgendwann auch mal wieder der letzte Schrei werden,* dachte sie ironisch. Die Wände waren vollgepflastert mit Tierzeichnungen, von Kinderhänden angefertigt. Auch die eierschalenfarbenen Schränke waren immer noch dieselben. Alles war sauber, die Oberflächen glänzten, aber eben auch wirklich nichts, mit dem man einen Blumentopf gewinnen konnte. Vor Ryan stand zwar ein moderner Rechner auf dem Resopal-Schreibtisch, doch daneben thronte ein altmodischer Karteikartenkasten, der noch in Betrieb zu sein schien.

»Wolltest du vielleicht noch etwas hinzufügen?«, erkundigte sich Ryan, dem die Musterung offenbar nicht entgangen war, mit spöttischer Miene.

Hope presste die Lippen zusammen und schüttelte den Kopf. Es war dringend an der Zeit, dass hier mal ein frischer Wind durch die Praxis fegte. Doch die Änderungen, die ihr spontan in den Sinn kamen, würde sie mit ihrer Mutter besprechen.

Aber eine Frage brannte ihr doch noch auf der Zunge. Sie deutete auf seine Jeans und das schwarze T-Shirt. »Arbeitest du hier so, wenn du in der Praxis bist?«

Ryan hob die Augenbrauen. »Gefällt dir was an meiner Kleidung nicht?«

Hope biss sich auf die Unterlippe. »Nicht gefallen« wäre der falsche Ausdruck. Die Kleidung stand ihm verdammt gut. Die verwaschene Jeans modellierte seinen knackigen Po, und das schwarze T-Shirt betonte seinen männlich gewordenen Oberkörper. »Nein, ich meine, haben wir hier Arbeitskleidung?«

»Wir haben separate OP-Kleidung. Mein Kittel hängt drüben im Sprechzimmer. Wenn du keinen dabeihast, kann dir deine Mutter sicherlich etwas leihen. Meine werden dir zu groß sein.«

Ob er sie jetzt nicht hatte verstehen wollen oder tatsächlich nicht verstanden hatte? Also für die Sprechstunden Jeans und T-Shirt. Unter dem Kittel. Sie verkniff sich eine Bemerkung.

In der Klinik herrschten strenge Vorschriften. Die Arbeitskleidung bestand aus Gummizughosen und Kasacks, in einem seriösen Dunkelblau. Auf den Oberteilen prangte das Emblem der Klinik in Weiß, und das gefiel ihr. Es sah so elegant aus. Die Helferinnen trugen die gleiche Kleidung, jedoch in einem etwas helleren Blau, die Oberteile hübsch mit Tiermotiven oder Pfoten bedruckt. Sie beschloss, sich weiterhin an Arbeitskleidung zu halten. Ryan konnte ja mit seinem knackigen Hintern in den Jeans posieren gehen, wenn er das wollte.

Sie fand, dass Colin großartig in den blauen Arbeits-Klamotten und dem Kittel aussah, der irgendwie trotz Arbeit stets blütenweiß zu bleiben schien. Beeindruckend. Da wurde ihr doch gleich warm ums Herz.

Schnell eilte sie durch die Hintertür nach oben, wo ihre Privaträume lagen. Sie hatte zum Glück das Dachgeschoss für sich, sogar mit eigenem Bad, mit einer herrlich prasselnden Dusche, unter der sie sich jetzt wohlig räkelte, bevor sie sich in ein flauschiges Handtuch wickelte. Das eigene Stockwerk hatte sie schon als Jugendliche als Luxus empfunden. Neben ihrem Zimmer lag noch ein Gästezimmer, in dem ihre Freunde übernachtet hatten. Das Obergeschoss war größer als ihr New Yorker Apartment. Doch wenn sie länger hier verweilen wollte, musste sie auch in ihrem Zimmer etwas unternehmen. Es war völlig überladen mit der wandfüllenden Schrankwand, die mit Büchern vollgestopft war. Früher war Hope eine regelrechte Leseratte gewesen.

Mit der Fingerspitze fuhr sie zart die verschiedenfarbigen Buchrücken entlang. Sie hatte schon als Kind bevorzugt Geschichten mit Tieren gelesen, doch auf den Regalen waren auch noch viele Liebesromane aus ihrer romantischen Zeit zu finden. Hope schüttelte den Kopf. Verklärte Jungmädchenträume! Darüber war sie hinaus. Auch über die zahlreichen Kuscheltiere, die sich zwischen die Bücher zwängten. Sogar Tierposter hingen noch an den Wänden. Im Vergleich zu ihrer karg eingerichteten Wohnung in New York erdrückte die Überladenheit sie förmlich.

Von ihrem Bett erklang ein Maunzen. Der schwarz-weiße Kater Romeo, der inzwischen sehr in die Jahre gekommen war, räkelte sich genüsslich auf der zurückgeschlagenen Bettdecke. Als sie ihm den Bauch kraulte, schnurrte er wie ein Rasenmäher. Heute Nacht war er wie in alten Zeiten an ihre Füße gekrochen. Wenigstens ein kleiner Ersatz für Miss Sophie.

Sie drückte die Nase in sein Fell und seufzte. »Romeo, hier gibt es massenhaft Arbeit.«

Doch die Antwort war nur ein ausgiebiges Gähnen, bis die rosa Zungenspitze fast bis zum Hals reichte.

»Du hast es halt gut, so was kümmert dich alles nicht«, sagte sie lachend, schlüpfte in eine Jeans und das dunkelblaue Polohemd, das sie wohlweislich am Vorabend gewaschen hatte. Der dezente Duft nach Waschmittel stieg ihr in die Nase. Sie würde sich gleich Arbeitskleidung bestellen. Egal, wie sich Ryan kleiden mochte, sie achtete auf ihren Stil.

Als sie herunterkam, ertönten Stimmen.

Mary drehte den Kopf und lächelte erfreut, als Hope das Vorzimmer betrat. Immerhin trug sie ein Arbeitsensemble in einem hellen Grün. »Sweety, du hast das Auto schon geholt, wie fein! War's schön gestern Abend?«

Hope wusste selbst nicht, warum es ihr nicht recht war, vor Ryan darüber zu sprechen. »Ja, wir hatten viel Spaß«, sagte sie deshalb etwas lahm.

Ihre Mutter musterte sie nachdenklich, ging aber nicht darauf ein. »Möchtest du etwas frühstücken? Ich habe gerade frische Eier von Betty geholt.«

»Das klingt gut. Später vielleicht.«

»Ryan hat auch Zimtrollen mitgebracht, die magst du doch so gern.«

Hope warf ihm einen Blick zu, aber er wirkte unbeteiligt. Es war sicherlich Zufall. Bestimmt hatte er nicht mehr daran gedacht, dass das ihr Lieblingsgebäck war.

»Ich denke, es ist das Beste, er weiht dich in die Abläufe ein und ihr verteilt selbst, wer welche Fälle übernimmt. So machen es Glenn … dein Vater«, korrigierte sich ihre Mutter, »und er auch immer.«

Hope nickte steif. »Das haben wir schon besprochen.«

»Ja, dann …« Ihre Mutter zögerte. »Dann lasse ich euch jetzt mal allein. Die Erste ist Mrs Delaware. Ihr Hund Foxy frisst nicht mehr richtig.«

»Danke«, sagten Hope und Ryan wie aus einem Munde.

Und zum ersten Mal an diesem Morgen sah sie ihn die

Mundwinkel heben, und sein Tonfall war zumindest etwas heiterer. »Okay, wo fangen wir an?«

»Kaffee«, schlug Hope vor. Suchend sah sie sich um. »Haben wir hier unten eine Kaffeemaschine? Ich dachte, ich hätte vorhin welchen gerochen.«

Ryan deutete ins Vorzimmer auf das graue Sideboard. Eine altmodische Filtermaschine stand dort.

Automatisch rümpfte sie ihre Nase.

»Stimmt was nicht?«

»Tassen?«, fragte sie schnell.

»Stehen daneben«, sagte er in einem Tonfall, der sich anhörte, als wäre seine Geduld jetzt schon am Ende.

»Danke«, flötete sie.

Sie goss sich etwas von dem schwarzen Gebräu in eine weiße Tasse, die mit der Werbung eines Pharmaunternehmens bedruckt war. Ihr Blick fiel auf den Kaffeeweißer in Pulverform. Kurz überlegte sie, ob sie nach oben gehen und sich Milch besorgen sollte, doch Ryans Blicke brannten in ihrem Rücken. So löffelte sie widerwillig Kaffeeweißer in die Tasse. Wieso trank ihre Mutter bloß Tee? Und Ryan schien seinen Kaffee inzwischen schwarz zu bevorzugen, wenn sie den dunklen Rand in seiner Tasse, die von demselben Pharmaunternehmen stammte, richtig deutete.

Auch beim dritten Berg Kaffeeweißer in Höhe des Mount Washington wurde der Kaffee nicht wirklich heller. Sicherheitshalber gab Hope noch einen Löffel Zucker hinzu, obwohl sie sonst nur Milch brauchte. Was das wohl für ein Gesöff war?

Sie nahm einen vorsichtigen Schluck und hätte ihn beinahe wieder in die Tasse zurückgespuckt, wenn ihre gute Erziehung sie nicht daran gehindert hätte. Angewidert würgte sie den Kaffee hinunter.

»Alles in Ordnung?«, erkundigte sich Ryan.

»Wie lange steht der denn schon?«, keuchte sie. »Der ist ja gallenbitter.«

»Ich bin schon seit knapp eineinhalb Stunden da.«

Schwebte da ein Vorwurf in seiner Stimme?

»Willst du einen frischen?«, setzte er immerhin hinzu, sichtlich angestrengt um Freundlichkeit bemüht.

»Nein, danke, er ... ist mir auch etwas stark. Und Filterkaffee ...« Sie verstummte.

»Bei Annabella bekommst du einen Latte Macchiato fett- und koffeinfrei mit Karamell-Topping, wenn du das möchtest«, schlug er mit einem spöttischen Funkeln in den braunen Augen vor.

Natürlich! Er hielt sie für das feine Dämchen aus der Stadt! Wobei sie zugeben musste, dass sie sich noch nie so sehr ihre Sekretärin und das Farnblatt auf ihrem Cappuccino herbeigewünscht hatte.

Gut, wenn sie eh den Ruf hatte ...

»Ich werde eine vernünftige Kaffeemaschine besorgen. Die tassenweise den Kaffee so ausspuckt, wie ihn jeder haben will. Die Herzkasper-Variante für die harten Männer oder auch was für Softies wie mich.«

Und mit einem integrierten Milchaufschäumer, doch das sprach sie besser nicht aus.

Ryan zuckte mit den Schultern. »Wie du meinst. Solange du nicht solch ein Kapseldings hierherstellst, das haufenweise Alu-Müll produziert.«

Sie hob die Augenbrauen. »Wofür hältst du mich? Im Übrigen gibt es die heutzutage auch schon mit wiederbefüllbaren Kapseln, nur zu deiner Information«, konnte sie nicht widerstehen zu sagen.

Einen Moment lang hielt er ihrem Blick stand, bis es in ihrem Bauch zu kribbeln begann. Zum Glück sah er als Erster weg.

»Dann ist es ja gut«, meinte er schließlich, ohne ihr direkt zu antworten.

Obwohl sie eigentlich erst später hatte essen wollen, griff sie in die Tüte mit den frischen Zimtrollen. Sie brauchte etwas, mit dem sie ihren Ärger und den Geschmack vertreiben konnte, auch wenn sie im Grunde selbst nicht sagen konnte, warum sie so überreagierte. Sie war doch sonst eher der entspannte Typ.

Ob jetzt die köstliche Zimtrolle und der Zucker ihre aufgepeitschten Nerven besänftigten oder ob sich Ryan mehr entspannte – das Herumführen und die Erklärungen, wo sie was finden konnte, verliefen einigermaßen friedlich. Auch wenn Hope den Eindruck hatte, dass Ryan ihre Gedanken lesen konnte. Nämlich, dass sie in dieser Praxis alles hoffnungslos veraltet fand. Vielleicht war es ganz gut, dass sie hergekommen war. Hier bedurfte es dringend einer ordnenden Hand, die das Ganze auf den aktuellsten Stand brachte. Ihre Eltern waren schon seit Jahrzenten in der Praxis, sie hatten sich schon daran gewöhnt.

Aber warum hatte sich Ryan nicht bei seinem Einstieg längst darum gekümmert, dass hier das ein oder andere erneuert wurde? Nur mühsam schaffte sie es, nicht den Kopf zu schütteln und ihren Unmut öffentlich kundzutun.

Nur als sie ihn nach dem Narkosegerät fragte und er ihr Spritzen zeigte, konnte sie ihre Fassungslosigkeit nicht verbergen. »Ihr spritzt noch?« Da blieb ihr geradewegs der Mund offen stehen.

»Hast du ein Problem mit Spritzen? Das hast du doch sicherlich gelernt?« Er sprach ruhig, doch sie konnte es unter der Oberfläche brodeln spüren.

»Eine Narkose mittels Inhalation ist wesentlich besser und schonender für die Tiere«, gab sie spitz zurück.

»Nun, ich fürchte, ich kann dir aktuell nicht mit einem Inhalationsnarkosegerät dienen. Wenn du möchtest, übernehme ich zukünftig die entsprechenden Fälle.« Seine Wangenmuskeln zuckten.

»Es ist schon in Ordnung«, sie stemmte die Hände in die Hüften, »aber mal ganz ehrlich: Stimmst du mir nicht zu, dass hier einige Erneuerungen angebracht wären?«

Sie hätte zu gern Ryans Antwort gehört und verfluchte Mrs Delaware, die just in diesem Augenblick mit ihrem Ungarischen Hirtenhund Foxy auf der Bildfläche erscheinen musste.

Der Vormittag wurde arbeitsreich, und Hope kam nicht dazu, Ryan zu seiner Meinung zu dem Thema weiter zu befragen. Wenn sie ihn Fachliches fragte, antwortete er höflich und äußerst hilfsbereit, aber er vermied ganz offensichtlich jegliche persönliche Bemerkung. Hope beschloss, mit ihrer Mutter über das Thema zu sprechen und es bei Ryan nicht mehr anzuschneiden. Er hatte es nicht gesagt, doch sie konnte ihm ganz deutlich anmerken, dass er sie für ein verwöhntes Stadtpflänzchen hielt.

Um kurz nach elf steckte Ryan den Kopf durch die Tür. »Die Tuckers haben gerade angerufen. Ihre Kuh fiebert und ist völlig apathisch. Vermutlich durch ein entzündetes Euter, das sollte ich mir ansehen.«

»Brauchst du Hilfe?«

»Nein, ich komme klar. Aber ich habe noch Mr Albrights Cockerspaniel Chuck auf der Liste – Analbeutel.« Sein etwas spöttischer Blick schien sie zu fragen, ob sie dazu in der Lage wäre.

Wirkte sie auf ihn, als wollte sie sich die Hände nicht schmutzig machen? »Das kann ich handeln«, sagte sie steif.

»Gut! Ich würde nur ungern länger warten, falls die Kuh doch etwas Ansteckendes hat …«

»Das ist wirklich kein Problem«, versicherte Hope und zwang sich zu einer freundlichen Miene.

»Danke!« Er lächelte. Es war lediglich ein dankbares Lächeln, doch das erste richtige Lächeln seit ihrem Wiedersehen. Es erreichte sogar seine Augen und ließ sie warm strahlen.

Nur für einen Moment kam der alte Ryan zum Vorschein, und sie war selbst erstaunt, welche widersprüchlichen Gefühle das in ihr auslöste. Nostalgie, Freude – und auch eine unbestimmbare Beklemmung war dabei.

Die Gedanken beschäftigten sie bis in die kommende Behandlung. Nun gut, sie waren schließlich jahrelang beste Freunde gewesen, bevor sie zusammengekommen waren. Es war doch natürlich, dass der Verlust der Freundschaft sie getroffen hatte, sagte sie sich. Und konzentrierte sich schnell darauf, den Cockerspaniel noch von einer Zecke zu befreien, die sie in seinem Hinterlauf entdeckt hatte.

»So, du warst ganz tapfer, Chuck«, lobte sie ihn und gab ihm ein Leckerli aus der Dose, was ihr einen treuherzigen Blick einbrachte. »Dann darfst du wieder zu Daddy gehen.«

Mr Albright sah sie verdutzt an, fuhr sich durchs schüttere graue Haar und nahm den Hund entgegen. Er bedankte sich wortkarg, nestelte den Geldbeutel aus seiner blauen Arbeitshose und ging nach draußen zu ihrer Mutter, um die Rechnung zu begleichen.

Seine Vatergefühle hielten sich wohl in Grenzen.

Beim Nähen eines großen Risses am Hinterlauf eines Katers assistierte ihr ihre Mutter, die den ganzen Vormittag im Wechsel bei ihr, bei Ryan oder im Vorzimmer verbracht hatte, wo immer sie gerade gebraucht worden war.

Hope wandte sich an ihre Mutter, nachdem sie die Wunde sauber vernäht, den kleinen orange getigerten Kater nach der Aufwachspritze vorsichtig in seine Katzenkiste gelegt und Billy Jenkins die nötige Ermahnung mitgegeben hatte, er solle aufpassen, dass der Kater in nächster Zeit nicht herumsprang, da die Wunde erst verheilen musste.

Doch bevor sie ihr Anliegen bezüglich der Erneuerungen in der Praxis hervorbringen konnte, strahlte Mary sie an. »Du hast dich toll geschlagen heute Morgen, ich bin unglaublich stolz auf dich.« Sie küsste sie auf die Wange.

»Danke, Mom! Das ist lieb von dir.« Dann sah sie das glückliche Gesicht. Den Stolz darin. Und brachte es nicht über sich, sie zu kritisieren.

»Brauchst du mich für Mrs Baxter noch? Ihr Welpe ist ein ganz lieber.« Mary schob ihr das Tablett mit den vorbereiteten Impfungen hin.

Hope schüttelte den Kopf. »Nein, damit komme ich klar.«

»Gut, dann würde ich jetzt hochgehen und das Mittagessen vorbereiten. Es gibt Hackfleischbällchen mit Mac and Cheese und dazu Krautsalat.«

Erst jetzt merkte Hope, wie hungrig sie war. Als Kind hatte sie dieses Essen geliebt, und auch jetzt knurrte ihr Magen voller Vorfreude. »Danke, Mom.« Sie umarmte sie spontan.

»Um die Abrechnung brauchst du dich nicht zu kümmern. Mrs Baxter bekommt eine Rechnung, ich habe alles notiert.«

Als Hope zwanzig Minuten später die Treppe nach oben ging, roch es bereits verführerisch. Ihr lief das Wasser im Mund zusammen. Die große Essküche ihrer Eltern war gemütlich mit hellen Kiefernholzmöbeln eingerichtet. Eine große Eckbank, belegt mit himmelblauen Kissen, dominierte die eine Seite, während die Küchenzeile im passenden Holz die gesamte gegenüberliegende Wand einnahm. Auch hier gab es blaue Akzente in Form einer Teekanne oder himmelblauer Aufbewahrungsdosen, die der Küche einen wohnlichen Touch verliehen.

Selbst das getöpferte Geschirr war mit einer blauen Emaille-Schicht überzogen. Ihre Mutter hatte bereits den Tisch gedeckt. Drei Teller standen da.

Hope strahlte. »Kommt Francy zum Essen?« Es kam öfter vor, dass ihre Patentante am Mittag vorbeischaute. Manchmal kochte sie auch etwas, das sie vorbeibrachte, wenn Mary zu sehr eingespannt war.

Ihre Mutter schob sich eine widerspenstige Haarsträhne hinters Ohr, während sie unentwegt die Käsenudeln rührte, damit sie nicht anbackten.

»Was? Nicht, dass ich wüsste. Hat sie was gesagt? Wie kommst du darauf?« Sie nahm den Topf vom Herd und stellte ihn auf den Untersetzer.

»Du hast für drei gedeckt.«

»Ach so! Das ist Ryans Teller.«

Hope erstarrte. Es war eine Sache, ihn den ganzen Morgen im Nachbarzimmer zu wissen und sich zeitweise zusammenzunehmen, aber auch noch in der Mittagspause? Das war auf einmal mehr, als sie ertragen konnte.

»Ryan isst mit uns?«, wiederholte sie völlig entsetzt.

Noch bevor Chief in den Raum stürmte und hechelnd um ihre Beine tollte, sagte ihr der schockierte Gesichtsausdruck ihrer Mutter, dass ihr Ex-Freund hinter ihr in der Tür erschienen sein musste.

Wie angewurzelt stand sie da, unfähig sich zu rühren. Hitze schoss ihr in die Wangen.

Mechanisch kraulte sie Chiefs Ohren und spürte, wie Ryans Blicke sich in ihren Rücken bohrten. Wieso war Chief nur so ein lieber Hund und bellte kaum? Und warum hatte sie das Auto nicht kommen gehört? Sie war viel zu sehr an Verkehrslärm gewöhnt.

»Hope!« Die Stimme ihrer Mutter war fast schrill. So empört hatte sie ihren Namen schon lange nicht mehr ausgesprochen. Und so ärgerlich war ihre Mom nur selten auf sie gewesen.

»Keine Sorge, ich bleibe nicht. Annabella hat gefragt, ob ich zum Essen vorbeikomme«, hörte sie Ryans tiefe Stimme. Er pfiff nach Chief, der sich brav, aber widerwillig von ihr trennte.

Hope war immer noch nicht in der Lage, sich umzudrehen. Die Scham überrollte sie. Sie wünschte sich, es würde sich ein Loch auftun und sie verschlingen.

Ihre Mutter eilte Ryan hinterher. Durch die geschlossene Tür konnte Hope hören, wie sie ihn bekniete, zum Essen zu bleiben.

»Lass gut sein, Mary. Hope und du, ihr habt euch lange nicht gesehen. Deine Tochter möchte einfach ein bisschen mit dir allein sein, das ist doch verständlich.«

Nun wallte Wut in ihr auf. Warum musste er sie auch noch verteidigen? Damit ihre Scham noch größer wurde? Am liebsten wäre sie hinausgestürmt, wenn ihre Knie nicht immer noch so weich wie die Käsenudeln gewesen wären.

Sie hörte, wie Ryans Pick-up davonfuhr.

Ihre Mutter kam in die Küche zurück, ihre Augen blitzten. Sie stemmte die Hände in die Hüften. »Hope Francine Archer! Seit wann steht unsere Tür nicht mehr für jedermann offen? Das hast du nicht in diesem Hause gelernt, einen Gast so schäbig zu behandeln. Wie unhöflich war das denn?! Was ist bloß in dich gefahren?«

»Ich habe doch nur gefragt, ob er mit uns isst.« Aber es klang selbst in ihren eigenen Ohren schwach.

Ihre Mutter sagte auch sofort: »Der Ton macht die Musik, Madame!«

»Madame« hatte Mom sie schon ewig nicht mehr genannt, und die altmodischen Erziehungssprüche kramte sie auch nur hervor, wenn sie richtig sauer war. Hope schob die Unterlippe vor. »Reicht es denn nicht, dass ich den Tag bei der Arbeit mit ihm verbringen muss? Muss es auch noch im Privatleben sein?«

»Ryans Eltern waren unsere besten Freunde. Er ist wie ein Sohn für uns. Auch sie hätten sich deiner angenommen, wenn es anders gekommen wäre und du Waise geworden wärst. Ihr habt euch doch euer Leben lang gut verstanden, wart beste

Freunde. Man kann auch nach einer Beziehung noch höflich miteinander umgehen. Ihr müsst nicht streiten, nur weil du dich von ihm getren…«

»Moment! *Er* hat *mich* verlassen!« Nun war es Empörung, die heiß in ihr hochschoss.

Das Erstaunen ihrer Mutter war nicht gespielt, ihr ganzer Ärger verpuffte. »Du hattest damals nicht darüber gesprochen. Ich dachte immer …«

Hope ballte die Hände zu Fäusten. »Was hast du gedacht? Dass *ich* die Böse bin?«

»Böse? Niemand ist böse, weil er eine Beziehung beendet. Mich hat es immer nur erstaunt, dass ihr …« Sie zögerte. »Warum …?«

«Dein lieber Ryan hatte eine andere.« Sie hatte es leichthin sagen wollen, aber es klang wohl eher gezischt.

»Was?« Verblüfft riss Mary die Augen auf. »Hat er das gesagt? Bist du dir sicher? Ich habe ihn nie mit einem anderen Mädchen gesehen, also zumindest am Anfang lange nicht.«

»Nein, das hat er nicht gesagt! Er war ja nicht mal Manns genug, das zuzugeben«, stieß sie bitter hervor.

»Aber wie kommst du dann …«

»Ich habe meine Quellen«, unterbrach sie spitz. Hope verschränkte die Arme vor der Brust, als könnte sie damit auch das Toben hinter ihrem Brustbein ausgrenzen.

»Aber hast du denn nicht wenigstens versucht, mit ihm darüber zu sprechen? Vielleicht war es nur ein Missverständnis? Er ist nicht der Typ …«

Hope schnaubte. »Was sollte das bringen? Selbst wenn das nicht der Grund war … Wie ich schon sagte, er hat mit mir Schluss gemacht. Welche Beweggründe er auch immer hatte, er nannte sie nicht, sagte nur, er fände es das Beste, wenn wir uns trennen. Was gibt es da zu palavern?« Wut keimte in ihr auf. Nun brachte ihre Mutter diese verfluchte Mauer zum

Bröckeln, die sie so mühevoll aufgebaut hatte. Der alte Schmerz drohte mit aller Macht zurückzukommen.

Gedankenverloren rührte Mary den Krautsalat um. Sie wirkte, als spräche sie zu sich selbst. »Und ich dachte immer, es war, weil du nach New York …«

Aufgebracht schnaubte Hope auf. »Natürlich! Mal wieder New York, nicht wahr? Das tragt ihr mir doch alle nach!«, schleuderte sie ihr entgegen. Sie hatte so laut gesprochen, fast gebrüllt, dass Romeo, der gerade seinen Napf ausleckte, sich erschrocken unter die Eckbank verzog. Die Anspannung vom Vormittag begann, ihr zuzusetzen. Hope merkte selbst, dass sie überreagierte.

»Sweetheart!« Ihre Mutter nahm sie an den Schultern. »Denk doch so was nicht. Lynnwood Falls ist *unser* Traum, der Traum von deinem Dad und mir. Vielleicht auch Ryans Traum. Wir lieben das Leben hier, sind glücklich. Es ist unser Zuhause. Natürlich fehlst du uns, wenn du in New York bist. Aber, um Himmels willen, was bringt dich auf die Idee, dass wir dir *unseren* Traum aufdrängen wollen?« Nun wirkte sie schuldbewusst. »Ich dachte immer, wir hätten Wert darauf gelegt, dass jeder seine eigenen Entscheidungen treffen darf. Haben wir dir jemals das Gefühl gegeben, dass du das Leben führen musst, für das wir uns entschieden haben?«

Hope zuckte mit den Schultern. Das Engegefühl in ihrer Brust wuchs.

»Komm mal mit.« Ihre Mutter nahm sie bei der Hand und zog sie hinter sich her ins Wohnzimmer. »Dein Dad und ich sind so unglaublich stolz auf dich. Auf das, was du alles geschafft hast.« Sie fasste an den Wandschrank und zog ein Album hervor. »Dein Dad sammelt jeden deiner Artikel, die in den Fachzeitschriften von dir erschienen sind. Hier, sieh nur!« Sie schlug das Album auf, und Hope sah sämtliche Artikel von sich fein säuberlich ausgeschnitten und eingeklebt. Sogar die Fotos von ihrer Praxis, die sie ihm per Mail geschickt hatte, hatte er zum Teil ausgedruckt.

Hinter ihren Augenlidern begann es zu prickeln. Sie blinzelte. Alles, was sie hervorbrachte, war: »Wow!«

»Bitte, Sweety, hab kein schlechtes Gewissen! Du lebst deinen Traum. Und wir stehen hinter dir, was immer du tust. Wir lieben dich!«

Hope versank in der tröstlichen Umarmung ihrer Mutter. Es tat verdammt gut, wieder zu Hause zu sein. Und dennoch grauste ihr davor, Ryan wiederzusehen. Sie musste sich ganz dringend bei ihm entschuldigen!

Ryan

»Du bist ein treuloser Genosse, das weißt du, oder?« Ryan packte Chief sanft bei den Ohren und knuddelte sie.

Die Antwort war ein stolzes »Wuff«.

»Sag nicht, du freust dich darüber auch noch? Was ist nur in dich gefahren? So kenne ich dich gar nicht, dass du dermaßen um fremde Leute herumscharwenzelst. Glaub bloß nicht, ich hätte nicht mitbekommen, wie Hope immer wieder tagsüber heimlich bei dir war. Und wie ihr beide geschmust habt! Sonst bewegst du dich kaum mehr, aber mit ihr hast du beim Stöckchenwerfen herumtollen können wie ein Welpe. Kommst du gerade in deinen zweiten Frühling? Oder wolltest du ihr imponieren?«

Chief legte den Kopf schief und hechelte ihm einen Schwall Pansendunst entgegen.

»Du riechst nach Hundefutter.«

Ryan gab ihm einen sanften Nasenstüber und schob ihn unter den Tisch, wo er den Kopf auf seinen nackten Fuß legte. Er vergrub die Zehen in dem weichen Fell. Es war wirklich seltsam. Sein Hund richtete sich normalerweise danach, wen sein Herrchen mochte und wen nicht. Und auf Hope war er heute ganz bestimmt nicht gut zu sprechen gewesen. Schon bei dem Gedanken daran, wie sie ihr Näschen gerümpft und sich über die Praxis mokiert hatte, brodelte es in ihm.

Das Röntgengerät ist noch analog? Das könnte man doch auf digital umstellen. Das kommt mit einer geringeren Strahlendosis aus, äffte er sie in Gedanken nach.

Das Schlimmste daran war, dass er ihr im Grunde sogar recht geben musste. Er hatte selbst anfangs das ein oder andere altmodisch gefunden; natürlich hatte er auch im Studium mit den neuesten Geräten gearbeitet. Doch sein Praktikum hatte er auf dem Land absolviert. In einer Praxis, gegen die Marys und Glenns Räumlichkeiten richtiggehend modern waren. In der anderen Tierarztpraxis hatte es nicht einmal ein Röntgengerät gegeben, digital oder analog hin oder her.

Am meisten ärgerte ihn, dass sie ihm das Gefühl gegeben hatte, dass es seine Schuld sei und nicht die ihrer Eltern. War sie denn der Meinung, dass er die Praxis hätte umkrempeln sollen?

Seufzend nahm er einen Schluck Coke und öffnete seinen Browser. Er gab den Typ des Röntgengerätes ein und suchte nach Informationen, ob eine Umstellung möglich wäre.

Doch immer wieder schob sich Hopes Gesicht vor sein inneres Auge. Wenigstens hatte sie nach dem Mittag total zerknirscht gewirkt und sich mit ehrlich wirkendem Bedauern entschuldigt. Zugegebenermaßen war ihm ebenso unwohl bei dem Gedanken gewesen, mit ihr beim Essen zu sitzen und erzwungenen Small Talk halten zu müssen. Sich womöglich anzuhören, wie toll und vor allem modern doch die Klinik in New York war. Die Stimmung am Morgen war sehr angespannt, vielleicht war das auch seine Schuld gewesen, wie er widerwillig einräumen musste.

Wieder drängte sich ihm ihr Bild auf. Erhitzt vom Laufen, mit dem viel zu kurzen T-Shirt, das ihren festen Bauch entblößt und sich feucht an ihre Brüste modelliert hatte. Wieso hatte es ihn so von der ersten Sekunde an gegen sie aufgebracht? Ganz bestimmt hatte sie damit nicht ihn reizen wollen, das war nicht Hopes Art.

Eigentlich war er nicht der Typ, der es anderen Leuten schwermachte, sich irgendwo einzufinden. Vermutlich hätte er jeden fremden Kollegen wesentlich freundlicher eingeführt. So kannte er sich gar nicht. War es möglich, dass Hope bei Chief seine besten Seiten hervorrief und bei ihm die schlechtesten?

Lamentieren half nichts. Er zwang sich, seine Konzentration auf den Monitor zu richten und nachzulesen, was eine Umstellung bedeuten würde. Welche Kosten dafür auf sie zukommen konnten. Auch wenn sich Hope so über den Terminkalender echauffiert hatte, den Mary noch manuell pflegte, so lief doch zumindest die Verwaltung der Patienten in der Praxis bereits auf digitaler Ebene ab. Na ja, zumindest teilweise. Vielleicht würde es gar nicht so schwierig sein, solch eine Umstellung vorzunehmen? Auch wenn er noch keine Ahnung hatte, wie das finanziert werden sollte, wollte er sich informieren.

Er sah auf die Uhr. Die Fuller-Zwillinge besaßen eine IT-Beratung. Sie hatten das Heim- und Gartencenter komplett neu digitalisiert, nachdem Brandon es übernommen hatte. Es war noch früh genug, um dort anzurufen. Vielleicht hatten sie eine Idee.

Schon nach dem ersten Läuten meldete sich Jim. Nachdem Ryan ihm sein Anliegen geschildert hatte, sagte er: »Warte mal, da gebe ich dich gleich an Jack weiter. Er hat die Praxis von Zahnarzt Lessington auf EDV umgestellt.«

Das lief ja besser als geplant. Jack hatte sogar das dortige einst analoge Röntgengerät digitalisiert und die Praxisräume vernetzt.

»Würdest du mir ein Angebot machen?«

Jack lachte. »Für dich sogar ein gutes.« Er wurde wieder

ernst. »Allerdings haben wir kommende Woche noch einen Großauftrag in der Bibliothek. Ich trage dich gleich als Nächsten auf die Liste ein.«

»Kein Problem, wir haben keine Eile.«

Zufrieden drückte Ryan kurze Zeit später das Gespräch weg.

Da würde Hope Augen machen. Er ließ sich von ihr ganz bestimmt nicht in die Hinterwäldler-Schublade stecken.

Kapitel 5

Hope

Müde stellte Hope den Arztkoffer auf die Rückbank des Land Rovers. Heute hatten sie keinen Blick für das beschauliche Leben auf dem Marktplatz, wo sich einige Farmersfrauen zu einem Schwätzchen versammelt hatten. Der strahlende Sonnenschein, der die Blumen in den Terrakottakübeln vor *Annabella's Café* rot, blau und gelb leuchten ließ, passte nicht zu ihrer trüben Stimmung. Einen ihrer Schützlinge einzuschläfern ging ihr immer nahe, auch wenn es für das Tier das Beste war. Und das Leben war für den alten Border Collie Randy, dessen Körper von Metastasen regelrecht zerfressen war, schon längst keine Freude mehr gewesen. Nun war er von seinen Schmerzen erlöst.

Und trotzdem ging ihr das Leid der Familie Mannings nahe. Schließlich hatte der Hund die letzten vierzehn Jahre als Familienmitglied mit ihnen verbracht, und nun mussten sie ihn gehen lassen. Auch ihr selbst ging es unter die Haut, selbst wenn sie den Hund erst seit einer guten Woche betreut hatte.

Sie hielt inne. War sie tatsächlich schon so lange hier? War es schon wieder Mitte der Woche? Die Tage flogen nur so dahin.

Die angespannte Stimmung in der Praxis zerrte an ihren Nerven. Obwohl Ryan meist auf den umliegenden Farmen unterwegs war, fand sie die Zeit bedrückend, die er in ihrer Nähe verbrachte, da er sie mit einer kühlen Höflichkeit behandelte.

Nicht einmal in Colin fand sie Trost. Er war verstimmt,

weil sie letztes Wochenende nicht nach New York gekommen war, aber es lag hier so viel an, und am Samstag hatte sie mit ihrer Mom ihren Vater in die Reha gebracht.

Das schlechte Gewissen in ihr regte sich wieder. Colin tat so viel für sie. Selbst jetzt unterstützte er sie, obwohl es ihm deutlich lieber wäre, sie wäre in New York.

Spontan fuhr sie auf den Parkplatz von *Rolly's Eisenwarenladen* und zückte ihr Handy. Vielleicht hatte sie ja Glück, und Colin hatte gerade Leerlauf.

Wider Erwarten nahm er sogar direkt nach dem zweiten Läuten ab. »Hope?«

»Hi. Störe ich?«

»Ist etwas passiert?«, fragte er alarmiert.

Die Besorgnis in seiner Stimme ließ ihr Herz direkt höherschlagen. Zu gern hätte sie sich jetzt in seine Arme geschmiegt.

»Nein, ich hatte nur einfach gerade Sehnsucht nach dir.«

»Nun, dann hoffe ich, dass dir dieses Mal am Wochenende nichts dazwischenkommt«, gab er, immer noch hörbar missbilligend, zurück.

Hope benetzte die Lippen. Gut, sie wusste, dass Colin kein großer Freund von Telefonieren war. Vielleicht hielt sich ja jemand bei ihm im Raum auf, dass er ihr nicht direkt sagen konnte, wie sehr sie ihm fehlte. Irgendwie beinhaltete die Aussage ja, dass er sich wünschte, sie wäre bei ihm, und dass er sie infolgedessen auch vermisste, beruhigte sie sich.

»Ich hoffe es auch«, sagte sie weich. »Und was machst du so?«

»Wir haben gerade einen Bypass gelegt bei der Irish-Setter-Hündin von Professor Ruben«, war die kurze Antwort.

Colin hatte immer wichtige Aufgaben, er rettete ständig Tierleben. Das machte sie so unglaublich stolz auf ihn.

Sie seufzte. »Ich musste eben eine alte Hündin einschläfern. Sie war voller Metastasen.«

»Das tut mir sehr leid«, sagte er. »Entschuldige, Honey, mein nächster Termin steht an. Ich erwarte dich am Wochenende.«

Bevor sie noch etwas erwidern konnte, hatte er aufgelegt. »Ja, ich liebe dich auch«, wisperte sie und wünschte sich einmal mehr, dass Colin verstärkt Gefühle zeigen würde. Sofort schalt sie sich undankbar. War es nicht genug, dass er alles für sie tat, sie unterstützte? Dass er sie bat, zu ihm zu kommen, und sehr enttäuscht war, wenn sie ihn versetzte? Das zeigte ihr doch, wie wichtig sie für ihn war.

Sie wusste selbst nicht, warum ihr plötzlich Tränen in die Augen stiegen. Vielleicht war es der Hormonspiegel? Sie bekam demnächst ihre Regel. Oder die Nachwirkungen des Vormittags? Die Anspannung der letzten Tage?

Resolut setzte sich Hope auf, blinzelte und startete den Wagen. Definitiv bereitete ihr auch der Zustand der Praxis Sorgen. Ryan und sie waren beide rund um die Uhr beschäftigt. Bestimmt war es auch nicht anders gewesen, als ihr Vater noch da gewesen war. Warum mangelte es hier an so vielem, wenn doch genügend Geld hereinkommen musste?

Sie parkte neben Ryans Pick-up und schleppte sich die Stufen zur Praxis hinauf. Aus dem OP-Saal erklang fröhliches Lachen, das ihr in den Ohren schmerzte. Doch als sie Francys Stimme hörte, lächelte sie.

Hope spähte durch das Fenster in der Tür. Ihre Mutter, Francy und Ryan waren, ausgestattet mit OP-Kitteln und Mundschutz, über den OP-Tisch gebeugt. Im ersten Moment konnte Hope nicht erkennen, was das graue Bündel war, das auf dem Untersuchungstisch lag.

Francys Augen funkelten, als sie sie erblickte, und sie kam zur Tür. »Stell dir vor, Liebes, ich habe einen angeschossenen Waschbären gefunden. Ryan hat ihm gerade die Kugel herausoperiert.«

»Ein Waschbär?«, echote Hope. »Weißt du, wer auf ihn geschossen hat?«

»Keine Ahnung. Er hat sich hinter mein Lager geschleppt. Vermutlich wurde er vom Geruch des Tierfutters angelockt.«

Mary schnitt den Faden ab, den Ryan soeben gekonnt verknotet hatte, und hob den Kopf. Sie musterte Hopes Gesicht. »Habt ihr Randy eingeschläfert?

Hope nickte stumm.

Mitleid trat in den Blick ihrer Mutter. »Ich mach dir eine heiße Schokolade.« Sie sah in die Runde. »Wer will noch eine?«

»Die armen Mannings!«, murmelte Francy bedrückt. »Ich nehme auch eine, das ist jetzt genau das Richtige.«

Selbst Ryan warf ihr einen verständnisvollen Blick zu, bevor er den Waschbären zum Aufwachen in eine große Hundetransportkiste legte. »Für mich nicht, ich muss gleich los. Kommst du kurz mit rüber, Hope, damit wir besprechen können, was anliegt?«, schwenkte er wieder um zu der üblichen kühlen Geschäftsmäßigkeit, mit der er ihr die letzten Tage begegnet war.

Sie nickte steif. »Natürlich.«

Hope folgte Ryan in sein Sprechzimmer und begrüßte Chief, der sich auf den Rücken warf und den Bauch von ihr kraulen ließ. Ihr wurde warm ums Herz. Seine Freude war stets Balsam für ihre wunde Seele.

»Nachher kommt Sheriff Thomson mit seinem Deutschen Schäferhund. Ich denke, das Beste ist, du schaust dir den Rüden mal an. Er hat Probleme mit der Hüfte. Das ist ja dein Spezialgebiet.«

Hope sah Ryan misstrauisch an. Wollte er sticheln, oder war das tatsächlich eine Art Kompliment? Doch sie konnte nichts aus seiner Miene herauslesen. Er hatte sich über seine Tasche gebeugt und fuhr schon fort:

»Es ist möglich, dass ich länger brauche. Könntest du bitte

den Waschbären im Auge behalten, wenn er aufwacht? Er wird vermutlich in dem Käfig toben. Vielleicht geben wir ihm noch was zur Beruhigung.«

»Natürlich. Was ist eigentlich mit den Behandlungskosten für die Tiere, die wir so zwischendurch verarzten, wie den Raben mit dem gebrochenen Flügel neulich oder jetzt den Waschbären?«, fragte sie möglichst beiläufig.

Ryan, der gerade dabei war, die Tasche zu schließen, hielt in der Bewegung inne. »Wie meist du das?«

Hope zuckte mit den Schultern. »Ich habe nur gerade laut gedacht.«

Seine Gesichtszüge verhärteten sich. »Du kannst ja Francy eine Rechnung schreiben. Ich möchte dich nur daran erinnern, dass sie unsere größte Unterstützerin ist. Von ihr bekommen wir haufenweise Futter, Verbandsmaterialien und auch Medikamente. Für die auch sie keine Rechnung schreibt«, betonte er.

Bevor sie etwas darauf sagen konnte, pfiff er nach Chief, der sich nur widerwillig von ihren kraulenden Händen trennte, um seinem Herrchen brav nach draußen zu folgen.

Was reagierte Ryan nur so gereizt, sobald sie die Sprache auf Geld brachte? Natürlich hatte sie nicht Francy gemeint; sie wusste selbst, wie viel ihre Patentante für sie alle tat. Aber die Praxis war kein Wohlfahrtsunternehmen. Die Behandlungskosten ihres Vaters waren hoch. Sie selbst hatte zwar einiges in den letzten Jahren angespart, da sie nicht mittellos bei Colin einziehen wollte, wenn es denn so weit war. Aber sie würde die Ersparnisse natürlich auch für ihre Eltern opfern, wenn Bedarf bestand.

Die Kündigungsfrist für den Sparvertrag betrug sechs Wochen. Vielleicht sollte sie das in Angriff nehmen. Solange jedoch hier, wie es aussah, so einiges im Argen lag, musste da vorrangig angepackt werden. Sie war nicht blind. Dass Mrs Bloomberg diese leckere Torte vorbeigebracht hatte, ließ vermuten, dass auch sie keine Rechnung in der vollen Höhe der Behandlungskosten erhalten hatte.

Hope presste die Lippen zusammen. Sie musste dringend etwas unternehmen, um die Praxis auf Vordermann zu bringen, damit sie sich entsprechend amortisierte. Es konnte auch nicht angehen, dass der ein oder andere Kleinbauer »Kredit« bei ihnen bekam, wenn sie selbst knapp bei Kasse waren und so dringend Neuanschaffungen anstanden.

Ein Vorfall am nächsten Morgen brachte das Fass zum Überlaufen. Hope hatte sich gerade einen Cappuccino mit ihrer neuen Maschine zubereitet – sie hatte der Praxis einen Kaffeevollautomaten spendiert – und die Eingangstür zum Durchlüften geöffnet, als der kleine Kevin Bolder schniefend auf sie zukam. In seinem Arm trug er ein Fellbündel in einem Handtuch, das sich beim Näherkommen als Katze entpuppte. Besser gesagt als ein Kater, wie sie sogleich erfuhr, als Kevin schluchzend sagte:

»Mein Socks hat sich heute Nacht mit einem anderen Kater gerauft. Er blutet.«

Sie wollte Kevin gerade das Tier abnehmen und den Jungen zu ihrer Mutter zur Anmeldung schicken, als Ryan aus seinem Sprechzimmer kam, er musste sie gehört haben.

Er lächelte Kevin an. »Komm rein, ich schaue mir Socks mal an. Das kriegen wir wieder hin.«

Hope folgte den beiden schulterzuckend mit ihrer Tasse in der Hand. Dann würde die Anmeldung eben hinterher erfolgen.

Der kleine Kater maunzte kläglich, er war offenbar noch recht jung. Ein Süßer, ganz schwarz mit einem weißen Punkt auf der Nase und einer weißen Pfote. Es sah tatsächlich wie eine Socke aus, woher vermutlich sein Name kam. Der andere Kater hatte ihn übel zugerichtet. Ein Ohr war zerfetzt, ein tiefer Kratzer zerfurchte die Wange, und auch am Hinterlauf blutete er.

»Brauchst du Hilfe?«, fragte Hope, nachdem ein Blick ins Vorzimmer ihr sagte, dass ihre Mutter noch oben sein musste. Der offizielle Betrieb fing erst in einer Viertelstunde an.

»Wenn du kurz Zeit hast?« Ryan sah sie fragend an.

»Natürlich.«

Es faszinierte sie immer wieder, wie zart Ryan mit seinen kräftigen Händen mit den Tieren umgehen konnte. Obwohl der kleine Kater fauchte, als Ryan seinen Hinterlauf berührte, wurde er unter den sanft murmelnden Worten sofort wieder ruhig. Auch für Menschen, zumindest andere, hatte ihr Ex-Freund ein Händchen.

Er reichte Kevin ein Kleenex. »Komm, putz dir mal die Nase.« Danach bat er ihn, sich die Hände zu desinfizieren. Sogar in die Behandlung bezog er ihn ein, vermutlich um ihn abzulenken.

Hope reichte Ryan stumm Desinfektionsmittel, örtliche Betäubung und sterile Tupfer.

Als er fertig war, zauste Ryan Kevin durch die blonden Haare. »Schau, schon wieder alles behoben. Die nächsten Tage braucht er Antibiotika und Schmerzmittel, ich schreibe dir auf, wie du sie ihm verabreichen musst. Versuch auch bitte, ihn die nächsten Nächte nicht rauszulassen. Es gibt gerade ein paar rollige Katzen in eurer Nähe, die für viel Streit sorgen. Socks sollte sich erst ein bisschen erholen und noch ein Stück wachsen, bevor er sich mit den großen Katern anlegt.« In seiner Stimme und in seinem Lächeln lag so viel Wärme, dass es Hope unwillkürlich warm ums Herz wurde.

Auch Kevin strahlte. »Danke, Doktor Cooper.« Seine Wangen färbten sich rot. »Und was kostet das jetzt?«

Ryans Lächeln blieb unverändert. »Wie viel hast du denn?«

Kevin kramte eifrig in seiner Hosentasche und legte eine Handvoll Münzen auf das Sideboard. »Sechs Dollar fünfundsiebzig. Ich habe meine Spardose geleert«, sagte er. Sein Blick wurde ängstlich. »Reicht das?«

Ryan nickte ernst. »Es macht genau sechs Dollar fünfzig. Du darfst also einen Quarter behalten.«

Der Kleine war irgendwie rührend in seiner Freude, wie er mit hochroten Wangen seinen Kater auf den Arm nahm und nach draußen eilte. »Danke, Doktor Cooper. Und Doktor Archer.« Sogar sie wurde mit einbezogen. So ein höflicher Junge!

Hope musste unwillkürlich ebenfalls lächeln. Dennoch kam sie nicht umhin, die Frage zu stellen, die ihr auf der Zunge brannte: »Warum hast du das getan?«

Ryan, der sich mit dem neuen Vollautomaten gerade einen Espresso hatte zubereiten wollen, hielt in der Bewegung inne und drehte sich zu ihr um. »Was meinst du?«

Am Zucken seiner Wangenmuskeln, das ihr inzwischen schon wohlvertraut war, sah sie jedoch, dass er vermutlich ganz genau wusste, was sie meinte.

»Kevins Mutter arbeitet unten im Diner. Sie bekommt dort ein gutes Trinkgeld. Der Laden brummt um die Mittagszeit mit den Leuten von *Obligon Chemicals*, die alle gut verdienen und was springen lassen. Auch wenn sie alleinerziehend ist, können sie sich durchaus einen normalen Tierarztbesuch leisten.«

Nun gab er sich keine Mühe mehr, seinen Ärger zu verbergen. Die dunklen Augen funkelten, seine Stimme wurde laut: »Kevin ist zehn. Was glaubst du, wie stolz er jetzt ist, dass er ganz allein in der Lage ist, sich um seinen Kater zu kümmern? Seine Mutter war gegen ein Haustier, weil sie den ganzen Tag arbeitet. Aber er hat gebettelt, dass er eines haben darf. Sie hat unter der Bedingung eingewilligt, dass Kevin sich allein um das Tier kümmert. Und nun opfert er sein gesamtes Taschengeld, alles, was er angespart hat, seinem Tier zuliebe.« Mit einer zornigen Handbewegung zog Ryan sein Portemonnaie aus der Hosentasche. »Du willst deinen Anteil?« Er zog zwei

Zwanzig-Dollar-Scheine heraus und warf sie ihr aufs Sideboard. »Das sollte genügen.«

Jetzt wurde auch Hope wütend. Sie nahm die Scheine vom Tisch und schleuderte sie ihm gegen die Brust, von der sie abprallten und zu Boden segelten. »Du weißt genau, dass es darum nicht geht. Wir arbeiten bei uns in der Klinik auch manchmal pro bono …«

»Ach, tatsächlich? In eurer schicken Nobel-Klinik?«, höhnte er.

»Ja, tatsächlich!« Besser, sie sagte nicht, dass sie dazu außer Haus in fremde Tierkliniken gingen, weil sie ihren eleganten »Mummys und Daddys« nicht zumuten wollten, im selben Wartezimmer wie die schlecht situierte Bevölkerung zu sitzen. Stattdessen fuhr sie fort: »Aber wir können es uns auch leisten.« Mit einer weit ausholenden Handbewegung deutete sie auf die Praxis. »Allerdings liegt hier so viel im Argen, für das wir dringend Geld benötigen würden. Und ihr verschenkt unsere Leistungen.«

Als er den Mund öffnete, hob sie die Hand.

»Warte, ich bin noch nicht fertig! Ich weiß, dass das nicht allein deine Schuld ist. Das geht sicherlich auch – oder sogar hauptsächlich – von meinen Eltern aus. Aber seht ihr denn nicht, dass wir das Geld hier auch dringend gebrauchen könnten? Dass die Leute unsere Leistungen gar nicht mehr schätzen können, wenn wir sie kostenlos oder zu Dumpingpreisen hergeben? Was nichts kostet, ist nichts wert.« Sie schob die Unterlippe vor.

Ryans Stimme klang gefährlich ruhig. »So siehst du das also?« Er schüttelte den Kopf. »Was ist nur aus der Hope geworden, die ich früher kannte? Komm, Chief, die Arbeit wartet.« Ganz leise brummte er: »Auch wenn sie nichts wert ist.«

Die Wut in ihr drohte überzukochen. »Wage es nicht, jetzt einfach davonzulaufen, Ryan Cooper! Das Thema ist mir bitterernst.«

Er drehte sich zu ihr um, wirkte plötzlich müde. »Ich weiß, dass dir das bitterernst ist. Du setzt deine Prioritäten anders als ich die meinen. Ich behaupte auch nicht, dass ich im Recht bin. Du kannst viele Zugeständnisse von mir haben; wir können meinetwegen die Praxis modernisieren. Aber wenn das auf Kosten unserer Integrität geht und du anfangen willst, kleinen Jungen das Geld aus der Tasche zu ziehen, dann bin ich raus aus der Nummer. Ich unterstütze deine Eltern in ihrer Ansicht, dass wir im Bedarfsfall pro bono arbeiten, solange wir nicht wirklich Miese machen. Auch Francy ist auf unserer Seite. Du hast anderes gelernt, erhältst als Fachtierärztin sicher auch Honorare in einer ganz anderen Größenordnung. Dass du davon nicht abweichen magst, ist ebenfalls in Ordnung. Ich werde dafür sorgen, dass du zukünftig die Behandlungen bekommst, die ausreichend honoriert werden.«

Hope schnappte nach Luft. Er drehte ihr mit voller Absicht das Wort im Munde herum. Doch bevor sie ihre Empörung in Worte fassen konnte, knallte er die Autotür zu. Der Motor seines Wagens heulte auf, und er schoss vom Hof.

Vor Wut kochend sah sie ihm hinterher. Hier war das letzte Wort noch nicht gesprochen. Ganz bestimmt ging es ihr nicht um Kevin. Es war für sie in Ordnung, in dem Fall mal ein Auge zuzudrücken. Oder sonst um Leute, die wirklich nichts hatten, für die ihr Tier alles war. Dass Ryan sie hinstellte, als wäre sie geldgierig und oberflächlich, ließ den Ärger in ihr erneut aufwallen. Am liebsten wäre sie ihm zum Tucker-Hof hinterhergefahren und hätte ihn zur Rede gestellt. Doch da kam schon Mrs Bloomberg mit ihrer Hündin zur Nachbehandlung.

Schnell hob Hope die Scheine auf, die noch auf dem Boden lagen, und steckte sie in die Brusttasche von Ryans Kittel.

Auch ihre Mutter kam soeben herunter und warf ihr einen nachdenklichen Blick zu. Vermutlich hatte sie den Streit mitbekommen.

Doch erst als sie am späten Nachmittag gemeinsam an die Küste fuhren, um ihren Vater zu besuchen, sprach ihre Mutter sie darauf an.

»Du und Ryan habt euch heute Morgen gestritten, oder?«

Hope seufzte. »Das war wohl nicht zu überhören, oder?«

Ihre Mutter lächelte. »Vermutlich hätten nicht mal Ohrstöpsel dagegen geholfen.« Sie wurde wieder ernst. »Es ging um Geld?«

Hope konnte selbst nicht sagen, warum sie sich bislang leichter damit getan hatte, Ryan die Punkte vorzuwerfen, die sie störten. War es deswegen, weil sie das Gefühl hatte, an ihm prallten die Vorwürfe nur ab? Während sie bei ihrer Mutter befürchtete, sie zu verletzen?

Dennoch fasste sie sich ein Herz. »Warum machen wir so viel pro bono und berechnen so wenigen Leuten das, was sie eigentlich zahlen müssten?«

Ihre Mutter lächelte. »Ach, Kind!« Das hatte sie schon lange nicht mehr zu ihr gesagt. »Diese Leute sind unsere Freunde und Nachbarn. Wir bekommen so unglaublich viel Unterstützung von allen. So ist das bei uns: Eine Hand wäscht die andere. Als es letztes Jahr im Sturm einige Dachziegel von unserem Haus heruntergeweht hatte, kam der alte Hank und hat sie uns auch kostenlos wieder montiert, sogar einige auf eigene Kosten ersetzt. Dafür helfen wir ihm eben, wenn er eine Elchkuh anfährt. Es ist ein Geben und Nehmen hier im Ort.«

»Aber es kommt doch auch den Leuten zugute, wenn unsere Praxis auf dem neuesten Stand ist. Wenn wir moderne Geräte besitzen«, beharrte Hope.

Ihre Mutter seufzte. »Nun lass uns erst mal sehen, welche finanziellen Belastungen auf uns zukommen mit der Reha deines Vaters, dann sprechen wir wieder darüber.«

Hope schluckte. Auf einmal kam sie sich egoistisch und grausam vor. Ihre Eltern hatten momentan wirklich genug Probleme. Bei der Modernisierung kam es doch wahrlich nicht auf ein paar Tage an. Sie beschloss, das Thema während ihrer Zeit hier nicht mehr anzusprechen.

Doch sie hatte die Rechnung ohne ihren Vater gemacht. Er wartete im Garten auf einer Liege auf sie. Heute sah er schon viel besser aus, die Farbe war wieder in sein Gesicht zurückgekehrt. Da er wohl viel Zeit im Freien verbrachte und das sonnige Wetter dem nahenden Sommer alle Ehre machte, überzog eine sanfte Bräune sein hageres Gesicht.

Hope küsste ihn auf die Wangen. »Hi, Pops. Du siehst gut aus.«

Er zog eine Grimasse. »So fühle ich mich gar nicht.«

Hope lachte. »Das ist nur, weil du nicht herumwerkeln kannst.« Sie wurde wieder ernst. »Hast du Schmerzen?«

»Es geht. Ich werde mit starken Mitteln zugedröhnt. Aber glaub nicht, ich hätte hier Ruhe oder öfter Zeit, die Umgebung zu genießen. Die piesacken mich den ganzen Tag mit Übungen, grausam! Und diese Thrombose-Strümpfe …« Er schnaubte verächtlich.

Hope lachte wieder. So gefiel er ihr schon viel besser als so apathisch wie am Anfang.

In dem Moment kam auch ihre Mutter nach draußen. Während die beiden sich innig begrüßten, als wäre seine Frau nicht erst vor drei Tagen da gewesen, schaute Hope sich um. Das Reha-Zentrum lag wunderschön auf einer Anhöhe, mit Blick auf eine sandfarbene Steilküste und den tiefblauen Atlantik, auf dessen Wellenkämmen helle Lichtblitze funkelten. Man konnte von hier oben die Brandung rauschen hören. Genießerisch atmete sie die salzhaltige Luft ein, die geschwängert von dem Geruch nach Algen war.

»Wie läuft es in der Praxis?«, erkundigte sich ihr Vater.

»Die beiden arbeiten unermüdlich«, lobte ihre Mutter.

Doch er kannte »seine zwei Frauen« viel zu gut. Seine grauen Augen schienen bis auf den Grund ihrer Seele vorzudringen, als er sie beide musterte. »Aber?«

Pops war Neuerungen gegenüber eigentlich immer aufgeschlossen gewesen. Hope fasste sich ein Herz. »Die Praxis ist nicht auf dem neuesten Stand. Ich denke, wir könnten davon profitieren, wenn das ein oder andere modernisiert wird«, sagte sie vorsichtig.

Immerhin schien er den Vorschlag abzuwägen. »An was hast du gedacht?«

»Durch eine Digitalisierung und Vernetzung wäre auch Mom entlastet.«

»Hast du schon mit Ryan darüber gesprochen?«

Sie schob die Unterlippe vor. *Den interessiert es doch gar nicht.* »Ja, ich habe ihm schon einige Anregungen gegeben«, wich sie aus.

»Hope denkt, wir sollten mit den Rechnungen etwas strenger sein«, warf ihre Mutter ein und sah ihren Mann fragend an.

Er legte die Hand auf Hopes Wange. »Sweety, wir schauen, was wir realisieren können. Wir haben schon einige Ersparnisse, die ich für spätere Reisen zurückgelegt habe. In zwei Jahren bekomme ich eine der Lebensversicherungen ausbezahlt. Vielleicht können wir dann eine Modernisierung ins Auge fassen«, schlug er vor. »Doch ich würde an dem Abrechnungssystem nichts ändern. Uns geht es mehr als gut. Wir wollen uns nicht unnötig bereichern.«

Zwei Jahre? Der Umgang mit den Besitzern ihrer Patienten in New York hatte Hope gelehrt, ihre Gesichtszüge zu beherrschen und die Gedanken zu verbergen. Sie hoffte, dass es ihr auch jetzt gelang. Bitterkeit wallte in ihr auf. Ihr Vater musste gar nicht erst sagen, dass sie bislang auf diese Weise ja gut zurechtgekommen waren, sie konnte es auch so heraushören. Und dass er gar nichts davon hielt, seine Leistungen adäquat zu berechnen. Sie hatte ihre Eltern immer für fortschrittlich gehalten, doch gerade fragte sie sich, ob sie alt wurden? Bequem? Dem Fortschritt verschlossen?

Die Lebensversicherung war für die Altersvorsorge ihrer Eltern gedacht. Hope dachte nicht daran, das Geld für die Modernisierung der Praxis zu verwenden. Sie würde schon eine andere Lösung finden.

»In Ordnung«, sagte sie schließlich. »Und jetzt erzähl mir mal von den Übungen, die sie mit dir machen«, lenkte sie ab.

Der Abend wurde noch schön. Die Themen Geld oder Modernisierung kamen nicht mehr zur Sprache.

Als sie nach Hause fuhren, wurde es bereits dunkel.

»Ich würde gern am Wochenende zu deinem Vater fahren. Denkst du, du kannst die Stellung in der Praxis halten?«, fragte ihre Mutter.

Hope ballte die Hände zu Fäusten. Sofort sah sie Colins Gesicht vor sich. Und Miss Sophies treue braune Augen.

Vermutlich hatte sie zu lange gezögert, denn ihre Mutter fuhr schon fort: »Ansonsten ist natürlich auch Ryan da.«

»Kein Problem, fahr ruhig«, sagte Hope. »Wir bekommen das hin.«

Ihr Ehrgeiz regte sich. Sie war diejenige, die zur Familie gehörte. Eigentlich sollte sie die Vertretung für ihre Eltern übernehmen. Es waren maximal zweieinhalb Monate, die sie hier war. So lange mussten Colin und sie die Zähne zusammenbeißen. Danach würden sie dafür auf ewig zusammenbleiben, hatten sich den Rest ihres Lebens. Diese Prüfung musste die Beziehung überstehen. Und das würde sie auch.

»Ich halte die Stellung«, fügte sie mit fester Stimme hinzu.

Am nächsten Abend traf sie sich mit Elly im Diner, am nördlichen Ende des Ortskerns. *Annabella's Café* war am Abend geschlossen, und im *The Eighties* war es zu laut, um richtig quatschen zu können. Am Wochenende hatten sie sich zwar in der großen Gruppe getroffen, und es war ein lustiger Abend gewesen, aber so richtig zum Reden waren sie dabei nicht gekommen.

Eigentlich war das Lokal ursprünglich auf den Namen *Bobby's Burger* registriert worden, doch jeder hier in Lynnwood Falls nannte es nur »*Das Diner*«. Es hatte den typischen Schnellrestaurant-»Charme« mit grellem Neonlicht an der Decke, grauem Linoleumboden, einer langen Theke an der Breitseite und gegenüber in Reihe angeordneten hölzernen Eckbank-Gruppen, die mit grünem Kunstleder bezogen waren. Die Tische bestanden aus braunem Holzimitat, doch die sonnengelben Platzsets verliehen dem Ganzen einen fröhlichen Touch. Wenn überhaupt Musik lief, war sie nicht laut, sodass man sich gut unterhalten konnte.

Die Burger, für die der Laden einst berühmt geworden war, hatten wohl nach wie vor ihren speziellen »Taste«, sie waren immer noch frisch hausgemacht, mit reinem Rinderhackfleisch von örtlichen Bauern, und auch die Pommes waren aus echten Kartoffeln hergestellt.

Weil sie keine Alkohol-Schanklizenz besaßen, war der Laden am Abend nicht überfüllt, auch wenn er stets gut besucht war, so auch heute. Eine Familie saß an einem Tisch, die vermutlich auf der Durchreise war, zumindest kannte Hope sie nicht. Und an einem anderen unterhielten sich zwei Arbeiter in Latzhosen. An den restlichen Tischen waren einige junge Paare oder auch eine Gruppe Freunde verteilt. Drei Tische waren im Moment frei. Elly war noch nicht da, aber es war auch erst kurz vor acht.

Kevins Mutter Samantha, die heute Spätdienst zu haben schien, kam direkt auf sie zu. Sie wirkte müde, sah dadurch auch älter als ihre rund dreiunddreißig Jahre aus. Sie war drei Klassen über Hope gewesen. Dennoch erhellte ein Strahlen ihr Gesicht, als sie sie erkannte.

»Hope! Wie schön, dich zu sehen! Kevin hat mir erzählt, dass er bei euch war. Vielen lieben Dank nochmals, dass ihr Socks behandelt habt!« Ihre Wangen röteten sich. »Er sagte mir, es hätte sechs Dollar fünfzig gekostet. Das kann doch nicht sein. Was bekommt ihr denn noch?«

Hope zwang sich zu einem Lächeln, die Scham überrollte sie. »Das passt schon! Wir haben das gern gemacht, und Kevin war so stolz, dass er sich selbst um seinen Kater gekümmert hat. Du hast einen großartigen Jungen.«

Verlegen strich sich Samantha eine blonde Strähne hinters Ohr, doch man konnte ihr ansehen, wie stolz sie auf ihren Sohn war. »Danke dir. Ich gebe mir Mühe. Es ist nicht immer leicht für ihn. Er muss ja oft selbstständig sein, wenn ich arbeite. Aber Francy kümmert sich auch gelegentlich um ihn, wenn ich Spätschicht habe, wie jetzt.«

Hope lachte auf. Ihre Patentante! Warum wunderte es sie nicht, dass Francy, die sich jedem verletzten oder kranken Tier annahm, auch um Kinder kümmerte? Sie selbst war ja früher ebenfalls oft bei ihr gewesen, wenn ihre Eltern abends aus gewesen waren. Manchmal hatte auch Ryan dort übernachtet. Eine Übernachtung bei »Auntie Fran«, wie sie sie als Kind genannt hatte, war immer ein Highlight gewesen. Da hatte sie Disney-Filme ansehen dürfen, und manchmal hatte Francy mit ihr Marshmallows im Garten über dem offenen Feuer geröstet. »Das macht sie sicherlich gern. Sie könnte vermutlich gar nicht ohne. Bestimmt ist sie dir genauso dankbar wie du ihr.«

Samantha stimmte in das Lachen ein. »Da hast du vermutlich recht. Das nimmt mir schon ein bisschen von meinem schlechten Gewissen.« Sie deutete auf die Eckbänke. »Wir müssen aber nicht stehen, nimm doch Platz. Erwartest du noch jemanden?«

»Ja, Elly Johnson kommt gleich.«

Eilfertig angelte Samantha zwei Speisekarten von der Theke und brachte einen Krug Wasser und zwei Gläser. »Möchtest du schon was zu trinken bestellen? Wir haben leider nur alkoholfrei …«

»Das passt. Ich nehme gern eine hausgemachte Zitronenlimonade.«

»Ich bringe euch einen Krug, Elly trinkt die auch meist«, entschied Samantha lächelnd.

Als wäre das ihr Stichwort gewesen, kam ihre Freundin zur Tür hereingeschneit. Wie immer quirlig; sie brachte regelrecht stürmischen Wind in den ruhigen Laden.

Sie küsste zuerst Samantha auf beide Wangen, dann fand sich auch Hope in einer herzlichen Umarmung mit Wangenküssen wieder.

»Ach, ist das schön, dass wir mal einen Abend für uns haben! Wie geht's dir?« Hope wurde einer Musterung unterzogen. »Du siehst müde aus.«

»Danke für das Kompliment. Dafür bist du wie immer die Energie in Person«, gab sie lachend zurück.

Elly grinste kurz, dann wurde sie wieder ernst. »Nein, sag ehrlich: Wie geht es dir?«

Nachdenklich schob Hope die Unterlippe vor. Wie ging es ihr eigentlich? Sie hatte niemals daran gedacht, darüber zu sprechen; sie war selbst erstaunt, als sie herausplatzte: »Ach, die Praxis macht mir Sorgen.«

»Inwiefern? Die Arbeit hier auf dem Land ist anders als das, was du gewohnt bist, oder?« Die grünen Augen blickten besorgt.

»Nein, das ist gar nicht das Problem. Mit den Tieren und ihren Beschwerden komme ich super klar. Das läuft so weit alles. Ich übernehme hauptsächlich die Kleintiere, während Ryan sich um die Höfe kümmert.« Sie überlegte kurz. »Im Grunde gefällt mir die Arbeit sogar ausnehmend gut. Es sind viele normale Fälle dabei, nicht so überzüchtete Krankheiten.«

Sie erstarrte. Hatte sie das soeben tatsächlich gesagt, bevor sie es überhaupt in Gedanken je erwogen hatte?

Doch Elly schien es nicht bemerkt zu haben. »Ist es dann … Ryan, der dir Sorgen macht?«

Hope schnaubte. »Der nimmt mich doch gar nicht für voll. Ich glaube, er sieht in mir das verwöhnte Stadtpflänzchen.«

»Ist das so?« Elly runzelte die Stirn. »Ich hatte bei Ryan bislang nie den Eindruck, dass er in Schubladen denkt. Oder einer der Typen ist, die Frauen nichts zutrauen.«

Hope spielte mit dem Gewürzständer in der Tischmitte, in dem Ketchup, Senf, Essig, Zahnstocher und Essig und Öl appetitlich angeordnet waren. »Zumindest sind wir in vielen Dingen nicht einer Meinung«, erklärte sie schließlich lapidar.

Doch Elly wäre nicht Elly, wenn sie es damit auf sich beruhen lassen würde. Sie wartete, bis Samantha die Zitronenlimonade auf dem Tisch abgestellt und ihre Bestellung – zwei Samurai-Burger, die Elly empfahl – aufgenommen und sich wieder zurückgezogen hatte. Dann musterte sie Hope eindringlich.

»In welchen Dingen seid ihr euch nicht einig?«

»Ich würde gern so einiges modernisieren. Doch er findet alles prima so, wie es ist«, stieß sie hervor.

»Bist du dir sicher? Ich habe gehört, wie er gestern mit Jack über irgendwelche EDV-Neuerungen bei euch gesprochen hat?«

Hope riss die Augen auf. »Was hat er?«

Elly schlug sich sichtlich zerknirscht die Hand vor den Mund. »Habe ich was verraten, was ich noch nicht hätte sagen dürfen? Habt ihr nicht darüber gesprochen? Sollte es vielleicht eine Überraschung für dich sein?«

Warum sollte Ryan ihr eine Überraschung bereiten wollen? Ärger und Freude über das Gehörte hielten sich in ihr die Waage. Sie freute sich, wenn er ihre Anregungen tatsächlich überdachte. Und es ärgerte sie maßlos, dass er es nicht einmal für nötig hielt, sie darüber in Kenntnis zu setzen, dass er bereits Schritte in diese Richtung unternommen hatte. Am liebsten hätte sie ihn sofort zur Rede gestellt.

»Du siehst aus, als wäre es gut für ihn, dass er momentan nicht in deiner Nähe ist.« Elly grinste.

»Herrje, ich muss an meiner Mimik arbeiten! Dabei dachte ich, ich hätte sie mittlerweile gut im Griff.«

Ihre Freundin kicherte. »Bei Fremden vielleicht. Mir kannst du nichts vormachen, Süße. Ich kenne dich zu gut. Aber sag mal«, schwenkte sie um, »was hast du sonst so geplant?«

»Wir brauchen einige Geräte, die unseren Arbeitsalltag erleichtern würden. Ultraschall zum Beispiel. Und die Praxis sieht einfach zum Fürchten aus. Dieses altbackene Lindgrün macht mich ganz depressiv.« Hope zog eine Grimasse.

»Hey, Lindgrün ist gar nicht so unmodern«, protestierte Elly und deutete auf ihr T-Shirt, das gut mit ihren grünen Augen harmonierte.

»Nicht *dieses* Grün. Unsere Wände. Undefinierbare Farbe.«

»Warum streichen wir sie dann nicht einfach?«, schlug Elly vor. »Ich helfe dir, ich liebe Malerarbeiten!«

»Aber ...«

Doch Elly winkte ab; sie war sichtlich Feuer und Flamme für die Idee. »Klar. Am Samstag machen wir eine Renovierungsparty. Ich sage Brandon, dass er ein paar Kübel Farbe mitbringt sowie das Handwerkszeug, und wir streichen. Das wird lustig. Welche Farbe hättest du gern?«

»Am liebsten Apricot. Tiere mögen beruhigende Pastellfarben. Aber das ...«

»Kein Aber.« Sie grinste schelmisch. »Sonst jammerst du mir noch länger damit die Ohren voll.«

»Habe ich denn gejamm...«, setzte Hope betreten an, bevor sie wieder lachend unterbrochen wurde.

»Quatsch, ich ziehe dich doch bloß auf. Au ja, das machen wir! Du besorgst das Bier. Oder Ryan soll das machen. Genau!«

»Nein, das besorge ich schon. Aber …«

»Wie gesagt: Kein Aber, die Sache ist gebongt. Streichparty am Samstag. Ab eins. Und abends bestellen wir Pizza bei *Toni's*. Und bevor es dir zu wohl wird: Am Sonntag ist ein Football-Spiel. Brandon trainiert doch die Jugendmannschaft der *Beavers*, und seine Jungs spielen gegen die *Hawks*. Ich verkaufe Kuchen. Da kannst du dich revanchieren und mir helfen. Ich hasse es, allein am Stand zu stehen«, beschloss Elly resolut.

»Gut, ich resigniere.« Hope seufzte übertrieben theatralisch und verdrängte die Überlegung, wie sie Colin beibringen sollte, dass sie wieder nicht nach New York kommen würde.

Elly knuffte sie in den Oberarm. »Ich sehe doch, dass dir der Gedanke gefällt. Mir kannst du nichts vormachen.«

Nein, ihrer besten Freundin konnte sie tatsächlich nichts vormachen. Wärme breitete sich in ihrem Bauch aus. Spontan ergriff sie Ellys Hand. »Es ist schön, dass es dich gibt.«

»Das sage ich Brandon auch immer. Also, dass es schön ist, dass es mich gibt«, scherzte sie, drückte Hopes Hand jedoch innig zurück.

Ihr Gespräch wandte sich wieder neutraleren Themen zu. Hope erfuhr, dass die Familie am übernächsten Tisch bereits seit über zwei Jahren hier wohnte, als Elly sich kurz mit ihnen unterhielt.

»Und das junge Pärchen dahinten?«, fragte Hope leise und deutete mit dem Kopf auf die Frau mit den hellblonden Haaren, die sie zum Dutt geschlungen hatte, und ihren ebenso hellblonden Begleiter. »Die beiden kommen mir nicht bekannt vor.« Es gab hier Touristen, aber da Lynnwood Falls nicht an einer Durchgangsstraße lag und es in der Nähe genügend Nationalparks gab, verirrten sich zum Glück eher weniger erlebnishungrige Horden hierher.

»Das ist Melanie Rowling, die Bibliothekarin der Carly Martin Memorial Library. Sie ist ein bisschen jünger als wir, ich glaube, achtundzwanzig«, erwiderte Elly leise. »Der … fesche Typ ihr gegenüber ist ihr Bruder, Marc. Er ist aber nur für ein paar Tage zu Besuch da.«

Sofort vermeinte Hope, den Geruch der altehrwürdigen Bibliothek von Lynnwood Falls, die in einem weißen frei stehenden Holzbau unweit des Zentrums untergebracht war, in der Nase zu spüren: nach Papier und Geschichten, die sie früher in sich aufgesogen hatte. Und dem Mief von zweihunderten Jahren seit seiner Existenz. Die Bücherei war namentlich der ersten Bibliothekarin gewidmet, die sehr viel für den Aufbau geleistet hatte. Prompt sah Hope auch die letzte Leiterin vor sich.

»Ist Mrs Dubois im Ruhestand?« Die gestrenge Dame hatte in Hopes Jugend mit Argusaugen über die Ausleihen gewacht.

»Sie arbeitet noch als Aushilfe mit, aber Melanie übernimmt sukzessive die Leitung.« Elly grinste. »Sie ist total nett. Nun kannst du dir also auch mal ungestraft von missbilligenden Blicken einen Schmuddelroman ausleihen.«

Hope kicherte.

Ihr Gespräch blieb bei Lynnwood Falls, und ihre Freundin weihte sie in die Neuigkeiten im Ort ein, ohne üblen Tratsch zu verbreiten. Das hatte Hope schon immer an ihr geschätzt. Ihr gemeinsames Motto »Leben und leben lassen« hatte sich zum Glück auch bis heute nicht geändert.

Ein paar Halbwüchsige auf Motorrollern fuhren vor. Vermutlich waren die Roller frisiert, zumindest knatterte der ein oder andere Auspuff unnatürlich laut.

Elly schmunzelte. »Mensch, das waren noch Zeiten, erinnerst du dich? Wir bei den Jungs hintendrauf, kamen uns vor wie die Großen. Warum hatten wir Mädels eigentlich nie eigene Mopeds?«

»Du hast recht. Ich habe keine Ahnung. Immerhin hatten

wir Pferde, zumindest Pflegepferde«, gab Hope lachend zurück.

»Oh, wir könnten mal wieder ausreiten, wie wäre das? Ich frage Will, ob er uns zwei Pferde leiht. Nicht dieses Wochenende, da sind wir voll ausgebucht, aber vielleicht das danach?«

»Gern!« Die Gegend um Lynnwood Falls bot sich hervorragend für Ausritte an. Sanfte Hügel, Wälder mit moosüberzogenen Wegen. Für einen Augenblick vermeinte Hope, den Geruch nach feuchtem Waldboden zu riechen. Die Sehnsucht überrollte sie, und sie verdrängte den Gedanken an ein weiteres belegtes Wochenende. »Das wäre toll.«

»Nicht ›*wäre* toll‹, das machen wir!«, sagte Elly bestimmt.

»Alles klar, Frau Chefin!«

Der Abend war von Lachen und Späßen geprägt, auch die Samurai-Burger waren total lecker. Nachdem sie mit Colin meist in eleganten Etablissements einkehrte – neu eröffnete Restaurants in Soho, eine hippe Brunch-Location im Meat Packing District, ausnahmslos elegante Restaurants, in denen man oft Tage oder sogar Wochen vorher reservieren musste und Sushi oder edle Menüs verzehrte –, genoss Hope es regelrecht, den Burger mit den Händen zu essen und sich hinterher die Finger abzulecken, um nichts von der köstlichen Sauce zu verschwenden. Sie fühlte sich gleich zehn Jahre jünger. Mindestens!

Irgendwann sah Hope auf die Uhr. »Oh, es ist schon fast elf. Ich denke, Samantha wird auch Feierabend machen wollen.« Sie deutete mit dem Kopf zu den Jungs, die ihre Burger gerade verdrückt hatten. »Sie werden auch bald gehen.«

»Du hast recht. Außerdem muss ich morgen früh raus. Ich fahre zu Will nach Portland, wir haben einen Gerichtstermin.«

»Das nächste Mal erzählst du mir mehr von deinem Job, ich finde das total spannend«, bat Hope.

»Das mache ich. Was bin ich schuldig?«, wandte sich Elly an Samantha.

Sie bezahlte, und auch Hope kramte in ihrer Handtasche nach dem Geldbeutel.

»Bei mir vermutlich dasselbe?«, fragte sie und legte gewohnheitsmäßig die Kreditkarte auf den Tisch.

Samantha winkte ab. »Das geht aufs Haus. Beziehungsweise auf mich.«

»Wie meinst du das?«, fragte Hope verblüfft.

»Das ist der Dank dafür, dass ihr Socks behandelt habt.«

»Aber … das ist viel zu viel«, stammelte Hope völlig beschämt. »Und überhaupt nicht nötig.«

Samantha beugte sich mit verschwörerischer Miene näher. »Ich bekomme Personalrabatt und darf den für dich ausnahmsweise anwenden«, raunte sie ihr augenzwinkernd zu. »Ist mit dem Chef abgesprochen, ich habe gerade nachgefragt. Ryan hat seinen Boxer auch schon günstig behandelt.«

»Aber das kann ich nicht annehmen …«, protestierte Hope, doch Samantha winkte nur ab.

»Papperlapapp.« Sie grinste. »So wie ich unseren wilden Socks kenne, kommt Kevin bestimmt mal wieder zu euch.«

»Dann … danke!« Hope steckte beim Hinauslaufen ein reichliches Trinkgeld für Samantha in die neben der Kasse bereitstehende Büchse.

Heiß brannte die Scham in ihr. Sie war froh, dass der Abend sich merklich abgekühlt hatte, und hob ihr erhitztes Gesicht in den leichten Wind, der den würzigen Duft nach frisch gemähtem Gras zu ihr trug. Die Sonne war bereits kurz nach ihrer Ankunft untergegangen; die Sichel des Mondes hing hoch am Himmel. Vereinzelt fuhren Autos, irgendwo knatterten ein paar Mopeds, und Gesprächsfetzen drangen aus dem Diner zu ihr. Doch über allem hing eine friedliche Ruhe in Lynnwood Falls.

Hope grübelte die halbe Nacht, wie sie Colin beibringen konnte, dass sie schon wieder nicht kommen würde. Und wie sie Ryan von Samanthas Einladung erzählen sollte.

Ihr Problem mit Colin erledigte sich am nächsten Morgen von selbst. Er rief sie an und klang total heiser. »Honey, ich brüte etwas aus. Vermutlich ist es besser, wir sehen uns nicht. Sonst stecke ich dich an.«

»Oje, du Armer. Bist du dir sicher, dass du mich nicht brauchst?«, fragte sie besorgt.

»Juanita wird sich um mich kümmern«, wiegelte er ab. »Sie versorgt mich mit selbst gemachter Hühnerbrühe und Tee.«

Auch wenn sie erleichtert war, nun nicht selbst absagen zu müssen, und froh, dass seine Haushälterin sich um ihn kümmerte, hätte sie doch gern einmal gehört, dass er sie brauchte. Hope schluckte die Enttäuschung hinunter.

»Dann wünsche ich dir eine schnelle Genesung. Ich schicke dir virtuelle Küsse.«

Er nieste. »Danke, Honey.«

Sie plauderten noch kurz, bis er sagte, dass sein Hals schmerze und er aufhören müsse zu sprechen. Hope rief direkt ihre Kollegin Natasha an und war froh zu hören, dass diese wohlauf und bislang von der Sommergrippe verschont geblieben war, die offenbar gerade in New York kursierte.

»Was macht Miss Sophie?«, erkundigte sie sich mit dem wohlbekannten Ziehen im Brustkorb.

»Ihr geht es gut«, beruhigte Natasha sie. »Natürlich vermisst sie dich«, fügte sie schnell hinzu, als hätte sie gespürt, dass Hope bei den Worten ein kleiner Stich ins Herz gefahren war.

Hope seufzte. »Ach, wenn die Autostrecke nur nicht so lang wäre! Ich will ihr das Fliegen in einer engen Kiste nicht zumuten. Seit ihrer Zeit im Tierheim hat sie panische Angst vor Enge. Ich bekomme sie einfach nicht in eine Transportkiste, ohne sie zu sedieren. Und das möchte ich ihr nicht zumuten.«

»Mach dir keine Gedanken, ich passe gut auf deine Süße auf«, beruhigte Natasha sie. »Wir gehen jeden Mittag im Central Park laufen. Und ich spreche von dir. Jedes Mal, wenn sie deinen Namen hört, bellt sie. Sie wird dich nicht vergessen.«

»Danke«, wisperte Hope und blinzelte.

Sie unterhielten sich noch eine Weile über die Fälle, die in der Klinik anlagen. Obwohl die Arbeit hier Hope tatsächlich sehr glücklich machte, fehlte ihr ihr Job in New York doch gelegentlich. Die Verantwortung. Die Anerkennung. Ihre Mitarbeiter. Nicht mehr lange. Es war schon beinahe Juli, die Zeit raste nur so.

Zum Gespräch mit Ryan über Samanthas Einladung kam sie allerdings nicht. Er war von vormittags bis abends außer Haus auf den Höfen unterwegs.

Es wurde ein langer Tag. Hope verabschiedete am Abend soeben die alte Mrs Lovegood mit ihrer halb blinden Katze, der sie ein Geschwür herausoperiert hatte, als ihre Mutter zu ihr kam.

»Ich muss los. Ich bin mit Cindy Dowdeswell wegen der Organisation der Festivitäten für den Vierten Juli verabredet. Romeo ist schon gefüttert. In der Küche steht noch etwas Auflauf mit neuen Kartoffeln im Kühlschrank, den kannst du dir in der Mikrowelle warm machen.«

»Danke, Mom, ich komme schon klar.« Sie küsste ihre Mutter lächelnd auf die Wange.

Seit sie »wieder zu Hause wohnte«, fühlte sich ihre Mutter oft bemüßigt, »das Kind« zu bekochen, ohne daran zu denken, dass Hope sich seit über zehn Jahren selbst versorgte. Der Spruch »einmal Kind, immer Kind« galt vermutlich auch für sie.

Mit dem aufgewärmten Essen machte es sich Hope im Wohnzimmer ihrer Eltern auf der ausladenden Couch bequem und schaltete den Fernseher an. Romeo legte sich prompt an ihre Seite und rieb maunzend den Kopf an ihrem Schenkel.

»Ja, ich weiß, du würdest gern etwas von meinem leckeren Auflauf abhaben, vor allem von dem Käse. Aber du hattest dein Futter schon, und gewürztes Essen ist schlecht für kleine Kater.« Sie kraulte ihn am Hals. »Du bekommst nachher noch ein paar Goodies.«

Wohlig schnurrend drückte sich Romeo an sie.

Hope zappte durch die Programme. Normalerweise bevorzugte sie Actionfilme oder Dokumentationen, sah sich gelegentlich auch gern politische Talk-Runden an, doch heute war ihr nach etwas Unterhaltung. Ein Film mit Reese Witherspoon war genau das Richtige zum Entspannen. Sie mochte die Schauspielerin, die sich auch als Produzentin für die Rechte der Frauen einsetzte. In den Filmen, in denen sie mitspielte, wirkte sie oft auf den ersten Blick oberflächlich, und hinterher entpuppte sie sich als tiefgründig. Die Entwicklung, oder auch Enthüllung, war schön, mit anzusehen.

In einer Werbepause stellte Hope das Geschirr in die Spülmaschine, holte sich eine Dose Häagen Dasz Macadamia Nut Brittle und aß direkt mit dem Löffel aus der Packung. Sie war so von der Handlung eingenommen, dass sie auf einmal feststellte, dass sie den gesamten Fünfhundert-Milliliter-Becher geleert hatte.

»Ups, Romeo, da müssen wir meiner Mom morgen eine neue Packung besorgen.« Sie ließ ihn ihre Finger abschlecken, die raue Zunge kitzelte.

Wohlig gesättigt sank Hope in die weichen Kissen zurück. Sie schrak auf, als sie Ryans Pick-up vorfahren hörte.

Schnell schaltete sie den Fernseher ab und eilte nach draußen.

Ryan stand direkt vor der Tür und wollte gerade läuten. Sie zuckten beide zusammen.

Er wirkte gehetzt. »Ist Mary da?«

»Nein, sie ist bei einer Planungsparty für den Vierten Juli. Brauchst du was?«

»Lawrence' Stute hat Probleme beim Abfohlen. Ich hatte Mary auf dem Handy nicht erreicht.«

»Sie treffen sich, glaube ich, im Keller des Gemeindezentrums. Vielleicht hat sie da wegen der dicken Wände keinen Empfang. Soll ich mitkommen?«, fragte Hope spontan.

Ryans Gesichtszüge verdüsterten sich – oder bildete sie sich das ein?

»Das wäre nicht schlecht, falls doch ein Kaiserschnitt nötig wird, was ich nicht hoffe. Dann hol dein Zeug, ich warte im Auto.« Er stürzte nach draußen.

Dein Zeug? Was meinte er? Hope eilte ins Sprechzimmer, schlüpfte in die grünen OP-Klamotten und schnappte sich die Arzttasche. Sie hatte zwar zahllosen Tierkindern auf die Welt geholfen und auch schon in ihrer Jugend Fohlengeburten als stiller Beobachter aus der Ferne beigewohnt, aber noch nie einer, bei der es Probleme gegeben hatte. Wie weit war es? Woher wussten sie, dass mit Schwierigkeiten zu rechnen war, wenn sie kein Ultraschallgerät hatten? Hatte Lawrence die Lage des Fohlens ertastet? Die Gedanken rasten durch Hopes Kopf, als sie Ryan zu seinem Pick-up folgte.

Sie hatte die Tür noch nicht richtig geschlossen, da sah er sie fassungslos an. »Du willst so gehen? Hast du keinen Overall? Du wirst total dreckig werden.«

»Ich bin nicht aus Zucker, mit Dreck kann ich umgehen. Das hat OP-Kleidung so an sich, dass sie schmutzig wird.« Hope reckte das Kinn. »Ich weiß nicht, wo Moms Overall ist. Ich habe keinen.«

Für einen Moment sah er aus, als wollte er sie wieder wegschicken, dann schüttelte er den Kopf und fuhr so scharf an, dass sie regelrecht in den Sitz gepresst wurde. Er murmelte etwas von »Keine Zeit verschwenden.« Seine Gesichtszüge wirkten angespannt.

»Okay, mit was rechnen wir?«, fragte Hope und ärgerte sich im Stillen, dass sie nicht wenigstens einfach Jeans und T-Shirt wie er angezogen hatte, wenn ihm das lieber war.

»Die Stute hatte schon beim letzten Mal eine Totgeburt, da das Fohlen verkehrt herum herauskam. Die Nabelschnur war zu kurz und ist zu früh gerissen, dadurch war es nicht mehr von der Plazenta versorgt. Es ist erstickt, bevor es selbst atmen konnte. Deshalb will uns Lawrence dieses Mal dabeihaben. Auch diesmal ist es eine Hinterendlage.«

»Haben sie ein Ultraschall-Gerät dort?«

Ryans Wangenmuskeln zuckten. »Nein, sie haben keines. Und wir auch nicht, wie du weißt«, sagte er ungehalten. »Es kommt schon heraus. Lawrence hat in seinem Leben genug Fohlen auf die Welt geholt; er wird es ertastet haben. Man sucht die Nase oder tastet nach den Karpal- oder Tasalgelenken.«

Die Information, dass es schon kam, hätte ihr auch gereicht. Hope war versucht, ihn darauf hinzuweisen, dass sie auch Veterinärmedizin studiert hatte. Theoretisch hatte sie das alles zumindest gelernt. Stattdessen fragte sie: »Denkst du, du kannst es drehen?«

»Ich werde es versuchen«, erwiderte er knapp.

Zum Glück lag die Lawrence-Farm keine zehn Minuten von ihnen entfernt.

Sally, die Tochter, die wohl um die vierzehn, fünfzehn sein musste, erwartete sie bereits vor dem Stall. »Wir haben Cinderella schon gestern in die Abfohlbox geführt«, erklärte sie kurz und bündig, wie es für die Leute hier auf dem Land so typisch war.

Hope schnappte sich ihre Tasche und ging in Richtung Ausgang.

»Warte! Hast du keine Gummistiefel?« Ryans entsetzter Blick war auf Hopes weiße Sneakers gerichtet.

»Mach dir keine Sorgen. Auch die Schuhe kann ich in die Waschmaschine werfen«, gab Hope spitz zurück und ärgerte sich im Stillen, dass sie nicht daran gedacht hatte, die Stiefel einzupacken, die im Wagen ihrer Mutter lagen. Das war wieder ein Punkt auf Ryans Negativ-Liste, den sie heute gesammelt hatte.

Ihren Einwand ignorierend, wandte er sich an die Tochter. »Sally, sei so gut und organisiere Hope ein paar Gummistiefel. Größe …?«

»Fünfeinhalb«, warf Hope kleinlaut ein.

»Da passen ihr welche von meinen, ich habe Größe sechs.« Sally eilte davon.

Ryan zog sich das Hemd über den Kopf, unter dem er ein ärmelloses dunkles T-Shirt trug, und schlüpfte dann in einen gummierten Overall, von dem er die Ärmel abtrennte. Hope versuchte, das verwirrende Gefühl, das seine nackten Oberarme in ihr auslösten, zu ignorieren.

Er drückte ihr eine Gummischürze in die Hand. »Das ist meine, sie wird dir etwas groß sein, aber besser als nichts. Bleib darauf. Es kann sein, dass du länger im Feuchten kniest, wenn die Fruchtblase platzt«, stieß Ryan zwischen den Zähnen hervor und griff nach seiner Tasche.

Hope legte die Schürze an und stieg eilig in die gebrachten Stiefel.

Schon als sie die Tür zum Stall öffnete, hörte sie Cinderella schnauben und stampfen, während Bauer Lawrence der Stute beruhigende Worte zumurmelte.

Er wandte sich leise an Ryan: »Ich habe sie aufstehen lassen, damit das Fohlen nicht weiter herauskommt.«

Nun konnte Hope auch die aus dem geöffneten Geburtskanal herausschauenden Hufe sehen und erschauderte unwillkürlich.

»Das hast du hervorragend gemacht«, lobte Ryan den Farmer. Nun war er wieder die Ruhe selbst, von seiner vorherigen Ungeduld war nichts mehr zu spüren. »Wir übernehmen jetzt. Habt ihr Kolostrum bereit?«

Lawrence bestätigte.

Ryan nickte zufrieden, und auch Hope atmete erleichtert auf. Lawrence, der neben Kühen auch einige Pferde besaß, hatte wohl genug Erfahrung, wenn er seiner Stute in den letzten Tagen schon etwas von der Milch abgemolken hatte. Zumindest war nun für eine ausreichende Menge der Erstmilch gesorgt, falls das Kleine nicht genug gesäugt werden würde, da es nur durch die Immunisierung durch die erste Muttermilch seine Abwehrkräfte ausbilden konnte. Nun mussten sie es bloß lebend herausbringen.

Hope legte ihnen beiden einen Mundschutz an und folgte Ryan in die runde Abfohlbox, die dick mit Stroh ausgelegt war, und tätschelte Cinderellas Hals.

»Du bist ein braves Mädchen. Das schaffen wir. Ich würde dich ja allein lassen, ich weiß, das wäre dir lieber. Aber ich fürchte, du brauchst ein bisschen Hilfe.« Sein Tonfall war monoton und samtig, sodass Hope unwillkürlich ein wohliger Schauer über den Rücken lief. Obwohl sie bislang ebenso angespannt gewesen war, beruhigte sie sich unwillkürlich.

»Komm, jetzt leg dich hin.« Er zog Cinderella sanft an der Trense nach unten. Sie sträubte sich. Ryan verringerte die Zugkraft und gab der Stute Zeit, doch gleich darauf ließ sie sich von selbst auf den Boden sinken.

Ryan kniete neben dem Hinterlauf nieder. In der gleichen ruhigen Stimmlage sagte er: »Desinfektionsmittel, bitte.«

Hope verteilte es auf seinen Händen und rieb ihm die Arme bis an die Schultern ein, was sich ziemlich gut anfühlte, bevor sie ihre eigenen desinfizierte. »Handschuhe?«, wisperte sie, ebenso monoton.

»Könnten kaputt- oder verloren gehen«, murmelte er kopfschüttelnd.

Hope kniete mit der offenen Tasche neben ihm auf der Schürze nieder. Sie legte eine Hand sanft auf den schweißfeuchten Hals der Stute und konnte das angespannte Zittern unter ihren Fingerspitzen spüren, während sie die andere auf den Bauch legte, der von einer erneuten Presswehe zusammengezogen wurde.

Ryan, der gerade die Hände in die Stute geschoben hatte, verzog das Gesicht. Ob das schmerzte? Er wartete kurz, bis die Wehe vorbei war, dann tastete er mit geschlossenen Augen.

»Es ist nicht nur eine Hinterendlage. Das Fohlen liegt auch noch mit dem Rücken nach unten«, murmelte er.

Hope presste die Lippen zusammen. Das Risiko einer erneuten Todgeburt war groß. Sie mussten schnell reagieren.

Vorsichtig schob Ryan die Hufe zurück in den Mutterleib. In seiner Miene stand völlige Konzentration, als er zügig begann, das Fohlen zu drehen.

Cinderella wurde unruhig. Hope drückte ihren Hals nach unten und flüsterte ihr beruhigende Worte zu.

Wieder spürte sie die nächste Wehe heranrollen. Die Stute schwitze, und der Bauch zog sich zusammen. Ryan presste die Lippen zusammen, seine angespannten Armmuskeln zitterten. Der Schweiß rann ihm in die Augen. Vorsichtig, ohne eine hastige Bewegung zu machen, ergriff Hope ein Mulltuch und tupfte ihm die Schweißtropfen von der Stirn. Als die Wehe nachgelassen hatte, arbeitete er zügig weiter. Sein unterdrücktes Keuchen verriet ihr, dass es viel Muskelkraft erforderte, das Fohlen zu drehen. Wieder tupfte sie Ryans Stirn ab, strich ihm sanft die Haarsträhnen beiseite.

Hope konnte nicht sagen, wie viele Wehen gekommen und gegangen waren und wie viel Zeit vergangen war, bis Ryan ihr lächelnd zunickte.

Sie nickte ebenfalls stumm.

Die nächste Wehe folgte. Dieses Mal waren die Hufe richtig herum angeordnet. Ryan unterstützte das Herausgleiten des Kleinen sanft, ohne Hast. Die Wehen erfolgten jetzt in schnellen Abständen. Mit jedem Pressen flutschte das Kleine – sanft unterstützt von Ryan – ein Stück weiter heraus.

Als Ryan blinzelte, tupfte Hope ihm abermals den Schweiß von der Stirn, schob die feuchten Haarsträhnen nach oben, was ihm ein verwegenes Aussehen gab.

Mit einem letzten Schnauben von Cinderella glitt das Fohlen heraus, eingehüllt in einen Mantel aus Schleim.

Vorsichtig befreite Ryan die Nase, rieb sie mit Stroh ab und untersuchte die Mundschleimhaut. Sie war rosa. Auch den Herzschlag überprüfte er und nickte zufrieden.

Ryan gab Hope mit dem Kopf das Zeichen, sich zurückzuziehen. Nur wenn die Mutter nicht in der Lage wäre, ihr Kleines zu versorgen, würden sie jetzt wieder eingreifen.

Während Ryan sich die blut- und schleimverschmierten Arme in einer bereitstehenden Wassertonne wusch und anschließend aus einem Schlauch etwas frisches Wasser über sein Gesicht laufen ließ, ergriff die Anspannung wieder von Hope Besitz. Wenn die Stute nicht bald ihr Kleines ableckte, würde es sich nicht bewegen können. Ihre Nägel gruben sich in ihre Handflächen.

Die Minuten dehnten sich endlos, bis sich die sichtlich erschöpfte Cinderella aufrappelte und aufstand. Die Nabelschnur riss. Hope sah Ryan auffordernd an, doch er hob die Hand als Zeichen zum Abwarten.

»Siehst du die Zunge? Sie ist nicht blau, das heißt, es ist genug Sauerstoff im Blut vorhanden, wir können noch warten«, raunte er ihr zu.

Trotzdem wäre Hope am liebsten in die Box gestürmt und hätte das Kleine mit Stroh abgerieben. Doch endlich drehte die Mutter den Kopf und begann, zaghaft zu lecken. Die Eihülle war zäh. Cinderella musste die Zähne zu Hilfe nehmen.

Doch schließlich löste die Hülle sich, das Fohlen hob den Kopf und schnappte nach Luft. Hope stieß ihrerseits den Atem aus, den sie vermutlich die ganze Zeit angehalten hatte.

Es war ein hübsches Tier, ganz schwarz, trotz der Feuchtigkeit glänzend wie Samt. Und es sah einfach allerliebst aus.

Vor Freude ergriff sie Ryans nackten Arm und drückte ihn. Die Muskeln spannten sich unter ihren Fingern an, lösten abermals verwirrende Gefühle in ihr aus. Schnell ließ sie ihn los, ohne den Blick von dem Fohlen zu wenden. Gut, dass es im Stall dunkel war! Ihre Wangen glühten.

Die Stute beugte sich noch ein Stück tiefer, um das Fohlen auch hinten abzulecken. Nun sah Hope, dass es ein kleiner Hengst war. Beim Verdrehen des Körpers glitt die Nachgeburt aus der Stute heraus. Auf den ersten Blick sah alles gut aus. Nun musste sich nur noch das Fohlen bewegen. Doch es stand nicht auf, dabei musste es doch dringend trinken! War es zu schwach?

Nervosität überkam Hope. Ryan musste es gespürt haben; er legte ihr beruhigend die Hand auf die Schultern.

»Wir geben ihm noch zwei Minuten. Für die Ausbildung seiner Muskeln ist es wichtig, dass er sie selbst einsetzt«, raunte er ihr ins Ohr. Warm strich sein Atem über ihren Hals. Ein wohliger Schauer lief über ihren Rücken. Er nahm seine Hand nicht von ihrer Schulter, stand ganz dicht neben ihr. Hope konnte seinen Körper mit jeder Faser des ihren spüren. Doch sie wollte sich nicht bewegen, um das Fohlen nicht zu stören. Zumindest war das die Erklärung, die ihr am besten gefiel.

Endlich, nach schier endlos erscheinenden Sekunden, rappelte das Hengstfohlen sich auf. Die Beinchen waren beinahe so dünn wie Schaschlikspieße. Es würde ein paar Tage dauern, bis sie richtig kraftvoll waren. Breitbeinig drückte es den Oberkörper nach oben. Unwillkürlich musste Hope schmunzeln, es sah allerliebst aus. Doch der Versuch, die Hinterbeine nach oben zu drücken, scheiterte, und es brach erschöpft zusammen. Sofort machte Hope sich sprungbereit, doch Ryans Hand auf ihrer Schulter bremste sie abermals. Sein verständnisvolles Lächeln ließ ihre Magennerven vibrieren.

Er deutete mit dem Kopf in die Box. Die Mutter stupste ihr Kleines sanft mit dem Maul an. Nun versuchte das Hengstfohlen, sich mit der Hinterhand zuerst nach oben zu drücken. Dieses Mal gelang es ihm. Der kleine Hengst stand auf wackligen, leicht gespreizten Beinen und sah einfach zum Knuddeln aus. Die Natur, die seit Abertausenden von Jahren alles zu einem logischen Ablauf zusammengefügt hatte, sorgte dafür, dass sein Instinkt ihm sagte, was er tun musste und wo es die lebenswichtige Milch finden würde. Er begann, gierig am Euter seiner Mutter zu saugen. Zärtlichkeit wallte in Hope auf.

Erst als sie neben sich ein tiefes Ausatmen hörte, registrierte sie, dass Pete Lawrence schon eine ganze Weile neben ihr stehen musste. Ihre Sinne waren so auf das Hengstfohlen und Ryan fokussiert gewesen.

Sie warteten, bis das Fohlen zumindest auf den ersten Blick genug getrunken hatte, bevor Ryan sich Handschuhe überstreifte und zurück in die Box ging, um die Nachgeburt zu holen, die sie untersuchen mussten. Er breitete sie aus. Sie war zum Glück komplett, also war nichts in der Stute verblieben.

Sie blieben noch eine ganze Weile ruhig neben der Box stehen, bevor sie Bauer Lawrence nach draußen folgten.

Ryan reichte ihm die abermals frisch gewaschene Hand. »Herzlichen Glückwunsch zum kleinen Hengst! Sag Bescheid, wenn vorher was ist. Ansonsten komme ich am Montag vorbei und untersuche das Fohlen. Wie soll er denn heißen?«

Lawrence schien regelrecht erleichtert zu sein. »Danke, großartige Arbeit. Montag passt, sonst melde ich mich.« Sein Lächeln wurde verlegen. »Wir haben uns dieses Mal noch keinen Namen überlegt, falls …« Er verstummte.

»Wenn er vom Körperbau her nach seiner Mutter kommt, wird er einmal schnell werden«, sagte Hope.

»Hast du denn einen Vorschlag für den Namen?«

Verblüfft hob Hope die Augenbrauen. »Wie wäre es mit Black Pegasus?«, schlug sie spontan vor, selbst erstaunt, wie sie darauf gekommen war. »Man sagt, Pegasus sei die Quelle der Weisheit. Und außerdem ist es das geflügelte Pferd. Das passt zu einem schnellen Hengst«, erklärte sie und war sich nicht sicher, ob sie zu sich selbst oder den Männern sprach.

»Black Pegasus gefällt mir!« Lawrence schlug sich begeistert auf die Schenkel. Dann schien er sich zu besinnen. »Darauf müssen wir anstoßen. Wollt ihr was trinken? Vielleicht ein Bier? Ich habe auch einen Selbstgebrannten.«

»Der Selbstgebrannte klingt gut, aber ich muss noch fahren. Gern eine Cola oder Wasser.«

Lawrence nickte. »Cola kommt sofort.«

»Das würde ich auch nehmen«, schloss sich Hope an. Es war schon spät, kurz nach Mitternacht, und sie sollten noch ein Stündchen Wache halten bei Stute und Fohlen, um sicherzugehen, dass alles in Ordnung war. Sie musste zwar nicht fahren, doch sie wollte nicht müde werden vom Alkohol. Außerdem fühlte sie sich von dem Erlebnis aufgeputscht genug.

Die Stimmung blieb heiter, nachdem beide Tiere wohlauf waren, bis Hope und Ryan wieder im Auto saßen. Es war schon kurz nach halb zwei.

Hope ließ den Kopf gegen die Nackenstütze sinken. »Das war ein Erlebnis! Du warst großartig. Du hast dem Fohlen das Leben gerettet.«

»Danke.« Sie konnte seiner Stimme anhören, dass er lächelte. »Darüber bin ich froh. Aber du warst auch gut.«

Hope lachte. »Ich habe ja superviel gemacht. Dir den Schweiß von der Stirn gewischt.«

Trotz der Dunkelheit konnte sie dank der Instrumentenbeleuchtung sehen, dass sich seine Gesichtszüge verspannten. Was hatte er plötzlich?

War's das jetzt schon wieder mit dem Frieden gewesen?

Der Unmut in ihr wuchs, und sie platzte mit dem Gedanken heraus, der ihr den ganzen Abend schon durch den Kopf geschwirrt war: »Ich würde es nichtsdestotrotz wichtig finden, dass wir ein Ultraschallgerät hätten. Dann hätte man im Vorfeld sagen können, wie das Fohlen liegt. Mir hat es nun schon ein paarmal bei Untersuchungen gefehlt. Erst heute bei der OP des Kryptorchiden …«

»Du hast schon erwähnt, dass es dir fehlt. Ich hatte dir gesagt, wir machen uns darüber Gedanken«, unterbrach er sie scharf.

Hope presste die Lippen zusammen. *Adieu, du schöner Frieden!*

Den Rest der Fahrt legten sie in ungemütlichem Schweigen zurück.

Dass er sich mit den Worten verabschiedete: »Gute Nacht! Und danke für deine Hilfe«, besänftigte sie auch nicht.

Warum musste er immer alles kaputtmachen?

Am meisten regte sie auf, dass sie im Bett nicht die reine Wut auf ihn aufrechterhalten konnte. Die ganze Zeit musste sie an das Gefühl denken, das seine Nähe in ihr hervorgerufen hatte. Verwirrt schlief sie erst eine ganze Weile später ein.

Ryan

Ultraschall. Nun war es also ein Ultraschallgerät, das sie unbedingt benötigten. Gut, er hatte selbst schon länger daran gedacht, aber dieser fordernde Tonfall trieb ihn in den Wahnsinn.

Die Heugabel krachte gegen die Schubkarre. Der Geruch nach Mist stob auf, als Ryan sie abschüttelte, bevor er sie erneut in das verschmutzte Stroh stach. Ladung für Ladung.

Doch selbst die körperliche Arbeit half ihm nicht dabei, seine Wut niederzukämpfen. Das war wieder typisch Hope! Sie hatte ein Talent, plötzlich auf dem Plan zu erscheinen, alles durcheinanderzubringen und dann wieder zu verschwinden. Und nicht einmal zu bemerken, welch einen Scherbenhaufen sie hinterließ. Seine Zähne knirschten im Rhythmus der Gabelzinken, die über den Boden schrammten.

Zuerst hatte er ja gestern Nacht gedacht, sie wäre doch die alte Hope, als sie so begeistert über die Geburt des kleinen Black Pegasus gewesen war. Gut, er wollte gar nicht daran denken, wie es sich angefühlt hatte, als sie ihm die Haare aus der Stirn gestrichen hatte. Dass er es in dem Moment nicht als rein berufliche Geste gesehen und sein Körper darauf reagiert hatte, ärgerte ihn. Aber ihr einziger Gedanke war dann anscheinend doch nur wieder die Modernisierung der Praxis gewesen.

Er hatte auch ganz bestimmt nichts dagegen, dass sie die Sprechzimmer neu streichen wollte. Aber ihre Art, wie sie den kompletten Praxisbetrieb umkrempeln und alles an ihre Bedürfnisse anpassen wollte, nur um doch eh in Kürze wieder zu verschwinden, brachte ihn regelrecht zur Weißglut.

Dabei war er sonst gar nicht der Typ, der sich schnell aus der Ruhe bringen ließ. Doch Hope schaffte es regelmäßig. Bei ihr kam man nie zur Ruhe. Es war schon früher so gewesen, dass sie immer neue Ideen für neue verrückte Projekte ins Spiel gebracht hatte. Es hatte ihn nie gestört, im Gegenteil. Sie hatte ihn aus der Lethargie gerissen, in die er manchmal nach dem Tod seiner Eltern gefallen war. Er war oft gar nicht dazu gekommen, Trübsal zu blasen, als hätte sie es darauf angelegt, ihn abzulenken, und das schon im zarten Alter von zehn Jahren.

Ryan schippte und schippte, bis seine von der letzten Nacht eh schon malträtierten Armmuskeln zitterten. Vielleicht sollte er sich besser etwas schonen. Sonst würde er später nicht mehr in der Lage sein, einen Pinsel oder eine Rolle zu halten. Und schließlich wollte er sich nicht drücken, wo doch Hope schon die ganze Clique zum Helfen motiviert hatte. Elly, Brandon, sogar Ian und die Fuller-Zwillinge waren dabei, vermutlich auch Brandons Schwester Lizzy. Hope hatte nicht mal davor haltgemacht, Francy einzuspannen.

Mary würde Augen machen, wenn sie morgen Abend von Glenn nach Hause kam und alles frisch gestrichen vorfand. Es sollte eine Überraschung für sie werden, hatte Hope ihn informiert. So wie sie ihn von ihrer Aktion in Kenntnis gesetzt hatte, ohne ihn einmal nach seiner Meinung zu fragen.

Und ihm hatte sie dafür Vorhaltungen gemacht, dass er sie nicht darüber informiert hatte, dass er mit Jack Fuller bezüglich der EDV-Umstellung im Gespräch war. Dabei gehörte die Praxis im Grunde ihren Eltern und ihm, seit er sich eingekauft hatte. Er musste Hope eigentlich gar nicht mit einbeziehen, es war eher andersherum. Zum Glück war es für die Digitalisierung nicht notwendig, neue Kabel zu verlegen, da bereits in allen Zimmern Rechnerzugänge gelegt waren. Das wäre ja ansonsten eine schöne Pleite gewesen, wenn heute schon die Malerarbeiten begannen.

Der Schweiß rann ihm abermals in die Augen, als er wie ein Berserker auf das unschuldige Stroh einstach. Mit dem Unterarm wischte er sich über die Stirn. Und versuchte, das Gefühl zu verdrängen, wie Hope ihm vergangene Nacht zart die Haare zurückgestrichen hatte. Dabei hatte er sich auf seine Aufgabe konzentrieren sollen, und es ärgerte ihn immer noch, wie er auf ihre Berührung reagiert hatte.

Er sollte seine Konzentration lieber auf seine Aufgabe richten. Es war seine übliche samstägliche Arbeit, den Stall komplett auszumisten, während Angus unter der Woche nur die Pferdeäpfel zum Düngen einsammelte und einzelne Lagen Stroh erneuerte. Dem alten Mann fehlte die Kraft für diese großen Mengen, und Ryan hatte nichts dagegen, sich gelegentlich körperlich zu betätigen. Zumal er die Muskelkraft ja auch bei seiner sonstigen Arbeit benötigte, wenn es galt, Großtiere zu bewegen, die selbst nicht dazu in der Lage waren.

Eine Zeit lang hatte er sogar ein Abonnement für das örtliche Fitnessstudio besessen, in dem auch Brandon trainierte, da dieser immer noch Probleme mit dem Muskelaufbau im Bein hatte. Doch da Ryan viel zu selten dort gewesen war, hatte er es wieder gekündigt. Zurzeit bereute er es, denn so wie er momentan unter Strom stand, könnte er den Stressabbau gut gebrauchen.

Er packte die beiden Griffe der Schubkarre und schob sie über das schmale Brett auf den Hänger, den der junge Tucker einmal die Woche abholte, um den Inhalt in den Silo für die Biogasanlage zu kippen. Doch in seinem Bewegungsdrang hatte Ryan die Karre zu voll geladen; die Last drohte auf dem schmalen Brett zu kippen. Chief, der ihn bei seiner Arbeit stets beobachtete, bellte erschrocken auf.

Für einen Moment fürchtete Ryan, mitsamt der Ladung abzustürzen und wahrlich von all dem Mist begraben zu werden, dann konnte er die wankende Schubkarre gerade noch abfangen. Schnell kippte er das verschmutzte Stroh zu dem anderen, eilte vom Hänger und rieb sich mit einem Zipfel seines T-Shirts den Schweiß aus den Augen.

Nicht nur von der Arbeit war ihm warm geworden – die Temperaturen würden auch heute bestimmt wieder die Fünfundzwanzig-Grad-Marke knacken. Es war kurz vor elf, und sie hatten sicher schon weit über zwanzig Grad.

Ryan ließ den Blick schweifen. Für einen Moment besänftigte ihn der Anblick der saftig grünen Wiese und des Gemüsegartens, in dem die Blätter sich hungrig der Sonne entgegenreckten und die Früchte üppig zu wuchern begannen. Die ersten köstlichen Erdbeeren hatte Angus bereits geerntet und ihm hingestellt; auch die Himbeeren reiften schon. Die Tomaten zeigten erste grüne Bäuche, die sich spätestens nächsten Monat färben würden.

Er atmete tief durch. Wenn er ehrlich zu sich war, war sein Ärger vermutlich nicht nur darauf zurückzuführen, dass Hope die Praxis modernisieren wollte. Im Grunde kam ihm das entgegen, auch wenn ihm das Auftreiben des Geldes schwer im Magen lag. Er würde vermutlich etwas Land verkaufen müssen. Doch die »Modernisierung«, die Veränderung, die Hope selbst durchlaufen hatte, enttäuschte ihn so maßlos.

Was war aus dem kleinen Wildfang geworden, der sie einst gewesen war? Der Hope mit den ideologischen Zielen. Die jedes kranke Tier eingesammelt hatte, ohne zu fragen, was es brachte oder ob es sich finanziell lohnte. Die jederzeit gegen Unrecht gekämpft hatte. Sie hatte immer davon geträumt, sich einer Tierschutzorganisation anzuschließen. Hatte ihn dazu angestiftet, mit ihr vor Laboren für die Freilassung von Versuchstieren zu demonstrieren, die grausam misshandelt worden waren.

Einmal hatte sie ihn sogar überredet, mit ihr in ein Versuchslabor einzusteigen und die gequälten Tiere freizulassen, doch zum Unglück der armen Kreaturen – und vielleicht zu ihrem eigenen Glück – hatte eine Wache sie gestört, sodass sie nicht zu Gesetzesbrechern geworden waren. Ryan war sich heute noch unschlüssig, ob er es bedauern oder begrüßen sollte. Geld hatte nie eine Rolle für Hope gespielt; sie war immer ein Naturkind gewesen. Wo waren diese Ideale geblieben?

Gut, eine hervorragende Veterinärin war sie, das musste er ihr lassen. Sie hatte das »magische Händchen« ihrer Mutter geerbt. Schon immer gehabt, auch früher schon, wenn sie bereits tot geglaubte, aus dem Nest gefallene Vögelchen wieder aufgepäppelt hatte. Auch heute wurden die Tiere ruhig, wenn sie ihnen die Hände auflegte. Die Stute gestern hatte sich merklich entspannt. Selbst Chief war ihr ja verfallen. Bislang hatte sie auch jede Behandlung, selbst die kompliziertesten Operationen, mit Bravour gemeistert.

Ryan packte einen Strohballen und verteilte frisches Streu in den Boxen, während seine Gedanken unverändert rasten.

Lag es nur an ihrer neu gewonnenen Leistungsorientiertheit, dass sie so gut war? Es schien, als ginge es Hope inzwischen einzig um Erfolg und Geld, alles andere zählte nicht mehr. Hatte er sich früher in ihr getäuscht? War diese oberflächliche Person, die in der Praxis immer tipptopp gekleidet war, die wahre Hope? Oder was hatte sie so verändert?

Gut, er kannte die Bilder von ihren Praxisräumen in New York. Mary hatte sie ihm ganz stolz gezeigt. Die Klinik wirkte trotz der künstlich herbeigeführten Gemütlichkeit auf ihn so kalt wie der Palast der Schneekönigin. Kein Wunder, dass Hope hier modernisieren wollte, mit diesem Vergleich vor Augen. Doch hatte sie inzwischen auch ein Herz aus Eis bekommen?

Kapitel 6

Hope

Der Geruch nach Lösungsmitteln zog durch die Räume, als Brandon mit einer zum Quirl umfunktionierten Bohrmaschine die Farbe im ersten Kübel umrührte. Elly verteilte unterdessen Maleranzüge und – mit einem Kichern – aus Zeitungen gefaltete Hüte.

Hope hatte bereits mit Francys Hilfe alles, was herumstand, in Umzugskartons verstaut, die Brandon besorgt hatte, und die Schränke und den Linoleumboden mit Folie und alten Zeitungen abgeklebt. Und natürlich eine mobile Kühlbox randvoll mit Eiswürfeln gefüllt, in denen Mineralwasser, Bier- und Cola-Dosen lagerten.

»Herrje, ihr wart ja fleißig!«, lobte Elly und sah sich um. »Da sind wir ja viel schneller fertig als gedacht.«

»Nun warte mal, das sind insgesamt acht Räume: das Büro, das Vorzimmer, das Wartezimmer, die beiden Sprechzimmer, der Aufwach- und Röntgenraum und die zwei OPs«, warnte Hope. »Den Flur nicht zu vergessen.«

»Jetzt hab dich nicht so, Mädel! Du bist hier unter Profis.« Ian legte ihr übertrieben gönnerhaft die Hand auf die Schulter und zwinkerte ihr zu.

»Ach ja? Wie viel hast du denn in deinem Leben schon gestrichen?« Hope sah ihn herausfordernd an. Ian mochte gut Autos reparieren können – er leitete die hiesige Werkstatt –, vielleicht konnte er auch lackieren, doch war er deshalb Profi im Streichen?

»Treffer, versenkt! Mein eigenes Haus, sonst nichts. Aber

das war schon genug Arbeit, vor allem das Kinderzimmer, denn da musste ich sogar künstlerisch tätig werden und Disney-Figuren und Autos mit Augen an die Wände malen«, gab er lachend zu.

Sie knuffte ihn glucksend und sah aus dem Augenwinkel, wie Ryan sie mit grimmiger Miene beobachtete. Kurz überkam sie der kindische Reflex, ihm die Zunge herauszustrecken. Was war nur in ihn gefahren? Sie kannte ihn quasi seit ihrer Geburt. Er hatte verschiedene Phasen durchlaufen, auch eine bockige in der Pubertät, noch eine ganze Weile nach dem Tod seiner Eltern. Als er mit sich und der Welt gehadert hatte. Aber meist war er überaus hilfsbereit, freundlich zu jedermann und für jeden Unsinn zu haben. Wenn sie es recht überlegte, verhielt er sich auch nur ihr gegenüber fast an der Grenze zur Unfreundlichkeit.

Hope schüttelte das Unwohlsein ab. Das sollte heute nicht ihr Problem sein, sie hatte genug zu tun. Sie ging kurz nach draußen auf die Veranda, wo Ryan Chief angebunden hatte, und brachte ihm ein Leckerli. Dem Bobtail schien es überhaupt nicht zu gefallen, dass er nicht mitmischen durfte. Vermutlich hätte er liebend gern die Farbe mit seinem buschigen Schwanz an den Wänden verteilt.

»Wenn wir nachher Pause machen, gehen wir Stöckchen werfen«, versprach sie und verzog sich mit Elly und Francy ins ausgeräumte Wartezimmer. Dort erwarteten sie nur vier glatte Wände und die Decke.

Francy sah schmunzelnd an sich herunter und musterte dann sie beide. »Als junges Mädchen wollte ich immer Astronautin werden. Nun sehen wir fast aus, als trügen wir Raumanzüge.«

Hope deutete grinsend auf den Zeitungshut. »Vor allem die Helme sind total futuristisch.« Sie tauchte die Walze in den Kübel und rollte sie am Gitter ab, bevor sie den Teleskopstab ausfuhr, um die Decke mit weißer Farbe zu walzen.

Nachdenklich schürzte sie die Lippen. »Ich fange hinten an, dann könnt ihr folgen, wenn ich das erste Stück habe. Sonst werdet ihr gesprenkelt.«

»Deshalb habe ich doch die schicken Hüte beziehungsweise futuristischen Helme gebastelt.« Elly kicherte.

Brandon musste sie gehört haben. »Lasst mal gut sein, Mädels. Ich streiche zuerst die Decken; dafür braucht es einen großen starken Mann. Und ihr könnt euch danach gleich um die Wände kümmern.«

»Was habe ich doch für einen großen, starken Mann! Ich bin total stolz«, säuselte Elly und rollte übertrieben schmachtend mit den Augen.

»Wenn du frech wirst, badet dich dieser große, starke Mann gleich in einem Farbeimer, Süße.« Er gab ihr einen Klaps auf den Po, der mehr einem Streicheln glich, und einen Kuss auf die Nasenspitze.

Und schon waren sie ausquartiert.

Hope gesellte sich mit ihrer Walze zu Lizzy, Jim und Jack, die sich den Flur vorgenommen hatten. Sie mochte die Zwillinge, die immer gut gelaunt zu sein schienen. Jack hatte sein Versprechen eingehalten und mit ihr schon zwei Mal abends Billard gespielt, seitdem verstanden sie sich ganz gut.

Früher waren die zwei Jahre jüngeren Jungs nicht in ihrer Clique gewesen, auch Brandons Schwester nicht, da sich die Interessen im Jugendalter eher unterschieden hatten. Auch die hübsche blonde Lizzy war, wie ihr Bruder, in ihrer Jugend begehrt gewesen, doch sie war weniger schüchtern gewesen und hatte eine flatterhafte Phase durchlaufen, in der sie so einige Herzen gebrochen hatte.

Wie es aussah, schien sie nun aber angekommen zu sein; sie wirkte total verliebt. Hoffentlich erwiderte Jim ihre Gefühle! Er war eher der Typ, der seine Empfindungen hinter Scherzen verbarg und von daher schwer einzuschätzen war. Jack war einen Tick ernster. Inzwischen glaubte Hope, die beiden auseinanderhalten zu können. Zumindest, wenn die Zwillinge im gleichen Raum waren.

»Wie lange seid ihr zusammen?«, fragte Hope Lizzy, während sie mit zügigen Bewegungen die Wände walzte.

»Ein halbes Jahr.« Lizzy sah sie an und brach in Lachen aus. »Du hast apricotfarbene Sommersprossen.«

Auch Jack grinste breit. Er kam zu ihr. »Du musst die Walze vorher besser abrollen. Wenn sie zu nass ist, dann spritzt es. Vielleicht auch etwas langsamer rollen. Schau mal, so.«

Er nahm ihre Hand und zog die Walze mit ihr gemeinsam die Wand hinunter. Lachend ließ sich Hope auch ein zweites Mal führen.

»Will jemand …« Ryan kam in den Flur und stockte.

Verlegen zog Hope ihre Hand aus Jacks und murmelte: »Danke.«

»Klar wollen wir. Was auch immer du uns anbietest«, alberte Jim.

»Musik«, vervollständigte Ryan und warf Hope einen Blick zu, den sie nicht deuten konnte. Freundlich sah definitiv anders aus.

»Aber immer doch!« Lizzy trällerte: *»Music was my first love …«*

»Und die letzte bin hoffentlich ich«, stimmte Jim in schiefer Tonlage ein.

Hope prustete heraus. Doch ganz so unbeschwert, wie sie sich gab, fühlte sie sich nicht. Die Missstimmung zwischen Ryan und ihr machte ihr mehr zu schaffen, als sie sich eingestehen wollte.

Als jedoch kurz darauf die neuesten Songs aus seiner mobilen Box schallten, die er mit seinem Handy verbunden hatte, und die Räume mit Musik erfüllten, ließ sie sich von der heiteren Stimmung anstecken. Sie gesellte sich wieder zu Francy und Elly ins Wartezimmer, und sie schmetterten den ein oder anderen Song gemeinsam mit. Auch Francy war musiktechnisch auf dem Laufenden und stimmte kräftig ein. Bei ihr im Lager, wo sie zwei junge Helfer beschäftigte, lief den ganzen Tag das Radio.

Hopes Blick fiel in den sonnenbeschienenen Garten, wo die Apfelbäume die ersten Früchte ausbildeten. In der Mitte hatten ihre Eltern, die häufig Besuch bekamen, eine Holzsitzgruppe aufgestellt, auf der gut acht Personen Platz fanden. Daneben stand eine große Feuerschale.

»Wisst ihr, was? Es ist so herrlich warm. Wir essen heute Abend im Garten und grillen danach Marshmallows.« Sie warf ihrer Patentante einen schelmischen Blick zu. »Wie ich Auntie Fran kenne, hat sie bestimmt ein paar in ihrem Vorrat.«

Francy lachte. »Du kennst dein Tantchen sehr gut.« Sie legte ihr den Arm um die Schulter. »Ich würde dich ja auch auf die Wange küssen, aber ich stehe nicht auf so deckenden Lippenstift.«

»Sehe ich so schlimm aus?« Hope zog eine Grimasse.

»Noch schlimmer«, bestätigte Elly kichernd.

Ians Frau Rebecca, die beim Streichen mit ihrem Bauch nicht helfen konnte, brachte wenig später als ihren Beitrag ein großes Blech Brownies vorbei und läutete damit eine Pause ein. Als Hope ins Bad ging, um sich die Hände zu waschen, sah sie die Bescherung und musste selbst lachen.

»Pointillismus nennt man die Kunstrichtung in meinem Gesicht wohl«, sagte sie kichernd zu Elly, die sich ebenfalls die Hände wusch.

»Dann bleib doch einfach so, und wir stellen dich in Kylies Galerie als Kunstwerk aus«, schlug Elly mit verschmitztem Grinsen vor.

Dank der vielen helfenden Hände waren sie bereits am frühen Nachmittag fertig.

»Was haltet ihr davon, wenn wir uns kurz frischmachen und dann noch ein paar neue Stuhlkissen fürs Wartezimmer kaufen? Die moosgrünen passen doch nicht mehr so gut zu den Wänden«, schlug Francy vor.

»Tolle Idee!« Elly war sofort sichtlich Feuer und Flamme, und auch Hope stimmte begeistert zu.

Das Heim- und Gartencenter hatte den ganzen Samstag bis achtzehn Uhr geöffnet. Hope war positiv überrascht, wie sich das Center unter Brandons Leitung herausgemacht hatte. Früher hatte es teilweise etwas von einem Kramladen gehabt, mit Regalen aus orangefarben gestrichenem Blech, an dem die Farbe abgeblättert war. Nun erstrahlte die große Halle in modernem Glanz. Die Regale aus Holz- und Edelstahlkonstruktionen wirkten regelrecht elegant, die Werkzeuge in der Eisenwarenabteilung waren ordentlich in durchsichtigen Schubfächern verstaut.

»Das sieht toll aus«, lobte Hope begeistert.

Elly strahlte stolz, als hätte sie es eigenhändig renoviert. »Ja, ich finde auch, es ist großartig geworden. Sie haben außerdem die komplette Lagerhaltung umgestellt. Nun läuft die Nachbestellung quasi automatisiert.«

»Richtig chic!« Hope nickte anerkennend.

In der Einrichtungsabteilung fanden sie bequeme Kissen in einem warmen Rostbraun. Elly schleppte sie noch in die Gartenabteilung, um zwei hohe Topfpflanzen zu erstehen.

Hopes Einwand, dass sie bislang wegen der Tiere darauf verzichtet hatten, die sich gern auch mal über das Grünzeug hermachten, wischte sie mit einer Handbewegung beiseite.

»Dann kaufen wir noch einen Schemel zum Draufstellen dazu.«

Hope fand noch einige schöne Bilder, die ihr gut gefielen und von denen sie sicher war, dass sie ein angenehmes Ambiente schaffen würden und auch ihre Mutter sie mögen würde. »Was denkst du, Francy?«

»Landschaftsbilder mit Tieren entsprechen in jedem Fall Marys Geschmack«, bestätigte sie.

Der große Einkaufswagen war bis oben hin voll beladen, als sie zur Kasse fuhren. Elly gab ihre Mitgliedskarte ab, über die sie Rabatt bekamen. Als Hope die Kreditkarte zücken wollte, hielt Francy ihren Arm fest.

»Das übernehme ich«, sagte sie in diesem gewissen Tonfall, den Hope noch aus Kindertagen kannte: Er duldete keinen Widerspruch.

Hope versuchte es dennoch. »Quatsch, das zahle ich. Es ist unsere Praxis …«

»Die Kissen waren meine Idee, und das kommt gar nicht in die Tüte«, wiegelte Francy ab. »Du hast die Farbe bezahlt, lass mich auch was beitragen. Deine Eltern tun so viel für mich.« Sie ließ sich auch nicht davon abbringen.

»Apropos Farbe, da warte ich noch auf die Rechnung – du darfst nicht vergessen, mir zu sagen, was du bekommst«, wandte sich Hope an Elly.

»Da kannst du lange warten.« Die Freundin grinste. »Das ist eine Spende von Brandon und mir für die Praxis. Deine Eltern tun so viel für alle hier. Ich habe bisher nur die Selbstkosten für die Behandlung meiner Tiere bezahlt. Die Farbe ist ein kleines Dankeschön dafür von uns.«

Beschämt protestierte Hope, doch ihre beste Freundin ließ sich genauso wenig erweichen wie die gute Francy.

Auf dem Heimweg bat Hope ihre Patentante, kurz bei Kylies Galerie anzuhalten. Sie hatte neulich dort ein Gemälde eines Bobtails gesehen, der sie sofort an Chief erinnert hatte.

Zum Glück hatte die Galerie auch am Samstag lange geöffnet, da dies der Hauptverkaufstag war, und dafür montags geschlossen. Nachdem ihre ehemalige Grundschulkameradin sie herzlich begrüßt hatte, brachte Hope ihr Anliegen vor.

Kylie fuhr sich durch die kurzen schwarzen Stoppelhaare und grinste. »Du wirst lachen. Als man mir das Bild angeboten hat, musste ich auch sofort an Chief denken. Ich glaube, deshalb habe ich es in Kommission genommen. Warte, ich rufe schnell die Künstlerin an und frage nach dem Preis für einen guten Freund.«

Das Bild war sogar noch weit günstiger als erwartet – nicht zu vergleichen mit den Gemälden in der Klinik, die allesamt einen höheren fünfstelligen Wert hatten. Aber es strotzte vor Leben, und Hope meinte direkt, der Bobtail würde ihr in die Augen sehen.

»Den Namen des Künstlers muss man sich merken.«

»Eine Künstlerin: Bellamy Karms«, erwiderte Kylie mit einem feinen Lächeln. »Ich glaube auch, dass aus ihr noch was wird. Sie stammt aus der Gegend.«

»Ich bin etwas in Eile, aber ich komme bestimmt noch mal wieder. Vielleicht werde ich mit noch mehr Sachen fündig.«

»Jederzeit gern«, sagte Kylie sichtlich erfreut.

Hope bedankte sich und richtete von Herzen kommende Grüße an die unbekannte Malerin aus. Auch Francy und Elly waren hellauf von dem Kauf begeistert.

»Wenn Ryan es nicht möchte, hänge ich es bei Mom im Vorzimmer auf. Schließlich ist Chief ja irgendwie der Praxishund.«

Wenigstens hatte sie finanziell nun etwas beigetragen und schaffte es auch am Abend, die Pizzen für alle fleißigen Helfer zu bezahlen, als sie sich um sieben wieder bei ihnen im Garten trafen. Sie gab direkt bei der Bestellung ihre Kreditkartennummer an. Das war gut so, denn sie war gerade mit Francy dabei, die Teller zu holen, als der Bote von *Toni's Pizza* vorfuhr und die Männer die Pizzen entgegennahmen.

»Was bin ich schuldig?«, hörte sie Ryan fragen.

»Ist schon bezahlt«, erwiderte der Fahrer. Wenn Hope es richtig erkannte, war es Tonis Neffe Giacomo, der inzwischen zu einem Mann herangereift war. Als sie ihn das letzte Mal gesehen hatte, war er noch ein Junge gewesen.

»Von wem?«, wollte Ryan wissen.

»Keine Ahnung, Kreditkarte«, erwiderte Giacomo schulterzuckend.

Francy hatte derweil schnell einen Salat aus ihrem Gewächshaus zusammengemixt. Hope war gerade wieder zurück in der Küche, um noch ein Salatbesteck zu holen, als Ryan in der Tür erschien.

»Hast du die Pizza bezahlt?« Seine Miene war kühl wie immer.

Hope reckte das Kinn. »Ja, wieso?«

»Das übernehme ich«, sagte er bestimmt.

»Nein«, erwiderte Hope nicht weniger beharrlich. »Das ist mein Part. Da gibt es nichts zu diskutieren.«

»Willst du dich mit mir streiten?«, fragte er gefährlich ruhig.

Ja!, lag ihr auf der Zunge zu antworten. Alles, was dieses kühle Verhalten durchbrechen könnte, war ihr im Moment recht.

»Wenn du Streit suchst, geh woanders hin«, sagte sie stattdessen schnippisch und schob sich mit dem Besteck in der Hand an ihm vorbei. Doch innerlich brodelte es schon wieder in ihr.

Sie zwängte sich ans Ende der Bank neben Jack, weit entfernt von Ryan, und nahm einen großen Schluck aus der Bierflasche, die er ihr reichte. Und gleich noch einen. Die Flasche leerte sich zusehends, und auch die zweite war schnell leer. Außer den Brownies hatte Hope heute noch nicht viel gegessen. Das Bier stieg ihr in den Kopf, und eine angenehme Leichtigkeit überkam sie.

Hope plauderte, lachte an den richtigen Stellen und teilte sich mit Jack verschiedene Pizzastücke, damit sie alle Sorten durchprobieren konnten.

Natürlich entging ihr nicht, dass er mit ihr flirtete, aber das war ein harmloses Necken unter Freunden. Was konnte da schon dabei sein, wenn sie etwas darauf einging? Ryan war eine Spaßbremse, er verdarb ihr nur die Laune. Sie wollte sich nicht von seinen mürrischen Blicken den schönen Abend vermiesen lassen. Und sie gab sich noch mehr Mühe, Spaß zu haben.

Als sie aufstand, um die leeren Teller in die Küche zu tragen, musste sie sich anstrengen, geradeaus zu gehen und nicht über Chief zu stolpern, der sie begleitete und dabei aufgeregt um sie herumsprang. Wie viele Bier hatte sie schon getrunken? Sie war nicht undankbar, als Francy ihr die Teller abnahm und ihr das Besteck überließ. So konnte es auf der Treppe nach oben zumindest keine Scherben geben.

Hope öffnete die Spülmaschine und zog den Besteckkasten heraus. Dabei schob sie Chiefs Nase beiseite, der den Inhalt wohl liebend gern inspiziert hätte.

Francy sah über die Schulter und fragte dann leise: »Was ist eigentlich mit deinem Freund?«

»Der hat zum Glück eine Sommergrippe«, rutschte es Hope heraus. Im selben Moment fiel ihr auf, wie das klingen musste, und sie schlug sich auf den Mund. »Ups. Ich meine natürlich, der Arme ist krank.«

»Was willst du damit sagen?«, wollte Francy mit sichtlichem Erstaunen wissen.

Nun war es an Hope, erstaunt zu sein. »Du fragst doch, weil ich sonst am Wochenende zu ihm geflogen wäre, oder? Aber nun konnten wir ja streichen«, erklärte sie. »Mit ›zum Glück‹ meinte ich, dass er mir abgesagt hat und nicht ich absagen musste. Nächstes Wochenende fahre ich auf jeden Fall.« Der Alkohol vernebelte nicht nur ihre Aussprache, sondern auch ihre Sinne. Ganz so schnell war sie nicht im Denken.

»Eigentlich habe ich nicht deswegen gefragt.« Sie zögerte. »Ich dachte gerade an Jack.«

»An Jack?«, echote Hope verblüfft.

»Ich weiß, ich bin für dich nur eine alte Frau …«

»Quatsch, das stimmt gar nicht« Hope hob empört die Gabel, die sie gerade hatte einräumen wollen. »Du bist ewig jung und …«

Francy unterbrach sie lachend. »Ich wollte nicht nach Komplimenten fischen.« Dann wurde sie wieder ernst. »Nun, der Junge scheint sich ein bisschen in dich verguckt zu haben. Mach ihm keine falschen Hoffnungen, wenn du es nicht ernst meinst. Er ist ein netter Kerl. Ich weiß, er war eine Zeit lang auch ein Hallodri, aber dich scheint er tatsächlich zu mögen.«

Hopes biergeschwängertes Gehirn hatte Mühe, das Gehörte zu verarbeiten. Jack? In sie verschossen? Das glaubte sie nicht. Sie hatten sich zum Billardspielen getroffen und in der Clique oft miteinander herumgealbert, doch bestimmt sah er es genauso freundschaftlich wie sie. Sie blickte Francy an. In der gütigen Miene ihrer Patentante stand Besorgnis.

»Es lag nicht in meiner Absicht«, sagte Hope zerknirscht. »Spielchen zu spielen ist nicht mein Stil.«

»Das weiß ich doch, Sweety.« Francy tätschelte ihr lächelnd die Wange. Doch es schien noch nicht alles gewesen zu sein, was ihre Patentante auf dem Herzen hatte. Sie gab sich sichtlich einen Ruck, bevor sie hinzufügte: »Hat es was mit Ryan zu tun?«

»Mit Ryan?«, echote Hope abermals, und sie merkte, wie sich ihre inneren Abwehrborsten unwillkürlich sträubten. Sie beugte sich zu Chief hinunter, der beim Namen seines Herrchens gleich die Ohren gespitzt hatte, und kraulte ihm das weiche Fell.

»Liebes, ich habe keine eigenen Kinder. Du und Ryan, ihr wart immer wie Tochter und Sohn für mich.«

Hope hatte sich oft gefragt, was der Grund war, dass so ein herzensguter Mensch wie Francy keine Familie hatte. Sie hatte sie noch nie mit einem Partner gesehen. Es gab Gerüchte, dass es einst jemanden gegeben hatte …

Doch bevor sie nachhaken konnte, sprach Francy schon

weiter: »Ich bin euer beider Patentante. Auch Ryans Eltern waren enge Freunde; ich kenne euch von Geburt an. Ich liebe euch beide. Und es tut mir im Herzen weh, wenn ich sehe, dass ihr zwei wie Hund und Katz seid. Und die verstehen sich im Gegensatz zu euch großartig. Was zwischen euch vorgefallen ist, geht mich nichts an, aber«, sie seufzte, »ich fände es so schön, wenn ihr euch wieder vertragen würdet. Man kann doch auch gute Freunde sein nach einer Beziehung. Schau deine Mutter und Curtis an. Sie verstehen sich doch …«

Hope riss die Augen auf. »Mom war mal mit Curtis zusammen? Susans Mann?« Sie wusste, dass die beiden aus Lynnwood Falls stammten, während ihr Vater erst später zugezogen war, als hier ein Tierarzt gesucht worden war. Und sie kannte die Geschichte, dass sich ihre Mutter Hals über Kopf in ihn verliebt hatte und deshalb eine Ausbildung zur Tierarzthelferin absolviert hatte. Aber von dem Vorleben hatte sie nicht gewusst.

Francy schlug sich verlegen auf den Mund. »Oh, ich dachte, das hätte sie dir erzählt? Sie meinte zumindest früher mal, sie wolle es dir sagen. Bestimmt ist sie nur nie dazu gekommen. Ein Geheimnis ist es nicht. Das tut mir so leid, dass ich das nun ausgeplaudert habe. Das war schon ewig her, in der späten Jugend.« Sie wirkte total zerknirscht.

»Schon okay, ich sage ihr nicht, dass ich es weiß.« Zumindest ritt ihre Patentante nun nicht mehr auf Ryan herum, weil sie so verlegen war, das Geheimnis ihrer Freundin Mary verraten zu haben.

Doch anscheinend trieb Elly Ähnliches um, denn sie kam mit der leeren Salatschüssel in die Küche und blickte zwischen ihnen hin und her. »Oh, habe ich euch gestört?«

»Nein, wir haben uns nur unterhalten, aber wir sind fertig«, sagte Francy. »Dann lasse ich euch mal allein.«

Die beiden tauschten bedeutungsvolle Blicke aus, die Hope sogar trotz ihres benebelten Zustands nicht entgingen.

Prompt fing Elly an: »Was ist das eigentlich zwischen Ryan und dir? Ihr schleicht umeinander herum wie Hund und Katz …«

»Schon wieder Hunde und Katzen? Warum müssen immer diese armen Tiere herhalten? Ich kenne viele, die sich gut verstehen«, unterbrach Hope sie mürrisch. »Schau dir Chief und Romeo an.« Sie wies auf die beiden, die sich gerade friedlich einen Napf teilten.

»Was?« Elly hob erstaunt die Augenbrauen.

»Willst du mir auch gerade einen Vortrag halten über deine Freundschaft zu Ryan und mir?« Hope runzelte die Stirn. »Ich dachte immer, *ich* wäre deine Freundin.«

Elly schlang die Arme um sie. »Du warst, bist und bleibst meine allerbeste Freundin.« Sie schlug beschämt die Augen nieder. »Aber Ryan war uns auch in den letzten Jahren ein sehr guter Freund. Wie oft hat er Brandon aufgebaut oder einfach mitgezogen, wenn er mal wieder am Boden zerstört war, weil all seine Träume geplatzt sind! Er hat ihn motiviert, die Football-Jugendmannschaft hier zu trainieren, hat sogar selbst mitgeholfen, solange Brandon noch nicht richtig laufen konnte. Ryan ist immer da, wenn man ihn braucht, und …«

»Und ich war weg, ich habe schon verstanden«, fiel ihr Hope bitter ins Wort.

»Hör auf damit! Das wirft dir keiner vor«, sagte Elly, und zum ersten Mal seit ihrem Wiedersehen wirkte sie verärgert. »Darum geht es doch gar nicht. Ich möchte nur einfach nicht zwischen euch wählen müssen. Ich will, dass ihr beide unsere Freunde sein könnt und wir auch in der Gruppe unbeschwert sein dürfen, ohne dass ihr stummen Krieg über den Tisch hinweg führt. Und du dem armen Jack den Kopf verdrehst, nur um Ryan zu ärgern.«

Hope stemmte entrüstet die Hände in die Hüften. »Was ihr nur alle mit Jack habt! Ich dachte, wir wären Freunde und könnten herumalbern. Gut, ich werde das lassen. Aber warum kommt eigentlich jeder zu mir wegen Ryan? Redet doch mal mit *ihm!*«

Ellys betretener Gesichtsausdruck sprach Bände.

»Du *hast* mit Ryan geredet?« Hope musste ihre Kinnlade regelrecht zwingen, sich wieder zu schließen.

»Vorhin.«

»Und, was sagt er?«

»Ehrlich, ich möchte mich auf keine Seite stellen. Sprich doch mal mit ihm.«

»Das habe ich doch schon tausend Mal probiert.« Hope schürzte die Lippen.

»Bist du sicher, dass du nicht …«

»Ich?« Hope hob die Augenbrauen.

»Schon gut. Falls ihr eine Mediatorin braucht, die euch bei einem Gespräch vermittelt, gebt Bescheid.« Nun zeigte sich wieder das übermütige Grinsen auf ihren Zügen, das Elly so auszeichnete. »Ich habe für Will schon Ehevermittlungsgespräche geführt.« Im selben Moment schien ihr klar zu werden, was sie gesagt hatte. »Also bin ich auch für Freundschaftsvermittlungen gut einzusetzen«, versuchte sie, die Kurve zu kriegen.

Unwillkürlich musste Hope lachen, ihre Wut verpuffte. So sehr es sie ärgerte, wenn Leute sie auf Ryan ansprachen – im Grunde war es mehr die angespannte Situation, die ihr zu schaffen machte. Vielleicht sollte sie doch noch einmal versuchen, in Ruhe mit ihm zu reden. Sie war nun drei Wochen da. Und hatte noch fast den ganzen Sommer in Lynnwood Falls vor sich. Lange wollte sie so nicht weitermachen, das belastete ihre friedfertige Seele zu sehr.

»Okay, ich mache mir Gedanken«, versprach sie.

»Ihr habt euch mal ewige Freundschaft geschworen«, erinnerte Elly sie mit einem Lächeln, bevor sie wieder nach unten verschwand und Hope mit ihren Gedanken allein ließ.

Ryan

Ihr habt euch mal ewige Freundschaft geschworen, hallten Ellys Worte in Ryans Ohren nach. Wie kam sie nur darauf, dass Hope und er heute Feinde waren? Gut, es war nicht mehr die Freundschaft, die sie einst verbunden hatte. Sie waren jetzt vielmehr Kollegen. Es gab Differenzen. Aber Feinde waren sie nicht.

Ob Elly Hope den gleichen Vortrag gehalten hatte? Ryan war immer noch überrascht, dass Hope ihn plötzlich angelächelt hatte, sich zu Becky gesetzt und mit ihr über ihre Schüler und die Arbeit als Lehrerin hier in Lynnwood Falls gesprochen hatte, anstatt dem armen Jack weiter den Kopf zu verdrehen.

Gedankenverloren kraulte er Chiefs Ohren, während sein Blick aus dem Seitenfenster von Ians und Beckys Jeep über das nächtliche Lynnwood Falls schweifte. Es war schon spät, der Ort lag in schläfriger Stille. Er war froh, dass Becky ihn mitnahm, auch wenn ihm nicht wohl bei dem Gedanken war, sein Auto stehen zu lassen.

Da die Praxis nicht in Betrieb war, hatten sie den Tierarzt aus dem knapp zwanzig Kilometer entfernten Nachbarort gebeten, zur Not einzuspringen. Der Kollege war froh gewesen, auch mal aushelfen zu können. Da dieser in seiner Praxis allein war, vertraten ihn Glenn und er auch gelegentlich, wenn es einen Notfall gab. Trotzdem war Ryan gern mobil. Gut, zur Not konnte er die Harley nehmen, auch wenn er jetzt ungern fahren wollte. Er hatte nicht so viel getrunken wie Hope oder Ian, der gerade anfing, auf dem Vordersitz zu schnarchen. Aber nüchtern war er auch nicht mehr, und er brauchte seinen Führerschein.

Seine Gedanken schweiften wieder zurück zu Hope. *Beste Freunde!* Warum kam ihm jetzt gerade diese alte Geschichte in den Sinn? Seine Granny war, immer noch von der Schockstarre gelähmt, nach New York gefahren, um die Details zur Überführung seiner Eltern zu regeln. Ryan hatte bei Mary und Glenn übernachtet, die besten Freunde seiner Eltern. Im Gästezimmer oben auf dem Dachboden, neben Hopes Zimmer. Sie waren beide zehn gewesen.

Er war heute noch der Meinung, dass er sich damals tapfer geschlagen und sich nach außen hin jede Träne verbissen hatte. Doch die Nächte hatten es in sich gehabt. Manchmal war er zu seiner Granny ins Bett gekrochen, sie hatte ihn gerufen, wenn er im Schlaf geschrien hatte. Doch in dieser Nacht bei den Archers war er allein gewesen. Vielleicht hatte er geweint. Heimlich.

Auf einmal hatte Hope neben seinem Bett gestanden, er hatte sie nicht kommen gehört. Noch heute sah er sie vor sich, mit den vom Schlaf müden, aber dennoch großen braunen Augen und den verwuschelten Haaren, in diesem fast bodenlangen weißen Nachthemd, auf dem groß Cowboy-Sheriff Woody aus *Toy Story* prangte. Sie hatte immer Mitleid mit dem zu Anfang verstoßenen Woody gehabt; er war ihr erklärter Liebling gewesen. Hopes kleines Herz war stets vor Mitleid zerflossen, mit allem und jedem.

So auch mit ihm.

Fast war es, als könnte er diese Konversation noch auswendig.

»Ich habe dich gehört«, hatte sie gesagt.

»Ich weine nicht«, war seine etwas barsche Erwiderung gewesen.

Da war sie einfach zu ihm unter die Bettdecke gekrochen, hatte ihre mageren Ärmchen um ihn geschlungen und in sein Ohr geflüstert: »Es ist okay, wenn auch Jungs mal weinen.

Wenn man sehr traurig ist, darf man das. Sonst wird die Brust so eng, sagt Auntie Fran.«

Seine Brust war eng gewesen, sehr eng. Als hätte jemand einen Sack Getreide hineingelegt, der sich mit Wasser vollsog und minütlich schwerer wurde. Oft hatte er sich gefragt, ob dieser Druck wohl jemals weichen würde. Manchmal spürte er ihn heute noch, wenn er an seine Eltern dachte.

Damals war Hope vermutlich sogar einen Tick größer als er gewesen, auch wenn er sie schnell wieder eingeholt hatte. Er hatte seinen Kopf ins Kissen gepresst und ihre Umarmung zögerlich erwidert.

»Ich bin auch ganz doll traurig. Ich muss richtig viel wegen deinen Eltern weinen«, hatte Hope geflüstert und ihm so das Gefühl gegeben, ihr Trost spenden zu dürfen.

Bis sie gemeinsam geweint hatten. Lautlos.

Als hätte sie seine Gedanken gelesen, hatte sie irgendwann gewispert: »Aber du bist nicht allein. Du hast doch uns. Wir sind jetzt deine Familie. Und wir beide werden immer Freunde sein. Bis in die Ewigkeit.«

Vielleicht hatte er sich schon damals ein kleines bisschen in Hope verliebt, auch wenn es noch Jahre gedauert hatte, bis er es realisiert hatte.

Ryan zuckte zusammen, als Becky bremste. Er hatte gar nicht gemerkt, dass sie bereits bei ihm zu Hause waren.

Ian fuhr erschrocken hoch. »Sind wir schon da?«, nuschelte er.

»Wenn deine Frau dein Schnarchen heute nicht erträgt – was gut sein kann, das klingt nämlich zum Fürchten –, dann bist auch du vermutlich schon da. Bei Lord V im Gehege ist noch Platz«, foppte Ryan ihn. »Ansonsten steige ich mal aus.«

Er beugte sich nach vorn und küsste Rebecca auf die Wange. »Danke fürs Mitnehmen.«

Sie gluckste amüsiert. »Gern. Kann gut sein, dass ich auf dein Angebot mit Lord V noch zurückkomme.«

Ryan schlug Ian auf die Schulter und stieg, gefolgt von Chief, aus.

Wie üblich drehte er noch eine Runde durch die Ställe. Der nachtaktive Waschbär-Rüde, den er nach seinem berühmten Vorbild »Rocket« genannt hatte, rumorte in dem geräumigen Käfig. Er schien sich zu kratzen. Die schwarze Maske leuchtete aus dem Dunkel hervor. Vermutlich konnte er Rocket demnächst freilassen – möglichst weit entfernt von der nächsten menschlichen Behausung, bevor er sich wieder die Menschen zum Feind machte.

Montag früh würde Ryan bei der Elchkuh die Fäden ziehen, dann durften auch sie und ihr Kalb wieder zurück in die Freiheit. Die Wärme der letzten Tage heizte den Stall so langsam auf, auch die Koppel war zu sonnig, und Elche waren wärmeempfindlich, da sie nicht so viele Schweißdrüsen besaßen. Sie würden sich im Wald sicherlich wesentlich wohler fühlen.

Schade, dass Glenn nicht dabei war. »Auswilderungen«, wie er es immer nannte, liebte er. Ryan rieb sich über die Wangen. Vielleicht würde er ja Hope mitnehmen, mal sehen. Gefallen würde es ihr vermutlich.

Das Kalb, ein kleiner Elchbulle, war aber auch zu allerliebst. Er hatte, wie die Mutter, so sanfte braune Augen, die ihn nun, in der Dunkelheit, ängstlich musterten. Obwohl Elche fast blind waren, nahmen ihn die beiden als tag- und nachtaktive Tiere sicherlich wesentlich besser wahr als er sie.

Die Beine des Kalbs waren noch nicht ganz so silbrig-weiß wie die seiner Mutter, bei der die Läufe hell aus der Dunkelheit hervorleuchteten. Mit der überhängenden Oberlippe wirkte es immer etwas, als würden Elche die Nase rümpfen.

Ryan ließ zwei Äpfel, die er über den Winter eingelagert hatte, in die Umzäunung rollen. Elche liebten Äpfel über alles. Die sonst so scheuen Tiere kamen sogar in Gärten und stiegen über Zäune, um an die Leckerbissen zu gelangen. Das Muttertier machte sich auch prompt darüber her, während der kleine Bulle momentan noch die Milch seiner Mutter zu bevorzugen schien und eifrig nuckelte.

Schnell zog Ryan sich zurück, um sie nicht zu stören.

Ja, vermutlich war es keine schlechte Idee, Hope mitzunehmen, wenn er die beiden in den Wald zurückbrachte. Es war immer gut, noch eine helfende Hand zu haben, und anpacken konnte Hope. Wenigstens hatte sie sich in der Hinsicht nicht geändert.

Er setzte es gedanklich für das kommende Wochenende auf seine Agenda.

Kapitel 7

Hope

Irgendjemand musste ihr einen toten Biber auf die Zunge gelegt haben – zumindest war das Gefühl in ihrem Mund dick, pelzig und modrig. Nicht besonders lecker. Auch ihr Kopf dröhnte. Hatte sie gestern doch mehr getrunken, als sie ursprünglich vermutet hatte? Das lauwarme Wasser aus der Plastikflasche auf ihrem Nachttisch schmeckte da vergleichsweise köstlich.

Sie brauchte dringend eine Dusche. Und einen Kaffee. In der Reihenfolge.

Die Erfrischung war herrlich und brachte ihre Lebensgeister wieder in Schwung. Sie duschte abwechselnd heiß und kalt, bis sie eine Gänsehaut bekam. In New York hatte sie die Haare meist geglättet – oder zumindest einen Versuch gestartet. Colin mochte es lieber ordentlich. Hier frottierte sie sie nur kurz, ließ sie an der Luft trocknen und fasste die Mähne dann nur zu einem Pferdeschwanz zusammen.

Auch heute machte der Frühsommer seinem Namen alle Ehre. Alles leuchtete üppig grün beziehungsweise bunt in der Morgensonne.

Unten empfing sie der Duft nach frischer Farbe. Doch die Freude währte nur kurz. Hope fluchte. Sie hatte die Kaffeemaschine mit den anderen Geräten weggepackt. Momentan fehlte ihr die Energie, die Kartons auszupacken.

Bei Annabella bekommst du einen Latte Macchiato …, tönte Ryans Spott ihr in den Ohren.

Hope schob die Unterlippe vor. »Genau das mache ich«,

sagte sie trotzig und schnappte sich die Autoschlüssel vom Chrysler Truck ihres Vaters.

Gerade losgefahren, passierte sie Mrs Bloomberg, die, fein hergerichtet mit Hut und Sonntagskleid, die Straße entlangtippelte. Hope bremste neben ihr und ließ die Scheibe herunter.

»Guten Morgen, Mrs Bloomberg. Wollen Sie in die Kirche? Soll ich Sie mitnehmen? Ich muss zum Marktplatz.«

»Oh, das ist ja die kleine Hope!« Mrs Bloomberg lächelte erfreut. »Guten Morgen! Ja, das wäre sehr nett.«

»Wie geht es Missy?« Sie hatte die Hündin vor ein paar Tagen untersucht und den Verband gewechselt. Der Bruch verheilte hervorragend. Nun konnte sie schon einige Übungen mit ihr machen, die die Muskulatur stärkten.

»Prima, danke der Nachfrage, Ho… Ach ja, Doktor Archer.« Mrs Bloomberg seufzte. »Die Kinder werden so schnell groß, und dann sind sie Doktoren und Rechtsanwälte und gestandene Leute.«

Hope lächelte. »Schon okay, ich heiße ja trotzdem immer noch Hope, und das dürfen Sie auch gern beibehalten.«

»Das hat Ryan, also Doktor Cooper, auch schon gesagt, aber ich möchte ja nicht respektlos sein.« Die alte Dame sah verlegen aus, als Hope ihr einen kurzen Seitenblick zuwarf, bevor sie sich wieder auf die Straße konzentrierte.

»Haben Sie Missy zu Hause gelassen?«, lenkte Hope ab.

»Ja, da ist sie in ihrer gewohnten Umgebung. Und Reverend Pickert bindet seinen Hund oft vor der Kirche an, ein Mastiff. Der verträgt sich nicht mit anderen Hunden.«

Nicht nur der Hund, schoss es Hope ketzerisch durch den Kopf. Der gestrenge Geistliche hatte ihnen früher allen Angst eingejagt.

»Ich wusste gar nicht, dass der Reverend noch aktiv ist. Müsste er nicht schon längst in Pension sein?«

Mrs Bloomberg nickte, und es wirkte, als wäre auch ihr

das lieber. »Er arbeitet freiwillig noch länger«, sagte sie mit wenig Begeisterung in der Stimme. »Aber ich habe gehört, die Kirche schickt demnächst einen Nachfolger. Kürzlich war ein junger Mann da, ein Reverend Daniel Owens, der sehr nett wirkte. Sympathisch und herzlich.« Ihre Miene leuchtete hoffnungsvoll auf.

»Das ist doch schön. Manchmal tut frisches Blut gut«, antwortete Hope möglichst diplomatisch, doch ihre Mitfahrerin stimmte ihr inbrünstig zu.

Hope hielt vor der Kirche an, ein schlichter weißer Holzbau mit einem verwitterten Kirchturm, der bereits seit fast dreihundert Jahren sämtlichen Stürmen trotzte.

»Vielen Dank fürs Mitnehmen, Doktor Archer.«

»Sehr gern! Einen schönen Tag noch, Mrs Bloomberg.«

»Danke ebenso.«

Hope steuerte den Truck auf den Parkplatz neben dem Rathaus, dessen weiße Holzlatten freundlich erstrahlten. Das herrliche Wetter zauberte auch Sonne auf die Gesichter der Einwohner von Lynnwood Falls. Sie wurde von vielen, die auf dem Weg in eine der Kirchen oder sonst wohin unterwegs waren, strahlend begrüßt.

Bereits von Weitem stieg Hope der Duft nach Kaffee und frischem Gebäck in die Nase. Sie beschleunigte ihre Schritte.

Um diese Tageszeit waren die Tische vor *Annabella's Café* nur spärlich besetzt. Die meisten Bewohner frühstückten am Sonntagmorgen im Kreise ihrer Familie. *Ob sich das Öffnen des Cafés heute überhaupt lohnt?*, überlegte Hope. Doch im Inneren stand eine Schlange an der Kasse; es schienen sich doch einige morgens frisches Gebäck zu holen.

Hope sah sich anerkennend um. Früher, als sie noch hier gelebt hatte, war dies der alte *Coffee Shop* gewesen. Wo man sich eine bittere Tasse Kaffee und etwas trockenes Gebäck hatte mitnehmen können. Das der ehemalige Besitzer, Freddy, mit seinen nikotingelben Fingern aus einer Plastikverpackung

Marke »Billigste Supermarktware« geholt hatte. Der Laden hatte sich auch nur gehalten, weil es keine Alternative gegeben hatte. Das Diner öffnete erst zu Mittag, und die Bäckerei hatte damals noch keinen Kaffee verkauft.

Annabella Marks hatte ein Händchen für Stil. Der Boden war mit schwarzen und weißen Fliesen im Wechsel gekachelt; die zierlichen, aus anthrazitfarbenem Metall geschwungenen Stühle wirkten elegant, aber dank der dicken roten Kissen und der breiten Armlehnen bequem. Davor standen runde Bistrotische mit dem gleichen geschwungenen Metallfuß und einer weißen Marmorplatte, ansprechend mit roten Servietten dekoriert. Im Gegensatz zu den restlichen weißen Wänden war eine in Himbeerrot gestrichen und mit Bildern mit französischen Motiven verziert. An der Breitseite stand eine gläserne Theke, in der appetitlich Gebäck und belegte Bagel sowie Sandwiches angerichtet waren. Das Café wirkte blitzblank, regelrecht einladend.

Annabella, die mit ihren hellblonden Haaren und der braunen Haut schon früher eine Schönheit gewesen war, brachte in ihrem schwarzen Kleid mit roten Knöpfen und rotem Einstecktuch und einer weißen, mit Rüschen verzierten Schürze noch zusätzlichen Glanz in den Raum.

»Wunderschön hast du es hier, Annabella. Wahnsinn, was du aus dem alten Laden gezaubert hast!«, lobte Hope begeistert.

»Hope! Danke schön.« Das Lob schien sie zu freuen. »Ich habe schon gehört, dass du wieder da bist.« In diesen Worten schwang ein Unterton mit, den Hope nicht einzuordnen wusste. Es klang irgendwie wenig erfreut. Vielleicht war sie verstimmt, weil Hope bisher noch nicht hier gewesen war?

»Ich wollte schon ewig selbst vorbeikommen. Deine Zimtrollen sind ein Traum«, beeilte sie sich zu versichern.

»Danke dir, meine Mutter backt sie.« Ihr Lächeln wurde geschäftsmäßig. »Was kann ich für dich tun?«

Hope musste ihr Erstaunen verbergen. Da Annabella am anderen Ende von Lynnwood Falls gewohnt hatte, waren sie in unterschiedlichen Cliquen und früher zwar nicht eng befreundet gewesen, aber sie hatten sich immer ganz gut verstanden. Am Stress konnte es auch nicht liegen, dass Annabella hätte schnell weitermachen wollen, denn hinter Hope stand im Moment niemand. Nun gut, vielleicht hatte die Café-Besitzerin wie sie einen feuchtfröhlichen Abend hinter sich, und das Arbeiten am frühen Morgen fiel ihr nicht leicht. Hope brauchte jetzt auf jeden Fall ganz dringend einen Kaffee und gab ihre Bestellung auf.

»Zum Mitnehmen?«

Hope zögerte. Sie brauchte vermutlich später noch einen zweiten Kaffee. »Nein, ich trinke ihn hier«, beschloss sie und deutete nach draußen, wo es noch drei freie Tische gab. Sie hatte sich schon ewig nicht mehr einfach in ein Straßencafé gesetzt, und nachdem diese schöne Tradition nun auch in Lynnwood Falls Einzug gehalten hatte, wollte sie das unbedingt ausnutzen.

»Such dir ruhig einen Tisch aus, ich bringe dir Kaffee und Zimtrollen raus.«

»Nein, danke, ich warte kurz und genieße den leckeren Duft hier drin«, gab Hope lachend zurück.

Auf einmal ging ein Leuchten über Annabellas zuvor eher verschlossene Miene. Hatte ihr das Gesagte solch eine Freude bereitet? Hope wollte gerade noch etwas hinzufügen, als ihr klar wurde, dass das Strahlen nicht ihr galt.

Bevor sie den Kopf drehen konnte, hörte sie ein vertrautes Bellen, gefolgt von Ryans tiefem »Guten Morgen, Ladies«.

Chief stürmte auf Hope zu und begrüßte sie so begeistert, als wären es hundert Jahre und nicht wenige Stunden her, dass sie sich gesehen hatten.

Lachend ging Hope in die Hocke und streichelte ihn, während sie aus dem Augenwinkel beobachtete, wie Annabella hinter dem Tresen hervoreilte und Ryan auf die Wangen küsste. Kam es ihr nur so vor, oder hielten sich die beiden etwas länger fest als für Freunde üblich? Sie wirkten auf jeden Fall sehr vertraut miteinander. Ein komisches Gefühl regte sich in Hope, das sie nicht einzuordnen wusste.

»Komm, Chief, du kriegst dein Leckerchen«, lockte Annabella.

Mit Genugtuung registrierte Hope, dass Chief den Kopf schief legte und sie fragend ansah, als wollte er sich versichern, ob es okay sei, wenn er sie jetzt verließ.

Sie drückte die Wange gegen seine Schnauze und schob ihn von sich. »Geh schon.«

Schwanzwedelnd folgte er ihrem Befehl und nahm vorsichtig eine Scheibe Schinken entgegen, die Annabella ihm hinhielt, bevor er wieder zu Hope zurückkam.

Wenigstens einer, der zu mir will, schoss es ihr durch den Kopf, während Ryans ganze Konzentration sich auf Annabella richtete, die ihn gerade fragte:

»Das Übliche?«

»Ja, mit Cheddar, bitte.« Ryans Blick fiel auf den vor Hope stehenden Teller. »Zimtrollen brauche ich heute keine«, sagte er mit einem verschmitzten Grinsen, das ihr so vertraut erschien, dass sich ihr Herzschlag beschleunigte.

Unwillkürlich erwiderte sie es, und für einen Moment schmolzen die Differenzen zwischen ihnen dahin. Ihre Blicke verhakten sich; die Kälte in seinen braunen Augen war verschwunden. Dafür breitete sich Wärme in Hopes Bauch aus.

»Ich packe es dir ein, oder?«, unterbrach Annabella ihre stumme Zwiesprache, und Ryan wandte sich wieder ihr zu.

Er zögerte. »Ich bin mit Angus gekommen …«

Hope wusste selbst nicht, was sie ritt, als sie sich sagen hörte: »Ich frühstücke hier, es ist so schön draußen. Wenn du willst, nehme ich dich nachher mit zu deinem Auto.«

Lieber Himmel, war sie immer noch betrunken? Was sagte sie denn da? Lud sie ihn etwa ein, ebenfalls zu bleiben?

Ryan wirkte genauso erstaunt wie sie. »Okay, dann … mach mir bitte auch einen Teller zurecht«, wandte er sich schließlich an Annabella. »Und einen doppelten Espresso.«

Chief bellte begeistert auf, als fände er diese Idee toll.

Annabella stellte das große Glas vor Hope, in dem sich verlockend der dunkle Kaffee vom cremigen Milchschaum trennte. »Hier, einmal Latte Macchiato mit Vanille-Topping«, sagte sie in geschäftsmäßigem Tonfall.

Um Ryans Mundwinkel zuckte es. Unwillkürlich musste Hope lachen.

Sie hob den Finger. »Aber mit Koffein und vollfetter Milch, ohne Karamell.«

Ryan stimmte in ihr Lachen ein und hob verteidigend die Hände. »Ich habe keinen Ton gesagt.«

Die Blicke, die Annabella zwischen Ryan und ihr hin- und herschweifen ließ, sprachen Bände. Zumindest hatte Annabella ein Auge auf Ryan geworfen. Doch wie stand es mit ihm? Er mochte sie, das konnte man spüren. Waren auch tiefere Gefühle im Spiel?

Eigentlich hätte Hope ihren Teller und ihr Glas nehmen und schon nach draußen gehen können. Doch sie warf Annabella ein breites Lächeln zu und tat so, als wäre es völlig selbstverständlich, auf Ryan zu warten, bis auch er »das Übliche heute mit Cheddar« hatte, was immer das war. Ein Sesam-Bagel, wie es aussah, zumindest schnitt Annabella einen auf, obwohl es in der Theke bereits fertige gab. Zögerte sie so die Zeit hinaus, die sie mit Ryan verbringen konnte?

»Was macht das Kälbchen? Ist es wieder ausgebüchst?«, erkundigte sich Annabella.

Welches Kälbchen? Hope spitzte die Ohren, während sie scheinbar ganz konzentriert in ihrem Latte rührte.

»Ja, vorgestern. Wir haben es zurückgebracht, aber Tucker

meinte schon, wenn es noch mal vorkommt, dann gibt er Mutter und Kind her.«

Vermutlich hatte sie ihre Neugierde doch schlechter verborgen, oder Ryan kannte sie zu gut, denn er wandte sich an sie. »Tucker hat das Kalb separiert. Seitdem schreit die Kuh Tag und Nacht nach ihrem Kid. Das Kälbchen ist nun schon drei Mal ausgebüchst, über den Zaun gesprungen und zu seiner Mutter gelaufen.«

Wieso wusste sie davon nichts, Annabella aber schon? Ellys Ermahnungen im Ohr, zwang sie ihren Unmut nieder. Sie hatte versprochen, sich zusammenzunehmen. »Die Armen, viel zu früh getrennt«, murmelte sie.

»Was machst du dann, wenn Tucker die beiden abgibt? Nimmst du sie zu dir?«, fragte Annabella und sah Ryan unverwandt an, als wäre Hope gar nicht da.

Wieso zu ihm? Seit dem Tod seiner Eltern gab es ihres Wissens keine Tiere mehr auf dem Cooper-Hof. Seine Grandma hatte ein paar Hühner gehalten und Ryan ein Pony, aber das war schon vor Jahren gestorben. Damals waren sie noch zusammen gewesen. Doch Hope behielt eine Pokermiene bei und gab sich wissend.

Ryan zuckte mit den Schultern. »Wir werden sehen.«

Hope schnappte sich ihren Teller und das Glas. »Ich warte draußen, es ist so schön sonnig.«

Sie hatte genug Vertraulichkeiten gehört, auf einmal fühlte sie sich ausgeschlossen. Immerhin trottete der treue Chief brav neben ihr her und ließ sich zu ihren Füßen nieder. Hope beugte sich hinunter und kraulte ihm den Kopf. »Du bist der Allerbeste. Das weißt du, oder?«

Chief gab ein wohliges Brummen von sich.

»Zumindest der beste Rüde. Meine Miss Sophie ist auch großartig. Du würdest sie mögen, da bin ich mir sicher.« Und wieder einmal wurde ihr das Herz beim Gedanken an ihre Labradorhündin schwer. Als sie sich aufrichtete und nach hinten lehnte, stand Chief auf und legte ihr die Schnauze aufs Knie. »Schon gut, ich kraule ja weiter.« Hope lachte.

Obwohl sie den Kopf mit dem Ohr in Richtung Innenraum drehte, konnte sie nicht hören, was die beiden miteinander sprachen, aber auch Annabella lachte glockenhell.

»So lange kann das Bestreichen eines Bagels doch nicht dauern!«, brummte Hope grimmig in sich hinein.

Endlich schien es der Cheddar-Käse auf seine Unterlage geschafft zu haben, und Ryan kam mit einer Tasse und einem Teller mit einem üppig belegten Bagel heraus, bei dem Hope regelrecht das Wasser im Mund zusammenlief. Vielleicht hätte sie auch etwas Herzhaftes nehmen sollen?

Ryan schien mal wieder ihre Gedanken gelesen zu haben. In seinen Augen funkelte es amüsiert. »Willst du kosten?«

Zuerst wollte Hope höflich ablehnen, doch als sie sah, dass Annabella sie von drinnen beobachtete, flötete sie: »Gern!«, und nahm einen großen Bissen. »Uh, das ist wirklich lecker!«, sagte sie noch kauend.

»Willst du die Hälfte?«

»Nein, schon okay, ich habe ja zwei Zimtrollen«, sagte sie verlegen. »Möchtest du?«

»Nein, danke.« Ryan lächelte und musterte sie nachdenklich.

Ob er wohl auch gerade daran dachte, dass sie früher immer ihre Pausenbrote geteilt hatten? Ein wehmütiges Gefühl beschlich sie.

»War das das Kalb von Tuckers Kuh mit der Mastitis?«, fragte sie, nachdem sie geschluckt hatte, und pustete in den noch heißen Latte. Der leckere Geruch nach Kaffee und Vanille stieg auf.

»Nein, die kranke Kuh hatte zum Glück ein größeres Kalb, das schon verkauft war.«

»Es ist schon hart, dass die Milchkühe so früh von ihren Kälbern getrennt werden«, empörte sich Hope.

»Allerdings.« Ryan nickte grimmig, aber dieses Mal schien die Verärgerung zumindest nicht ihr zu gelten.

Hope nahm allen Mut zusammen. »Es wäre schön, wenn du mich über solche Vorgänge auch informierst.« Sie versuchte, jeglichen Vorwurf aus ihrer Stimme herauszuhalten, doch sie wollte nicht wie der unwissende Trottel dastehen, falls Leute sie auf einen Fall aus der Praxis ansprachen.

Einen Augenblick lang hatte sie den Eindruck, er wollte ablehnen, doch dann nickte er schweigend.

Hope nippte hingebungsvoll an ihrem Latte, um nicht wieder die Erste sein zu müssen, die etwas zum Gespräch beitrug. Doch auch Ryan aß schweigend seinen Bagel. Es war nicht wirklich ein ungutes Schweigen, dennoch merkte Hope, wie es an ihren Nerven zu zerren begann.

Sie war beinahe froh, als Annabella mit einem silbernen Napf voll Wasser herauskam und ihn Chief hinstellte, der gierig schlabberte. Nur, dass sie beim Bücken die Hand auf Ryans Unterarm legte und ihn strahlend anlächelte, hätte nicht unbedingt sein müssen.

Vor allem strahlte Ryan erfreut zurück. »Danke dir, das ist lieb.«

Hope biss in die Zimtrolle und hoffte, dass das Kauen ihre Gesichtszüge genug in Anspruch nahm, um ihre Gedanken zu verbergen, die nicht allzu freundlich waren.

Als Annabella wieder gegangen war, sah Ryan in den Himmel. Das tiefe Blau der letzten Tage war hoch am Himmel von weißen Zirren durchzogen, die an feine Federn denken ließen. »Hoffentlich hält das Wetter heute fürs Football-Spiel«, sagte er. »Es könnte Regen kommen, eine Warmfront zieht heran.«

Sind wir also schon bei Verlegenheits-Gesprächen übers Wetter angekommen?, lag es Hope auf der Zunge zu erwidern, doch im Grunde wusste sie ja, dass das Wettergeschehen hier für die Leute in Lynnwood Falls, vor allem für die Landwirte, ein tatsächlich ernstes Thema war. Stattdessen sagte sie: »Ich hoffe auch. Elly hat sich so gefreut, und es ist ein wichtiges Spiel für Brandon, oder?«

Ryan nickte. »Das letzte und entscheidende Spiel vor der Sommerpause der Jugendmannschaften. Die *Beavers* liegen mit vier Punkten zurück, aber sie haben gute Chancen, heute aufzuholen. Die Jungendmannschaft der *Hawks* ist nicht so stark.«

Eine Weile klammerten sie sich ans Thema »Football«.

Hope holte sich noch einen Latte, um ihren Koffeinhaushalt auf ein erträgliches Level zu bringen. Ryan schloss sich ihr mit einem zweiten doppelten Espresso an. Erst als Hope bezahlen wollte und feststellte, dass Ryan ihre Rechnung bereits beglichen hatte, als er vermeintlich nur im Waschraum gewesen war, blinzelte sie ihn verlegen an. »Das hättest du nicht machen müssen.«

Er zuckte mit den Schultern. »Ich weiß.« Ein spöttischer Zug legte sich um seine Lippen. »Aber du hättest auch gestern die Pizzen nicht zu bezahlen brauchen.«

Wieder musste sie sich ermahnen, ruhig zu bleiben. Warum brachte er sie momentan so schnell auf die Palme? Sie waren doch früher immer entspannt miteinander umgegangen, und damals hätte sie es als freundschaftliches Frotzeln abgehakt. Die einzige Genugtuung gab ihr der Gedanke, dass es Annabella sicherlich nicht gefallen hatte, dass Ryan für sie bezahlt hatte.

Schweigend gingen sie zum Truck, und auch während der Fahrt blieben sie stumm. Hope parkte vor der Einfahrt, da sie nachher gleich wieder losmusste.

»Danke fürs Mitnehmen«, sagte Ryan steif.

»Willst du reingucken?«, fragte sie. »Es ist richtig schön geworden.«

»Ich habe es doch gestern gesehen.« Wenigstens lächelte er dabei.

Hope fasste sich ein Herz. »Die Modernisierung nervt dich, oder?«

Ryan zögerte. »Sie *nervt* mich nicht. Es ist schon gut, dass sich etwas tut. Es gefällt mir auch.« Wieder stockte er, dann gab er sich sichtlich einen Ruck und sah sie herausfordernd an. »Ich frage mich nur, warum du dir so viel Mühe gibst, wo du doch eh bald wieder weg bist, um dann höchstens gelegentlich zu Weihnachten oder Thanksgiving vorbeizuschauen.«

Ohne ihre Antwort abzuwarten, drehte er sich um und ging, gefolgt von Chief, zu seinem alten Pick-up.

Hope starrte Ryan mit offenem Mund hinterher.

Ryan

»Mensch, lauf dich doch frei, verdammt!«, zischte Ryan dem Wide Receiver zu, wohl wissend, dass der ihn nicht hören konnte. Die *Beavers* hatten zwar gerade zehn Yards gutgemacht, aber jeder Punkt war essenziell wichtig.

Brandon stand ebenso sichtlich erregt am Spielfeldrand und raufte sich die Haare. Normalerweise sah man kaum, dass er hinkte, doch wenn er so angespannt hin und her lief, zog er das rechte Bein merklich nach.

Auch Elly, die mit Hope hinter dem Kuchenstand Dienst tat, hüpfte aufgeregt auf der Stelle.

Zum Glück gelang es den Beavers bis zur nächsten Spielpause, weitere zehn Yards gutzumachen und etwas mehr Raum zu gewinnen.

Nun bekamen Hope und Elly alle Hände voll zu tun, denn alle stürmten gleichzeitig zum Kuchenstand und den Food-Trucks.

Das Spiel wurde noch richtig spannend. Nicht nur, weil der Punktestand knapp ausfiel, sondern auch, weil die dunkle Wolkenwand immer näher heranrollte. An den Essensständen wurde hektisch zusammengepackt. Die Warmfront blies Böen vor sich her wie ein Föhn. Pünktlich zur nächsten Spielpause klappten die ersten Sonnenschirme nach oben oder flogen davon. Ryan eilte einem gelben Schirm mit einer Limonaden-Werbung hinterher.

Bis zum letzten Quarter war alles so weit verstaut. Doris, die Besitzerin des *Lynnwood Falls Grocery & Deli*, nahm die Kuchenreste mit in ihr Kühlhaus.

Die *Beavers* hatten Punktevorsprung, waren noch dreißig Yards von der Ziellinie entfernt, da verloren sie den Ball an die Hawks. Vereinzelt fielen die ersten Tropfen schwer wie Golfbälle vom Himmel, untermalt von einem dumpfen Donnergrollen.

Buchstäblich in der letzten Minute eroberten die Beavers den Ball zurück. Kevin Bolder, der Quarterback, ähnelte Brandon, als er jung gewesen war. Er sah die Lücke, passte den Ball und der Running Back spurtete los.

Alle sprangen von ihren Sitzen auf. Ein Schrei ging durch die Menge: »Touchdown!«

Im Jubel des Sieges öffnete der Himmel seine Schleusen, begleitet von heftigem Blitz und Donner. In Sekundenschnelle war Ryan bis auf die Haut durchnässt, doch das war ihm egal. Er rannte zu dem vor Freude tobenden Brandon und schlug ihm auf den Rücken, dass die Tropfen nur so flogen.

»Glückwunsch! Siegesfeier heute Abend im *The Eighties*«, brüllte er ihm ins Ohr.

Die Zuschauer eilten zurück zu ihren Autos. Hope und Elly mussten bereits geflüchtet sein. Glenns Truck stand nicht mehr an seinem Platz. Zum Sieg hatte er die beiden Frauen noch zusammengedrängt unter einen Schirm stehen und jubeln gesehen.

Nicht nur er selbst war völlig durchnässt, auch Chief, der Wasser liebte, hatte sichtlich vergnügt im Regen getobt. *Gut, dass mein alter Ford Kunstledersitze hat*, schoss es Ryan durch den Sinn, und er öffnete resigniert die Beifahrertür.

»Komm nicht auf die Idee, dich hier drin zu schütteln«, warnte er. Er hatte noch nicht ausgesprochen, als er schon von einem Tropfenschauer überschüttet wurde. »Mensch, Chief!«, fluchte er und wischte die Scheibe sauber, doch sein Hund schaute ihn nur treuherzig hechelnd an. Es sah fast aus, als lachte er.

»Ja, ja, mach dich nur über den gutmütigen Trottel von deinem Herrchen lustig«, knurrte er, rieb sich mit einem Kleenex Gesicht und Haar trocken. »Und hör auf, die Scheiben vollzuhecheln. Ich sehe doch gar nichts mehr.«

Aber er hätte auch gegen eine Wand reden können. Erst ein scharfer Blick zauberte einen schuldbewussten Ausdruck auf Chiefs Gesicht, und er legte mit einem kurzen Winseln, das wie ein schwerer Seufzer klang, den Kopf auf Ryans Knie.

Lachend kraulte er den nassen Hundeschädel. »Warum kann ich dir nie böse sein?«

Er drehte die Lüftung auf die stärkste Stufe, ebenso wie die Scheibenwischer. Trotzdem konnte er keine zehn Meter weit sehen. Zum Glück hatte sich der Parkplatz bereits zusehends geleert, und Ryan folgte den Rücklichtern von Lawrence' olivgrünem Dodge RAM Truck, der in dieselbe Richtung wie er fuhr.

Obwohl die Scheibenwischer im Halb-Sekundentakt arbeiteten, konnten sie den Wassermassen kaum Herr werden. Zum Glück war es in den letzten Wochen meist schön gewesen, sodass der Williams Creek kein Hochwasser mehr führte, wie es im Frühjahr der Fall gewesen war. So würde es zumindest keine Überschwemmungen geben. Trotzdem war die Straße schon überflutet; der Regen sammelte sich in den Spurrillen.

Plötzlich bremste Pete Lawrence vor ihm abrupt. Ryan ging ebenso in die Eisen; sein Wagen geriet ins Schlingern. Er griff mit einer Hand automatisch nach Chief, während er mit der anderen versuchte, das Steuer gerade zu halten. Er rutschte auf dem Aquaplaning wie auf Glatteis. Der Schweiß brach ihm aus. Gefühlt nur wenige Millimeter hinter Lawrence' Truck kam er zum Halten. Er stieß einen Stoßseufzer aus, auch Chief bellte.

Da sah er Lawrence aus dem Wagen springen und nach vorn eilen. War etwas passiert?

»Du bleibst hier«, rief er Chief zu, schaltete die Warnblinkanlage ein und eilte nach draußen. Auf das Regencape verzichtete er; noch nasser konnte er eh nicht werden.

Lawrence bückte sich. Er wirkte völlig aufgebracht.

»Was ist passiert?«, brüllte Ryan gegen das Tosen des Regens an.

»Da liegt ein Welpe. Angefahren. Aber ich war's nicht, der lag schon da.« Lawrence schüttelte fassungslos den Kopf und deutete auf etwas am Straßenrand, das im Licht des Scheinwerferkegels zuerst wie ein Lumpenbündel gewirkt hatte.

Ryan drängte sich an ihm vorbei. Es war ein junger Golden-Retriever-Rüde. Blut rann aus einer Platzwunde am Hinterlauf, vermischte sich mit den Wassermassen. Hastig tastete Ryan am Brustkorb nach dem Herzschlag. Ganz schwach meinte er, ein Klopfen zu spüren. »Ich glaube, er lebt noch.«

Mit der Taschenlampe seines Handys überprüfte er die Pupillenreflexe und die Mundschleimhaut. Sie war alarmierend blass. Der Hund musste noch irgendwo Blut verlieren; die Wunde am Hinterlauf war zu geringfügig. Womöglich hatte er innere Blutungen.

Fieberhaft rasten seine Gedanken. Er ging alles durch, was in seinem Wagen lag. »Hast du zufällig etwas, auf das wir ihn legen können?«

»Lillys Kuchenblech, warte.« Pete Lawrence eilte zum Wagen und kam sofort mit dem Blech und einem Küchenhandtuch zurück.

»Super, hilfst du mir?« Gemeinsam legten sie den Kleinen auf die Platte, wickelten ihn in das Küchenhandtuch, um ihn warm zu halten, und schoben ihn auf den Beifahrersitz, von dem sie Chief verjagten. Zwar aufgeregt hechelnd, aber brav zwängte sich der Bobtail auf den Boden vor dem Sitz.

»Ich nehme den Kleinen mit«, sagte Ryan. »Hier hat niemand einen Golden Retriever, soweit ich weiß. Rufst du bitte Brandon an? Er soll die gegnerische Mannschaft fragen, ob jemand einen Hund vermisst.«

»Mache ich. Brauchst du noch Hilfe?«

Ryan zögerte nur eine Sekunde. Der OP-Saal in der Praxis war noch nicht wieder bereit. Alles war abgeklebt und in Kartons verstaut. Bei sich zu Hause hatte er einen OP für Großtiere eingerichtet, um jederzeit bereit zu sein, da die Tiere auf seinem Hof vorwiegend alt waren. »Fahr ruhig schon. Ich rufe kurz Hope an, sie soll mir helfen.«

»Alles klar, viel Erfolg.«

»Danke, Pete.«

Er schwang sich in den Wagen und wählte ihre Nummer. Besetzt. Ryan rief in der Praxis an, da sprang der Anrufbeantworter an. Er hinterließ eine Nachricht.

Fluchend fuhr er los. Er würde zu viel Zeit verlieren, wenn er zuerst bei Hope vorbeifuhr.

An der Weggabelung probierte er es wieder. Kein Empfang. Vor sich hin wetternd, öffnete er die Tür. Zum Glück war der starke Regen in ein Nieseln übergegangen. War das Wetter an dem mangelnden Empfang schuld? Vielleicht wäre es draußen besser …

Tatsächlich kam er durch, doch wieder hörte er nur ein Besetztzeichen. Sie telefonierte immer noch!

»Verdammt, Hope, ich brauche dich! Hör doch endlich auf zu reden!«, fluchte er. »Wir haben keine Zeit mehr.«

Auf einmal drängte sich Chief an ihm vorbei, war mit einem großen Satz draußen und galoppierte die Straße in Richtung Praxis entlang.

Ryans erster Reflex war, hinter ihm herzulaufen. »Chief, verflucht, kommt zurück!« Doch der Hund raste unbeirrt weiter, reagierte nicht auf Rufen und Pfeifen, nicht mal auf Hupen.

Ein Blick auf den Welpen, der mühsam atmete, sagte ihm, dass der Kleine nicht mehr viel Zeit hatte. Schweren Herzens gab Ryan Gas und fuhr in Richtung seines Hofes. Was immer Chief im Sinn hatte, er würde später für diese Aktion was zu hören bekommen! Nun musste er sich auch noch um seinen Hund Sorgen machen!

Ryan drückte das Gaspedal durch und fuhr, so schnell es die schlammige Piste zuließ, den Weg zu sich nach Hause. Für den Welpen ging es um Leben und Tod.

Kapitel 8

Hope

»Du fehlst mir so.« Hope seufzte.

Ein Husten folgte. »Glaub mir, momentan wolltest du nicht bei mir sein, Honey Pie.«

Hope presste die Lippen zusammen und wickelte den Gürtel ihres Bademantels um den Finger, den sie gleich nach der heißen Dusche übergeworfen hatte. »Hast du noch Fieber?«

»Ja, achtunddreißig zwei.« Colin hustete wieder. »Aber Themenwechsel: Eigentlich wollte ich es dir persönlich sagen und deine Freude dabei sehen. Ich habe vorhin mit Paul Edwards gesprochen. Er wird die neue Physiotherapie-Station für dich sponsern.«

Glück, aber auch Scham überwältigten Hope. Da lag ihr Freund todkrank im Bett und telefonierte noch für sie herum, und sie war enttäuscht, weil er nicht sofort gesagt hatte, dass sie ihm auch fehlte.

Er wollte sogar ihre Freude dabei sehen, wenn er seine Neuigkeit verkündete! Gerührt schluckte sie. Colin hatte so viel für sie getan. Ohne ihn hätte sie dieses Zusatzstudium mit Fachrichtung Physiotherapie sicherlich nicht absolviert. Dabei war die Nachsorge bei Knochenverletzungen oder Krankheiten des Bewegungsapparates so wichtig. Er hatte sie erbarmungslos getriezt und in ihrer Karriere vorangetrieben, sie stets dabei unterstützt. Ohne ihn und sein unermüdliches Ermuntern wäre sie nie die Leiterin der Station geworden. Sogar im Krankenbett setzte er sich noch für sie ein. Wenn nicht aus Liebe, wieso sollte er es sonst tun?

»Danke! Ich liebe dich«, sagte sie spontan.

»Ich weiß, Honey. Und wenn du es nächstes Wochenende nicht zu mir schaffst, werde ich dich besuchen.«

»Oh, wie lieb von dir!«, antwortete Hope überwältigt und versuchte, das seltsame Gefühl, das sie dabei beschlich, zu unterdrücken. Colin war bereits zwei Mal in Lynnwood Falls gewesen. Ganz am Anfang ihrer Beziehung. Und es war jedes Mal recht steif abgelaufen. Sie versuchte, ihn sich beim Billardspielen im *The Eighties* vorzustellen. Oder im *The Diner*, wie er ihr einen Vortrag über die Auswirkungen von Transfat auf die Koronargefäße hielt, während sie fettige Pommes in sich hineinstopfte. Sollte sie ihn ihren Freunden vorstellen? Ob er Elly mögen würde? Ihre Freundin hatte Klasse. Machte auch im schicken Businesskostüm vor Gericht etwas her. Würde sie Colins Ansprüchen genügen? Oder Ian mit dem Herz aus Gold und dem etwas schrägen Humor, den sie so liebte? Der Leiter der Autowerkstatt, dem es manchmal nicht gelang, die schwarze Wagenschmiere unter den Fingernägeln komplett zu entfernen, während Colin stets perfekt manikürte Finger vorweisen konnte.

Eine erneute Hustenattacke mischte sich mit aufgeregtem Bellen vor der Tür. Hope eilte zum Fenster. Ein pitschnasser Chief stand unten und bellte aufgeregt, doch Ryan war weit und breit nicht zu sehen.

Eine eiserne Klaue griff nach ihrem Herzen und presste es zusammen. War ihm etwas passiert?

»Ich glaube, es ist besser, du ruhst dich jetzt aus, du Armer«, sagte sie schnell, während sie bereits nach unten eilte. »Ich wünsche dir gute Besserung.«

»Danke, Honey.«

Mit einem liebevollen, aber kurzen Abschiedsgruß legte sie auf und riss die Tür auf. Chief rannte aufgeregt bellend zum Truck ihres Vaters und sah sie auffordernd an.

Beinahe wäre sie im Bademantel hinausgeeilt, bis es ihr auffiel. »Ich bin sofort da, Chief. Einen Moment.«

Sie spurtete nach oben, riss wahllos Jeans, ein Shirt und die nächstbeste Unterwäsche aus dem Schrank und schlüpfte schon im Laufen hinein, bevor sie Gummistiefel über die Füße zerrte. Ihre Fantasie gaukelte ihr schaurige Bilder vor. Ein verletzter Ryan, in einer Blutlache auf dem Boden liegend, der nicht mehr in der Lage war, Hilfe zu holen.

Sie schnappte sich ihre Arzttasche.

»Halt durch, Ryan!«, murmelte sie ihm zu, und die Angst um ihn drückte ihr beinahe die Luft ab.

Hope fuhr so schnell an, dass die Reifen durchdrehten; sie musste sich zur Ruhe ermahnen.

Obwohl es erst später Nachmittag war, warfen die Scheinwerfer deutliche Kegel auf den Boden. Eine düstere graue Suppe hing über Lynnwood Falls. Sie blinzelte angestrengt gegen den Nieselregen an.

»Wohin, Chief?« War Ryan noch auf dem Festplatz? Aber da waren doch andere Leute. Er wohnte allein, zumindest ging sie davon aus. War er ausgerutscht? Wieder musste sie sich zur Ruhe ermahnen, ihr Herz raste.

An der Weggabelung hielt sie an. »Zu euch nach Hause?« Sie deutete nach links.

Chiefs Bellen nahm sie als Bestätigung, und als er ruhig blieb, als sie in den Feldweg einbog, ging sie davon aus, dass sie richtig war. Zum Glück hatte es zu regnen aufgehört. Sie schaltete die Scheibenwischer ab.

Die Strecke zu Ryan, die sie in ihrer Jugend Tausende Male mit dem Fahrrad zurückgelegt hatte, war sie schon lange nicht mehr gefahren, doch sie erschien ihr plötzlich so vertraut wie eh und je.

Es hatte sich nicht viel verändert – zumindest an der Straße. Es ging eine leichte Anhöhe hinauf. Rechter Hand befand sich eine weitläufige Weide, die zum Grundstück der Lawrence' gehörte. Auf der linken Seite ein mit Felsen durchzogener Abhang, der zum Williams Creek führte, der im Tal rauschend vorbeifloss. Dahinter begann das Grundstück der Legrands.

Auf Ryans Farm konnte sie Lichter erkennen, auch sein Pick-up stand vor der Tür. Unwillkürlich trat sie das Gaspedal fester durch. Zumindest war er zu Hause.

Ihre Scheinwerfer erfassten die Koppel, die an die Ställe angrenzte. Kam da gerade ein Pferd heraus?

Doch ihr Verstand war so auf Ryan konzentriert, dass sie nicht darüber nachdenken konnte. Sie hatte noch nicht so richtig gebremst, als sie schon den Motor abwürgte und – gefolgt von Chief – aus dem Auto sprang, der bellend in Richtung Ställe rannte. Hope folgte ihm. Ihre Gummistiefel platschten in den Pfützen.

Auf einmal öffnete sich eine Tür, und Ryan stand vor ihr. In grüner OP-Kleidung.

»Herrgott noch mal, Chief«, herrschte er den Hund an, »was fällt dir ein …?«

»Er hat mich geholt.« Bevor Hope darüber nachdenken konnte, fiel sie Ryan um den Hals, schnappte nach Luft, als der Ring um ihre Brust sich endlich sprengte. »Ich habe gedacht, dir wäre was passiert! Chief war so aufgeregt.«

Verblüfft schob Ryan sie von sich. »Mit mir ist alles okay, wir haben einen angefahrenen Welpen. Gut, dass du da bist. Ich hatte gerade schon Angus eingespannt, mir zu helfen. Geröntgt habe ich bereits. Ich wollte jetzt operieren. Die Atmung des Kleinen droht zu versagen.« Die Sorge stand ihm ins Gesicht geschrieben.

Angus? Etwa der alte Angus Black? Operieren? Hier? Zu viele Fragen purzelten durch ihren Kopf, doch Antworten konnte sie später einfordern. »Was hat der Welpe?«

»Hämothorax, eine Rippe ist gebrochen, die Lunge ist angehoben. Die Wirbelsäule ist intakt, aber das Hüftgelenk luxiert.«

Das klang nicht gut. »Wieso hast du mich nicht angerufen?«

»Das habe ich, es war besetzt. Und ich habe eine Nachricht auf dem Praxis-AB hinterlassen.«

Mit einem Mal kam sich Hope unglaublich dumm vor. Sie biss sich auf die Lippen.

Wieder einmal schien Ryan zu spüren, was sie dachte. Er legte ihr die Hand auf die Schulter und lächelte sie an. Wärme stand in seinen braunen Augen. »Danke, dass du dir Sorgen um mich gemacht hast und gleich gekommen bist. Ich umarme dich nachher auch gern, wenn ich keine OP-Kleidung mehr anhabe.«

Hope hätte sich am liebsten mit der Hand vor die Stirn geschlagen. Endlich gewann die Professionalität Oberhand. »Ich habe nun leider nur meine Tasche dabei. Leihst du mir was zum Anziehen?«

»Komm mit!«

In einem Anbau neben den Ställen gab es einen hellgrau gekachelten Vorraum; darin stand ein heller Schrank. Ryan zog sich ein frisches OP-Hemd heraus. »Da sind Klamotten drin. Die links sollten dir passen. Es gibt auch Clogs für dich.«

Er wechselte hinter ihrem Rücken das Hemd, stopfte das kontaminierte in eine Wäschebox, ging zum Waschbecken, wusch sich Hände und Unterarme und legte eine Haube und einen Mundschutz an. »Wir sind nebenan.« Er deutete auf eine weiße Tür.

Hope zog sich bis auf die Unterwäsche aus. Die grüne OP-Kleidung passte ihr wie angegossen. Auch die Schuhe. Ein seltsames Gefühl wallte in ihr auf. Wieso hatte Ryan Frauenkleidung in seinem Schrank? Schnell schrubbte sie sich Hände und Arme, bevor sie ebenfalls einen Mundschutz und eine

Haube anlegte. Sie öffnete die Tür mit einem Tuch und zog dann Latexhandschuhe über.

Was hatte das hier alles zu bedeuten? Der Vorraum sah recht neu aus. Auch der OP-Saal war beeindruckend. Alles hellgrau gekachelt, blitzsauber. Auf den ersten Blick fehlte nichts, obwohl der OP spartanisch ausgestattet war mit einem Sideboard an der Seite und einem Wagen, auf dem chirurgische Instrumente und Überwachungsgeräte angeordnet waren.

Auch eine Infusion hatte Ryan bereits angelegt. Der höhenverstellbare OP-Tisch war im Vergleich zu dem goldfarbenen kleinen Bündel riesig, das, abgesehen von Kopf und dem bereits rasierten Brustkorb, in ein grünes OP-Tuch gewickelt war. Hier konnte tatsächlich auch ein Großtier Platz finden.

»Danke für deine Hilfe, Angus«, sagte Ryan. »Würdest du bitte Chief mit zu dir nehmen? Er ist draußen. Ich hole ihn nachher ab.«

Blaue Augen blitzten über dem Mundschutz hervor, und er wackelte mit den buschigen grauen Augenbrauen. »Natürlich, mein Junge.« Er wandte sich an sie. »Hallo, Hope! Lange nicht gesehen.«

Sie lächelte, auch wenn er es durch den Mundschutz vielleicht nicht sehen konnte. »Angus, wie geht es dir?«

Trotz seiner Latexhandschuhe konnte sie erkennen, wie verkrüppelt die Hände waren. Vermutlich Gicht. Mitleid überkam sie, doch dann wurde ihre Aufmerksamkeit auf den Welpen gelenkt, der äußerst apathisch wirkte. Er war vielleicht gerade mal vier Monate alt, wenn überhaupt. Sein Hinterlauf wirkte unnatürlich verschoben.

»Das Blut im Brustraum macht mir am meisten Sorgen«, begann Ryan, doch Hope hörte ihm nur noch mit halbem Ohr zu, während sie sich selbst ein Bild von den Verletzungen machte und auch das Röntgenbild studierte, das er an die Wand gehängt hatte.

Endlich funktionierte ihr Verstand wieder und lief auf Hochtouren. Das Adrenalin, das vorher durch ihren Körper gerauscht war, kam zurück und verlieh ihr volle Konzentration.

»Ist alles für die Thoraxdrainage bereit?«

Ryan bejahte und zog das Tuch von einem Tablett, auf dem Lokalanästhetikum, Pinzette, Schere, Nahtmaterial, Skalpell, Klemmen, ein Thoraxkatheter, Einwegventil sowie eine großlumige Spritze angeordnet waren.

»Hervorragend.« Sie nickte zufrieden. »Hast du schon die erforderliche Länge gemessen?«

»Das wollte ich gerade. Willst du übernehmen?«

»In Ordnung.«

In seinem Blick stand Wärme. »Gut, sag mir, was du brauchst.«

Eine ganze Weile arbeiteten sie konzentriert nebeneinander. Ihre Helferin Lara war hervorragend, und sie arbeiteten seit Jahren als eingespieltes Team. Auch mit ihrer Assistenzärztin Natasha hatte sie großartig zusammengearbeitet, doch sie musste einräumen, dass sich Ryan ebenfalls vorzüglich als Assistent eignete.

Mit gleichmäßigen Pumpstößen beatmete er und behielt ständig den Herzschlag des Welpen im Auge. Er wusste genau, was sie brauchte, und sie hatte es noch nicht ausgesprochen, da reichte er es ihr schon. Es war eine filigrane Arbeit, doch zum Glück hatte sie erst kürzlich einen Spannungspneumothorax behandelt.

Als sie den letzten Stich zur Fixierung gesetzt und die Drainage mit Pflaster gesichert hatte, widmete sie sich der ausgerenkten Hüfte. Mit geschlossenen Augen tastete sie das Hüftgelenk ab. »Hältst du ihn fest?«

Ryans Hände waren kräftig und zugleich zart, als er zugriff.

Sie wartete, bis sich die Muskeln des Welpen entspannten.

Zum Glück schaffte sie es gleich beim ersten Mal, die Hüfte mit einem gekonnten Griff wieder einzurenken, was Ryan einen bewundernden Laut entlockte.

Da Ryan keinen so kleinen Kragen vorrätig hatte, wickelte sie vorläufig eine Bandage zum Schutz um die Drainage und achtete dabei sorgsam auf die verletzte Rippe.

Wie immer bei Operationen, bei denen sie konzentriert arbeitete, verlor sie das Gefühl für Zeit und Raum. Erst als sie sich aufrichtete, merkte sie, dass sie doch eine ganze Weile daran gearbeitet haben musste. Ihre Nackenmuskeln waren völlig verspannt. Sie ließ die Schultern kreisen.

»Okay, dann lass uns noch mal röntgen.«

Es dauerte wieder gefühlt übermäßig lange, bis das Röntgenbild fertig war. Doch zum Glück war alles gut verlaufen, die Drainage saß sauber, und auch die Hüfte war in Ordnung.

Sie seufzte. »Jetzt können wir nur hoffen, dass sein angeschlagener Kreislauf durchhält.«

»Du warst großartig.« An den kleinen Fältchen um Ryans Augen konnte sie sehen, dass er lächelte. In seinem Blick stand Anerkennung.

»Danke dir.« Bei dem Lob machte ihr Herz einen Satz.

Ryan kam um den Tisch herum, schlang die Arme um sie und drückte sie an sich. »Tut mir leid, dass du dir umsonst Sorgen um mich gemacht hast«, murmelte er an ihrem Ohr.

Ein Gefühl der Geborgenheit überkam sie, und sie musste sich regelrecht zwingen, sich von ihm zu lösen. »Schon gut. Ich bin ja froh, dass alles glattlief. Der Kleine hätte eine lange Narkose in seinem Zustand sicherlich nicht verkraftet.«

Gemeinsam betteten sie ihn in einen flachen Korb, den Ryan holte. Hope nahm ihm das Stethoskop ab. Das Herz des Kleinen schlug ruhig und gleichmäßig, auch wenn er nach wie vor apathisch wirkte.

»Er wird es schaffen«, sagte Ryan zuversichtlich.

»Ich hoffe es.« Da fiel ihr Chief wieder ein. »Und schimpf bloß nicht mit deinem Hund! Er hat mich nur geholt.«

Ryan schüttelte sichtlich fassungslos den Kopf. »Ich habe keine Ahnung, wie er darauf gekommen ist. So was hat er noch nie gemacht.«

»Die Tiere sind tausendmal cleverer, als wir glauben«, sagte Hope und folgte ihm in den Vorraum, wo sie Mundschutz und Haube ablegte.

»Du kannst die Klamotten hier reintun. Es sind die von Mary.« Er deutete auf eine weiße Box.

Ob wegen der Anspannung der zurückliegenden Stunde – auf einmal wollte ein albernes Lachen in Hope aufsteigen. Natürlich gehörten sie ihrer Mutter und nicht einer anderen Frau! Doch das unterdrückte Lachen verging ihr sofort, als Ryan ungeniert das Oberteil über den Kopf zog und in die Wäschetrommel stopfte.

Er war muskulöser als früher, die Brust nach wie vor haarlos. Nur ein schmaler dunkler Streifen zog sich vom Bauchnabel nach unten. Seine Armmuskeln spielten, während er nach einem frischen T-Shirt auf einem Stapel griff und es überstreifte. Die Hose folgte dem Oberteil in die Wäschebox. Hope sah seine leicht behaarten Beine. Zum Glück hing das T-Shirt über dem schwarzen Slip. Dennoch musste sie schlucken.

Erwartete er etwa, dass sie sich neben ihm auszog? Nicht, dass er sie nicht schon oft genug nackt beziehungsweise leicht bekleidet gesehen hätte, und sie war bestimmt nicht prüde. Dennoch wurde ihr plötzlich ganz seltsam zumute. Ob Ryan schon wieder Gedanken lesen konnte oder ob er ihren Blick bemerkt hatte, konnte sie nicht sagen. Doch er sah auf einmal verlegen aus, als er die Jeans schloss.

»Ich gehe schon vor«, murmelte er, bevor er mit dem Hundekorb in den Händen regelrecht flüchtete. »Ich bin drüben im Wohnhaus. Komm einfach rein.«

Hope schlüpfte in ihre Kleidung, die noch feucht war, und

zog auch die Gummistiefel über. Aus dem anliegenden Stall hörte sie Schnauben. Neugierig öffnete sie die Tür, und ihr blieb der Mund offen stehen. Das war hier ja eine halbe Arche Noah!

Als sie ein Geräusch hörte, schloss sie die Tür schnell wieder. Sie würde Ryan offiziell um eine Führung bitten. Was ging hier vor sich?

Als sie die Tür zum Haupthaus öffnete, empfing sie angenehme Wärme. Draußen hatte es sich nach Durchzug der Warmfront empfindlich abgekühlt. Hope merkte jetzt erst, dass sie fröstelte. Es roch herrlich nach Holzfeuer. Wie es aussah, hatte Ryan den Kamin angezündet.

Er sprach mit jemandem – war Angus noch da? Doch dann hörte sie, wie er sagte: »Du stinkst auch nach dem Baden noch, und zwar nach nasser Hund. Wir müssen dich erst mal trocknen.«

Hope schmunzelte. Das sagte er bestimmt nicht zu Angus. Sie schlüpfte aus den Gummistiefeln, um den schönen Parkettboden nicht zu beschmutzen, als ihr Blick an die terrakottafarben gestrichene Wand fiel. Sie erinnerte sich dunkel, dass Ryans Grandma hier schon Fotos aufgehängt hatte, doch er hatte sie wohl neu gruppiert.

Es waren Bilder von seinen Eltern und ihm: der kleine Ryan, mit dem Wirbel über der Stirn, der ihm immer eine Locke verpasst hatte. Die hatte er heute noch manchmal. Ein unbestimmbares Gefühl, teils Wehmut wegen seiner Eltern, teils Zärtlichkeit wallte in ihr auf. Auch Fotos von seiner Grandma waren dabei: eine tatkräftige Frau, die nach dem Tod ihres Sohnes und seiner Frau fast über Nacht grau geworden war, nachdem sie kurz zuvor schon ihren Mann verloren hatte. Trotzdem hatte sie tapfer ihren Enkel großgezogen, ohne zu lamentieren. Sie war eine typische Einheimische – etwas wortkarg –, konnte anpacken und hatte das Herz am rechten Fleck.

Es gab sogar ein Bild von Ryans und ihren Eltern und ihnen beiden sowie einige Klassenfotos und Bilder seiner ehemaligen Tiere. Und – zu ihrer Überraschung – das Foto von ihrem Abschlussball von der Highschool. Sie mit dieser komischen Lockenfrisur und dem blauen Kleid aus Glanzstoff und Ryan in seinem Anzug, in dem er plötzlich so erwachsen gewirkt hatte. Herrje, waren sie da jung gewesen! Die Erinnerung überwältigte sie.

Der Abschlussball war für viele ein einschneidendes Erlebnis gewesen. Elly war zu der Zeit schon eine Weile mit Johnny van Dyke zusammen gewesen und hatte beschlossen, an dem Abend ihre Jungfräulichkeit zu verlieren. Hope und Ryan waren erst gut zwei Monate ein Paar, aber sie wollte den Abschlussball in vollen Zügen genießen, ohne ständig aufgeregt zu sein. Deshalb hatte sie Ryan davon in Kenntnis gesetzt, dass sie gedachte, es schon einige Tage vorher »hinter sich zu bringen«. Er hatte keine Einwände erhoben, im Gegenteil, sondern nur darauf bestanden, dass es etwas Besonderes werden sollte.

Es war ein herrlicher Sommertag gewesen, vor knapp dreizehn Jahren. Und so machten sie sich eines Nachmittags mit einer Picknickdecke und einem Rucksack mit Essen und Trinken – sogar Sekt und Becher hatte er eingepackt – zu »ihrem Plätzchen« auf, einem lauschigen Fleckchen Erde ein Stück talaufwärts, in der Nähe des Williams Creek. Man musste über Steine balancieren, um den Fluss zu passieren, bevor man es erreichte: eine moosbedeckte Lichtung, umschlossen von hohen Kiefern und Fichten. Sie hatten die Stelle in ihrer Jugend nur zufällig entdeckt und sie zu ihrem ganz persönlichen Platz auserkoren. Bislang waren sie dort nie gestört worden.

Ryan nahm seinen damaligen Hund mit, einen schwarzen Labradormischling namens McGuyver, und leinte ihn an der gegenüberliegenden Seite des Williams Creek an, mit der Bitte aufzupassen.

Niemand störte sie, als Ryan sie »zur Frau machte«, wie seine Grandma ein erstes Mal immer genannt hatte.

Wärme floss durch Hopes Bauch, und ihr Blick schweifte wieder zu dem Foto. Zum Abschlussball hatte sie ihre Mutter gebeten, dass Ryan danach bei ihr übernachten durfte. Und in dem Zuge hatte sie sie gleich informiert, dass es eh bereits zu spät war, falls sie um die Anständigkeit ihrer Tochter fürchtete.

Ihre Mutter hatte sie nur gleichzeitig lachend und weinend in den Arm genommen. »Ach, Kind! Ich könnte mir niemanden für mein Mädchen vorstellen, der besser wäre als Ryan. Er ist wie ein Sohn für uns. Ich bin so froh, dass er derjenige ist.«

Und so durfte er bei ihr übernachten, obwohl die Ansichten hier in Lynnwood Falls eher konservativ waren.

Sie hatten sich zuerst leidenschaftlich, später noch einmal langsam und zärtlich geliebt. Und Ryan hatte sie zum ersten Mal die komplette Nacht in den Armen gehalten. Nie zuvor hatte sie sich so geborgen gefühlt.

Chiefs wohliges Brummen brachte sie zurück in die Gegenwart. Verlegen eilte sie ins Wohnzimmer, und auch hier wurde sie überrascht. Ryan musste nach dem Tod seiner Großmutter alles neu renoviert haben. Auch in diesem Raum waren die Wände in einem warmen Terrakottaton gestrichen, nur ganz leicht, sodass es nicht dunkel wirkte, sondern Behaglichkeit ausstrahlte.

An den Wänden hingen Fotos im Posterformat aus der Gegend um Lynnwood Falls in den verschiedenen Jahreszeiten. Eine Frühlingswiese, Sonnenblumenfelder, die Wälder im Indian Summer und schneebedeckte Felder. Früher hatten hier dunkle Möbel und ein geblümtes Sofa gestanden, nun gab es Schränke, Truhen und einen Couchtisch aus hellem, geöltem Kiefernholz. In der Zimmermitte thronte eine äußerst bequem aussehende blaue Couch, breit genug für zwei. Als ihr klar wurde, was sie soeben gedacht hatte, stieg ihr die Hitze in die Wangen.

Schnell konzentrierte sie sich auf den Welpen, der kuschelig in eine Decke gebettet war. Und auf Ryan und Chief, die gemeinsam auf einem flauschigen Teppich vor dem Kamin saßen, in dem die Holzscheite knackten und die Flammen nicht nur Wärme, sondern auch ein heimeliges Licht verbreiteten. Ryan hatte ein Handtuch in den Händen und rubbelte den Hund trocken, was dieser sichtlich genoss. Er war nicht mal zu ihr gesprungen, was er sonst immer tat. Hope lächelte.

»Willst du ein trockenes T-Shirt? Dir ist sicher kalt. Komm her ans Feuer.«

»Nein, das geht, es ist nur leicht feucht.« Verlegen verschränkte Hope die Arme vor der Brust. Hatte er geraten oder gesehen, dass ihr kalt war? Sie war sich nicht sicher, ob die Gedanken oder tatsächlich die Kälte draußen daran schuld waren, dass sich ihre Brustwarzen zusammengezogen hatten. Etwas angespannt ließ sie sich neben Chief nieder.

Ryan drückte ihr das Handtuch in die Hand. »Wenn du willst, kannst du übernehmen, solange ich uns was zu trinken hole. Was möchtest du?«

»Was gibt es?«

»Ich habe Bier, mit und ohne Alkohol, Cola, Wasser, O-Saft, Kaffee, Tee, Whiskey, Rum, Gin«, er deutete grinsend auf ihr T-Shirt, »und sogar Moxie.«

Nun sah Hope doch an sich herunter. Sie hatte zu Hause nicht darauf geachtet, was sie angezogen hatte. Es war ein orangegelbes T-Shirt vom »All things Moxie«-Festival vor elf Jahren, das jeden Sommer am zweiten Wochenende im Juli in Lisbon Falls, nur circa zwei Autostunden von Lynnwood Falls entfernt, stattfand. Früher waren sie regelmäßig dorthin gefahren.

Sie lachte auf. »Herrje, ich habe schon seit Jahren kein Moxie mehr getrunken! Ich nehme eines.«

Schließlich war der süße Softdrink mit dem bitteren Nachgeschmack seit einigen Jahren das offizielle Nationalgetränk von Maine. Sie war ihrer Heimat schuldig, dass sie eines trank.

»Wart ihr mal wieder beim Festival?«, fragte sie, als Ryan ihr die Dose reichte. Chief brummte unwillig, als sie aufhörte, ihn mit dem Handtuch abzurubbeln. Sie entschuldigte sich lachend und frottierte eilig weiter.

»Ja, eigentlich fast jedes Jahr. Dieses Mal wollten Ian und Becky aussetzen; es ist ihr zu viel. Auch Elly und Brandon wollten eher nicht, aber Will und ich hatten schon überlegt hinzufahren«, erwiderte er. »Wenn du Lust hast …?«

»Das klingt toll.« Mit einem Mal überkam sie unter seinem freundlichen Lächeln ein Gefühl der Schüchternheit. Sie ignorierte Chiefs Beschwerde, weil sie schon wieder aufhörte zu kraulen, öffnete die Dose und nahm einen Schluck.

Eine extreme Süße wurde von einer bitteren, fast meerrettichartigen Schärfe abgelöst. Unwillkürlich lief ihr eine Gänsehaut über die Arme.

»Man muss sich wieder daran gewöhnen«, kommentierte sie lachend.

Ryan stimmte in ihr Lachen ein. »Ich kann es auch nicht immer trinken.«

In dem Moment läutete sein Handy.

Auf einmal wünschte sie sich, es möge nicht schon wieder ein Notfall sein. Sie saßen hier gerade so gemütlich.

Ryan blickte darauf. »Sorry, das ist Brandon.«

Erleichterung durchflutete sie, und sie versuchte, sich aus den Bruchstücken, die Ryan von sich gab, das Gespräch zusammenzureimen.

»Hey, Buddy. Nochmals Glückwunsch zum Sieg! Schade, dass es so abrupt enden musste … Oh, so schnell? Niemand gefunden? Ach so … Hope hat den Kleinen operiert … Mal sehen, ob wir noch ins *The Eighties* kommen. Anstoßen sollten wir schon.« Er sah Hope fragend an.

Sie nickte zögernd.

»Wir schauen mal, wie es dem Kleinen geht. Ich melde mich wieder«, sagte Ryan schließlich und beendete das Telefonat. »Er weiß nicht, wem der Hund gehört. Von der gegnerischen Mannschaft ist es auch niemand, Brandon hat nachgefragt«, erklärte er ihr schließlich. »Tja, Kumpel«, wandte er sich an Chief. »Sieht aus, als bekämst du einen Spielkameraden, bis wir ein Zuhause für ihn gefunden haben.«

»Die Nachsorge ist nun immens wichtig. Er braucht anschließend eine Physiotherapie, damit keine Fehlhaltung entsteht. Sonst kann er auch zu mir kommen. Ich nehme ihn gern«, sagte Hope, und auf einmal kam es ihr wie Verrat an Miss Sophie vor. Sie musste sie schnellstmöglich holen. »Oder wir wechseln uns ab«, fügte sie etwas lahm hinzu.

»Das können wir auch machen. Wie nennen wir ihn denn?«

»Wie wäre es mit Zeus? Es hat schließlich gedonnert, bevor ihr ihn gefunden habt.«

»Gern.« Ryan lachte. »Du hattest es schon immer mit der griechischen Mythologie.«

Sie erwiderte das Lachen verlegen. »Gut möglich, ich finde das spannend, wie auch die alten Römer.« Doch momentan beschäftigte sie noch etwas ganz anderes. »Du hast draußen Ställe und Tiere. Fängst du wieder mit Viehzucht an?«

Ryan lachte. »Nein, eher im Gegenteil. Ich nehme nur die Alten oder Kranken auf. Oder die, die von ihren Herrchen verstoßen wurden.«

»Du betreibst einen Gnadenhof?«, fragte Hope verblüfft.

Er zuckte verlegen mit den Schultern. »So kannst du es wohl nennen.«

»Deshalb der OP?«

»Ja, da die meisten Pflegefälle sind, war es mir zu mühsam, sie jedes Mal in die Praxis zu bringen. Wir waren ja auch nicht für OPs an Großtieren ausgerüstet. Mary kommt dann hierher und hilft mir, wenn eine Operation ansteht. Oder Glenn. Die Geräte konnte ich günstig erstehen, als der alte Doc Morris seine Praxis geschlossen hat.«

Hope stand auf, trat zu dem Welpen, der zu schlafen schien. Sein Herzschlag und die Atmung gingen gleichmäßig. »Darf ich die Tiere sehen?«

Ryan stand ebenfalls auf. »Natürlich.« Er deutete auf den Hund. »Du bleibst hier, Chief, und holst uns, wenn der Kleine aufwacht.«

»Wuff«, bestätigte Chief und sah sein Herrchen aufmerksam an. Er schien tatsächlich jedes Wort verstanden zu haben.

»Guter Hund, auch wenn über deine eigenwillige Aktion vorhin noch nicht das letzte Wort gesprochen ist.« Doch Ryan klang eher stolz als streng.

Hope schlüpfte schmunzelnd in die Gummistiefel.

Ryan wies auf die Garderobe. »Hier, nimm dir eine Jacke von mir. Es ist draußen kalt geworden.«

Ihr Blick folgte seinem Fingerzeig auf die Garderobe aus Kiefernholz. Ryan hatte tatsächlich seine alte Jeansjacke noch, die er ihr schon früher gelegentlich umgehängt hatte, wenn es abends auch im Sommer mal frisch geworden war.

Nostalgische Gefühle stiegen in ihr auf, als sie in die Jacke schlüpfte. Sie roch nach ihm. Dieser unverwechselbare Geruch nach Sandelholz, herbem Duschgel und … einfach Ryan. Hope schmiegte sich in die Jacke und sagte sich, dass das wohlige Gefühl, das sie dabei durchströmte, daran liegen musste, dass die Jacke sie so gut vor der Kälte draußen schützte.

Im Stall war es angenehm warm, und es roch herrlich nach Tieren. Hope hatte richtig gesehen: eine braune Quarter-Horse-Stute mit dunkler Mähne, ein Maultier, ein Waschbär und ein putziges Lämmchen, das sofort zu Ryan lief und sich in seinen Arm schmiegte, als er es hochnahm. Glückliches Tier!

»Das ist Marion. Ich habe sie mit der Flasche aufgezogen.« Ryan kraulte sie und öffnete die Tür zum angrenzenden Stall.

»Oh, die Elchkuh und ihr Kalb!«, wisperte Hope begeistert. Es war zwar früher gelegentlich vorgekommen, dass sie einen Elch gesehen hatte, wenn sie mit ihren Eltern unterwegs gewesen war, aber noch nie hatte sie ein Elchkalb aus solcher Nähe gesehen. Es stand auf staksigen Beinen, fast wie das kleine Fohlen, und beäugte sie misstrauisch. Sie zogen sich ein Stück zurück, um sie nicht zu stören.

»Oh, ich wusste gar nicht, dass die beiden noch da sind«, wisperte sie, ihre Stimme heiser vor Rührung.

»Morgen ziehe ich die Fäden, und am Samstag wollte ich die zwei dann in den Wald bringen. Kommst du mit?«, gab Ryan ebenso leise zurück.

Hope nickte begeistert. »Sehr gern!« Sie warf ihm ein scheues Lächeln zu, das er erwiderte.

Was passierte hier eigentlich gerade? Sollten sie es tatsächlich schaffen, zu ihrer alten Freundschaft zurückzukehren? Schön wäre es!

Nachdenklich ging sie an Ryans Seite zurück und blieb bei dem Maultier stehen, das bei dem Wetter im Stall stand, obwohl der Freilauf hinter ihm offen war. Wie es aussah, hatte hier jedes Tier ausreichend Platz.

»Ich finde großartig, was du tust«, sagte sie. Der Unterhalt kostete sicherlich einiges. Das erklärte zumindest, warum er immer noch den alten Ford fuhr. Vermutlich investierte er alles Geld in den Gnadenhof. Doch die letzten Diskussionen hatten sie gelehrt, das Thema nicht mehr anzusprechen.

Ryan winkte verlegen ab; er hatte sie wohl trotzdem verstanden. »Francy unterstützt mich, du kennst sie ja. Sie bringt mir oft Futter. Und auch viele der Bewohner spenden gelegentlich etwas oder helfen. Tuckers entsorgen zum Beispiel den Mist. Momentan geht es; manchmal war es hier schon richtig voll. Bis vor Kurzem hatte ich ein Schwein, das mir auf Schritt und Tritt gefolgt ist. Leider ist es an Altersschwäche gestorben.« Er lächelte wehmütig. »Aber wie es aussieht, möchte Tucker auch die Kuh und ihr Kalb loswerden, sodass ich demnächst vermutlich nochmals Zulauf bekomme. Ich bin froh, dass ich Angus habe; er unterstützt mich sehr.«

»Angus wohnt hier?« Da folgte ja eine Überraschung auf die nächste.

»Ja, über der Garage. Er konnte den Hof nicht halten, und in einem Altenheim wäre er eingegangen«, sagte Ryan schlicht.

Er nahm also nicht nur Tiere, sondern auch alte Leute auf. Schon immer hatte er ein großes Herz besessen, aber im Moment fühlte sie sich etwas überwältigt. Um ihre Rührung zu verbergen, trat Hope zu dem Maultier. »Na, du!«

»Vorsicht, er könnte beißen. Er ist erst kurze Zeit da und muss sich noch an die Umgebung gewöhnen.«

Sie streckte vorsichtig die Hand aus. »Wenn du beißt, beiße ich zurück, nicht wahr, mein Großer? Wie heißt du denn?«

»Lord V«, murmelte Ryan und räusperte sich. »Sein Vorbesitzer hat ihn Voldemort genannt, weil er bei ihm so bissig und von allen gefürchtet war.«

Hope schob ganz vorsichtig die Hand in Richtung der Nüstern, ohne sie wirklich zu berühren. Lord V blähte sie und bleckte die Zähne, doch immerhin wich er nicht zurück und schnappte nicht.

»Was hat man dir denn angetan? Welche schlechten Erfahrungen mit Menschen hast du gemacht, dass du so misstrauisch bist?«, murmelte sie. Sie schrak zusammen, als er plötzlich den Kopf in den Nacken warf und schrie.

Hope musste sich zwingen, die Hand langsam zurückzuziehen, und sah ihn unverwandt an. Er wich nicht zurück, aber er zitterte. Wieder streckte sie vorsichtig die Hand aus.

Einen Moment ließ er es zu, dass sie seine Nüstern tatsächlich berührte, bevor er sich umwandte und ein paar Schritte entfernte. »Warte nur, Lord V, wir werden schon noch Freunde werden«, rief sie ihm hinterher.

»Alle Achtung!« Ryan nickte anerkennend. »Du durftest näher an ihn heran als alle anderen. Ich habe ihn gerade so weit, dass er eine Karotte von mir nimmt.«

»Hast du was, das ich ihm geben kann?«

Ryan reichte ihr wortlos eine Möhre, die sie lockend über den Zaun hielt.

Lord V legte den Kopf schief, als überlegte er. Dann kam er vorsichtig näher, allzeit bereit zu flüchten. Hope legte die Mohrrübe auf die flache Hand und hielt sie ihm hin.

»Nimm sie ruhig, ich werde dir nicht wehtun«, lockte sie sanft.

Er zögerte noch kurz, dann holte er sich den Leckerbissen und zog sich kauend zurück.

Ryan setzte das Lämmchen wieder in seine Box. »Ich unterbreche dich ja nur ungern, Hope, aber ich würde gern zurück, nach dem Welpen sehen.«

»Natürlich«, sagte sie sofort.

»Wenn du noch dableiben willst …?«

»Nein, schon gut.« Sie lächelte.

Ryan zögerte. »Ich … würde auch noch gern etwas mit dir besprechen.«

Auf einmal war er so ernst geworden. Ein ungutes Gefühl beschlich sie. Er schnappte sich den Korb mit dem Welpen und führte sie, gefolgt von Chief, in sein ehemaliges Jugendzimmer, das er inzwischen zu einem Büro umfunktioniert hatte. Kurz überwältigten sie auch hier die Erinnerungen an das, was sie alles in diesem Zimmer erlebt hatte. Hier hatten sie als Kinder viel gemeinsame Zeit verbracht, getrauert und gelacht, gespielt und sich später als junge Erwachsene geliebt.

Sie schüttelte die sentimentalen Gedanken ab und sah sich

um. Die Wände waren in einem zarten Rauchblau gestrichen und die Möbel ebenfalls aus geöltem Kiefernholz gefertigt. Eine komplette Wand wurde von einem Einbauschrank eingenommen, und wo früher sein Bett gestanden hatte, stand nun ein Schreibtisch mit einem modernen Rechner, davor ein Bürostuhl, vor dem sich Chief gleich niederließ.

»Du hast hier toll renoviert, vor allem deine Möbel sind genial.«

»Danke! Sind alle von der hiesigen Schreinerei, den Deneuves, aus lokalem Holz.« Mit einem sichtlich erfreuten Lächeln zog er ihr einen Stuhl heran, dessen Sitzkissen aus Leinen in einem etwas dunkleren Rauchblau als die Wände waren. »Nimm Platz.«

Sie ließ sich auf der Stuhlkante nieder und nippte verlegen an ihrem Getränk. Irgendwie fühlte sie sich unwohl.

Wieder schien er ein wenig herumzudrucksen. »Hat Jack dir gesagt, dass er morgen mit der Digitalisierung anfängt?«

Hope nickte. »Mhm.«

»Du … hast schon recht, wir sollten einiges umstellen. Ich habe mir mal einige mobile Ultraschallgeräte und auch Inhalationsnarkosegeräte herausgesucht und Unterlagen dazu schicken lassen.«

Hope versuchte, ihr Erstaunen hinter einem neutralen Lächeln zu verbergen. Heute hörte es mit den Überraschungen wirklich nicht auf. »Ich hatte bislang den Eindruck, du hältst das gar nicht für nötig«, rutschte es ihr dennoch heraus.

Kurz verdüsterte sich sein Gesichtsausdruck, dann zwang er sich wohl zu einem neutralen Tonfall. »Nein, du … hast schon recht. Vor allem mit der Inhalationsnarkose. Die nächste Tierklinik ist weit entfernt, und ein Ultraschallgerät ist durchaus hilfreich. Ich … habe nur, abgesehen vom Studium, nicht viel damit gearbeitet. Du kennst dich da bestimmt besser aus«, räumte er sichtlich widerwillig ein und schob ihr einige Prospekte zu.

»Puh, wir haben ein stationäres Gerät in der Klinik und für Hausbesuche ein sicherlich irre teures Gerät«, gestand sie, während sie die Prospekte durchblätterte. Die Geräte waren allesamt ohne Preisangaben. »Was kosten denn diese hier? Können wir uns das überhaupt leisten?«

»Lass das meine Sorge sein. Ich habe die finanzierbaren Modelle herausgesucht.«

»Ich möchte nicht, dass mein Vater seine Notreserven dafür …«

Da war er wieder, der unterkühlte Ryan der letzten Wochen, der sie nun verärgert anblitzte. »Glaubst du, ich lasse zu, dass Glenn seine Altersvorsorge dafür angreift? Wofür hältst du mich?«

Er hatte es so laut hervorgestoßen, dass Chief erschrocken auffuhr und bellte. Ryan kraulte ihm den Kopf und drückte ihn nach unten.

Hope schob die Unterlippe vor. »Das hat *er* gesagt, ich wollte damit nur …«

Ryans Augen blickten kühl. »Ich werde nicht zulassen, dass dein Vater seine finanziellen Reserven auf Spiel setzt, in Ordnung? Dass du mir das überhaupt unterstellst …« Empört schüttelte er den Kopf und deutete auf die Prospekte. »Willst du nun in die Entscheidung eingebunden werden, welches Gerät wir nehmen, oder nicht?« Fast klang er wieder so trotzig wie der kleine Ryan, wenn er in die Enge getrieben worden war.

Hope hätte gern gefragt, woher er dann das Geld nehmen wollte. Würde er einen Kredit aufnehmen? Seine Grandma war in dieser Hinsicht sehr streng gewesen, konnte sie sich erinnern. Für ihn war auch für sein Studium kein Darlehen infrage gekommen. Deshalb hatten sie an unterschiedlichen Unis studiert, weil Ryan ein Stipendium für die Michigan State University erhalten hatte, während sie eine Zusage für die Cornell University in Ithaka bekommen hatte.

»Ich habe auch etwas gespart …«

Doch wieder unterbrach er sie kalt. »Dann spar du schön weiter.«

Nun wurde auch Hope wütend. Sie verschränkte die Arme vor der Brust. »Schließlich war es meine Idee! Ich möchte nicht …«

»Hope!« Nun wurde seine Stimme gefährlich ruhig. »Ich habe wirklich die Nase voll davon, mich mit dir zu streiten. Das geht mir an die Substanz. Ich werde nicht wieder mit dir über Geld diskutieren. Können wir uns nun wie erwachsene Kollegen darüber unterhalten, welches Gerät von Vorteil wäre? Ansonsten entscheide ich.«

Zu gern hätte sie jetzt noch über die Finanzierung diskutiert, doch sie spürte, dass sie kurz davor war, von dem Entscheidungsprozess ausgeschlossen zu werden. Deshalb schluckte sie den Ärger mühsam hinunter und konzentrierte sich auf die technischen Unterlagen.

Schließlich entschieden sie sich gemeinsam für ein Ultraschallgerät, das Ryan auch von einem Kollegen empfohlen bekommen hatte, und für ein Inhalationsnarkosegerät. Sie diskutierten freundlich miteinander, doch die vertraute Stimmung vom Anfang des Abends kam nicht wieder auf.

Hope war froh, als sie den Welpen, der so weit fit war, zu Angus bringen konnten und im *The Eighties* unter Freunden waren, wo sie zum Glück wieder zu einem zumindest halbwegs unbeschwerten Umgang miteinander fanden.

Ryan

Am nächsten Morgen ging er extra früh los, falls es in der Praxis noch etwas zu richten gab, und blieb wie angewurzelt stehen, als er in sein frisch gestrichenes Sprechzimmer trat. Von der Wand lachte ihm Chief entgegen. Lebensecht. Oder zumindest ein Hund, der ihm zum Verwechseln ähnlich sah.

Es war ein großartiges Gemälde. Wie hatte Hope das geschafft?

Sie war auch sonst fleißig gewesen. Mary hatte ihn gestern am späten Abend noch angerufen und sich völlig überwältigt für die Renovierung bedankt. Ihre Tochter musste nach der Rückkehr noch alles ins Reine gebracht haben.

Im Wartezimmer leuchteten rostbraune Kissen, überall hingen Bilder an den Wänden, alles sah frisch und sauber aus. Sogar die »Gemälde« der Kinder hatte sie nicht vergessen. Sie hatte zwei große Magnetboards besorgt und im Flur aufgehängt, an denen die Zeichnungen nun angebracht waren.

Als Chief losrannte, drehte er sich um. Hope erschien in ihrer üblichen blauen Kluft – im Grunde sah dies ja schön und sauber aus, frisch wie die neu gestrichenen Wände. Sie beugte sich lachend zu dem Hund hinunter und begrüßte ihn. Chief hatte sich auf den Rücken geworfen und ließ sich von ihr den Bauch kraulen. Die beiden hatten echt einen Narren aneinander gefressen.

»Guten Morgen«, sagte er schließlich.

»Morgen.« Ihr Lächeln wirkte irgendwie scheu. »Wie geht's dem Welpen?«

»Prima, er möchte schon herumtoben. Angus passt auf ihn auf. Ich bringe ihn später mit. Das Bild an der Wand …« Er deutete in sein Sprechzimmer.

»Wenn du es nicht haben möchtest …« Wieder stand eine Mischung aus Ängstlichkeit und Verlegenheit in ihrem Blick, die ihn eigenartig berührte.

»Nein, es ist großartig, aber wie …« Er verstummte.

Sie schien zu erraten, was er hatte sagen wollen. »Es ist leider nicht Chief«, ein begeistertes Leuchten glitt über ihre Züge, »doch der Bobtail sieht doch original so aus wie er, nicht wahr? Ich habe es bei Kylie gesehen und …« Sie schluckte.

Halbe Sätze schienen heute nicht nur sein Ding zu sein.

Bei Kylie? In der Galerie?

»Ich nehme es sehr gern. Du musst mir noch sagen, wie viel …«

Nun funkelten die Bernsteinaugen verärgert. »Kannst du nicht einfach mal ein Geschenk annehmen? Wer wollte nicht über Geld diskutieren?«

Auf die Schnelle fiel ihm kein Gegenargument ein, und zum Glück enthob ihn Mary, die mit dem Telefon in der Hand auf ihn zueilte, einer Antwort.

»Wellington ist dran. Sein Bulle wollte wohl über den Zaun zu den Kühen. Hat sich verletzt. Kannst du gleich hinfahren?«

»Sag ihm, ich bin sofort da. Chief lasse ich hier.« Im Hinauslaufen drehte er sich nochmals um. »Danke, Hope, das Bild ist wundervoll!«

Ihr erleichtertes Lächeln beschäftigte ihn während der ganzen Fahrt.

Doch der Vormittag war so ausgefüllt, dass er danach nicht mehr groß zum Nachdenken kam. Nach Wellington fuhr er zu Lawrence, wo er gleich das Kuchenblech abgeben konnte. Das kleine Fohlen Black Pegasus entwickelte sich prächtig.

»Ich komme die Tage wieder zum Impfen«, versprach er Pete Lawrence beim Abschied.

»Prima. Was macht denn der Welpe?«

»Alles super. Hope hat ihn operiert, die Hüfte eingerenkt. Auch den Hämothorax hat er gut weggesteckt; er war wohl ursprünglich in einer guten Verfassung. Heute Morgen wollte er schon rumspringen; wir mussten ihn regelrecht bremsen. Den Besitzer haben wir allerdings noch nicht ausfindig machen können. Gerade ist der Welpe bei Angus; der hat schon einen Narren an dem Kleinen gefressen. Ich glaube, wir brauchen kein Zuhause mehr für ihn zu suchen.« Er grinste.

»Das ist gut. Der arme Kerl hat mir gestern echt einen Schrecken eingejagt, wie er so dalag.«

»Nicht nur dir.«

Mit einem Schlag auf den Rücken verabschiedete Ryan sich von Pete Lawrence. Heute Vormittag standen noch zwei andere Höfe auf seiner Liste. Unter anderem sollte er ein verstopftes Euter behandeln.

Er schaffte es gerade rechtzeitig, sich zu Hause kurz frisch zu machen und nach dem Welpen zu sehen, der sich tatsächlich gut erholte. Dann musste er auch schon zu seiner Verabredung mit Will McGinty aufbrechen. Sie hatten sich zum Mittagessen im *Diner* verabredet.

Normalerweise galt Will als menschenscheu, zumindest hier im Ort, was vermutlich damit zu tun hatte, dass sein Vater sich nicht unbedingt großer Beliebtheit erfreut hatte. Plätze, an denen sich halb Lynnwood Falls tummelte, mied er meist. Doch im *Diner* aßen häufig die Arbeiter von *Obligon Chemicals* zu Mittag, die Will allesamt für die Entschädigungen und verbesserten Arbeitsbedingungen dankbar waren, die er ausgehandelt hatte. Das hatte ihn vermutlich überzeugt, dort keinen Feindseligkeiten ausgesetzt zu sein.

Doch als Ryan vor dem *Diner* vorfuhr, gab es einen großen Aufruhr. Die Feuerwehr stand mit Pumpen bereit.

»Heute geschlossen. Wasserrohrbruch«, murmelte ein Arbeiter mit grüner Latzhose.

»Oje, die Armen!«, sagte Ryan bestürzt.

»Lass uns raus zur Mall fahren, da gibt es einen *KFC* und einen *Denny's*«, hörte er einen anderen Mann sagen.

Die meisten zogen ab.

In dem Moment fuhr Will in seinem schwarzen Chrysler vor.

»Geschlossen. Wasserrohrbruch, die Ärmsten. Sollen wir zu *Annabella's Café* fahren? Dort gibt es mittags leckere Snacks«, schlug Ryan vor.

Will zögerte. »Das ist ja ärgerlich für das *Diner.* Hoffentlich ist der Schaden nicht so groß!«

»Das hoffe ich auch.« Ryan sah ihn abwartend an.

Schließlich gab sich Will sichtlich einen Ruck. »Okay, dann … lass uns zu … Annabella fahren.« Irgendetwas an seiner Miene war seltsam, doch Ryan wollte nicht nachfragen.

Annabella stellte vor dem Eingang neben den großen Blumenkübeln immer eine Tafel auf, auf die sie mit Kreide die Mittagsgerichte schrieb. Heute gab es Rindfleisch-Stew mit Nudeln oder Salat mit Ziegenkäse und natürlich die üblichen Sandwiches.

Die Tische im Freien waren alle belegt, doch Ryan war nicht traurig darüber, denn er wollte seine Geschäfte nicht unbedingt auf der Straße abwickeln.

«Ich gehe mir schnell vorher die Hände waschen«, sagte Will.

»An der Theke vorbei und rechts. Was möchtest du denn haben? Dann bringe ich es dir gleich mit.«

»Salat mit Ziegenkäse und einen doppelten Espresso, bitte. Soll ich dir gleich Geld geben?«

»Nein, lass stecken, das geht heute auf mich!«

»Danke!«

Wie immer kam Annabella hinter der Theke hervor, um Ryan mit Wangenküssen zu begrüßen. Doch heute strahlte sie weniger als sonst.

»Habe ich gerade richtig gesehen? War das Will McGinty, den du mitbringst?«, zischte sie ihm zu.

Ryan sah sie verblüfft an. So verärgert hatte er sie selten gesehen. Gut, Hope hatte sie auch nicht überschwänglich freudig begrüßt – was der Grund dafür war, konnte er sich schon denken. Aber gegen Will schien sie eine regelrechte Antipathie zu hegen.

»Magst du ihn nicht?«, fragte er leise.

Annabella wich seinem Blick aus. »Sein Vater hat meine

Mutter eine ›Nigger-Schlampe‹ genannt«, stieß sie zwischen den Zähnen hervor.

Ryan blies die Wangen auf. Annabellas Mutter kam aus Lynnwood Falls, doch ihr verstorbener Vater stammte aus den Kapverden und hatte dunklere Haut gehabt. Im Ort hatte sich sonst niemand daran gestört, dass Annabellas Vater nicht hier geboren worden war. Auch wenn die Bevölkerung im Hinterland von Maine überwiegend weiß war, häufig mit französischem, irischem und skandinavischem Einfluss, gab es auch zwei afroamerikanische Familien, die im Ort vollständig integriert waren.

»Das war der Alte. Der hat gegen alles und jeden gewettert, der ihm nicht in den Kram gepasst hat. Ob es unser Ex-Präsident war oder jemand aus der Gegend. Ob Protestanten oder Juden. Der alte Baptiste und seine Familie hatten besonders unter ihm zu leiden. Aber dafür kann Will doch nichts. Er ist definitiv *kein* Rassist.«

»Dann ist er eben ein Feigling.«

»Will?« Unwillkürlich lachte Ryan auf. »Er riskiert oft Kopf und Kragen bei seinen Fällen. Bei der Klage gegen *Obligon* bekam er Drohungen und hat sich nicht ins Bockshorn jagen lassen.«

»Pff, das ist doch …« Was immer sie noch sagen wollte, verbiss sie sich, als ein junges Pärchen, das er nicht kannte, das Lokal betrat.

»Sollen wir wieder gehen?«, raunte er ihr zu. So ganz konnte er es nicht verstehen.

Annabella schüttelte den Kopf. »Nein, natürlich nicht.« Nun wirkte sie verlegen. »Was wollt ihr?«

Ryan schloss sich Wills Bestellung an und bestellte zwei Mal das Gleiche. »Und ein Kräuter-Baguette, bitte.«

»Du kannst schon einen Krug Wasser mitnehmen. Gläser sind auf dem Tisch. Den Rest bringe ich euch gleich.« Dieses Mal bedachte sie ihn mit dem üblichen Strahlen.

Ryan wählte den Tisch in der Ecke, von dem sie etwas von den Leuten abgeschirmt waren. Kaum saß er auf dem bequemen Metallstuhl, da kam Will und nahm ebenfalls Platz.

»Ich bin etwas erstaunt, dass du dich doch zum Verkauf der Wiese entschlossen hast«, sagte Will mit einem Lächeln, das schwer zu deuten war.

Ryan zuckte mit den Schultern. »Die Wiese liegt wirklich inmitten von Legrands Grundstück. Sie haben sie jetzt seit Jahren von mir für einen Appel und ein Ei gepachtet. Der Kaufpreis, den sie bieten, ist fair. Ich verstehe, dass sie eine einheitliche Fläche wollen«, wich er aus.

Will nahm einen Schluck Wasser. »Du musst dich nicht rechtfertigen. Ich will ganz offen zu dir sein. Das frage ich auch nur, weil ich mir überlegt hatte, ob du in finanziellen Schwierigkeiten steckst?« Er betonte es als Frage. »Elly hatte mir erzählt, dass ihr die Praxis renoviert. Wenn du kurzfristig Geld brauchst, kann ich dir gern aushelfen. Du kriegst jederzeit ein zinsloses Darlehen von mir, das du zurückzahlen kannst, wann immer es dir passt.« Nun stand Besorgnis in den grauen Augen.

Ryan lächelte. »Das ist großartig von dir, vielen Dank! Aber das ist wirklich nicht nötig. Ja, ich habe immer gesagt, dass ich das Land von meinen Eltern nicht angreifen werde. Ich habe schon länger mit mir gekämpft, und Legrand fragt mich regelmäßig, wenn die Pacht ansteht. Gut, ich muss zugeben, dass ich das Geld gerade gut gebrauchen kann, doch es ist wirklich albern, auf diesem Stück Land zu sitzen, das wie ein Keil in seines getrieben ist. Es ist in Ordnung«, beruhigte er Will … oder vielleicht auch sich selbst.

Der Schritt hatte ihn anfangs Überwindung gekostet. Aber nun fühlte die Entscheidung sich richtig an.

Will stieß die Luft aus. »Okay, wie du meinst. Wenn du dir sicher bist. Ich habe alle Verträge vorbereitet, ihr müsst sie dann nur beide unterzeichnen.« Er deutete auf die Aktentasche, die neben ihm stand. »Sollen wir sie zusammen durchgehen, oder willst du sie in Ruhe prüfen und mich anrufen, falls du Fragen hast?«

Ryan schaute zum Nachbartisch, an den sich soeben neue Gäste setzten. »Ich sehe sie mir heute Abend an; ich denke, ich komme klar. Ich traue dir blind.«

»Dein Vertrauen ehrt mich.«

Ryan grinste. »Ich weiß doch, dass du schon einige Verträge in der Richtung aufgesetzt hast.«

Will warf den Kopf in den Nacken und lachte. »Und das war's schon mit dem Lob.«

In dem Moment kam Annabella mit dem Essen. Wills Lachen erstarb. Er schluckte.

»Hallo, Annabella. Danke, das sieht köstlich aus!«

Früher war Will eher schüchtern gewesen oder vielleicht auch nur ruhig, aber in den letzten Jahren hatte Ryan ihn immer selbstbewusst erlebt, durch und durch der erfolgreiche Anwalt. Auch Frauen gegenüber war er charmant. Doch nun wirkte er zum ersten Mal verunsichert.

»Will.« Sie nickte ihm kurz zu. »Lasst es euch schmecken.« Ihr Lächeln war unverbindlich.

Irgendetwas war zwischen den beiden vorgefallen, aber Ryan dachte nicht im Traum daran nachzufragen.

Als hätte Will seine Gedanken gelesen, sagte er: »Wir waren zusammen im Literatur-Kurs auf der Highschool.« Als würde das alles erklären.

Ryan nickte und brach sich ein Stück des ofenwarmen Kräuterbaguettes ab, bevor er Will den Brotkorb zuschob. Falls sein Kumpel wollte, dass er Details erfuhr, würde er ihn bei Gelegenheit einweihen, da war er sich sicher. So lange widmete er sich seinem Essen, das verlockend duftete. Der warme Ziegenkäse auf dem Salatbett, garniert mit einem Klecks Feigen-Marmelade, ganz in französischem Stil, war extrem lecker.

Ihr Gesprächsthema wandte sich Wills Hof zu, ging über zur bevorstehenden Bürgermeisterwahl und wechselte zur allgemeinen Politik. Will war ein anregender Gesprächspartner, der sich in vielen Bereichen hervorragend auskannte – nicht umsonst war er in seiner Jugend als Bücherwurm verschrien gewesen.

Es tat Ryan fast leid, dass er schon bald wieder losmusste, doch auch Will hatte noch Termine.

»Liegt deine Rechnung bei?«, fragte Ryan, als er die Unterlagen übernahm.

Will grinste. »Verrechne es mit den professionellen Tipps, die du mir gerade zu meinem Hof gegeben hast.«

»Das geht nicht …«, wollte Ryan protestieren.

Da lehnte sich Will vertraulich näher. »Das ist quasi ein Standard-Vertrag; ich musste nur die Details ändern. Vergiss es. Und danke fürs Essen!«

»Danke dir«, konnte Ryan ihm noch hinterherrufen, bevor er in seinen Wagen stieg.

Kapitel 9

Hope

Die Ereignisse überschlugen sich momentan; die Zeit raste nur so dahin. Manchmal erschien ihr New York wie ein ferner Traum.

Wie versprochen organisierte Elly Pferde von Will für sie beide, und sie ritten am Samstagvormittag aus. Sogar ihre Reitkleidung passte noch einigermaßen, auch wenn die Hose zugegebenermaßen etwas spannte.

Anfangs war Hope aufgeregt, sie war schon seit Jahren nicht mehr geritten, doch Wills lammfromme Appaloosa-Stute Pocahontas, die willig auf ihre Befehle regierte, gab ihr schnell Sicherheit. Sie ließ sich nicht mal von Ellys heller Palomino-Stute Solid Gold durcheinanderbringen, die wie eine Diva oft etwas zickig reagierte und anfangs nervös umhertänzelte, bis Elly ihr energisch klarmachte, wer das Sagen hatte.

Es war ein wundervoller Sommertag, der stahlblaue Himmel übersät von kleinen Kumuluswolken, als hätte jemand ein Mobile mit Wattebäuschen an den Himmel gehängt.

Sie ritten vorbei an der alten Papiermühle am Ufer des Williams Creek, deren großes Wasserrad ein beliebtes Fotomotiv für die gelegentlichen Touristen bildete.

Unwillkürlich kam die Erinnerung, wie sie früher hier oft verbotenerweise Verstecken gespielt hatten. Frisch verliebt hatten Ryan und sie hier auch einmal herumgeknutscht. Im Schutz der verfallenen Mauern hatte er zum ersten Mal die Hand unter ihr T-Shirt geschoben, ganz behutsam. Schnell verdrängte Hope den Gedanken, dennoch prickelte ihre Brustwarze unwillkürlich.

Das verlassene Gemäuer hatte eine unwiderstehliche Anziehungskraft auf sie alle ausgeübt. Gras und gelegentliche Felsbrocken säumten das Ufer des Baches. Doch der angrenzende Pfad war, nach dem wechselhaften Wetter Anfang der Woche, inzwischen wieder vollkommen abgetrocknet und gut zu reiten.

Es folgte eine lange Ebene, auf der sie die Pferde laufen lassen konnten. Im Galopp fegten sie über die Felder. Hope genoss die Bewegungen der Stute, mit denen sie eins wurde, den Wind, der ihr erhitztes Gesicht kühlte, und das Gefühl von grenzenloser Freiheit. Es war fast wie Fliegen. Erst an der Anhöhe zügelten sie die Pferde.

Der erdige Weg durch den Wald war von Moos und Kiefernnadeln, teilweise auch Wurzeln überzogen, und so ritten sie gemächlich im Schritt dahin. Hope sog genüsslich den Duft nach Pferd, Erde und Kiefern in sich auf.

»Es ist einfach herrlich«, schwärmte sie.

Elly nickte ihr lächelnd zu, auch ihre grünen Augen glänzten.

»Allerdings habe ich morgen sicherlich Muskelkater«, sagte Hope lachend. »Und ich spüre schon mein Hinterteil.«

Elly kicherte. »Das kann mir auch passieren.«

Als sie aus dem Wald herauskamen, zügelte Hope ihr Pferd. Unter ihnen breitete sich Lynnwood Falls aus. Farbenfrohe Häuser, umgeben von Feldern.

Auf Legrands Acker wurden gerade Kartoffeln geerntet. Hinter dem Traktor lief eine Horde Jugendlicher und sammelte die Knollen ein. Auch die Sonnenblumen standen nach dem günstigen Wetter der letzten Wochen – viel Sonne und genügend Wasser – in voller Blüte. Ein gelbes Meer, das sich im Wind wiegte. Hope wurde warm ums Herz. In der Ferne glitzerte der Bearhead Lake, dessen Form tatsächlich an einen Bärenkopf erinnerte, wie ein dunkelblauer Saphir.

»Ich habe ganz vergessen, wie wundervoll es hier ist.« Vor Ehrfurcht flüsterte Hope beinahe.

Elly sah sie von der Seite an. »Bist du sicher, dass du wieder wegmöchtest?«

Ein wehmütiges Lächeln zog über ihre Züge. »Ich habe wirklich hart für meine momentane Position gearbeitet. Gerade gibt es noch mal einen großen Aufschwung mit einer neuen Station, für die ich gekämpft habe. Für die mein Freund gekämpft hat.« Sie erzählte ihr von der neuen Physiotherapie-Abteilung. »Und außerdem ist Colin in New York, und er will dort sicher nicht weg.«

»Das verstehe ich. Ich wollte es nur mal versuchen. Du wirst mir jetzt schon wieder fehlen, wenn du fort bist.« Elly zog die Mundwinkel nach unten.

»Ich gelobe dir hoch und heilig, dass ich zukünftig öfter nach Hause kommen werde«, versprach Hope und verdrängte das ungute Gefühl, dass sie dieses Hin und Her sicherlich innerlich zerreißen würde.

Es waren zwei völlig verschiedene Welten. Sie liebte auch den Blick aus ihrem Apartment im einundzwanzigsten Stock über das Lichtermeer von New York. Die Aussicht aus ihrem Büro auf den grünen Central Park. Das pulsierende Leben. Die kulturellen Möglichkeiten. Gut, die Luft in Lynnwood Falls zog sie eindeutig vor, den Geruch nach Wiesen, Wäldern und duftenden Blumen. Warum schob sich ihr ausgerechnet jetzt Ryans Bild vor Augen?

Eilig gab sie ihrem Pferd die Sporen. Es brachte nichts, darüber zu sinnieren. Sie hatte sich entschieden, und dabei blieb es. Noch gut sechs Wochen, die ihr hier verblieben und die sie genießen wollte.

Sie flog über die Wiesen, vorbei an wogenden Weizenfeldern. Die Ähren funkelten in der Sonne. Passierte Spargel, die ihre Spitzen aus den Erdhügeln reckten, und Felder voll von prallem Hafer. Wann hatte sich das geändert, dass sie vom Land- zum Stadtkind geworden war?

Doch Elly ließ ihr keine Zeit zum Sinnieren. Als sie zurück waren, trieb sie sie gleich an zum Pferdestriegeln.

»Wir müssen uns beeilen, nachher fahren wir an den See. Hast du noch einen Bikini?«

Hope lachte auf und tätschelte Pocahontas' scheckigen Hals. »Schön, dass du mich darüber informierst. Ich muss nachsehen, ob er mir noch passt, aber ich sollte was finden. Doch wer sagt dir, dass ich heute noch nichts vorhabe?«

»Was sollte es Besseres geben, als die Zeit mit uns zu verbringen?« Elly grinste schelmisch. »Hättest du gestern Abend im *The Eighties* nicht gekniffen …«

»Die kleine Katze von Polly Benetton hatte beim Spielen ein Haargummi verschluckt«, verteidigte sich Hope. »Und danach habe ich mich mit Mom und Francy verquatscht«, räumte sie etwas kleinlaut ein.

»Okay, hättest du nicht gearbeitet, hättest du es gewusst: Wir haben es gestern Abend entschieden. Dass in der Praxis am Nachmittag nichts anliegt, weiß ich von Ryan.«

»Ryan ist auch dabei?«, sprach sie ihren Gedanken vorschnell laut aus und griff eilig nach dem Hufkratzer.

»Wieso? Ich dachte, zwischen euch herrscht inzwischen Frieden?« Ein kritischer Blick traf Hope.

»Ja, tut es«, versicherte sie schnell. *Irgendwie.* Tatsächlich konnte man den aktuellen Zustand als »kollegial-freundliche Beziehung« betiteln. Ihr Umgangston war kameradschaftlich.

Ryan fragte sie gelegentlich um Rat und hatte sich einige Übungen zeigen lassen, um den Welpen physiotherapeutisch zu behandeln. Auch gab er sich Mühe, sie in alles einzuweihen, was auf den Farmen vor sich ging, damit sie Bescheid wusste. Sogar zum Impfen von Black Pegasus hatte er sie mitgenommen, damit sie sehen konnte, wie es ihrem kleinen

Schützling ging. Der Hengst würde mal eine Schönheit werden.

Sie tauschten sich über ihre Fälle aus. Doch unterschwellig brodelte es nach wie vor, und Hope hatte ständig das Gefühl, auf einer Bombe zu sitzen, die jederzeit hochgehen konnte.

»Ich frage nur, weil er sagte, wir wollten heute die Elche in den Wald bringen«, fiel ihr zum Glück noch ein, bevor Elly Zweifel an ihrer etwas lahm klingenden Bestätigung bekam.

»Oh, stimmt. Gut, dann kommt ihr eben nach. Wir wollen heute Abend am See grillen. Becky macht ihren berühmten Süßkartoffelsalat.«

»Uh, lecker!« Schon beim Gedanken daran lief Hope das Wasser im Mund zusammen. »Was soll ich denn mitbringen?«

»Die Zwillinge besorgen Bier, Ian Shandy, Brandon Softdrinks. Vielleicht noch etwas Rotwein? Oder Knabberzeug? Ein paar Pringles? Davon kann man nie genug haben. Lizzy bereitet Krautsalat zu. Fleisch und Würste bringt Will mit; sie stammen von einem seiner glücklichen Schweine. Schafskäse besorgt er auch. Ich habe noch fast überreife Bananen und wollte Muffins backen.«

»Alles klar«, sagte Hope, während sie gedankenverloren den Kamm durch Pocahontas' kurze Mähne zog. Wieso hatte sie die Elche ins Spiel gebracht? Ryan hatte sie zwar vor ein paar Tagen gefragt, ob sie mitwollte, die Aktion dann aber nicht mehr erwähnt. Nun musste sie ihn darauf ansprechen.

Doch als sie bei sich zu Hause ankam, stand sein Pick-up schon vor der Tür, und er war gerade dabei, den Hänger aus der Garage zu ziehen. Eilig parkte sie und lief Ryan entgegen. Chief sprang sie mit einem freudigen Bellen an.

»Warte kurz, mein Süßer, ich bin gleich bei dir«, versprach sie ihm, während sie schon weiter zu Ryan rannte.

Er grinste. »Das ist ja eine nette Begrüßung.«

»Ich meinte …« Dann musste sie auch lachen. »Blödmann.«

Verlegen griff sie nach der Deichsel, um ihm beim Ziehen zu helfen. Gemeinsam zogen sie den Transporter an die Anhängerkupplung des Pick-ups.

»Ich hatte mich schon gefragt, ob du die Elche vergessen hast«, sagte Ryan.

»Ich war mit Elly ausreiten. Wir hatten ja gar keine Uhrzeit ausgemacht. Aber wir können direkt los.« Sie sah an sich hinunter. »Falls du mich so mitnimmst?«

Ryans Blick glitt aufreizend langsam an ihrem Körper hinunter, und auf einmal fühlte sie sich in der hautengen Hose fast nackt. Hitze stieg ihr in die Wangen.

»Natürlich.« Wenigstens war sein Tonfall fast schon gleichmütig.

Dennoch hatte sie das Gefühl, dass er ihr auf den Hintern sah, als sie sich zu Chief hinunterbückte, um ihm den Bauch zu kraulen. Doch als sie sich umdrehte, schaute Ryan in eine andere Richtung.

»Und wie war euer Ausritt?«

»Großartig, das hat mir echt gefehlt«, schwärmte sie. »Kannst du auf deinem Pferd eigentlich auch noch reiten?«

»Momentan keinesfalls. Sie hat ein entzündetes Gelenk.«

»Soll ich es mir mal ansehen? Manchmal kann man die Gewebsflüssigkeit auch herausmassieren.«

»Wenn du magst, gern.«

Das Gespräch erstarb. Hope fragte sich nach einigen Minuten, warum sie bei Ryan eigentlich immer den Eindruck hatte, etwas sagen zu müssen. Das war früher nie der Fall gewesen. Sie hatten wunderbar zusammen schweigen können.

Auf einmal wurde ihr die Enge der Fahrerkabine bewusst. Nachdem Chief sich neben sie gezwängt hatte, um den Kopf zum Fenster hinausstrecken zu können, saß sie fast auf dem Mittelsitz. Ryans muskulöser nackter Unterarm berührte ihren gelegentlich beim Steuern. Sie warf ihm einen Seitenblick zu. Um seine Augen bildeten sich kleine Fältchen, als er in die helle Mittagssonne blinzelte. Er hangelte im Handschuhfach nach der Sonnenbrille und streifte dabei ihr Bein. Hope presste ihr erhitztes Gesicht gegen Chief. Sie war froh, als sie auf Ryans Hof ankamen.

Er rangierte den Hänger geschickt vor den Stall. »Nun müssen wir die zwei nur noch überreden hineinzugehen.«

Mit einem geschickt übergeworfenen Lasso und einigen Äpfeln konnte er die Mutter schließlich in den Transporter bugsieren. Das Kalb folgte ihr. Schnell verriegelte er die Tür.

Er rieb sich über den Dreitagebart. »Das ging einfacher als gedacht. Ich hatte schon befürchtet, wir müssten sie sedieren.«

»Ich auch«, gestand sie.

Hope konnte selbst nicht sagen, wie sie die folgende Fahrt und vor allem die – nach der Freilassung emotional aufgeladene – Rückfahrt überstand. Sie klammerte sich an den Bildern der beiden Elche fest. Die Mutter, wie sie ihnen aus ihren sanften braunen Augen noch einen Blick über die Schulter zugeworfen hatte, als hätte sie sich bedanken wollen. Und das Kleine, das noch nie Waldboden unter den Füßen verspürt hatte, hatte mit seinen staksigen Beinen riesige Sätze gemacht, als freute es sich unbändig. Ein Lächeln schlich sich auf Hopes Züge.

»Soll ich dich zum See mitnehmen?«, fragte Ryan, nachdem sie den Hänger wieder in die Garage geschoben hatten. »Wir brauchen ja nicht zwei Autos.«

»Ich muss noch ein paar Sachen besorgen und komme mit dem Rad nach.«

Als sie jedoch wenig später mit ihrem alten Fahrrad den unebenen Feldweg entlangrumpelte, und ihren vom Reiten wunden Hintern bei jedem Schlagloch spürte, bereute sie, Ryans Angebot ausgeschlagen zu haben. Den Weg hatte sie in ihrer Jugend so häufig mit dem Rad zurückgelegt, doch nie war er ihr so weit erschienen wie heute. Schweiß rann ihr übers Gesicht und zwischen den Brüsten hinunter. Ihr Rucksack war voll beladen mit Rotweinflaschen, die gegeneinanderklirrten, obwohl sie immer wieder anhielt und ihr Badetuch dazwischensteckte.

Das westliche Ufer des Bearhead Lake lag am Waldrand, und sie musste noch ein Stück über den Waldweg, um an das östliche Ufer zu gelangen, wo der Zugang zum See lag. Irgendwo musste sie über einen spitzen Ast oder etwas gefahren sein; auf einmal holperte ihr Fahrrad noch mehr. Auch das noch! Sie hatte einen Platten! Hope fluchte.

Völlig verschwitzt und humpelnd kam sie einige Zeit später am See an. Gelächter und Geschrei von Lizzy, die gerade von Jim untergetunkt wurde, empfingen sie.

Jack entdeckte Hope als Erster, eilte auf sie zu und nahm ihr den Rucksack ab. »Herrje, was ist mit dir passiert? Warum hast du nichts gesagt, wir hätten dich doch geholt?«

»Sieht man mir so sehr an, dass ich fertig bin? Ich Trottel wollte heute mal sportlich sein«, gab sie zurück. Obwohl sie jeden Knochen spürte, musste sie lachen.

Jacks hilfsbereite Fürsorge tat ihr gut. Er drückte ihr ein eisgekühltes Shandy in die Hand, das in ihrem ausgedörrten Hals regelrecht zischte.

Hope sah an ihrem verschwitzten T-Shirt hinunter. »Ich glaube, ich muss erst mal ins Wasser.«

Schnell schlüpfte sie aus den Jeansshorts und dem Oberteil. Obwohl sie einen züchtigen Badeanzug trug, da ihre alten Bikinis doch etwas knapp geworden waren, stand in Jacks Zügen eindeutig Bewunderung. Sollten Elly und Francy doch recht gehabt haben, dass er an ihr interessiert war? Bevor sie weiter darüber nachdenken konnte, schnappte er sie, hob sie auf die Arme und rannte mit ihr in Richtung Wasser. »Du willst baden? Das kannst du haben!«

Sie schrie erschrocken auf. »Hey, lass mich runter.«

In dem Moment fuhr Ryan vor. Kaum hatte er gebremst, sprang Chief aus dem Fenster und rannte bellend auf sie zu.

Hope trommelte mit den Fäusten gegen Jacks Brustkorb. »Ich glaube, Chief denkt gerade, er muss mich verteidigen.« So aufgebracht hatte sie den Hund noch nie gesehen. Jack ließ sie nach unten gleiten, und sie musste den Rüden regelrecht beruhigen. Doch noch mehr erstaunte sie Ryans versteinerte Miene.

»Alles gut, Chief, Jack macht nur Spaß!«, beruhigte sie den Hund. »Komm, dann geh du mit mir ins Wasser.«

Das ließ sich der Bobtail nicht zweimal sagen; Wasser war sein Element. Obwohl sie viel Spaß hatten und sie auch mit Ryan einigermaßen ungezwungen umgehen konnte, verfolgte sein Blick sie eine ganze Weile in Gedanken. Unwillkürlich begann ihr Herz schneller zu schlagen. War er etwa eifersüchtig gewesen? Konnte das sein? Sie musste sich regelrecht zwingen, sich auf etwas anderes zu konzentrieren.

Da kam ihr Brandon gerade recht. Er trug eine Badehose, die bis über das Knie reichte. Trotzdem konnte sie die Narbe sehen, die sich vom Oberschenkel bis zur Wade zog. Als er aus dem Wasser kam, hinkte er wieder leicht.

Hopes berufliches Interesse erwachte. »Kann ich mal sehen?«

Brandon versteifte sich kurz, dann zog er die Hose ein Stück hoch. Hope tastete sein Knie ab.

»Hey, Madame, Sehen geht mit den Augen. Finger weg von meinem Mann«, neckte Elly sie.

»Das bleibt doch quasi in der Familie«, gab Hope lachend zurück. Sie spürte eine Verdickung am Muskelansatz. »Hier tut es weh, oder?«

Brandon knurrte. »Genau da.«

»Beiß mal die Zähne zusammen, ich drücke jetzt.«

Brandon ächzte.

»Das macht sie mit unserem Welpen auch immer«, kommentierte Ryan trocken. »Der jammert aber nicht so wie du.«

Hope senkte den Kopf, um ihr Grinsen zu verbergen. Sie quälte Brandon eine Weile, doch hinterher ging es ihm tatsächlich besser.

Sichtlich erstaunt schüttelte er das Bein. »Hey, du bist gut«, lobte er.

»Ich weiß.« Nun grinste sie offen.

»Deshalb bekommt sie auch eine eigene Physiotherapie-Abteilung in ihrer Klinik in New York. Zum ersten September, nicht wahr?« Elly wirkte regelrecht stolz auf sie.

Ryan hob überrascht die Augenbrauen. »Gratuliere«, sagte er, doch überschwänglich schien er sich nicht mit ihr zu freuen.

»Danke«, antwortete Hope ebenso ernst.

Vor zwei, drei Wochen hätte sie das noch geärgert. Sie hätte sich gefragt, ob er es ihr nicht gönnte oder sogar neidete. Doch nun glomm plötzlich ein Funke in ihr auf, den sie selbst nicht richtig einordnen konnte. Oder wollte?

Es wurde ein wunderschöner Abend im Kreise ihrer Freunde. Das Fleisch und der in Olivenöl eingelegte Schafskäse, die Will brachte, waren so lecker wie alles andere, und er stellte sich als anregender Gesprächspartner heraus. Nun verstand Hope, warum Elly von ihrem Boss so schwärmte. Er war mit den nackenlangen schwarzen Haaren und den nebelgrauen Augen attraktiv, und dieser Attraktivität tat auch die Narbe über seiner rechten Augenbraue keinen Abbruch. Darüber hinaus strahlte er etwas Tiefgründiges aus, das anziehend war und einen lockte, mehr über diesen Menschen zu erfahren.

Dennoch war es nicht Will, dessen Gesicht sich vor ihr inneres Auge schob, als sie am späten Abend im Bett lag.

Das neue Ultraschallgerät wurde am Mittwoch geliefert, als

Ryan den ganzen Tag außer Haus war. Hope konnte es nach Feierabend nicht erwarten, es auszupacken. Nachdem Romeo sich wenig willig zeigte, sich als Versuchsobjekt zur Verfügung zu stellen, und ihre Mutter wieder beim Planungskomitee für die Festlichkeiten zum Nationalfeiertag am Vierten Juli war, der auf diesen Samstag fiel, kam Francy ihr gerade recht.

Sie umarmte ihre Patentante. »Schau mal, was heute geliefert wurde. Ich brauche ein Opfer. Willst du dich mal für mich auf den Untersuchungstisch legen?«

Francy gluckste. »Oh, Sweety, ich würde sehr gern, aber ich muss ebenfalls gleich los; ich bin doch auch im Planungskomitee. Ich habe deiner Mutter nur etwas gemahlene Haselnüsse aus dem Einkaufszentrum vorbeigebracht. Bei Doris im Supermarkt waren sie heute aus. Mary will zum Empfang deines Vaters am Freitag seine geliebten Haselnuss-Brownies backen.«

»Das hat sie gesagt.« Hope war ja froh, dass ihr Vater über die Feiertage nach Hause durfte, auch wenn er danach noch drei Wochen in der Reha würde »abreiten« müssen, wie er es nannte.

»Ich bringe sie nach oben.« An der Tür drehte Francy sich nochmals lächelnd um. »Das ist die kleine Hope. Die strahlt, als wäre Weihnachten. Du hast dich früher auch am meisten über ein Mikroskop oder einen Chemiebaukasten gefreut. Mit Puppen konnte man dir nie ein Freudengeheul entlocken.«

»Das kann gut sein.« Hopes Grinsen wurde breiter.

Als die Tür hinter Francy zuklappte, rief sie lockend: »Romeo! Hier gibt's was Gutes.« Und murmelte leise: »Dann musst doch du zu Versuchszwecken herhalten!«

»Was hast du denn mit dem armen Kerl vor?«, ertönte auf einmal Ryans amüsiert klingende Stimme hinter ihr.

Sie zuckte zusammen, musste lachen. »Nichts mehr, wenn du gerade da bist. Ich brauche ein Opfer.« Am Ärmel seiner Lederjacke – er war offenbar mit der Harley gekommen – zog sie ihn hinter sich her. Dabei vergaß sie vor Freude völlig alle zurückliegenden Differenzen. »Schau mal, was gerade gekommen ist.« Sie deutete auf das ausgepackte Ultraschallgerät.

»Ich habe die E-Mail-Benachrichtigung erhalten, deshalb bin ich hier.« Sein Blick lag voller Wärme auf ihr. »Du bist ja völlig aus dem Häuschen, aber ich war genauso neugierig.« Das Grinsen wurde verschmitzt. »Na ja, vielleicht nicht ganz so wie du, aber doch auch.«

»Ist Chief zu Hause?«

»Ja, ich habe ihn bei Angus gelassen. Vermutlich hat er am Wochenende einen Knochen von den gegrillten Rippchen erwischt. Er hatte gestern Knochenkot. Oder er wusste, dass du ein Opfer suchst, und drückt sich deshalb.« Er musste die Besorgnis in ihrem Blick gesehen haben, denn sein Grinsen wich einem beruhigenden Lächeln. »Ich schätze, es ist nichts Wildes. Sein Bauch ist weich, er hat keine Schmerzen, nur einmal erbrochen und frisst schon wieder. Deshalb habe ich auch nur schnell die Harley genommen; ich will gleich wieder zurück.«

»Dann geh lieber zu ihm. Ich checke hier solange, ob alles funktioniert.«

Ryan hob die Augenbrauen. »Auf keinen Fall, da bin ich dabei. Angus ruft mich an, wenn etwas ist.«

»Okay, wie du willst. Dann zieh dein T-Shirt aus.«

Als er seinen Oberkörper entblößte, fragte sich Hope, was sie in der Euphorie eigentlich gerade geritten hatte? Sie drückte ihm das Gleitgel in die Hand. »Hier, schmier dir mal was auf den Bauch.«

Kurz sah sie das übermütige Funkeln in seinen Augen, bevor er sie schloss und sich rücklings auf die Untersuchungsliege sinken ließ, der für Kleintiere ausgelegt und gerade so lang wie sein Oberkörper war. Die Beine baumelten auf den Boden. »Ich bin der Patient. Sagst du das zu den Tieren auch?«

Hope schluckte. Und verteilte mit dem Schallkopf etwas Gel oberhalb des Bauchnabels, obwohl es sie in den Fingerspitzen juckte, ihn selbst zu berühren. Doch zumindest ein letztes bisschen Vernunft hatte sie sich bewahrt.

Früher, während der Wachstumsphase, war Ryan eher sehnig gewesen; auch heute war er kein Muskelpaket mit einem so deutlich ausgeprägten Sixpack wie Brandon. Aber die Muskelstränge zeichneten sich ab, und sein Bauch war angenehm fest, als sie mit dem Schallkopf darüberfuhr.

Zum Glück gelang es ihr, dem wissenschaftlichen Interesse wieder die Oberhand zu verschaffen, als sie fasziniert Ryans Innereien untersuchte.

»Und, was fehlt mir, Frau Doktor?« Sein verschmitztes Grinsen und die leicht raue Stimme gingen ihr unter die Haut.

Spontan fiel ihr etwas ein, was ihr selbst fehlte, nämlich Berührung, doch an ihm war einfach alles perfekt.

Sie zwang sich zu einer ernsthaften Miene. »Ich sehe Luft in Ihrem Darm, Doktor Cooper.«

Ryan lachte auf. »Könnte an dem Chili con Carne liegen, das ich gegessen habe. Hauptsache, du drückst dann nicht zu fest auf den Bauch.«

Nun konnte auch sie das Lachen nicht mehr zurückhalten.

Er schob ihre Hand zurück und setzte sich auf. »Jetzt bin ich dran. Ich möchte das Gerät auch testen.«

Erinnerungen blitzten auf. Ryan und sie als Kinder. Wie sie sich in die Praxis ihres Vaters geschlichen hatten, um »Doktor« zu spielen. Hope befeuchtete die Lippen.

Ihre Stimme war nicht ganz fest, als sie ihm die verschiedenen Schallköpfe und die Funktionsweise erklärte.

Mit einem übermütigen Funkeln in den Augen griff er nach dem torpedoförmigen Schallkopf.

»Der ist für die rektale Untersuchung bei Kühen oder Pferden«, protestierte sie.

Sein Grinsen wurde frech. »Ich weiß.«

Das Lachen konnte sie nicht unterdrücken, und sie schlug ihm gegen die Brust. »Untersteh dich!«

Während Ryan sich den Bauch mit einem Tuch abrieb und das T-Shirt überstreifte, ließ sich Hope auf den Rücken sinken und schob das Oberteil bis zur Brust hinauf. Obwohl das Gel kalt war und auch Ryan den flachen Schallkopf zum Verteilen benutzte, breitete sich eine eigentümliche Wärme in ihren Eingeweiden aus.

»Es ist schon lange her«, sagte er heiser, während er mit langsam kreisenden Bewegungen über ihre Bauchdecke fuhr.

Allerdings, lag ihr auf der Zunge zu erwidern. In ihrem Magen spürte sie ein sehnsuchtsvolles Ziehen, bis ihr anhand seines angestrengten Starrens auf den Bildschirm klar wurde, dass seine letzte Ultraschalluntersuchung eine Weile zurückliegen musste. Ein unpassendes Lachen stieg in ihr auf, das ihr sofort in der Kehle stecken blieb, als er mit einem gemurmelten »Sorry« vorsichtig die Kordel öffnete und ihre Hose ein Stück nach unten schob.

Ihr Mund wurde trocken, doch Ryan schien ganz auf die Untersuchung konzentriert zu sein. Fieberhaft überlegte sie, welchen Slip sie am Morgen angezogen hatte. Unter der dunkelblauen Kleidung trug sie meist schwarze Seidenunterwäsche, manche mit Spitzenbesatz. Oder war sie heute in eine ihrer älteren aus Baumwolle geschlüpft? Nur mühsam widerstand sie dem Drang, nach unten zu sehen.

Fast kränkte es sie ein wenig, dass sich Ryan wohl überhaupt nicht dafür interessierte, sondern bei ihm das professionelle Interesse im Vordergrund stand. Sein Blick war ausschließlich auf den Monitor gerichtet. Sie wusste selbst nicht, warum es ihr auf einmal unglaublich intim erschien, als Ryan auf Höhe ihrer Eierstöcke verweilte. Sie hatten einmal Kinder gewollt …

Energisch schob Hope seine Hand weg und setzte sich auf.

»Das Gerät scheint in Ordnung zu sein«, sagte sie und merkte selbst, wie abweisend sie sich anhörte. »Wir können ja demnächst gemeinsam Suzie-Qs Fessel untersuchen«, schlug sie schnell vor, um es wiedergutzumachen.

Er blickte sie überrascht an. »In Ordnung«, sagte er schließlich, doch sie konnte sich des Eindrucks nicht erwehren, dass ihm noch etwas anderes auf der Zunge gelegen hatte.

Hope drehte ihm den Rücken zu und wischte sich den Bauch ab. Sie erschrak, als sie seine Hand auf der Schulter spürte.

»Ist alles okay? Sorry, wenn es dir zu übergriffig erschien, dass … Aber ich wollte mir auch deinen Darm ansehen.«

Unwillkürlich prustete Hope los. »Wenn uns jemand zuhört …«

Er lachte auf. »Das stimmt.

Sie drehte sich zu ihm um. Sein Lachen erstarb, als sich ihre Blicke begegneten. Einen Augenblick tauchte sie in die dunklen Augen ein, dann fiel ihr ein, dass ihre Hose noch halb hinunterhing. Verlegen zog sie sie nach oben.

»Ich gehe dann mal wieder und schaue, ob mit Chief alles okay ist.« Ryan griff nach seiner Lederjacke. »Gute Nacht.« Sein Abschied wirkte eher wie eine Flucht.

Verwirrt von den Gefühlen, die er in ihr ausgelöst hatte, ließ er sie zurück. Anders als bei seiner Ankunft hörte sie dieses Mal das vertraute Knattern der Harley. Sie war von New York einfach zu sehr an Verkehrslärm gewohnt. Auch wenn die Stadt ihr ferner und ferner erschien.

Resolut holte sie ihr Handy aus der Tasche. Ryan und sie verband viel, deshalb war es natürlich, dass er ihr nicht gleichgültig war. Doch nun musste sie dringend mit Colin sprechen, schließlich war er der Einzige, auf den sich ihre Gefühle konzentrieren sollten. Sie erzählte ihm von dem Ultraschallgerät, ohne die Details der Tests zu erwähnen.

»Mir scheint, als war es dringend an der Zeit, dass dort jemand Kompetentes die Führung übernimmt«, kommentierte er.

Obwohl sie selbst schon gedacht hatte, dass ein wenig frischer Wind der Praxis guttun würde, störte seine Aussage sie auf einmal. Es klang so verächtlich.

»Hast du dir schon überlegt, ob du an diesem Wochenende kommen wirst?«, schwenkte sie um und unterdrückte die bange Erwartung, die sie beim Gedanken an seine Antwort überfiel.

»Findest du nicht, dass es an der Zeit wäre, dass du mal hier nach dem Rechten siehst?« Aus seinem Tonfall klang Missbilligung.

»Es ist Independence Day. Mein Vater kommt und freut sich, dass wir es endlich mal gemeinsam feiern können. Letztes Jahr waren wir in New York«, erinnerte sie ihn. »Außerdem bin ich an einem Stand eingeteilt. Um Blaubeerpfannkuchen zu verkaufen«, fügte sie fast trotzig hinzu, denn sie ahnte seine Reaktion darauf voraus.

»Blaubeerpfannkuchen?«, wiederholte er, und sie sah förmlich den missbilligenden Zug um seinen Mund. Ziemlich sicher hielt er es unter ihrer Würde, an einem Verkaufsstand zu stehen.

»Ich habe nur zwei Stunden Dienst. Wir feiern hier ganz traditionell. Jeder hilft mit. Mit Pfannkuchenfrühstück, unzähligen Food-Trucks und Kunsthandwerkständen und einem Oldtimer-Traktoren-Rennen. Natürlich gibt's auch eine Parade, abends Live-Band und Feuerwerk. Es wird dir Spaß machen.«

Doch instinktiv wusste sie, dass »Spaß« in Colins Augen anders aussah, falls dieser Ausdruck überhaupt in seinem Wortschatz existierte.

Ein Straßenfest konnte nicht mit dem mondänen Unabhängigkeitstag des letzten Jahres mithalten, den sie auf der Jacht einer ihrer Förderer verbracht hatten. In Cocktailkleid und Anzug auf dem East River, bei Champagner, Kaviar und Lachshäppchen. Sie hatten direkt in erster Reihe neben dem

Pier 17 vor Anker gelegen, zwischen zahlreichen anderen schicken Schiffen, direkt unterhalb des mächtigen Feuerwerks.

Prompt sagte Colin: »Ich werde Mister Powells Einladung zum Diner auf dem Rockefeller Center Folge leisten. Es werden einige wichtige Persönlichkeiten anwesend sein. Ich finde es bedauerlich, dass dir das momentan nicht wichtig zu sein scheint. Gut, du möchtest bei deinem kranken Vater sein. Das verstehe ich. Für dieses Wochenende bist du entschuldigt. Aber vielleicht kannst du dir auch vorstellen, dass ich Zeit mit meiner Freundin verbringen möchte. Die Leute hier fangen schon an zu reden.«

Hope presste die Lippen zusammen. *Die Leute!* »Es geht um die Leute?«, platzte sie heraus.

Dumm war Colin beileibe nicht; er wusste sofort, was sie meinte. »Ich denke, dir ist sehr wohl klar, dass ich dich liebe und du mir fehlst, oder etwa nicht? Glaubst du, ich würde das alles auf mich nehmen, wenn das nicht der Fall wäre?«

Wieder überwältigte sie das schlechte Gewissen. »Ach, Colin, du sagst es so selten …«

»Bei uns zu Hause heißt es: ›Lasst Taten sprechen.‹ Zeigen, nicht erzählen. Ich gehe davon aus, ich habe dir doch zur Genüge gezeigt, wie wichtig du mir bist, indem ich dich unterstütze, für dich da bin und dir zum Erfolg verhelfe, oder nicht? Oder denkst du, *ich* hätte auch nur einen Vorteil von der neuen Physiotherapie-Station? Ich stehe zu dir, indem ich deine Wünsche toleriere, für deine Eltern da zu sein, obwohl es mir natürlich viel lieber wäre, du wärst an meiner Seite. Ist das denn nicht genug?«

Nun kam sie sich fürchterlich schlecht und undankbar vor. »Doch, natürlich«, räumte sie kleinlaut ein. »Es ist ja nur, weil ich dich liebe.«

»Ich liebe dich auch, Honey Pie.« Und nun lag der Schmelz in seiner Stimme, den sie so vermisst hatte. Auf einmal wünschte sie sich sehnsüchtig, er wäre bei ihr und würde sie jetzt in den Arm nehmen.

Nach dem Abschied ließ sie langsam das Handy sinken. Sie musste dringend zu ihm. Schnellstmöglich. Dass sie ständig auf dumme Gedanken kam, lag bestimmt an der langen Trennung. Schon über vier Wochen hatten sie sich nun nicht gesehen. Außerdem fehlte ihr Miss Sophie so schrecklich.

Am nächsten Tag bekam sie Ryan nicht zu Gesicht; er war wieder konstant auf den Höfen unterwegs. Am späten Abend hatte sich Hope soeben die Boxershorts und das Trägershirt übergezogen, das sie zum Schlafen trug, und es sich mit einem Buch im Bett bequem gemacht, als ihr Handy auf dem Nachttisch klingelte. Wer konnte das sein? Mit Colin und Natasha hatte sie heute schon gesprochen, und sonst telefonierte sie hier wenig.

Sie blickte aufs Display. *Ryan*, zeigte es an. Ihr Herzschlag beschleunigte sich.

»Was ist los?«, meldete sie sich, ohne sich mit Formalitäten aufzuhalten.

»Ryan hier«, stotterte er.

»Das habe ich gesehen. Was ist?« Die Aufregung ließ sie ungehaltener klingen als gewollt.

»Chief. Es geht ihm schlecht. Es war wohl gestern doch nicht nur eine Magenverstimmung. Ich vermute einen Darmverschluss. Entschuldige, wenn ich störe …«

Sie war schon aus dem Bett gesprungen. »Quatsch. Wo bist du?«

»Bei mir. Er ist sediert. Ich habe ihm schon ein Kontrastmittel gegeben und geröntgt. Das zweite Röntgen steht demnächst an. Ich würde ihn ungern transportieren …«

»Ich komme. Was soll ich mitbringen?«

»Ich fürchte, wir müssen operieren. Bringst du das neue Narkosegerät her?«

»Okay. Bis gleich.« Ohne seine Antwort abzuwarten, warf sie das Handy aufs Bett, stürzte sich in die nächstbeste frische Unterwäsche, die blaue, seidene, die Colin ihr geschenkt hatte, eine kurze Jeans und ein Trägershirt. Dann rannte sie nach unten und schnappte sich ihre Tasche und OP-Kleidung. Neben dem Narkosegerät packte sie auch das Ultraschallgerät sicherheitshalber ein, obwohl sie in dem Fall vermutlich nicht so viel darauf erkennen würde wie auf dem Röntgenbild.

Ihr Herz raste. *Chief!* Der Hund war ihr in den Wochen hier ans Herz gewachsen. Ein Darmverschluss konnte tödlich enden, wenn er nicht schnell genug behoben wurde.

Sie sprang in den Truck ihres Vaters. Draußen war es bereits dunkel, aber den Weg würde sie auch im Schlaf finden. Das Scheinwerferlicht schnitt sich wie Schwerter in die Dunkelheit; das letzte Stück zur Farm war unbeleuchtet. Als sie aus dem Auto sprang, merkte sie, wie kühl es geworden war, doch sie war viel zu aufgeregt, um zu frieren.

Achtlos riss sie sich die Kleider vom Leib und schlüpfte in ihre OP-Kleidung. Sie setzte sich eine Haube auf den Kopf und griff nach dem Mundschutz. Eilig schrubbte sie Hände und Arme, bevor sie die Tür mit einem Tuch öffnete.

Chief hob kaum merklich den Kopf, als sie eintrat. Das war trotz Sedierung ein schlechtes Zeichen. Ryan wirkte grau unter seiner Sonnenbräune, als er ihm liebevoll den Kopf kraulte.

Chiefs Bauch war bereits rasiert.

Nachdem sie den apathischen Chief gekrault und ihm ins Maul geschaut hatte, wo sich eine alarmierend blasse Schleimhaut zeigte, eilte sie zu den Röntgenbildern. Das Kontrastmittel hatte sich nicht fortbewegt. Das bedeutete, irgendetwas blockierte den Darm. Sie blinzelte. Man konnte einen hellen Schatten erkennen, aber nicht, was es war.

»Hat er denn was verschluckt?«

»Ich weiß es nicht. Nicht, dass ich wüsste.« Ryan klang

verzweifelt. »Ich hatte ja zuerst Knochen von den gegrillten Spareribs vermutet. Sein Kot war gestern weiß und bröselig, doch seitdem hatte er keinen Stuhl. Der Schatten sieht mir aber anders aus.«

Vorsichtig tastete sie Chiefs Bauch ab. Er war knallhart. Der Bobtail winselte. »Alles gut, mein Süßer, ich werde vorsichtig mit dir sein.« An Ryan gewandt fragte sie: »Hast du Alkohol?«

Er drückte ihr die Flasche in die Hand.

»Danke. Hältst du ihn?«

Ryan beugte sich zu seinem Hund, legte die Wange an Chiefs Kopf und schlang die Arme um ihn.

Vorsichtig tupfte sie den Bauch ab und trug anschließend Gleitgel auf. Es war eine seltsame Situation, dass sie nun, nach dem vorangegangenen Abend, ausgerechnet Chiefs Darm untersuchte.

»Du bist ein ganz braver Hund«, lobte sie ihn.

Trotz Schmerzen hielt er still.

Sie deutete auf die Abbildung auf dem Laptop. »Hier bilden sich Gase; das Futter wird nicht transportiert.« Ryan folgte mit gerunzelter Stirn ihrem Finger mit den Blicken. »Man kann auch hier etwas erkennen.« Sie stieß die Luft aus. »Dann lass uns loslegen.«

Ryan presste die Lippen zusammen und schloss die Augen. Seine Finger vergruben sich in Chiefs Fell. Die Stimme klang rau, als er sagte: »Er ist elf.«

»Er wird es schaffen«, sagte sie mit mehr Zuversicht, als sie verspürte. Für so einen alten Hund bedeutete eine Vollnarkose ein großes Risiko.

»Kennst du seine Werte?«

»Ich habe ihm gestern zum Glück vorsorglich Blut abgenommen; es sieht alles gut aus.«

Sie zögerte. »Sein Herz?«

»War bisher ohne Befund.«

Hope bereitete das Narkosegerät vor. »Hast du ihn schon mal operiert?«

Ryan nickte. »Vor drei Jahren, ein Tumor. Ich denke, es wird sich nicht so viel geändert haben.«

Doch sie beide wussten, dass ein Tumor eine ganz andere Hausnummer war, wesentlich einfacher zu operieren. Nun wurde eine längere Narkose notwendig. Und auch wenn sein Herz bisher in Ordnung war, stellte die OP eine Belastung dar, die nicht zu unterschätzen war.

Hope versuchte, diese Gedanken von sich zu schieben. Nicht umsonst sagte man generell, niemand sollte jemand Nahestehendes operieren, ob Mensch oder Tier. Ihr war Chief ans Herz gewachsen, doch sie wollte sich gar nicht vorstellen, wie Ryan sich fühlen musste. Aber ihnen blieb keine Wahl.

Hope nahm das Inhalationsnarkosegerät und dankte dem Himmel – oder auch Ryan – im Stillen, dass sie es inzwischen hatten; das machte vieles einfacher und sicherer. Sie intubierte, klemmte den Puls-Oxymeter an Chiefs Zunge, der ihr die Sauerstoffsättigung anzeigte, gefolgt von den Klemmen der EKG-Sonden an Ellbogen- und Kniefalten sowie dem Thorax, während Ryan die Infusion legte.

Sie bewunderte ihn dafür, dass er es selbst übernahm, Chiefs Bauch zu öffnen. Schweigend arbeiteten sie Hand in Hand. Es war eine heikle Operation. Es musste sichergestellt werden, dass keine Fremdkörper in den Bauchraum gelangten. Obwohl in ihrem Inneren ein Hurrikan der Stärke fünf tobte, waren ihre Hände beim Absaugen so ruhig wie die von Ryan, in dem es vermutlich noch schlimmer aussah.

Hope überprüfte immer wieder die Lidreflexe, die Sauerstoffsättigung und das Herz, das ihr zunehmend Sorge bereitete. Der Eingriff dauerte nun schon eine ganze Weile.

Endlich lokalisierten sie die Verstopfung. Ryan klemmte den betroffenen Bereich ab, setzte das Skalpell an und entfernte den Fremdkörper.

Ryan trug ihn beiseite und zog es mit der Pinzette auseinander. »Ein Stück Plastik.«

»Am See lag Müll«, erinnerte sich Hope. »Elly und ich haben es eingesammelt. Vielleicht waren irgendwo Fleischreste drin, die Chief gefunden hat.« Ihr Entsetzen stand Ryans in nichts nach.

»Wegen solcher Dreckschweine«, zischte er, »und damit beleidige ich die Schweine.«

Er legte das Plastikstück beiseite, bevor er sorgfältig das abgeklemmte Stück Darm mit steriler Kochsalzlösung spülte und anschließend gekonnt vernähte. Es durfte nichts in den Bauchraum gelangen. Eine Bauchfellentzündung konnte ebenso tödlich enden.

Als auch die Bauchdecke wieder vernäht war und Hope die Wunde abklebte, war der Sauerstoffwert in Chiefs Blut alarmierend gesunken. Der Herzschlag verlangsamte sich, setzte einige Takte aus. Im Gegenzug beschleunigte sich Hopes Puls um ein Vielfaches. Sie drosselte die Isofluran-Zufuhr, wechselte zu reinem Sauerstoff und beatmete Chief mit dem Beutel. Kniff ihn in die Nase, um die Atmung zu aktivieren. Pumpte mit gleichmäßigen Zügen Sauerstoff in seine Lungen.

»Adrenalin«, stieß sie hervor, und Ryan befolgte ihre Anweisung umgehend, indem er es ihm in den Zugang injizierte.

Hope klopfte gegen die Hundeschnauze. »Atmen, Chief!«

Es würde nicht ihre erste Reanimation werden, doch bitte nicht jetzt!

Da erschien wieder ein Ausschlag auf dem EKG. Piep. Piep. Viel zu langsam, aber doch stetig.

Nun zeigte Ryan zum ersten Mal, wie sehr ihn das alles mitnahm. Er ließ den Oberkörper auf den des Hundes sinken und presste sein Gesicht ins weiche Fell.

»Mach jetzt nicht schlapp, Junge, hört du? Ich brauche dich.« Seine Stimme klang erstickt, er zitterte am ganzen Körper.

Sie zog den verschmierten Latex-Handschuh aus und legte die Hand auf seine Schulter. »Er wird es schaffen, ganz sicher«, sagte sie mit einer Zuversicht, die sie selbst nicht verspürte.

Seine Gesichtszüge waren wie aus Stein gemeißelt, als er nickte.

Die Minuten zogen sich scheinbar endlos dahin, bis sich endlich wieder ein vertretbarer Wert zeigte.

Sie warteten noch, bis sich die ersten Lidreflexe zeigten und sein Herz und der Sauerstoffwert einigermaßen stabil waren. Chief blinzelte, doch so ganz wach werden wollte er nicht.

»Hilfst du mir noch, ihn rüberzutragen? Dann kann er in seiner gewohnten Umgebung richtig aufwachen.«

»Natürlich.« Sie fixierte die Gerätschaften an der Trage, und gemeinsam hievten sie die schwere Last ins Nachbargebäude. Ryan bettete den Hund an seinen Lieblingsplatz vor dem Kamin und kauerte sich daneben.

Hope eilte zurück, um wenigstens im Groben klar Schiff zu machen, falls sie den OP nochmals benötigten. Sofort verbot sie sich den Gedanken. Positiv denken!

Schnell schlüpfte sie aus der schmutzigen OP-Kleidung, wusch sich, zog sich an und nahm nur das Stethoskop und den Arzt-Koffer mit.

Sie fand Ryan unverändert vor dem Kamin neben Chief kauernd vor, wie er den Hund unablässig streichelte. Sie hockte sich neben ihn und legte stumm die Arme um seinen Oberkörper, spürte die Anspannung in ihm.

In einem verzweifelten Aufbäumen zog Ryan sie an sich und presste sein Gesicht gegen ihren Hals. »Wenn er es nicht schafft …«

Hope strich sanft über seinen Rücken. »Denk nicht daran. Chief ist stark, er wird wieder.« Und sie merkte selbst, wie lahm ihre Worte sich anhörten.

Die Zeiger der silbernen Uhr auf dem Kaminsims rückten erbarmungslos Stück um Stück voran, und Chief verharrte in diesem unbestimmten Dämmerschlaf.

In Hopes Kopf rasten die Gedanken. Selbst wenn er aufwachte, war die Gefahr einer Infektion immer noch groß. Würde es der alte Hund tatsächlich schaffen?

Sie wusste genau, dass Ryan ähnlich dachte. Das Wissen darum, welchen Schmerz er empfand, verursachte ihr einen dumpfen Druck im Magen. Das war schon immer so gewesen. Wenn einer von ihnen litt, litt der andere, als gäbe es ein unsichtbares Band zwischen ihnen.

Ryan deutete auf die Uhr. »Es ist schon spät, gleich halb zwei. Wenn du gehen möchtest …«

»Auf gar keinen Fall«, unterbrach sie ihn. »Ich bleibe hier, bis er richtig aufwacht. Ich lasse dich nicht allein.«

All die Differenzen, all die Distanz, die Schwierigkeiten waren mit einem Mal vergessen. Einer von ihnen brauchte Hilfe, und es war selbstverständlich, dass der andere da war.

Ryan hob die Mundwinkel und ergriff ihre Hand. Seine Finger waren ungewöhnlich kalt. Hope nahm seine Rechte in ihre beiden und hielt sie fest, bis sie sich wieder aufwärmte. Dann legte sie sie auf ihr Knie, ihre Linke darauf und streichelte Chief mit der anderen. Sie liebte diesen Hund.

Ob es die Aufregung oder die Müdigkeit oder auch einfach die berechtigte Sorge war, auf einmal merkte sie, wie ihre Augen feucht wurden. Sie blinzelte und drehte den Kopf weg, doch Ryan musste es mitbekommen haben. Stumm zog er sie an sich und drückte ihr Gesicht gegen seinen Hals, den Arm um ihre nackte Schulter geschlungen. Eine ganze Weile saß sie so da, atmete seinen vertrauten Geruch ein, der sich mit dem von Chiefs Desinfektionsmitteln mischte. Dann zog sie sich mit einem gemurmelten »Danke« zurück.

»Ich bin ein Stoffel«, sagte er heiser. »Möchtest du eigentlich was trinken?«

»Ich habe auch nicht daran gedacht, sonst hätte ich mich gemeldet.«

»Möchtest du einen Tee?«

Unwillkürlich schlich sich ein wehmütiges Lächeln auf ihre Züge. Seine Grandma hatte immer Tee gekocht, wenn es ein Problem gegeben hatte. Das war ihr Allheilmittel gewesen. Und, auch wenn es vielleicht nur der Glaube daran gewesen war, es hatte wirklich oft geholfen.

Prompt sagte er: »Ich habe den Kräutertee, den Granny immer aufgebrüht hat. Sie hat mir kurz vor ihrem Tod noch ihr Geheimrezept verraten.«

Hope nickte. »Sehr gern.«

Als er aufstehen wollte, hielt sie ihn fest. »Ryan …«

»Ja?«

»Es tut mir so leid, dass ich bei der Beerdigung deiner Granny nicht dabei war. Ich steckte damals mitten in den Prüfungen zur Physiotherapeutin, deshalb hat Mom es mir nicht sofort mitgeteilt. Sie nahm wohl an, ich könne eh nicht weg. Und danach …« Hope verstummte. Sie hatte später immer schreiben wollen und nie die richtigen Worte gefunden. Ihre eigenen Großeltern väterlicherseits lebten in Seattle, wo ihr Vater herkam. Sie sah sie selten. Die Eltern ihrer Mutter waren schon früh mit dem Wohnmobil auf Reisen gegangen, bis sie vor einigen Jahren kurz hintereinander gestorben waren. Ryans Grandma war immer auch ein Teil von ihrem Leben gewesen. Dieses Mal schaffte sie es nicht, die Tränen zurückzuhalten, eine rollte ihre rechte Wange hinunter.

»Ich habe sie so sehr gemocht«, wisperte sie.

Ryans Blick war voller Wärme, seine Augen glänzten. »Das wusste sie, sie mochte dich auch.«

Er legte ihr kurz die Hand auf die Wange, wischte die Träne mit dem Daumen weg, dann eilte er in die Küche, wo sie ihn hantieren hörte. Kurz darauf kam er mit zwei der großen blauen Tassen mit den weißen Punkten zurück, in die mindestens ein halber Liter passte und die noch aus Grandmas Zeiten stammten. Es duftete verlockend nach frischen Kräutern.

»Danke!« Sie lächelte ihn an.

»Gern. Vorsicht, heiß!« Er ließ sich wieder neben ihr nieder und pustete, bevor er die Tasse auf den Kaminsims stellte und erneut Chiefs Vitalfunktionen überprüfte. Sanft streichelte er ihn; sein Blick war in weite Ferne gerichtet.

Wieder überwältigte sie die Angst um den geliebten Hund, und sie hatte Mühe zu atmen. Sie nahm einen Schluck Tee und verbrannte sich die Lippen, was fast eine Wohltat im Gegensatz zu dem Schmerz in ihrem Inneren war.

Auf einmal hielt sie es nicht mehr auf dem Boden aus. Sie musste aufstehen. Tigerte mit der Tasse durchs Zimmer. Zum Bücherregal in der Ecke. Neben diversen Sachbüchern zu Tierthemen, Tiergeschichten aus Ryans Jugend und unzähligen Thrillern stand eine Sonderedition der kompletten *Harry Potter*-Reihe.

Ein wehmütiges Lächeln schlich sich auf ihre Züge. Ryan hatte sich dem kleinen Jungen, der seine Eltern verloren hatte, in seiner Kindheit äußerst verbunden gefühlt. Zu seinem elften Geburtstag hatte er sich einen Zauberkasten gewünscht.

Sie hatte ihn damals seitdem oft spaßeshalber »Mr Coperfield« genannt, nach dem berühmten Magier David Copperfield, allerdings nur, wenn sie allein gewesen waren. Das war ihr ganz privater Spitzname gewesen. Eine Zeit lang war die Nutzung eingeschlafen, doch als sie zusammengekommen waren, war der Name wieder aufgelebt, weil Ryan so magische Hände hatte, wie sie immer scherzhaft betont hatte.

Warum musste sie ausgerechnet jetzt daran denken, wie gut es sich anfühlte, wenn er sie streichelte?

Ein Geräusch riss sie aus ihren Gedanken. Etwas, das wie ein Seufzen klang, drang aus Chiefs Maul. Sofort war sie bei ihm. Hopes Puls raste. Sie wusste selbst nicht, warum ihr der letzte Seufzer in den Sinn kam. Chiefs Werte waren zwar nach wie vor schlecht, aber zum Glück schlug sein Herz unverändert, wenn auch nicht so kräftig wie sonst.

Ein Hoffnungsfunke glomm in ihr auf. »Vielleicht wacht er langsam richtig auf?«

Ryan nickte stumm. Sie konnte die Anspannung in ihm körperlich spüren. Ihr Blick wanderte zur Uhr, deren Zeiger gnadenlos voranrückte, ohne dass sich Ergebnisse zeigten. Schon kurz nach drei. Chief sollte längst fitter sein, und auch Ryan wusste das. Sie fröstelte.

»Ist dir kalt mit deinem leichten Shirt? Möchtest du einen Pulli, oder soll ich den Kamin …«

»Nein, schon gut.« Hope schlang die Arme um den Oberkörper. Die Abende hier waren auch im Sommer meist angenehm kühl. Um die vierzehn Grad waren es draußen, nicht wie in der Großstadt, wo sich die Hitze im Beton staute. Doch sie hatte nichts dagegen, dass Ryan den Arm um sie legte; es hatte etwas Tröstliches.

Sie ließ den Kopf gegen seine Schulter sinken. So langsam machte sich – trotz der Anspannung – die Müdigkeit bemerkbar. Dieses untätige Herumsitzen brachte sie noch um den Verstand. Wieder stand sie auf, lief umher. Merkte, dass sie Ryan damit nervös machte, und setzte sich wieder neben ihn. Die Teetassen waren längst leer, doch sein Angebot, ihr einen neuen zu kochen, lehnte sie ab.

Auf einmal bewegte sich Chief. Hope hielt die Luft an.

»Hey, mein Großer, wir sind da, alles okay«, sagte Ryan in so zärtlichem Tonfall, dass ihr eine Gänsehaut über die Arme lief, und kraulte ihn hinter den Ohren.

Sie vergrub die Hände in dem dichten Fell.

Chief blinzelte. »Ja, du bist ein guter Hund, ganz tapfer. Komm zu uns«, lockte sie.

Der Blutdruck stieg etwas, und Ryan entfernte die Klemmen des EKGs. Chief leckte ihm dankbar die Hand und beugte dann den Kopf in Richtung der Wunde.

Ryan hielt ihn an der Schnauze fest. »Nein, das musst du schön lassen. Die Narbe muss erst mal heilen.«

»Hast du einen Kragen hier?«

»Oben im Schlafzimmer. Von seiner letzten OP.«

Hope sah ihm an, dass er bei Chief bleiben wollte. »Ich gehe ihn holen. Wo muss ich hin?«

»Die Treppe hoch und ans Ende des Flurs rechts. Das ehemalige Zimmer meiner Eltern. Im Schrank, oberes Fach.«

Sie eilte die hölzernen Stufen hinauf und versuchte, das Kingsize-Holzbett zu ignorieren, das in der Zimmermitte so einladend thronte. Es war mit anthrazitfarbener Bettwäsche überzogen, und Hope kam nicht umhin zu bemerken, dass auf jeder Seite zwei Kissen lagen. Ob er häufig Frauenbesuch bekam? Sie unterdrückte das eigenartige Gefühl und öffnete schnell den antiken Kleiderschrank. Schwach wehte ihr der Duft von Waschmittel entgegen. Sie schnappte sich den Kragen, mit dem sie wieder nach unten eilte.

Ryan sprach leise auf Chief ein. »Langsam, mein Großer. Komm, ich helfe dir auf.« Er nahm Hope den Kragen ab. »Ja, ich weiß, du magst es nicht, wenn ich dir den jetzt umlege, aber ich habe dir gesagt, es muss sein.«

Chief sah sie mit treuherzigem Blick an.

Sie musste lachen. »Ich kann dir leider nicht helfen. Ryan hat recht, es muss tatsächlich sein. Ein Body ist auch nicht besser, oder?«

Der Bobtail bellte, doch es hörte sich eher wie ein verkümmertes Maunzen an. Er war immer noch extrem geschwächt. Aber anscheinend wollte er unbedingt aufstehen. Vermutlich musste er raus, die Infusion sorgte auch für Harndrang.

Vereint halfen sie ihm auf. Er schwankte hin und her wie ein Schiff im Sturm. Unbeholfen tapste er mit ihrer Unterstützung zur Tür. Kurz davor sackten seine Vorderbeine ein. Ryan konnte ihn gerade noch auffangen.

Ein verzweifeltes Jaulen folgte. Es schnitt ihr ins Herz, den Hund so hilflos zu sehen. Er schaffte es gerade vor die Tür, wo er sich, von Ryan gestützt, am ersten Busch erleichterte. Gemeinsam halfen sie ihm wieder ins Haus und hievten ihn auf eine Decke, auf der er sich zusammenrollte. Den Kopf mit dem unbequemen Kragen auf den Vorderpfoten, bot er einen Anblick des Elends.

Es dauerte noch eine ganze Weile des Bangens, bis endlich wieder so richtig Leben in ihn kam.

Erleichtert atmete Hope auf. »Ich glaube, er hat es geschafft.«

Ryan nickte, und sie konnte ihm ansehen, wie ihm ein Stein vom Herzen fiel. »Ich denke auch.«

Chief kläffte zur Bestätigung, dieses Mal klang es schon bedeutend kräftiger.

Ryan sah auf die Uhr. Es war schon kurz nach vier.

»Ich denke, wir kommen jetzt klar, oder möchtest du hierbleiben?«

Er hatte es sicherlich nicht so gemeint, doch plötzlich hatte sie glasklar sein breites einladendes Bett vor Augen. Hope schluckte trocken.

Wieder einmal war er in der Lage, ihre Gedanken zu lesen. Vielleicht hatte sich ihr Begehren auch auf ihren Zügen abgezeichnet. Sein heiser hervorgestoßenes »Hope« machte die Sache nicht besser.

Sie konnte nicht einmal sagen, wer von ihnen auf wen zugegangen war. Auf einmal lag sie in seinen Armen. Seine Lippen suchten ihre, und die gesamte Anspannung der vorangegangenen Nacht entlud sich in einem leidenschaftlichen Kuss. Längst vergessene Gefühle wallten in ihr auf. Hitze breitete sich in ihrem Bauchraum aus, während Ryan sie verlangend an sich presste und ihren Mund mit seinem eroberte.

Sie vergrub die rechte Hand in seinen dichten Haaren, während ihre Linke sich auf Wanderschaft unter sein T-Shirt begab. Endlich spürte sie die festen Muskeln seines nackten Rückens unter den Fingerspitzen. Erinnerungsfetzen jagten durch ihren Körper.

Sein Mund war zärtlich und zugleich fordernd. Wie hatte sie vergessen können, wie gut er küssen konnte? Wie viel Leidenschaft in ihm steckte? Bei Ryan gab es keinen Plan. Er lebte für den Augenblick und kostete diesen aus. Und war jederzeit bereit gewesen, sie auch spontan zu lieben.

Eine fast schmerzliche Sehnsucht überkam sie. Als gäbe es eine Leitung von ihren Lippen zu ihrem restlichen Körper, jagten Hitzewellen durch sie hindurch. Das unbändige Verlangen, das in ihr aufflammte, erschreckte sie selbst. Sie wollte mehr, viel mehr. Wollte diese störende Kleidung zwischen ihnen von ihren Leibern zerren.

Als Ryan die Hand unter ihr Top schob und ihre Taille mit dem Daumen streichelte, schnappte sie nach Luft. Ohne ihre Lippen von seinen zu lösen, drehte sie den Oberkörper leicht, um ihm besseren Zugang unter ihr Shirt zu gewähren.

Ob Chief ein Geräusch gemacht hatte oder ob es Ryans unterdrücktes Stöhnen gewesen war – auf einmal wurde sie in die Realität zurückkatapultiert. Entsetzen brodelte in ihr auf. Was tat sie da eigentlich?

Sie stieß Ryan von sich, taumelte einige Schritte rückwärts. Verwirrt griff er nach ihr, um sie zu stützen, doch sie schob seine Hand weg. Scham überrollte sie. Colins missbilligender Blick trat vor ihr inneres Auge.

»Ich … muss los.« Sie beugte sich zu Chief hinunter, drückte ihre vor Scham heißen Wangen in sein Fell. »Ruf mich an, wenn du mich brauchst«, stammelte sie, dann stürmte sie nach draußen.

»Danke für deine Hilfe!«, rief Ryan ihr heiser nach, doch sie war nicht in der Lage zu antworten.

Weg, nur weg von hier!, hämmerte es unentwegt in ihrem Kopf, während ihr Herz ein Eigenleben zu führen schien.

Ryan

Ein Geräusch oder eine Bewegung von Chief ließ ihn aufschrecken. Der Hund schob den Kopf mitsamt der Manschette von seinem Bauch. Durch die Fenster drang die helle Morgensonne.

Eigentlich hatte Ryan nicht auf dem Boden schlafen wollen, aber er musste doch eingenickt sein. In einer fürchterlich unbequemen Lage, halb sitzend, den Kopf verdreht. Ihm schmerzte der Nacken. Chief gähnte. Die Farbe seines Mauls sah schon wesentlich besser aus, ein gesundes Rosa.

»Komm, dann lass dich mal ansehen, mein Großer.«

Auch die Vitalwerte und die Temperatur waren in Ordnung. »Gut so. Du bist eben ein tapferer Kerl.« Der Gedanke, dass sein Hund schon alt war und er ihn nicht mehr ewig haben würde, schnitt ihm tief ins Herz.

Als wäre »Herz« ein Stichwort gewesen, hörte er ein Geräusch an der Tür, und sein Puls beschleunigte sich. Chief bellte auf. Kam Hope zurück?

»Du bleibst hier liegen, ich gehe gleich mit dir raus«, sagte Ryan streng, bevor er nach draußen eilte und die Tür aufriss.

Doch es war Francy, die sich schon abgewandt hatte und offenbar wieder gehen wollte. »Guten Morgen! Sorry, ich wollte dich nicht stören. Ich dachte, du schläfst nach dieser aufregenden Nacht vielleicht noch.« Sie deutete an den Türgriff, an dem eine Tasche baumelte. »Hope hat mir erzählt, was passiert ist. Sie meinte, du bräuchtest vielleicht ein Brustgeschirr für Chief.«

»Großartig, danke!« Seine Stimme klang rau, er räusperte sich. »Sag mir, was du bekommst!«

Francy winkte ab. »Papperlapapp! Nehmt es danach in den Praxisbestand. Wie geht es ihm denn?«

»Ich danke dir.« Er legte seine Hand auf ihre Wange. »So weit gut. Ich denke, er wird wieder. Hat sie erzählt, dass er vermutlich am See ein Stück Plastik gefressen hat?«

Sie stemmte empört die Hände in die Hüften. »Der Blitz soll die Leute treffen, die solch eine Sauerei verursachen und ihren Müll überall liegen lassen. Das ist ja versuchter Mord! Im Wald leben doch noch andere Tiere, und jedes könnte an dem Plastik ersticken oder eingehen. Denken die denn nicht für fünf Cent weit?«

»Ich predige Chief immer, dass er nichts fressen darf, was herumliegt. Er kriegt doch genug. Wie …« Er stieß die Luft aus. Die Sorge drohte ihm schon wieder den Atem abzuschnüren.

»Sei nicht zu streng mit ihm. Er ist einfach nur ein Hund, das ist Instinkt. Bestimmt war noch Fleisch in der Verpackung.« Francy tätschelte seine Wange. »Ich komme heute Mittag in der Praxis vorbei; ich muss los, den Laden öffnen.« Sie eilte davon.

Nachdenklich schnappte Ryan die Tasche. Hope hatte also an seinen Hund gedacht. Nur an ihn? Er ging zu Chief, öffnete den Knoten des Dreieckstuches, das er ihm provisorisch umgebunden hatte, um ihn zu stützen, und stülpte ihm das Brustgeschirr über. Chief hob die Schnauze und schnupperte in Richtung Küche.

»Nein, kein Fresschen heute. Das hast du dir selbst zuzuschreiben. Die nächsten Tage gibt es Flüssignahrung; du musst dich schonen.«

Mit einem herzerweichenden Seufzen ließ Chief den Kopf mitsamt Kragen wieder auf die Pfoten sinken und sah ihn aus großen braunen Augen treuherzig an.

Während Ryan eine Infusion vorbereitete, schweiften seine Gedanken zum vorigen Abend zurück. Er konnte immer noch nicht fassen, was eigentlich passiert war. Warum war Hope so schnell geflüchtet, als wäre ein wütender Löwe hinter ihr her? Aus heiterem Himmel. Hatte er etwas falsch gemacht?

Unwillkürlich musste er an ihren ersten Kuss denken. Er war so ein Volltrottel gewesen. Man sagte ja, dass Mädchen den Jungs in dem Alter, mit fünfzehn, weit voraus waren. Bei ihnen beiden war das – zumindest in der Beziehung – definitiv der Fall gewesen. Es lag fünfzehn Jahre zurück, und doch fühlte es sich an, es wäre es gerade erst passiert. Seine Gedanken schweiften zurück.

Es war nach dem Sportunterricht gewesen. Die Jungen hatten den Mädchen beim Aufräumen helfen müssen. Hope und er verstauten die Matten im Geräteraum. Sie alberten dabei herum, und er warf sie auf den Mattenwagen, kitzelte sie. Plötzlich hielt sie ihn fest.

»Küss mich, Ryan.«

Verblüfft sah er sie an. »Was?«

Hope rollte die Augen. »Küssen. Du weißt doch, was das ist?«

Sie erwischte ihn eiskalt, darauf war er überhaupt nicht vorbereitet. Das Herz schlug ihm bis zum Hals. In ihrem herausfordernden Blick lag eine Unsicherheit, die ihn berührte. Sie war nicht so taff, wie sie sich gab. Vorsichtig beugte er sich zu ihr hinunter und berührte ihre Lippen mit seinen. Sie waren weich und warm.

Sie schob ihre Hand in seine Haare. »Richtig küssen, meine ich.«

Theoretisch hatte er sich darauf vorbereitet, im Internet gelesen, was man dabei tun musste. Und dennoch hatte das Ganze mit der Praxis nichts gemein. Auf die Gefühle, die ihn dabei überwältigten, war er nicht eingestellt. Die fremde Zunge hatte überhaupt nichts Ekliges, wie er zuvor gedacht hatte, im Gegenteil. In Zeitlupentempo streichelte ihn Hope mit ihrer, während er die Hand unter ihre Haare schob und ihren Hals mit dem Daumen liebkoste.

Ein Geräusch schreckte sie auf. Hope schlug die Augen auf. Das Glänzen darin grub sich auf ewig in sein Gedächtnis. Er sprang auf und vergaß dabei für einen Moment, dass er diese dämliche schwarz glänzende Turnhose trug, die aber auch gar nichts verbarg. Verlegen zupfte er an seinem Shirt.

Hope beugte sich zu seinem Ohr. »Es muss dir nicht peinlich sein. Es würde mich kränken, wenn es dich kaltgelassen hätte.«

Mit diesen Worten rannte sie nach draußen und ließ ihn mit dem Gefühlschaos und den letzten nicht weggeräumten Matten allein.

Danach tat sie, als wäre nichts gewesen. Und auf dem Heimweg erzählte sie ihm, dass Bobby Ray Carpenter sie gefragt hatte, ob sie mit ihm gehen wolle.

Er war so ein Schwachkopf gewesen! Den Wink hatte er überhaupt nicht verstanden, sondern ihr stattdessen dazu gratuliert, obwohl in seinem Inneren bei dem Gedanken ein eigenartiger Schmerz getobt hatte. Welch ein bescheuerter falscher Stolz!

Erst gut zwei Jahre später, als sie schon zusammen gewesen waren, hatte Hope ihm gestanden, dass sie damals gehofft hatte, er würde sie fragen, ob sie mit ihm zusammen sein wollte. Und dass sie zumindest gewollt hatte, dass er der Erste war, der sie küsste, bevor sie eine Zeit lang mit Bobby Ray gegangen war.

Ryan legte Chief die Infusion an und kraulte ihn beruhigend. »Du bekommst nachher auch noch etwas Flüssiges in den Magen, aber du musst erst mal zu Kräften kommen.«

Er sollte sich einzig auf seinen Hund konzentrieren, und trotzdem drängte sich Hope wieder in seine Gedanken. Gut, es hatte keinen Sinn mit ihnen beiden; sie war nicht mehr lange da. Trotzdem beschäftigte es ihn. War ihm gestern wieder etwas entgangen? Hatte er etwas falsch gemacht, das sie so abrupt in die Flucht getrieben hatte? Im Grunde war er sich sicher, dass er die Zeichen nicht missdeutet hatte, so erfahren war er inzwischen. Wie sollte er sich ihr gegenüber heute bei der Arbeit verhalten?

Zum Glück standen viele Auswärtstermine auf seinem Plan. Er musste eine von Wellingtons Kühen besamen. Und das flüchtige Kalb mit seiner Mutter abholen. Nachdem es wieder ausgebüchst und zu der schreienden Kuh geflüchtet war, hatte Tucker genug. Zum Glück hatte Ryan vorsorglich mit Angus schon einen Zaun gezogen, sodass die beiden Tiere ihr eigenes Stückchen Weide hatten, auf dem sie zusammen sein konnten.

Eigentlich hatte er vorgehabt, Hope zum Abholen von Kuh und Kalb mitzunehmen. Doch nachdem sie ihn eher zurückhaltend begrüßte, als er in die Praxis kam, und ihre ganze Aufmerksamkeit Chief galt, verwarf er den Gedanken wieder.

»Kann ich den Hund heute hierlassen? Das Ein- und Aussteigen ins Auto ist für ihn mühsam. Ich muss ihm helfen.«

»Natürlich.« Nun wurden ihre Gesichtszüge weich, und sie beugte sich zu Chief hinunter. »Sag mir nur, was du ihm schon gegeben hast, dann versorge ich ihn.«

»Danke, ich habe alles notiert.«

Er reichte ihr den Zettel. Für einen Moment standen sie sich gegenüber wie zwei Fremde, die zufällig gegeneinandergeprallt waren und nicht so recht wussten, wie sie sich entschuldigen sollten.

»Dann mache ich mich mal auf den Weg«, sagte Ryan und verfluchte, dass seine Stimme dabei heiser klang.

»Schönen Tag«, wünschte sie mit einer Distanz, die ihm unüberbrückbar erschien.

Kapitel 10

Hope

Obwohl sie die letzten beiden Nächte kaum geschlafen hatte, wachte Hope am Morgen des Vierten Juli früh auf. Sie schob es auf die Aufregung. Die Festivitäten zum Nationalfeiertag in Lynnwood Falls hatte sie immer geliebt.

Sie gönnte sich einen Cappuccino mit aufgeschäumter Milch aus ihrer neuen Maschine, schnappte sich noch einen der übrig gebliebenen Brownies und setzte sich damit auf die Veranda. Dort lauschte sie dem Konzert der Vögel.

Ein Eichhörnchen huschte den Nussbaum hinauf, verharrte kurz auf einem Ast und sah sie mit seinen braunen Knopfaugen an, bevor es sich aus dem Staub machte. Wahrscheinlich hatte es Romeo entdeckt, der gerade nach draußen kam und sich schnurrend um ihre Beine drückte. Sie nahm ihn hoch und schmiegte ihre Wange an das weiche Fell, bevor der Kater es sich auf ihrem Schoß bequem machte und sich kraulen ließ.

Es war so ruhig und friedlich hier. Was Miss Sophie wohl heute machte? Vermutlich verkroch sie sich unter der unbequemen Le-Corbusier-Chaiselongue. Die Labradorhündin hasste das Knallen von Feuerwerk. Eigentlich sollte sie bei ihr sein und sie beschützen, grübelte Hope. Wieder drückte sie das schlechte Gewissen, und die Sehnsucht wurde übermächtig.

Den beschämten Gedanken an Colin vermied sie genauso wie den an Ryan, auch wenn sich der Kuss immer wieder in ihre Erinnerung drängte.

Über ihr wurde das Schlafzimmerfenster geschlossen. Ihre Eltern waren noch im Bett. Sie mussten erst später auf den Platz, weil sie an der Parade teilnahmen. Auf einmal kam Hope sich wie ein Störenfried vor, und sie leerte schnell ihre Tasse, um sie in die Küche zu bringen. In drei Wochen würde ihr Vater aus der Reha entlassen. Dann brauchte er noch etwas Schonzeit, doch schon bald würde sie hier überflüssig sein.

Eilig schlich sie nach oben und spülte die düsteren Gedanken mit der Dusche hinunter. Sie schlüpfte in eine knielange Jeans und eine ärmellose türkisfarbene Bluse. Die Farbe hob ihre Sommerbräune hervor, die von dem Wochenende am See stammte.

Einem Impuls folgend, legte Hope den an einem Lederband befestigten schimmernden Bernstein um, den ihr Ryan einmal geschenkt hatte, weil er die Farbe ihrer Augen hatte, wie er gesagt hatte. Zu ihrem fünfjährigen Jubiläum. Den Schmuck hatte sie bislang weit hinten in ihren Schrank verbannt. Aber es war albern. Die Kette war viel zu schön, um nutzlos zu verstauben. Ihre Haare fasste sie mit einem Band zu einem einfachen Zopf zusammen, bevor sie in die Sandalen schlüpfte. Etwas Eyeliner und Wimperntusche waren das einzige Make-up.

Nachdem ihr Muskelkater und ihr wundes Hinterteil zum Glück wieder in Ordnung waren und sie nicht wusste, welches Auto ihre Eltern nehmen wollten, schwang sie sich aufs Fahrrad, dessen Reifen Ian geflickt hatte. Noch waren die Straßen frei, später würde die Hauptstraße für das Rennen und die Parade gesperrt werden.

Seit sie hier war, fand sie wieder richtig Spaß am Fahrradfahren. Vielleicht sollte sie sich für New York auch eines besorgen? Schließlich gab es dort schon den ein oder anderen Radler und auch viele Fahrradkuriere.

Elly, Francy und Doris, die Besitzerin des Supermarkts, erwarteten sie bereits am Stand. Ihre Patentante war schon fleißig dabei, den Pfannkuchenteig zuzubereiten. Sie gab gerade die Zutaten in die elektrische Rührmaschine. Ihre Wangen waren vor Anstrengung gerötet.

Auf dem Festplatz tummelte sich schon halb Lynnwood Falls und war mit dem Aufbau beschäftigt. Nicht weit entfernt entdeckte sie Brandon und Ryan, die mit einigen anderen Männern eine große Hüpfburg aufbauten. Ryan legte gerade den Kopf in den Nacken und lachte lauthals über etwas, was Brandon von sich gegeben hatte. Hopes Herzschlag beschleunigte sich, und sie sagte sich, dass es an der Aufregung lag, weil ihr Stand gleich öffnen würde. Sie waren die erste Anlaufstelle heute, denn das Pfannkuchenfrühstück war Tradition.

Hope hievte den Eimer mit Ahornsirup auf die Theke, während Elly Blaubeeren wusch. Das sonnige Wetter hatte schon die ersten Beeren reifen lassen; die Saison begann gerade.

Elly steckte sich einige in den Mund. »Hm, die ersten sind einfach die leckersten!«

Hope stibitzte ebenfalls ein paar aus dem Korb.

Doris klopfte mit der Schöpfkelle gegen die Pfanne. »Hey, Mädels, es wird nicht genascht. Sonst bleibt ja nichts für unsere Kunden übrig.«

Hope drehte sich um und musterte die energische kleine Frau mit den kastanienrot gefärbten Haaren. »Wir müssen doch testen, ob sie in Ordnung sind.« Sie deutete mit einem Grinsen auf die Pfanne, in der das Fett bereits die ersten Blasen schlug. »Warum backst du uns nicht mal einen Pfannkuchen, damit wir sehen können, ob sie schmecken?«

Lachend floh sie ein paar Schritte beiseite, als Doris ihr mit dem Kochlöffel drohte. Kurz darauf erfüllte der Duft nach gebratenem Teig die Luft. Jeder bekam einen Bissen zum Probieren, da kamen auch schon die ersten Kunden. Die Lawrence' mit ihren beiden Töchtern und dem Sohn, gefolgt von Sheriff Thomson und seiner Frau.

Für die nächsten beiden Stunden kam Hope kaum zum Luftholen. Ein Pfannkuchen nach dem nächsten ging über die Theke, und Hope kam mit Abkassieren gerade so hinterher, während Elly die saftigen Pfannkuchen im Akkord aushändigte.

Hope war heilfroh, als ihre Ablösung eintraf. Die Bibliothekarin Melanie Rowling, die aus der Nähe betrachtet bezaubernde Grübchen hatte und äußerst sympathisch wirkte, und Nora Tucker, die Farmersfrau, waren als Nächste für den Verkauf eingeteilt. Mrs Bloomberg und Rosemary Carmichael, die Frau des Bäckers, waren für die Zubereitung zuständig und lösten Francy und Doris ab.

»Dann viel Spaß und Erfolg«, wünschte Hope und schnappte sich einen Pfannkuchen vom Stapel, den sie in einer ordentlichen Ladung Ahornsirup ertränkte. Sie biss hinein. »Göttlich! Jetzt weiß ich, warum unser Bürgermeister sich gleich zwei geholt hat.« Sie kicherte.

»Der muss ja seinen runden Bauch füllen.« Elly leckte sich lachend über die Lippen. »Aber ich könnte auch glatt noch einen verdrücken. Doch ich muss meinen Hunger noch aufsparen für die Spareribs und Maiskolben nachher. Und ein Sloppy Joe muss auch sein.«

»Du hast recht. Mit beidem.« Sie mochte sowohl die Ribs als auch die mit Hackfleischsauce gefüllten Hamburger-Brötchen, die hier mit Wedges und Krautsalat serviert wurden. »Herrje, da kriege ich direkt schon wieder Hunger. Wann ist Mittag?«

Elly lachte. Sie deutete mit dem Kopf auf die Hüpfburg. Ryan lag auf dem Rücken auf einem Luftpolster. Einige vielleicht zehnjährige Jungen sprangen um ihn herum und katapultierten ihn immer wieder nach oben. Sein Lachen konnte sie bis hierher hören. Daneben stand Brandon, und fünf Jungs hingen an seinen Armen wie Fledermäuse an einer Höhlendecke.

»Da fragt man sich, wer die größeren Kindsköpfe sind.« Elly zog eine Grimasse, musste dann aber doch selbst lachen.

»Du brauchst nicht zu fragen, die Antwort kennst du.« Hopes Grinsen geriet etwas schief. Elly schien jedoch nichts zu merken.

Ein sehnsüchtiger Blick trat in die Augen ihrer Freundin. »Die beiden werden sicherlich mal gute Väter.«

»Bestimmt.« Hope unterdrückte das eigenartige Gefühl, das in ihr aufwallte. »Gibt es denn bei euch schon Pläne?«, lenkte sie schnell ab.

»Brandon wollte noch seine nächste Knie-OP abwarten. Doch zumindest findet er, der Dachboden ist groß genug für Kinderzimmer.« Ein Strahlen glitt über ihre Züge. »Du musst jetzt endlich mal zu uns kommen, du kennst unser Haus ja noch gar nicht.«

»Das stimmt, wir sind bisher immer ausgegangen. Ich komme gern vorbei, ich bin neugierig.« Und vielleicht ein bisschen eifersüchtig, ging es ihr durch den Kopf, auch wenn sie ihrer Freundin das Glück von ganzem Herzen gönnte. Colin sprach nie über Familiengründung, nicht einmal das Thema »Hochzeit« war im Gespräch.

»Was ist eigentlich mit Ryan – hat oder hatte er jemanden?«, erkundigte sie sich möglichst beiläufig, während sie über den Platz schlenderten, auf dem das pralle Leben tobte. Die beiden Kissengarnituren spukten ihr immer noch im Kopf herum.

Elly hob die Schultern. »Es gab einige Frauen. Will und er sind öfter am Wochenende in Portland oder auf irgendwelchen Festivals gewesen, und ich weiß, dass die beiden die ein oder andere Liebschaft hatten. Unverbindlich. Ryan hat sich eine Zeit lang mit Beatrice – früher haben wir sie Trish genannt – getroffen. Dunkelrote Locken. Sie war bei uns in der

Primary School, wenn du dich erinnerst. Sie wohnt jetzt auch in einem Vorort von Portland, arbeitet im Maritim-Museum.«

Ganz dunkel hatte Hope ein Bild vor Augen.

»Für sie war es, glaube ich, recht ernst. Sie hat ihn mal im *The Eighties* gesucht und ihm eine Szene gemacht.«

»Inwiefern?« Hope versuchte, sich ihre Neugier nicht allzu deutlich anmerken zu lassen.

Elly zögerte. »Sie wollte wohl, dass er sie als seine Freundin einführt, wobei er ihr im Vorfeld ganz deutlich gesagt hatte, dass er sich nicht fest binden will. Zumindest hat er sich mir gegenüber so geäußert.«

Hope biss sich auf die Unterlippe. Ob das wohl noch heute für ihn galt? Sie konnte gut verstehen, dass Trish ihn nicht hatte gehen lassen wollen, so wie er küssen konnte … Ein wohliger Schauer rann über ihren Rücken.

»Danach haben wir sie nie wieder gesehen. Ich glaube, Ryan hat die Affäre beendet.« Elly rieb sich mit dem Zeigefinger über die Nasenspitze. »Mir fällt gerade auf, dass Will und er in den letzten Wochen gar nicht mehr weg waren.«

»Vielleicht, weil mein Vater krank ist und Ryan in Bereitschaft sein wollte?«, schlug Hope vor.

»Vielleicht. Vielleicht aber auch nicht, womöglich hatte er andere Gründe.« Ellys bedeutungsvoller Blick ließ Hopes Herz höherschlagen.

In dem Moment reckte ihre Freundin den Hals und deutete zum Startpunkt des Traktorrennens. »Oh, da ist Jesse!«

Ellys großer Bruder! In früheren Jahren hatte sie ihre Freundin immer darum beneidet, einen großen Bruder zu haben. Sie hatte sich auch Geschwister gewünscht. Aber leider hatte ihre Mutter keine Kinder mehr bekommen können; schon vor ihr hatte sie zwei Fehlgeburten gehabt, und die Schwangerschaft war nicht ungefährlich gewesen. Nach dem Tod seiner Eltern hatte Ryan die Bruder-Rolle eingenommen, und sie hatte nichts mehr vermisst.

Nun fiel ihr zum ersten Mal auf, dass sie Jesse noch gar nicht gesehen hatte, seit sie in Lynnwood Falls war. Elly hatte ein paarmal erwähnt, dass sie ihn getroffen hatte. Früher war Hope zeitweise in Jesse verliebt gewesen. Auch er war älter und männlicher geworden. Wenn sie sich richtig erinnerte, war er inzwischen verheiratet und hatte Kinder.

Als er näher kam, stockte sie. Er hatte immer gut ausgesehen, doch irgendwie wirkte er verwahrlost. Die hellbraunen Haare waren schulterlang und von sonnengebleichten Strähnen durchzogen. Auch er trug einen Bart, der jedoch dringend gestutzt werden musste.

»Jesse, hey! Wie geht es dir?« Sie strahlte ihn an.

»Hope!« Das Lächeln erreichte seine braungrünen Augen, in denen der Glanz fehlte, nicht wirklich. »Lange nicht gesehen.«

Er erwiderte ihre Umarmung, doch es fehlte jeglicher Elan. Sie erschrak. Wie knochig er sich anfühlte! Erst jetzt fiel ihr auf, dass ihm Hose und Hemd um den fast schon dünnen Körper schlotterten – früher war er gut gebaut gewesen, zumindest nach dem Erwachsenwerden.

Auf Ellys Zügen stand Besorgnis. »Fährst du beim Rennen mit?«

»Warum nicht? Hast du was dagegen?« Sein Blick wirkte trotzig, die Wangenmuskeln mahlten.

Elly presste die Lippen zusammen. »Viel Glück«, sagte sie schließlich, bevor sie Hope am Arm packte und mit sich zog.

»Er wird sich noch um Kopf und Kragen fahren«, stieß sie zwischen den Zähnen hervor.

Hope hielt ihre Freundin fest, die losstürmte, als müsste sie selbst ein Rennen bestreiten. »Was ist eigentlich los?«

Elly blieb so abrupt stehen, dass Hope beinahe über sie gestolpert wäre. »Du weißt es nicht?« Fassungslos starrte ihre Freundin sie an.

Hope schüttelte den Kopf. »Ich weiß nicht, was du meinst.«

»Jesses Frau ist letzten Herbst ums Leben gekommen. Hochschwanger. Mitsamt meiner kleinen dreijährigen Nichte. Autounfall.« Tränen schwammen in Ellys Augen.

Hope wurde eiskalt. »O mein Gott, wie schrecklich!«

Elly wischte sich mit dem Handrücken über die Augen. »Jesse gibt sich die Schuld. Weil er nicht mitgefahren ist. Beth, meine Schwägerin, konnte nachts nicht gut sehen. Und es war ein regnerischer Tag. Die Straße war voller Laub. Es wurde früh dunkel. Sie sind mit dem Wagen den Hang hinuntergestürzt. Wir wissen nicht genau ...« Elly verstummte.

»Aber ...« Hope holte tief Luft, sie konnte gar nicht fassen, was sie da hörte.

Doch Elly schien ganz in Gedanken versunken zu sein. »Jesse hat gearbeitet. Er ist doch Meeresbiologe. Sie hatten einen gestrandeten Wal drüben bei Rockland. Es war nicht seine Schuld.«

»Natürlich war es nicht seine Schuld!« Trotz der Sonne, die jetzt, um kurz nach elf, vom Himmel brannte, fröstelte Hope. »Das tut mir so schrecklich leid.«

»Es trifft uns alle hart, wir haben Beth geliebt. Doch Jesse hat seinen Lebensmut verloren. Er lässt niemanden mehr an sich heran. Ich habe Angst um ihn.« Nun war Elly so leise, dass Hope sich ganz nahe zu ihr beugen musste, um sie zu verstehen.

»Das glaube ich!« Mitleid mit ihrer Freundin und deren Bruder überkam sie. Es war einfach unfassbar!

Als hätte der Himmel es mitbekommen, schob sich in dem Moment eine große Wolke vor die Sonne und verdunkelte den strahlenden Morgen.

»Hast du deshalb kürzlich zu Ian gesagt, dass er mit Becky nach Hause gehen und sie nicht allein lassen soll?«

Elly blinzelte verwirrt. »Gut möglich.«

»Warum hast du mir nicht geschrieben? Ich wäre gekommen.«

»Ach, du warst so eingespannt, und ich hatte damals so viel um die Ohren.«

Hope schlang die Arme um ihre Freundin und kämpfte mit dem Kloß in ihrem Hals. »Tut mir so leid, dass ich damals nicht für dich da war!«

Elly presste die feuchte Wange gegen ihre. »Zukünftig wird das nicht mehr passieren. Wir verlieren uns nicht mehr aus den Augen, versprich mir das! Ich habe jetzt erst gesehen, wie wichtig es ist, das Leben jeden Tag zu genießen und die Menschen, die einem wichtig sind, an der Seite zu haben.«

»Ich verspreche es hoch und heilig«, sagte Hope ernst. Die Worte berührten sie auf eine eigentümliche Art.

Sie versuchte, sich vorzustellen, wie Jesse sich fühlte. Sie hatte damals gedacht, die Welt ginge unter, als Ryan mit ihr Schluss gemacht hatte. Aber wie musste es sein, jemanden so ganz zu verlieren? Auch noch die Frau und quasi zwei Kinder? Hope erschauderte. Sie wollte es sich nicht einmal vorstellen.

Elly packte sie am Arm. »Aber jetzt komm. Heute ist Independence Day. Wir müssen weitermachen …« Ihr Lachen klang gezwungen. »Zumindest irgendwie.«

Hope nickte und spürte instinktiv, dass Elly genug gelitten hatte und es wichtig für sie war, nicht auch noch ihr Leben von der Tragödie zerstören zu lassen wie das ihres Bruders. So gab sie sich Mühe, Elly abzulenken, während sie an den Ständen vorbeibummelten und die verschiedenen Gerüche in sich aufsaugten. Sie kaufte ihr eine himmelblaue Zuckerwatte, und einvernehmlich stellten sie fest, dass die süße Masse als Kind wesentlich besser geschmeckt hatte. Sie fanden zu ihrer alten Ungezwungenheit zurück; dennoch schwelte es in Hopes Hinterkopf.

Unwillkürlich musste sie an Ryan denken. Der seine Eltern

verloren hatte. Auch er hatte eine ganze Weile gebraucht, bis er sich gefangen hatte. Als wäre der Gedanke das Stichwort für ihn gewesen, stand er plötzlich mit Brandon vor ihr.

Während Elly sich in die Arme ihres Freundes schmiegte, ruhte Ryans Blick auf dem Anhänger um Hopes Hals.

»Guten Morgen.« Sein Lächeln wirkte nachdenklich.

Auf einmal wünschte sich Hope, sie hätte einen anderen Schmuck gewählt. Doch nun war es dafür zu spät. Sie musste sich regelrecht zwingen, nicht die Hand schützend darüberzulegen.

»Morgen. Habt ihr euren Dienst beendet?«, fragte sie schließlich, um irgendetwas zu sagen.

»Später als ihr. Wir hatten nach unserem anstrengenden Morgen auf ein paar extra dicke Pfannkuchen gehofft«, kam es vorwurfsvoll von Brandon.

»Die Einnahmen kommen der Gemeinde zugute. Kauft euch also zwei«, gab Elly lachend zurück und knuffte ihn.

Hope sah sich suchend um. »Wo ist Chief?«

Ryan deutete nach hinten in Richtung Hüpfburg. »Kevin wollte unbedingt auf ihn aufpassen, und Chief genießt die Aufmerksamkeit.«

»Weiß Kevin, dass er nichts fressen darf und er auf ihn aufpassen muss?«

»Natürlich.«

Natürlich! Ryan sorgte schon dafür, dass seinem Hund nichts geschah. Bevor sie noch etwas erwidern konnte, kamen ihre Eltern auf sie zu. Obwohl ihr Vater nur langsam gehen konnte, was ihn normalerweise ärgerte, strahlte er, als er sie sah. »Hallo zusammen.«

Nachdem Elly die beiden begrüßt hatte, packte sie Brandon am Arm. »Ich besorge diesem hungrigen Mann noch etwas zu essen. Wir sehen uns gleich drüben an der Rennstrecke, okay?«

Hope nickte.

Ihr Vater legte je einen Arm um ihre und um Ryans Schultern, und auf einmal wurde es Hope fast zu viel Nähe. Oder auch zu wenig, je nachdem, wie man es sah.

»Ich habe es gestern schon zu Hope gesagt, Ryan. Großartig, wie ihr euch um die Praxis kümmert. Und die Renovierung, das war ja eine tolle Überraschung …« Er räusperte sich sichtlich gerührt. »Da könnte ich glatt schon in Rente gehen und endlich mit Mary ein bisschen reisen.«

Hope versteifte sich. Sie musste sich regelrecht zu einem leichten Ton zwingen. »Das könnte dir so passen, Pops. Nichts da! Du musst noch ein bisschen arbeiten.« Doch irgendwie brachte sie es nicht über ihre Lippen zu erwähnen, wann sie spätestens wieder in New York sein musste.

Ryan lächelte ihren Vater an, und sie konnte die Zuneigung zwischen den beiden spüren. »Das mit eurer Reise kriegen wir hin. Aber noch brauchen wir dich.« Plötzlich weiteten sich seine Augen. »Moment, ich muss nach Chief sehen. Da kommt der Reverend mit seiner kleinen Bestie. Die beiden Hunde verstehen sich nicht.« Er stürmte davon.

Hope wäre ihm am liebsten hinterhergeeilt, doch ihr Vater hielt sie fest und sah sie eindringlich an. »Was ich gerade gesagt habe, meine ich ernst, Hope. Ich habe dich schon lange nicht mehr so strahlend gesehen wie hier. Wenn du dableiben möchtest, gibt es immer einen Platz und Arbeit für dich.«

Hope schluckte. Einen Moment kämpfte sie mit sich. »Das ist lieb von dir, Pops. Doch ich bin glücklich in New York, und meine Aufgabe dort erfüllt mich. Das hier ist wirklich nur temporär für mich.«

»Wie du meinst. Dann kann ich dir nur wieder einmal danken, dass du für mich eingesprungen bist. Ich wollte dich bloß wissen lassen, dass es diese Alternative gibt.« In seinen grauen Augen stand Nachdenklichkeit. Sie schlug die Lider nieder. Ihr Vater hatte schon immer in ihr lesen können wie in einem offenen Buch.

»Danke, Pops.« Sie küsste ihn auf die Wange und drückte auch ihre Mutter an sich, die ihr liebevoll über das Haar strich.

Warum ließ sie der Gedanke nicht los, dass man die Menschen, die einem wichtig waren, schätzen und um sich herum haben sollte?

Schnell eilte sie Elly hinterher. Ihre Freundin brauchte sie jetzt vielleicht, wenn ihr Bruder das Rennen fuhr.

Der Gestank nach Abgasen waberte über die Hauptstraße, und der ohrenbetäubende Lärm laufender Traktormotoren empfing sie. Zum Glück überragte Brandon die meisten Umstehenden, sodass sie ihre Freundin schnell neben einem alten roten Traktor fand. Sie stand neben Jesse und umarmte ihn.

»Pass auf dich auf.«

Sein Lächeln sollte vermutlich beruhigend wirken. »Das mache ich.«

Auch Hope umarmte Jesse spontan. »Viel Erfolg!«

Er drückte ihre Schulter. »Danke, Kleines.«

Ein wehmütiges Gefühl beschlich sie. So hatte er sie früher immer genannt.

Das Rennen, das in mehreren Runden von der Hauptstraße über die südliche Umgehungsstraße und wieder zum Startpunkt führte, wurde spannend, und Jesse brachte sich zum Glück nicht in Gefahr. Hope ertappte sich dabei, wie sie immer wieder nach Ryan Ausschau hielt. Bis sie ihn ein Stück weiter vorn mit Annabella entdeckte, die ihrem Cousin zujubelte, der auch am Rennen teilnahm.

Hope wusste nicht, ob es wieder Ryans siebter Sinn war oder ob er ihren Blick gespürt hatte, auf jeden Fall drehte er den Kopf und sah sie an. Verlegen wandte sie den Blick ab und ärgerte sich im selben Moment darüber. Das wirkte so schuldbewusst!

Sie konnte selbst nicht sagen, wie sie den Rest des Tages überstand. Immer wieder in seiner Nähe zu sein und an den

Kuss erinnert zu werden und nicht zu wissen, wie sie mit ihm umgehen sollte … Auch Ryan wirkte nachdenklich.

Bei der Parade stand er plötzlich neben ihr. Sein Blick blieb an dem Bernsteinschmuck um ihren Hals hängen. »Hope …«

Ihr Herzschlag beschleunigte sich. Zum Glück fuhr in dem Moment der Wagen mit ihren Eltern vorbei, und sie winkte ihnen zu. Als sie sich wieder zu Ryan umdrehte, unterhielt er sich mit seinem Nachbarn Charly Legrand.

Bis zum Abend trafen sie immer nur kurz aufeinander. Eine Weile war er fort. Er brachte Chief zu Angus, wie sie von Elly erfuhr.

Erst beim Feuerwerk stand er wieder neben ihr und Brandon, der seine Arme um Elly geschlungen hatte. Für einen verrückten Moment spielte Hope mit dem Gedanken, sich an Ryan zu schmiegen, doch zum Glück hatte sie noch nicht genug Bier intus, um ihren Verstand komplett zu verlieren.

Während das Feuerwerk funkelnde Sterne an den Himmel spie und die Gesichter der Umstehenden rot, lila, grün, gelb und blau leuchten ließ, starrte Hope gedankenverloren in den Himmel. Unabhängigkeitstag. Und wie abhängig waren die Menschen in Wirklichkeit?

Die ganze Woche über durchlebte Hope eine Achterbahnfahrt der Gefühle. Die Scham war einfach zu groß. Wobei sie eher vor sich selbst als vor Ryan Angst hatte. Ihre Selbstbeherrschung hing an einem seidenen Faden, deshalb beschloss sie, ihm besser aus dem Weg zu gehen.

Wenn sie sich sahen, unterhielten sie sich freundlich. Einmal spielten sie sogar Billard im Team. Doch die Erinnerung an den Kuss schwebte ständig über ihnen. Vor allem, wenn Hope nachts allein im Bett lag.

Die angespannte Situation zerrte an ihren Nerven. Sie war froh, als das Wochenende vor der Tür stand. Ryan hatte seine

Einladung zum Moxie-Festival nicht wiederholt, und sie sprach ihn nicht darauf an. Elly hatte die Clique in das Ferienhaus ihrer Eltern am Strand eingeladen, in dem sie früher schon viel Zeit verbracht hatten, und Hope hatte zugesagt – obwohl sie sich eigentlich mit Colin hatte treffen wollen. Momentan schaffte sie es nicht, ihm gegenüberzutreten. Die Scham war zu groß.

Pünktlich am Samstagmorgen um sieben Uhr fuhr Brandon in seinem weinroten Mitsubishi Jeep vor ihrem Haus vor. Hope lief mit ihrem Rucksack hinaus und stieg gut gelaunt in den Fond.

»Wir müssen schnell noch Ryan abholen, dann kann's losgehen«, sagte Brandon.

Hope fühlte sich, als wäre sie mit dem Kopf gegen einen Deckenbalken gerannt. »Ryan?«, echote sie.

Elly drehte sich zu ihr um und musterte sie kritisch. »Habt ihr euch etwa wieder gestritten?«

»Nein, überhaupt nicht«, beeilte sich Hope zu versichern. Das war ja nicht mal gelogen. »Ich war gerade nur erstaunt, weil er doch mit Will aufs Moxie-Festival wollte.«

Anscheinend hatte sie Elly damit überzeugt, denn ihre Freundin drehte sich wieder nach vorn. »Er sagte, den Trubel will er Chief im Augenblick nicht zumuten, und so haben wir ihn überredet. Will kommt mit den Fuller-Zwillingen und Lizzy mit, Ian und Becky fahren separat, weil sie flexibel sein wollen.«

»Wie schön!«, erwiderte Hope mit so viel Enthusiasmus wie möglich, wobei ihr Herz raste und ihr ganz andere Adjektive dafür einfielen. Das Verrückteste war, dass sie sich auch ein kleines bisschen darüber freute, dass Ryan dabei sein würde.

Auch er wirkte angespannt, als er Chief in den Wagen half und sich anschließend zwischen den Hund und Hope zwängte. Wie immer bestand Chief darauf, den Kopf aus dem Fenster zu strecken, und so kam ihr Ryan verflucht nahe. Auch wenn er sie nicht wirklich berührte, fing ihre Seite an zu prickeln. Als sie sah, wie eingezwängt seine Beine auf dem Mittelsitz waren, hatte sie ein Einsehen.

»Komm, lass uns die Plätze tauschen. Meine Beine sind doch viel kürzer.«

Da fuhr Brandon schon los, und sie war gezwungen, sich über Ryans Schoß zu quetschen. Seine Hände umfassten dabei ihre Taille, und die Erinnerung, wie er sie gestreichelt hatte, wurde übermächtig.

Hope konnte selbst nicht sagen, wie sie die Fahrt nach Cumbers Landing so dicht an Ryan gedrängt überstand, ohne innerlich zu überhitzen. Die Scham schwelte immer noch in ihr. Und auch die Gefühle ließen sich nicht ganz unterdrücken. Immerhin konnte sie sich ab und zu an Chief kuscheln; das lenkte sie ab.

Sie waren die Ersten, die am Cottage von Ellys Eltern eintrafen. Das stabile, weinrot gestrichene Holzhaus mit den weißen Fensterrahmen lag malerisch am Ende eines langen Fjords, eingebettet zwischen Felsen. Es verfügte über einen eigenen Sandstrand. Im Inneren beherbergte es fünf Schlafzimmer mit zwei Bädern im Obergeschoss und ein großes Wohn-Esszimmer mit angrenzender Küche im Erdgeschoss. Auch hier gab es eine Gästetoilette.

Weil es lange unbewohnt gewesen war, roch es etwas muffig, wie es häufig bei Häusern der Fall war, die nahe am Meer standen, wo die Luftfeuchtigkeit wesentlich höher war. Eilig rissen sie alle Fenster auf, räumten die Lebensmittelvorräte in die Küchenschränke und bezogen ihre Betten in den Zimmern. Hope erhielt den Raum schräg gegenüber von Ryan, während Elly und Brandon das letzte Zimmer auf dem Flur hinten rechts in Beschlag nahmen.

»So, ihr Lieben, ihr könnt jetzt tun, was ihr wollt. Aber wir würden gern ein kleines Nickerchen machen, bevor die Bande hier aufschlägt. Wir sind heute Morgen echt früh aufgestanden.« Elly grinste. »Heute Abend wird es sicherlich spät.«

»›Nickerchen‹ nennt man das also heutzutage.« Brandon zog sie feixend ins Zimmer.

Eine verlegene Pause entstand.

Ryan deutete mit dem Kopf nach draußen. »Chief braucht ein wenig Auslauf. Ich werde mit ihm am Strand spazieren gehen.« Seine Stimme klang fragend.

Hier wollte sie nicht bleiben. Andererseits wusste sie immer noch nicht, wie sie mit Ryan umgehen sollte. Sie gab sich einen Ruck. »Ich komme mit, wenn das okay ist?«

»Natürlich ist es das.« Seine Stimme klang ruhig, fast ernst.

Hope folgte ihm nach draußen. Der Sand war angenehm warm unter ihren Füßen; eine sanfte Brise wirbelte ihr Haarsträhnen ins Gesicht.

Ryan packte Chief gerade bei den Ohren und sah ihn scharf an. »Ich lasse dich von der Leine. Und du bleibst dem Meer fern! Noch ist kein Baden drin mit deiner Narbe.«

Chief legte den Kopf schief und winselte treuherzig.

»Nein, keine Chance, da kannst du noch so viel Charme versprühen.« In Ryans Augen funkelte es amüsiert, und auch Hope musste sich ein Schmunzeln verkneifen. Der Hund war einfach großartig.

Die Sonne ließ das Blau des Meeres leuchten; ein silbernes Funkeln tanzte auf den Wellenkämmen, während das Wasser dort türkisgrün schimmerte, wo die Brandung gegen das Ufer rauschte. Es war wieder ein herrlicher Tag, sicherlich um die siebenundzwanzig Grad, doch durch den frischen Seewind war es angenehm frisch.

Die Zehen im Sand vergraben, schloss Hope für einen Moment genießerisch die Augen und sog den Duft nach Salz und Seetang ein. »Herrlich.«

»Das ist es.« Ryan sah sie nachdenklich an. Für einen Moment fürchtete sie, er würde den Kuss ansprechen, aber dann ging er schweigend weiter, während Chief zwischen ihnen hin und her tollte.

»Hey, nicht so wild, du musst dich schonen«, ermahnte sie ihn, ließ sich jedoch erweichen, ihm ein Stöckchen zu werfen, das er ihr zurückbrachte.

Einmal ließ sie es fallen, ging in die Hocke, um es aufzuheben, während Chief zeitgleich danach schnappen wollte. Er rempelte gegen sie und stieß sie um, sodass sie seitwärts in den Sand plumpste.

Sofort war der Bobtail über ihr, leckte ihr über die Wange.

»Chief!«, sagte Ryan streng, und Hope musste sich wieder ein Lachen verkneifen.

Sie packte den Hund an den Ohren, knuddelte sie, vergrub die Hände in dem dichten Fell und schmuste mit ihm.

»Mein Hund vergisst bei dir alle Manieren. Er ist ganz verrückt nach dir«, kommentierte Ryan, als sie wieder aufgestanden war.

Hope konnte selbst nicht sagen, was sie geritten hatte, als sie kokett die Augenbrauen hob und fragte: »Nur der Hund?« Im selben Moment biss sie sich auf die Zunge.

Ryans Augen verdunkelten sich. »Hope, ich …«

Schnell legte sie die Hand auf seine weichen Lippen. Ihre Wangen brannten. »Ich rede Quatsch, vergiss es.«

»Nein, Hope, wir müssen …«

Wieder verschloss sie seinen Mund mit der Hand. »Ich habe einen Freund«, stieß sie atemlos hervor. »In New York. Ein Kollege.« Endlich war es raus.

Langsam ließ sie den Arm sinken, während Ryan hörbar die Luft aus seinen Lungen entweichen ließ. Sie sah ihn von unten herauf an.

»Okay, das erklärt einiges«, sagte er nach endlosen Sekunden des Schweigens.

Irgendwie wirkte er nicht unglücklich darüber.

»Es freut dich?«, fragte sie fassungslos.

»Zumindest hattest du einen konkreten Grund davonzulaufen, und es lag nicht an mir.« Lakonisch hob er einen Mundwinkel.

»Es … tut mir leid, wenn ich … Ich … weiß nicht, wie es dazu kommen konnte, ich …« Sie presste die Hände gegen ihre vor Scham glühenden Wangen. »Das ist mir echt noch nie passiert, dass ich … quasi fremdgegangen bin.«

»Das freut mich zu hören«, kommentierte er trocken.

»Was …« Da ging ihr ein Licht auf. Sie schluckte. »*Ich* habe dich nie betrogen.« Sie konnte sich die Betonung nicht verkneifen.

Ryan zog die Augenbrauen zusammen. »Was willst du mir damit sagen?« Seine Stimme hatte diesen gefährlich ruhigen Tonfall angenommen.

»Das musst du doch wissen«, gab sie schnippischer als beabsichtigt zurück.

Er packte sie am Arm, seine Wangenmuskeln zuckten. »Lass uns mal Klartext reden! Unterstellst du mir gerade, ich hätte dich betrogen?«

Sie hob das Kinn. »Hast du?«

»Nein, habe ich nicht, verdammt noch mal!« Nun wirkte er verärgert.

Hope nahm ihren ganzen Mut zusammen, holte tief Luft und sah ihn an. »Warum hast du mit mir Schluss gemacht?«

Sein Lachen klang freudlos. »Die Frage kommt reichlich spät, oder?«

»Was willst du mir nun damit sagen? Dass ich hätte früher fragen sollen?« Nun brodelte in ihr Ärger auf.

Er zuckte stumm mit den Schultern.

»Verrätst du mir, welchen Grund es gab?« Sie verschränkte die Arme vor der Brust. Endlich war sie raus, die Frage, die ihr so lange auf der Seele gelegen hatte, und jetzt wollte sie Antworten.

Ryan deutete zu einer Gruppe sonnenbeschienener Felsen. »Komm, setzen wir uns dorthin.«

Der Stein war angenehm warm in ihrem Rücken, als sie sich dagegensinken ließ. Ryan setzte sich im Schneidersitz neben sie, während Chief sich zwischen sie zwängte. Sie streichelte ihm sanft den Bauch, an dem das Fell langsam wieder nachwuchs.

Ryan lächelte kurz, dann wurde er ernst. Er kratzte sich den Dreitagebart. »Ich denke, wenn ich sage, weil ich ein Vollidiot war, reicht dir das nicht als Erklärung?« Er zog eine Grimasse.

»Zumindest ist das eine Erklärung, die mit meiner Meinung übereinstimmt«, gab Hope trocken zurück und musste dann doch lächeln.

Sein Blick schweifte aufs Meer hinaus, doch sie sah, dass er in Gedanken in weiter Ferne weilte. »Du hast irgendwann angefangen, nur noch von New York zu schwärmen. Von deinem Traum, zum Ende des Studiums dorthin zu gehen …«

Zu ihrem eigenen Erstaunen ärgerte sie diese Aussage nicht, vielleicht weil kein Vorwurf in seinen Worten mitschwang. Es klang eher entschuldigend.

»Aber ich wollte doch nicht allein dorthin! Es hätte auch für dich einen Platz gegeben!«

»Es war *dein* Traum, Hope! Für mich war es ein Albtraum!«

»Aber New York ist nicht so schlimm wie du denkst. Da gibt es nicht nur Beton, der Central Park …«

»Es geht nicht darum«, unterbrach er mit versteinerter Miene.

Die Erkenntnis traf sie wie ein Schlag in die Magengrube. »Es ist wegen deiner Eltern?« Sie konnte nur wispern.

Er kratzte mit dem Fingernagel Muster in den Felsen. »Ich weiß, es ist albern, eine Stadt dafür verantwortlich zu machen, doch … ich kann nicht dahin.«

»Aber warum hast du das nie gesagt?«

Nun sah er ihr in die Augen. »Was hättest du dann getan?«

»Dann wäre ich auch nicht dorthin gegangen.«

Ryan seufzte. »Das hatte ich mir gedacht. Und genau das wollte ich nicht von dir verlangen. Es war deine große Chance, die du dir so sehr gewünscht hast. Eines schönen Tages hättest du mich dafür gehasst, dass du deinen Traum für mich aufgegeben hast, und das wollte ich nicht. Du hast so oft gesagt, dass du dich in Lynnwood Falls eingeengt fühlst, und für mich war es genau der Platz, an dem ich sein wollte. Meine Heimat. Meine Granny war hier, die ich nicht allein lassen wollte. Du solltest ohne Beeinflussung von mir wählen.«

»Ist dir nie in den Sinn gekommen, dass auch das Zusammensein mit dir ein Traum für mich war?«, entgegnete sie mit rauer Stimme.

»Ich war mir damals nicht mehr sicher …«, murmelte er.

Hope ließ den Kopf gegen den Felsen sinken und sah nachdenklich nach oben. Der Wind jagte weiße Wolkenfetzen über den stahlblauen Himmel. »Aber wir hätten doch auch erst mal zusammenbleiben können – New York ist nicht so weit weg – und sehen …«

»Die vier Jahre Fernbeziehung fand ich hart. Gut, es ist dumm gelaufen, dass wir zum Hauptstudium auf verschiedenen Unis angenommen wurden, die so weit auseinanderlagen. Du hast mir so oft gefehlt. Ich hatte genug davon, dich nur alle Schaltjahre mal zu sehen, dich ständig zu vermissen. Ich dachte, ein sauberer Schnitt wäre besser.« Nun sah er schuldbewusst aus.

»Mit einer anderen Frau?«

»Es gab lange keine andere Frau, zumindest nichts Ernstes.« Er rieb sich wieder das Kinn. »Ich hatte dich nie für einen Stadtmenschen gehalten. Offen gestanden hatte ich damals noch gedacht – oder vielleicht auch gehofft –, du würdest recht schnell merken, dass New York neben Lynnwood Falls nicht bestehen kann, und kämst mit wehenden Fahnen zu mir zurück. Aber ich hatte wohl zu hoch gepokert.«

Hope griff in den warmen Sand und ließ die Sandkörner durch die Finger rinnen. »Ich bin damals zurückgekommen. Nach gut zwei Monaten in New York.«

Verblüfft sah er sie an. »Ich war nach dem Studium nicht mehr weg.«

»Ich weiß.« Sie presste die Lippen zusammen und beugte sich zu Chief, der sich sichtlich gern kraulen ließ. »Meine Mom sagte, du wärst kurz weg bei Peggy Sue, ihren Hund einschläfern. Ich wollte dich überraschen. Und bin zu ihr gefahren.« Sie holte tief Luft. »Ich habe die ganze Nacht vor dem Haus gestanden, und du kamst erst am Morgen heraus.«

Ryan schüttelte fassungslos den Kopf. »Ich kann mich erinnern. Es war Herbst. Und eiskalt. Und du warst die ganze Nacht dort draußen?«

Hope zuckte mit den Schultern.

»Aber wieso …«

Sie ahnte, was er fragen wollte. »Ihr kamt zusammen raus. Eng umschlungen.«

»Sie hatte mich gebeten, bei ihr zu bleiben. Ihr Hund war ihr Ein und Alles. Ich habe sie nur getröstet.«

Nur getröstet? Sie drehte Chiefs Fell um den Zeigefinger. »Peggy Sue hat mich gesehen. Ich bin dann weggefahren. Sie kam kurz darauf zu mir und fragte mich, ob ich ihr böse sei. Ihr wärt schon eine Weile zusammen, es wäre die große Liebe zwischen euch …«

»Das ist ja wohl die Höhe! Ich könnte sie schütteln! Sie hat Glück, dass sie weggezogen ist. Ich war niemals mit Peggy Sue zusammen, das schwöre ich beim Grab meiner Eltern«, stieß Ryan empört hervor.

»Aber du hast mit ihr geschlafen …«

»Niemals, in meinem ganzen Leben nicht. Sie wollte was von mir, schon früher …«

»Ihr habt doch damals auf dieser Party bei Kylie …«

»Nope.« Er grinste verschämt. »Wir waren nur bis zur dritten Base.«

Obwohl ihr so viel durch den Kopf raste, Fragen über Fragen, musste Hope lachen. Die aus dem Baseball stammende Einteilung, wie weit ein Junge mit einem Mädchen gegangen war, hatte sie schon lange nicht mehr gehört. Wurde der Vergleich heute überhaupt noch benutzt? Die erste Base war Küssen, die zweite bedeutete, die Hand unter das T-Shirt zu schieben, und die dritte Base war Fummeln.

»Du warst die erste vierte Base für mich«, sagte er da auch schon. Die leicht raue Stimme ließ ihre Magennerven kribbeln.

Hope riss die Augen auf. »Ich dachte immer … Wieso hast du nie was gesagt?«

»Was? Ich war mir sicher, das weißt du! Das stand für mich gar nicht zur Diskussion.« Er war nicht minder verblüfft. »Wenn ich mich richtig erinnere, hatten wir damals über das erste Mal gesprochen …«

»Ich dachte immer, du sprichst von mir. Du hast so erfahren gewirkt«, murmelte sie.

»Das nehme ich mal als Kompliment.« Er lachte leise. »Vermutlich lag es daran, dass ich mir vorher schon Tausende Male ausgemalt hatte, wie es mit dir sein wird.«

In ihrem Bauch breitete sich Wärme aus. Das Herz hämmerte gegen ihre Rippen. Ob er sich wohl auch heute noch ausmalte …?

»Außerdem …« Verlegen verstummte er.

»Was?«

»Nicht wichtig.«

»Nein, raus mit der Sprache! Jetzt reden wir. Es blieb schon viel zu viel ungesagt.«

Da war es wieder, das verschmitzte Grinsen, das ihren Magen Kapriolen schlagen ließ. »Ich habe damals im Internet recherchiert. Herrje, ich weiß nicht, ob du dich erinnerst, dass mein Rechner zu der Zeit defekt war?«

Hope nickte.

»Ich bin in die Bibliothek, die damals noch unter der Leitung der gestrengen Mrs Dubois stand und von ihr mit eiserner Hand regiert wurde.«

Beim Gedanken, wie er bei der unerbittlichen Dame mit Dutt gesessen und quasi vor deren Augen Dinge gegoogelt hatte, die Mrs Dubois als schändlich empfunden hätte, prustete Hope los.

»Ich habe immer zwei Tabs im Internet geöffnet – einen mit irgendwelchen Mathematikfragen und den anderen mit dem, was mich interessierte. Und jedes Mal, wenn sie näher kam, um mich zu kontrollieren, bin ich hin und her gesprungen.«

Hope hielt sich die Seiten vor Lachen, auch Ryan lachte laut.

»Hast du wenigstens den Browserverlauf gelöscht?«, japste sie.

»Aber natürlich.« Er hob die Augenbrauen. »Ich bin ja nicht von gestern.«

»Warum hast du das damals nie erzählt?«

»Anfangs war es mir peinlich. Mit siebzehn ist man wohl noch gehemmter …«

Als sich ihre Blicke verhakten, erstarb ihr Lachen. In ihrem Bauch kribbelte es, als hauste dort eine Horde Ameisen.

Ryan legte die Hand an ihre Wange und strich sanft mit dem Daumen über ihre Unterlippe. Für einen Moment hatte sie den Eindruck, er wollte sie küssen. Ein sehnsuchtsvolles Ziehen ergriff Besitz von ihr.

Colins imaginärer vorwurfsvoller Blick zerstörte den magischen Augenblick. »Ryan, ich …«

Er wusste sofort, was sie meinte. »Keine Sorge, ich weiß. Und ich respektiere es.«

Sie befeuchtete die Lippen und ergriff seine Linke. »Können wir wieder richtig Freunde sein? So wie früher?«

Er drückte ihre Hand, streichelte den Handrücken mit dem Daumen. »Natürlich.« Sein Lächeln wirkte nun irgendwie wehmütig.

»Danke«, wisperte sie. Sie zögerte einen Moment, dann beugte sie sich zu ihm und küsste ihn auf die Wange. Sein Dreitagebart war weich, er kitzelte an ihren Lippen. Sie fuhr sanft mit den Fingerspitzen darüber. »Der Bart steht dir«, sagte sie.

»Danke.«

Das sieht verflucht sexy aus. Das sagte sie besser nicht.

Den Rückweg zum Haus legten sie abermals schweigend zurück, doch dieses Mal war es ein einträchtiges Schweigen.

Ryan sprach erst wieder, als sie an einem Baumstamm vorbeikamen, den das Meer angeschwemmt hatte.

»Treibholz eignet sich am besten für ein Lagerfeuer. Schaffen wir es zu zweit, ihn zu tragen?«

»Probieren wir's.«

Obwohl der Baumstamm anfangs leichter als gedacht war, kam Hope doch mit der Zeit ins Schwitzen. Erschöpft ließ sie ihn vor dem Holzhaus auf den Boden sinken.

»Ich muss ins Wasser.«

»Das klingt nach einem sauguten Plan.« Ryan grinste.

Elly und Brandon kamen gerade aus ihrem Zimmer.

Elly war sofort Feuer und Flamme. »Kommando ›Badekleidung anlegen‹!«, rief sie.

Einem Impuls folgend, schlüpfte Hope in den Bikini, den sie zum Drunterziehen eingepackt hatte. Sie kam sich fast nackt vor, als sie sich im Spiegel musterte. Für einen Moment versuchte sie, sich mit Ryans Augen zu sehen, dann überkam sie Schuldbewusstsein. Sie brauchte dringend Abkühlung.

Sie wollte sich gerade doch lieber den züchtigen Badeanzug anziehen, als Elly an ihre Tür klopfte. Dann eben nicht. Sie schob die Unterlippe vor und folgte den anderen eilig zum Strand.

Jetzt, kurz vor Mittag, stand die Sonne am höchsten, und sie waren angenehm erhitzt. Dennoch schnappte Hope nach Luft, als das eisige Wasser des Atlantiks um ihre Knöchel schwappte. Die Kälte pikte, als wandelte sie durch ein Kaktusfeld. »Oh, verflucht, ich hatte ganz vergessen, wie kalt das Wasser hier ist!«

»Jammer nicht, es hat bestimmt vierzehn Grad«, gab Elly lachend zurück, bevor sie selbst laut quiekte, als eine Welle bis hinauf zu ihren Schenkeln brandete.

»Wer ist nun hier das Mädchen?«, konterte Hope grinsend.

Ryan band Chief an einem Ast fest, was diesem ein jämmerliches Winseln entlockte.

»Chief?«, prustete Elly heraus und deutete auf den jaulenden Hund.

Hope konnte sich nicht halten vor Lachen, obwohl das Mitleid ihr das Herz schwer machte. »Oh, bist du gemein! Der Arme!«

»Hört bloß auf, euch über meinen Hund lustig zu machen, sonst komme ich und tunke euch alle beide unter«, drohte Ryan, bevor er sich an Chief wandte. »Hör nicht auf die beiden, du darfst ruhig traurig sein. Ist ja auch hart, als Einziger draußen bleiben zu müssen!« Mitleidig kraulte er Chief den Hals. »Ich bin gleich wieder da.«

Ein Stück weiter hatte Brandon bereits Elly geschnappt und war mit ihr im Meer untergetaucht. Die beiden kreischten vergnügt.

Ryan richtete sich auf und kam auf Hope zu. »Was ist los? Wartest du auf mich?« Das Grinsen wurde diabolisch. »Oder brauchst du Hilfe?« Er griff nach ihr.

»Untersteh dich!« Sie presste die Hände gegen seine Brust und drückte ihn von sich.

Da packte er sie schon um die nackte Taille und schob sie unerbittlich zu den heranbrausenden Wellen. Das eiskalte Wasser prickelte an ihren Beinen, und doch wurde ihr unter Ryans Griff warm. Da ließ er sie zu ihrem Bedauern los.

»Ich will nicht an einem Herzinfarkt schuld sein. Geh lieber selbst rein.«

Hope machte zwei Schritte, stieß gegen einen Stein und kam ins Straucheln. Sie ruderte mit den Armen, griff hilfesuchend nach Ryan und riss ihn mit in die eisigen Fluten. Ihr blieb die Luft weg. Prustend tauchten sie wieder auf. Hope schmeckte das Salz auf den Lippen.

Er schüttelte die nassen Haare und lachte. »Das war echt link.«

»Sorry. Aber du wirst es verdient haben.« Sie spritzte ihm eine Ladung Wasser ins Gesicht.

Für eine Weile konnte sie sich tatsächlich der Illusion hingeben, sie wären wieder sechzehn und die besten Freunde. Es fühlte sich verdammt gut an, mit ihm im Meer zu balgen, auch wenn sie – wegen der Kälte – viel zu schnell wieder rausmussten.

Ihre Zähne klapperten aufeinander, als sie nach dem flauschigen Frotteetuch angelte. Und wie früher nahm Ryan ihr das Handtuch ab, wickelte sie darin ein und rubbelte ihre Arme warm, bevor er sich selbst ein dunkelblaues Badetuch um die Schultern legte.

Als sie kurz darauf in der Küche stand, um mit Elly ein paar Sandwiches zu belegen, sah diese sie von der Seite an.

»Heute Morgen, als ihr wie zwei Ölgötzen hinter uns saßt, dachte ich schon, na, das Wochenende kann ja heiter werden. Aber nun scheint ihr euch wieder zu vertragen, oder?« Die Neugierde stand ihr ins Gesicht geschrieben.

Hope sah durch das Fenster. Irgendwo da draußen ertönten rhythmische Schläge. Die Männer waren damit beschäftigt, mit den Äxten den Baumstamm zu zerlegen. »Wir haben uns endlich ausgesprochen. Das war längst überfällig.«

»Das ist sehr gut.«

Sie zögerte kurz, dann stieß sie einen Stoßseufzer aus. »Neulich haben wir herumgeknutscht. Nach Chiefs Operation.«

Elly pfiff durch die Zähne. »Ich find's toll. War es das nicht?«

»Viel zu schön! Aber ich habe einen Freund«, betonte Hope.

»Wirst du es ihm sagen?«

»Genau das weiß ich nicht. Es wird Colin verletzen. Andererseits will ich ihn nicht einfach so hintergehen oder belügen.« Sie seufzte wieder. »Ich tue mich seitdem echt schwer, mit ihm zu telefonieren.« Zum ersten Mal war sie froh, dass er nicht der Typ für Liebesgeflüster war. So musste sie ihm nichts vormachen, was nicht aus vollstem Herzen kam. »Ich bin ehrlich gesagt froh, dieses Wochenende wegen deiner Einladung eine Ausrede gehabt zu haben, obwohl ich dringend zu ihm sollte.«

»Und wenn du es deinem Freund erzählst, und er macht Schluss?«

Hope schürzte die Lippen. »Du hörst dich an, als fändest du das gut.«

Elly schlang die Arme um sie. »Ach, ich fände es so großartig, wenn du wieder da wärst! Ryan und du, ihr seid zwei der Menschen, die mir am meisten am Herzen liegen. Schau, wie gut das passt und was für ein großartiges Viererteam wir wären. Eine echt fesche Sache.«

Hope lachte, musste sich jedoch eingestehen, dass sie das auch schon gedacht hatte. Andererseits hatte Ryan ihr mit keiner Silbe zu verstehen gegeben, dass er immer noch ernsthaft an ihr interessiert war. Oder ob er inzwischen bereit war, sich wieder zu binden.

Gut, er hatte ihr vorher im Bikini bewundernde Blicke zugeworfen, aber das musste nichts heißen. Auf einmal bedauerte sie zutiefst, dass sie ihm den Mund zugehalten hatte. Was er wohl hatte sagen wollen, als sie ihn gefragt hatte, ob nur sein Hund verrückt nach ihr war? Hätte sie ihn doch bloß nicht unterbrochen!

Und was wollte sie selbst? Sie wollte alles. Sie wollte ihren Job in New York. Colin. Die Physiotherapie-Abteilung, die ihr Herzensprojekt war. Und sie wollte ihre Freunde hier. Und Ryan als ihren guten, alten Freund. Bei dem sie ein Prickeln verspürte, wenn er sie berührte.

»Wie lange bist du noch da?«, riss Elly sie aus ihren Grübeleien.

»Warum fragst du?«, wich Hope aus, scheinbar völlig auf das Belegen der Brote konzentriert.

»Einige Mädels und ich wollen eine Babyparty für Becky veranstalten. Es wäre total schön, wenn du dabei sein könntest.«

»Das wäre genial. Bis Mitte August kann ich bleiben, danach haben Colin und ich Urlaub geplant. Und am ersten September beginnt die Arbeit in New York. Ich wäre sehr gern bei Beckys Babyparty dabei«, sagte Hope erfreut. Sie hatte Ians sympathische Frau ins Herz geschlossen.

Auf einmal wurde sie wehmütig. Es gab so viele Events, die sie verpassen würde, wenn sie wieder in New York war.

Jetzt war nicht der richtige Zeitpunkt zum Grübeln. Gerade fuhren die Fuller-Zwillinge mit Lizzy und Will vor, direkt gefolgt von Ian und Becky.

»Ich hoffe nur, die haben schon unterwegs was gegessen. Wir haben ja Reserven, aber wenn die Zwillinge mal hungrig sind …« Elly zog eine Grimasse, während sie den Teller mit den Sandwiches nach draußen zu den vier Liegen balancierte.

Hope folgte ihr mit einer Kühltasche mit Getränken.

Doch Jack, Jim und Lizzy, die unterwegs Burger gegessen hatten, schrien erst mal nach Bier und verzogen sich dann mit einer Frisbee-Scheibe an den Strand, während Ian und seine Frau sich zu ihnen gesellten. Becky hatte Blaubeer-Muffins gebacken, die sie auf den Tisch zu den Sandwiches stellte. Will schnappte sich einen davon und folgte den drei anderen an den Strand.

»Jungs, essen!«, rief Elly.

Die beiden hatten ganze Arbeit geleistet, der Baum war schon in handliche Stücke zerlegt.

Ryan wischte sich den Schweiß von der Stirn. »Ich muss mich kurz abduschen, dann komme ich.«

Brandon schnupperte mit einer übertriebenen Grimasse an seiner Achsel »Da mache ich mit, bevor mich meine Liebste davonjagt.«

»Super Idee! Wir fangen schon an. Ihr holt uns ja eh ein«, rief Elly ihnen lachend hinterher.

Hope streckte sich genüsslich auf einer Liege aus, kraulte Chief, der sich neben ihr niedergelassen hatte, und biss in einen Blaubeer-Muffin, der verlockend duftete. »Das ist ein Leben! Die Sonne auf den Bauch scheinen lassen, das Meer rauschen hören und saulecker essen.«

Elly stimmte ihr zu, während sich Becky, die sich mit Ian eine Liege teilte und zwischen seinen Beinen lag, den Babybauch rieb. »Ich stimme dir fast zu. Wenn nur die beiden Mädchen in meinem Bauch nicht unbedingt Kickboxer, Soccer- oder Football-Stars werden wollten.« Kichernd wandte sie sich an Elly. »Ich schick sie dann zu euch. Brandon kann ja mal eine Frauenmannschaft trainieren.«

»Das macht er sicherlich liebend gern.« Elly lachte.

Ian legte die Hände auf den Leib seiner Frau. Sein Gesicht verzog sich verzückt. »Ich spüre es.«

Hope richtete sich auf. »Darf ich mal?« Schnell schob sie sich den letzten Bissen in den Mund.

Becky lachte. »Natürlich, komm her.«

Vorsichtig platzierte Hope die Hände auf dem Bauch. Zuerst spürte sie nur die harte Bauchdecke, doch auf einmal kickte etwas gegen ihre flache Hand. Und gleich noch einmal. »Oh, wie cool ist das denn?!« Vermutlich sah sie genauso verzückt aus wie Ian.

Als sie aufsah, blickte Ryan sie mit einem nicht zu deutenden Gesichtsausdruck an. Sein Haar war noch feucht vom Duschen. Wassertropfen standen auf seiner Brust, die sie liebend gern weggestrichen hätte. Schnell rief sie sich zur Vernunft. Wieso reagierte sie so auf ihn?

»Danke, Becky. Ich muss mir noch ein Sandwich sichern, bevor die Jungs alles wegessen«, lenkte sie ab und flüchtete auf ihre Liege.

Brandon schob sich hinter Elly, spreizte wie Ian die Beine, damit sie sich an seinem Bauch anlehnen konnte, während Ryan auf die vierte Liege zusteuerte.

»Oh, ich glaube, das war die, die letztes Mal zusammengebrochen ist. Vielleicht gibt dir Hope ein Stück von ihrer ab«, sagte Elly, und Hope fragte sich, ob das stimmte. Oder setzte ihre Freundin alles daran, dass sie hierblieb? Elly behielt ihr Pokerface bei, als auch Ryan sie nachdenklich ansah.

Zögernd kam er auf sie zu, während Hope zum Fußende rutschte. Er setzte sich neben sie, kraulte Chief, der dabei mit dem Schwanz rhythmisch gegen ihr Schienbein schlug, und nahm sich ein Schinken-Käse-Sandwich.

»Nein, Chief, das ist leider nichts für dich. Du weißt, warum!«

Während Elly Brandon von Beckys Plänen erzählte, dass er ihre Mädels trainieren sollte, hatte Hope plötzlich das Gefühl, unnatürlich laut zu kauen. Obwohl sie Ryan nicht berührte, spürte sie ihn mit jeder Faser ihres Körpers. Ihre Hand machte sich selbstständig und strich ihm die Tropfen vom Rücken, die in allen Regenbogenfarben glitzerten.

»Du warst noch nass.« Verlegen nippte sie an ihrem Shandy.

»Danke.«

Ihr Blick schweifte zum Strand. Auf einmal überkam sie das Bedürfnis nach Bewegung. Schnell schob sie sich den letzten Rest des Sandwichs in den Mund.

Eine Weile jagten sie in der Mittagshitze über den weichen Sand der Frisbee-Scheibe hinterher. Auch Chief wollte sich immer wieder gern beteiligen. Ryan musste ihn zur Vernunft mahnen. Der Hund durfte nicht zu wild toben.

Hope fand es immer wieder faszinierend, wie Ryan mit ihm sprach. Chief wirkte dabei, als verstünde er jedes Wort. Und welch unzertrennliche Einheit die beiden bildeten! Nicht auszudenken, wenn Chief etwas zugestoßen wäre!

Erhitzt kühlten sie sich nach dem Spiel wieder im kalten Atlantik ab und lümmelten sich anschließend auf ihren Handtüchern im warmen Sand.

Lizzy blätterte in einer Zeitschrift, die sie unterwegs von einer Raststätte mitgebracht hatte. Jemand hatte sie dort liegen gelassen. »Ich frage mich, warum in Frauenzeitschriften Tipps gegeben werden, wie ein Mann seine Partnerin zum Orgasmus führt? Das sollte in der *Man's Health* stehen«, beschwerte sie sich.

»Vielleicht zur gemeinsamen Bettlektüre?« Elly kicherte.

Brandon hob stumm eine Augenbraue, doch der Blick, den die beiden tauschten, sprach Bände.

»Eure Bettlektüre würde ich gern mal kennenlernen«, kommentierte Jack trocken, woraufhin Elly mit ihrem Flip-Flop nach ihm warf.

Jim drückte sich an Lizzy und hauchte ihr Küsse auf die Schulter. »Willst du dich etwa beschweren? Muss ich das lesen?«

Lizzy lachte. »Nein, ganz bestimmt nicht.« Die beiden sahen sich verliebt in die Augen.

»Die Frauen müssen solche Zeitschriften nur aufgeschlagen auf dem Klo liegen lassen, dann lesen ihre Männer alles.« Becky steckte grinsend den Rüffel von Ian ein.

Hope wusste selbst nicht, was sie ritt, als sie sagte: »Männer lesen so etwas doch eher im Internet nach.« Sie machte ein unbeteiligtes Gesicht, dennoch knuffte Ryan sie heimlich in den Rücken.

»Dir erzähle ich nie wieder was«, raunte er ihr fast lautlos zu, doch sie sah das amüsierte Glitzern in seinen Augen.

Sie fand es immer noch rührend, wie viel Mühe er sich gegeben hatte, dass auch sie ihren Spaß bekam. Wenn andere Mädchen von Schmerzen beim ersten Mal gesprochen hatten, hatte sie nur mit den Schultern zucken können. Sie war von dem Feuerwerk in ihrem Kopf und ihrem Bauch viel zu abgelenkt gewesen. Vielleicht hatte sie früher viel zu wenig geschätzt, dass Ryan etwas Besonderes war.

Verstohlen musterte sie ihn unter halb geschlossenen Lidern. Seine braunen Augen, die so sanft blicken konnten oder sich verdunkelten, wenn er leidenschaftlich wurde. Die Wangen, die mit den Jahren markanter geworden waren. Sein männlicher Körper, von dem die knielange Badeshorts nicht übermäßig viel verbarg. So viele Jahre hatte sie beiseitegeschoben, wie viel er ihr bedeutete, und auf einmal fragte sie sich, ob sie im Begriff war, sich wieder in ihn zu verlieben.

Schnell verdrängte sie den Gedanken. Freundschaft! Alles, was zählte, war ihre Freundschaft.

Während Lizzy zur allgemeinen Belustigung die verschiedenen Artikel kommentierte, überkam Hope eine wohlige Zufriedenheit, wie sie sie schon lange nicht mehr verspürt hatte. Die Sonne brannte grell vom Himmel, doch die leichte Brise vom Atlantik war angenehm kühlend, sodass es nicht so heiß wurde.

Sie schrak zusammen, als Ryan auf ihren Bauch tippte. »Ich glaube, du solltest dich eincremen oder rumdrehen. Du wirst rot.«

Einen Augenblick gab sie sich dem Tagtraum hin, er würde ihren Körper vorn und hinten eincremen, wie er es früher manchmal gemacht hatte. Kurz war sie versucht, es ihm vorzuschlagen, dann griff sie nach der Sonnencreme und rieb sich selbst ein.

»Wenn du gerade dabei bist, würdest du mir den Rücken eincremen?«, fragte Jack, der gerade mit Will vom Holzsammeln zurückkam.

»Klar, setz sich.« Sie klopfte vor sich aufs Handtuch, nachdem sie mit Jack fertig war. »Will, du auch?«

»Oh, gern. Besser ist das vermutlich. Die Sonne steht noch hoch am Himmel.« Will lächelte erfreut, und wieder fiel ihr auf, welch eine interessante Augenfarbe er hatte. Grau, mit einem anziehenden Leuchten darin.

Nachdem sie fertig war, nahm sie allen Mut zusammen. »Du auch, Ryan?«

»Schadet sicher nichts«, brummte er in sein Handtuch und machte Anstalten, sich zu erheben.

»Bleib liegen«, wies sie ihn an und setzte sich rittlings auf sein knackiges Hinterteil. Mit einem Handtuchzipfel rieb sie vorsichtig Sand und Salz von seiner Haut und verteilte Creme auf ihren Händen. In Zeitlupe strich sie damit über seinen Rücken. Sie spürte jeden Muskel, als er sich anspannte.

Bei ihrem Kuss hatte sie einen kurzen Augenblick einen Vorgeschmack darauf bekommen, wie es war, ihn zu berühren, und etwas sagte ihr nun, dass sie nicht so schnell wieder so ausgiebig dazu kommen würde. Sie musste es also auskosten. Hope bedauerte regelrecht, als es keine freie Stelle mehr gab, die sie hätte eincremen können.

»Danke«, sagte er heiser.

»Gern«, gab sie mit nicht minder rauer Stimme zurück.

Und endlich – es fühlte sich an, als wären Stunden vergangen – fragte er sie, ob sie auch den Rücken eingecremt haben wollte. Eine ungewohnte Schüchternheit überkam sie, und sie nickte nur. Schnell drehte sie sich auf den Bauch; er kniete sich neben sie.

Die Flasche gab komische Geräusche von sich, als er die Creme herausdrückte und dabei Luft entwich.

»Das war nicht ich«, witzelte er, und Hope prustete los.

»Das hoffe ich«, gluckste sie.

Dennoch breitete sich ein Ziehen in ihrem Magen aus. Wenn Ryan verlegen war, überspielte er es gern mit Scherzen.

Seine Hände waren warm, sein Griff fest, aber dennoch sanft. Am liebsten hätte sie geschnurrt, so gut fühlte sich das an. Ihr Atem beschleunigte sich, als er den Verschluss ihres Bikinis öffnete. Einen verrückten Moment lang wünschte sie sich, seine Hände würden sich nach vorn schieben. Doch schon kurz darauf schloss er ihn wieder und cremte ihre Lendenwirbelsäule ein. Wieder überkam sie diese Sehnsucht, er möge weiter nach unten streichen. Sie wollte ihn spüren. Überall an ihrem Körper.

Plötzlich brodelte Wut in ihr auf. Ihr Leben war so schön geplant gewesen, alles ganz klar vorgezeichnet. Sie hatte so viel Energie in ihre Arbeit gesteckt – sollte das alles umsonst gewesen sein? Die Physiotherapie-Abteilung. Ihre Karriere. Irgendwann würde Colin sie fragen, ob sie zu ihm ziehen wollte. Ob sie seine Frau werden wollte. Und dieses schöne Zukunftsgebilde drohte mit einem Mal einzustürzen wie ein Kartenhaus.

Ryan spürte sofort, dass sich etwas geändert hatte. Er hielt inne. »Alles okay?«

»Ja, alles perfekt«, antwortete sie wahrheitsgemäß. Schließlich waren seine Berührungen mehr als das.

Auch wenn er nichts sagte und unverändert weitermachte, hatte sie auf einmal das Gefühl, dass er ganz genau wusste, was in ihr vorging. Wenn sie das nur auch von ihm behaupten könnte!

Zumindest blieb er den ganzen Nachmittag in ihrer Nähe. Und sorgte mit seinem verschmitzten Grinsen dafür, dass das Gefühlschaos in ihr nicht zur Ruhe kam.

Am Abend zündeten die Männer das Lagerfeuer am Strand in der Nähe der Felsen an und bereiteten den Grillrost vor, während Hope mit den anderen Mädels diverse Salate richtete.

Elly schob ihr eine Gabel mit Kartoffelsalat in den Mund, während Hope gerade eine Karotte in den Krautsalat raspelte. »Probier mal, fehlt da noch was?«

»Hm, lecker! Vielleicht noch einen Tick Salz oder Gemüsebrühe. Francy gibt immer etwas Senf dazu, glaube ich.«

»Gute Idee.« Geschäftig eilte Elly zum Kühlschrank.

Lizzy schob sich mit der Schulter eine Haarsträhne aus der Stirn, weil sie gerade dabei war, die Gurke zu hobeln. »Ich will auch probieren.«

Und natürlich musste Becky ebenfalls eine Kostprobe nehmen.

Die winzige Küche war von Gelächter erfüllt.

Hopes Blick fiel aus dem Fenster, wo in der Ferne das Lagerfeuer flackerte. »Sollen wir wirklich hier draußen essen, oder setzen wir uns einfach ans Feuer mit dem Teller auf dem Schoß?«

»Gute Idee«, sagten Lizzy und Elly wie aus einem Munde.

»Geht das bei dir, Becky?«, erkundigte sich Hope besorgt.

Sie winkte ab. »Klar doch!« Grinsend tätschelte sie ihren Bauch. »Ich habe ja sogar mein Abstelltischchen dabei.«

Elly öffnete das Fenster und pfiff durch die Finger. Lachend hielt sich Hope die Ohren zu.

Brandon schlenderte mit Will im Schlepptau heran. »Madame haben gerufen?«

Elly küsste ihn. »Wir haben gerade beschlossen, am Lagerfeuer zu essen. Könnt ihr eine Bierbank rübertragen, auf die wir die Salate stellen?«

»Klar. Das ist ein Plan nach Männergeschmack«, lobte Brandon grinsend, auch Will stimmte begeistert zu.

Es roch bereits verlockend nach gebratenem Fleisch, als sie mit Salat bewaffnet zum Feuer kamen.

Nachdem Hope die Schüssel abgestellt hatte, drückte Ryan ihr ein Allagash Century Ale aus der Eisbox in die Hand, das so kalt war, dass es fast an ihren Fingern festfror. »Oder willst du lieber was anderes?«

»Nein, ein kaltes Bier ist genau das Richtige, danke!« Freude stieg in ihr auf. Anscheinend wusste er noch, dass das aus Portland stammende Ale eines ihrer Lieblingssorten war.

Er war ganz in seinem Element, als er mit einem Stock in den Flammen stocherte, um Sauerstoff an die Glut zu bringen. Aus Backsteinen hatten die Jungs einen provisorischen Grill gebaut und ein Gitter darübergelegt, auf dem Nackensteaks, Spareribs und Würstchen sowie in Alufolie eingewickelter Schafskäse und eine Schale mit Zucchini-Scheiben brutzelten, aus der es lecker nach Knoblauch roch.

Will saß beim Essen neben Hope. Wieder fiel ihr auf, dass er schon wie kürzlich am See nichts von seinem eigenen Fleisch nahm, sondern sich an Schafskäse, gegrillte Zucchini und Salate hielt.

»Isst du kein Fleisch?«, erkundigte sie sich.

Will schüttelte lächelnd den Kopf.

»Und trotzdem züchtest du Schweine?«

»Fleisch wird so oder so gegessen. Und so kann ich dafür sorgen, dass zumindest einige vorher ein lebenswürdiges Dasein haben«, gab er mit unverändertem Lächeln zurück.

Zu gern hätte Hope weitergefragt, doch da war dieser Ausdruck auf seinem Gesicht, der ihr schon gelegentlich aufgefallen war. Er sagte ihr ganz deutlich: *Bis hierhin und nicht weiter!* Und das akzeptierte sie. Doch insgeheim spürte sie, dass es etwas in seinem Leben gegeben hatte, was ihn dazu veranlasst hatte, auf Fleisch zu verzichten, und dass nicht nur reine Umwelt- oder Tierschutzgründe dahintersteckten.

»Ich finde es gut. Ich liebe zwar deine Spareribs«, gestand sie und deutete mit verlegenem Lächeln auf ihren Teller, auf dem die abgenagten Knochen lagen, »der Geschmack ist einfach großartig, den Unterschied schmeckt man. Aber in New York esse ich auch selten Fleisch, zumindest nicht, wenn ich nicht weiß, woher es stammt.«

Aus dem Augenwinkel sah sie, wie Ryans Züge sich bei der Erwähnung von New York verdüsterten. Sie fragte sich, ob es daran lag, dass sie bald wegging, oder an seinen Eltern.

Elly leckte sich die Sauce von den Fingern. »Ich esse auch bewusster, seit ich mit Will zusammen bin.«

»Du bist mit Will zusammen? Interessant zu wissen«, beschwerte sich Brandon spaßeshalber.

»Idiot.« Sie boxte ihn in die Rippen und küsste ihn.

Will hob die Hände. »Ich will aber niemanden bekehren.«

Ihm schien die Aufmerksamkeit unangenehm zu sein, deshalb lenkte Hope ab. »Apropos eure Arbeit – gibt's da eigentlich was Spannendes, was ihr schon erzählen dürft? Ihr hattet doch kürzlich eine Verhandlung?«

Das Gespräch wandte sich Wills letztem Fall zu. Hope fiel auf, dass er sich sichtlich entspannte, wenn es nicht um seine Person ging.

Sie ließ sich gegen die von der Sonne warmen Steine sinken. Wieder fühlte sie sich regelrecht berauscht, was nicht an den beiden Bier lag. Sie musste sich gar nicht am Gespräch beteiligen. Es reichte ihr, ihren Freunden zuzuhören, wie sie sich neckten oder diskutierten und sich etwas erzählten, während das Lagerfeuer knisterte. Der Wind wehte ihr eine Haarsträhne ins Gesicht, und sie strich sie mit dem Handrücken zurück.

Auf Ryans Gesicht zeigte sich wieder dieses verschmitzte

Grinsen, das jedes Mal ihr Herz hüpfen ließ. »Willst du in den Krieg ziehen?«

Kurz stockte sie, dann sah sie auf ihre Hand, an der Barbecue-Sauce klebte, und krauste die Nase. »Habe ich mich beschmiert?«

Er nickte. »Mhm. Aber es steht dir.«

Unter seinem zärtlichen Blick beschleunigte sich ihr Herzschlag.

Sie griff nach der Küchentuch-Rolle und riss sich ein Blatt ab. »Wo, hier?« Sie fuhr sich über die Wange.

Er nahm ihr das Tuch ab und wischte die Sauce ab, dann warf er es ins Feuer, wo es nach einer kurzen Stichflamme zu Asche zerfiel. Anschließend stupste er Hope mit dem Finger auf die Nase. »Jetzt bist du wieder sauber.«

»Danke!« Der Wunsch, sich an ihn zu lehnen oder in seine Arme zu kuscheln, wurde übermächtig.

»Sind alle fertig?«, fragte sie schnell. »Dann bringe ich die Teller weg, solange es noch hell ist.« Die Dämmerung legte sich bereits über die Bucht; das war also gar nicht so sehr aus den Fingern gesogen. Am westlichen Horizont färbten sich die Wolkenfetzen langsam rot.

Sie wurden tatsächlich gerade fertig, als die ersten Sterne am Himmel funkelten. »Schade, dass die Bucht nach Osten offen ist, sonst hätten wir einen Sonnenuntergang bekommen«, bedauerte Becky.

»Der Mond müsste bald aufgehen. Er nimmt gerade ab, dann haben wir einen Mondaufgang«, warf Will ein.

Ohne Sonne wurde es schnell frisch, alle schlüpften in Jeans und Sweatshirts. Elly verteilte Isomatten zum Draufsitzen und Decken für den Rücken, da die Flammen nur von vorn wärmten. Es gab eine pro Paar, einzig Jack und Will bekamen eine eigene.

»Hope, du kannst dir eine mit Ryan teilen. Ihr habt ja eh

noch Chief als Heizkissen«, beschied Elly und eliminierte damit jegliche Zweifel daran, dass sie kuppeln wollte.

Sie sollte empört sein, aber alles, was Hope empfinden konnte, war Freude und Aufregung, verbunden mit Herzklopfen, als Ryan sogar den Arm um sie legte und sich mit ihr an den Felsen lehnte. Er war sorgfältig darauf bedacht, dass die Decke über ihre Seite reichte. Sie musterte ihn aus dem Augenwinkel. Das Feuer malte seine Züge weich, dennoch konnte sie eine gewisse Anspannung in ihm spüren. Ob es ihm so ging wie ihr?

Immer wieder lehnte er sich vor, um in den Flammen zu stochern oder Holz nachzulegen, womit er sich mit Jim abwechselte. Doch jedes Mal wickelte er sie sorgsam wieder in die Decke, und Hope konnte sich an ihn schmiegen.

Jack warf ihnen einen nachdenklichen Blick zu, und das schlechte Gewissen überkam sie. Hoffentlich hatte sie ihm keine Hoffnungen gemacht! Zumindest erwiderte er ihr Lächeln unbefangen; das erleichterte sie.

Er holte seine Gitarre aus dem Auto und fing an zu zupfen. Melancholische Melodien, die sie an keinerlei bekannte Songs erinnerten, die jedoch gut zu dem romantischen Abend passten.

Will erklärte Becky einige Sternbilder, die über ihnen am Himmel funkelten. Das Feuer knackte gelegentlich. Funken stoben auf, ansonsten vermischte sich das Knistern mit dem Rauschen der Wellen, den leisen Gitarrenklängen und den Gesprächsfetzen.

Auf einmal deutete Will aufs Wasser. »Da!«

Eine glühend rote Sichel schob sich aus dem Meer.

»Oh, wie schön!« Beckys Gesicht verzog sich entzückt. »Einen Mondaufgang hatte ich noch nie.«

Für einen Augenblick verstummten alle Gespräche, bis sich der Mond langsam weiß färbte und einen silbernen Schein auf die Wasseroberfläche warf.

Ein tiefes Glücksgefühl überkam Hope, und sie kuschelte sich enger an Ryan. Von ihr aus könnte der Abend ewig währen. Gedankenverloren kraulte sie Chief den Hals. Der Hund genoss es sichtlich, sie beide bei sich zu haben. Er döste mal an ihrer, mal an Ryans Seite. Ein andermal legte er sich quer über ihre Beine, als wollte er seine Aufmerksamkeit gerecht verteilen.

Becky war die Erste, die sich kurz nach Mitternacht verabschiedete: »Schwangere Frauen sind immer müde«, sagte sie lachend. Ihr folgten Lizzy und Jim, die die letzte halbe Stunde öfter herumgeknutscht hatten. Mit Sicherheit gingen die beiden nicht nur aus Müdigkeit. Ein feiner Neid beschlich Hope, verbunden mit dem Wunsch, sie könnte Ryan jetzt auch einfach schnappen und … Doch andererseits genoss sie es, hier draußen zu sitzen und sich gelegentlich an den Gesprächen zu beteiligen.

Elly diskutierte mit Brandon, Ian und Jack über die kommenden Präsidentschaftswahlen, während sich Will mit Ryan über Tierzucht und tierfreundliche Milchwirtschaft unterhielt. Hope beteiligte sich mal hier und mal da am Gespräch, weil sie beide Themen interessierten, während Chief den Kopf auf ihr Bein gelegt hatte und friedlich vor sich hin schnarchte.

War es, weil sie an Miss Sophie gedacht hatte, oder warum kam ihr gerade jetzt ihr letzter Abend mit Colin in den Sinn? Das Essen nach dem Violinkonzert, bei dem ihr Freund sich mit Coldwell unterhalten hatte, natürlich über Geld und seine beruflichen Ziele. Hope selbst war gezwungen gewesen, dessen bildhübsche, aber geistig eher unterbelichtete, bedeutend jüngere Bettgespielin zu unterhalten. Die Verdi als deutschen Komponisten bezeichnet und geglaubt hatte, dass in Europa Krieg herrschte.

Wann hatte sie in New York eigentlich zuletzt einen dermaßen anregenden Abend erlebt wie diesen? An dem es nicht vorrangig um Geld oder Fördermittel gegangen war? Sie konnte sich nicht erinnern. Colins Verabredungen dienten grundsätzlich dem Zweck, beruflich voranzukommen.

Das spielte hier keine Rolle. Jeder ihrer Freunde war ein guter Gesprächspartner und hatte interessante Themen auf Lager. Ian war gerade mit Jack zu seinem Steckenpferd, der Geologie, umgeschwenkt, die beiden unterhielten sich über die lokalen Gesteinsformationen.

Elly und Brandon waren die Nächsten, die sich gegen halb drei Uhr nachts verabschiedeten. Ian schloss sich ihnen an. Obwohl Hope immer wieder schläfrig wurde, würde sie um keinen Preis den vor Geborgenheit strotzenden Platz an Ryans Seite aufgeben, bevor dieser sich nicht zurückzog.

Kurz darauf packte auch Jack seine Gitarre. »Ich muss in die Kiste. War eine anstrengende Woche.«

»Ich komme mit«, erklärte Will.

Angespannt wartete Hope, doch Ryan schwieg, bis die beiden außer Hörweite waren.

»Bist du müde?«

»Es geht«, sagte sie ehrlich. Vielleicht war es die letzte Nacht, die sie an Ryans Seite verbringen würde. Sie wollte nicht, dass sie endete. Hope nahm all ihren Mut zusammen. »Weißt du noch, wie wir hier mal am Strand übernachtet haben?« Sechzehn waren sie gewesen und noch kein Paar. Aber sie war damals schon bis über beide Ohren verliebt gewesen. Ryan auch, wie sie hinterher erfahren hatte.

Er nickte. Seine Augen wirkten dunkel im Widerschein des Feuers. »Willst du?«

»Mhm.« Sie nickte ebenso.

Ryan legte noch einige Holzscheite auf das Feuer und bereitete ihnen dann mit ihrer Hilfe ein Lager aus den Isomatten und Decken zu, das breit genug für drei war. Hope durfte am Feuer liegen, und Ryan zwängte sich zwischen Chief und sie.

»Es ist echt schade, dass so ein Feuer nur von vorn wärmt.

Mein Hintern ist trotz der Decke richtig kalt«, stellte Hope lachend fest.

»Dann dreh dich doch auf die Seite«, schlug Ryan vor und streckte nach kurzem Zögern den Arm aus.

War es in Ordnung zu kuscheln? Aber sie waren ja Freunde, beruhigte sich Hope und schmiegte sich dankbar in seine Armbeuge. Chief schien dies als Einladung zu verstehen, den Kopf ebenfalls auf der Brust seines Herrchens abzulegen. Sie vergrub die Hände in seinem dichten Fell.

»Ja, ja, kommt nur alle«, brummte Ryan, doch sie konnte hören, dass er lächelte.

Obwohl sie gedacht hätte, dass sie niemals mit diesem Herzrasen einschlafen könnte und eigentlich jede Minute auskosten wollte, musste sie in der wohligen Geborgenheit zügig eingeschlummert sein.

Für einen Moment dachte sie, geträumt zu haben, dass Ryans Lippen ihre Stirn berührten. Doch dann flüsterte er ihr zu:

»Die Sonne geht auf. Willst du schauen?«

»Ja, unbedingt«, murmelte sie verschlafen.

Das Feuer glomm nur noch müde vor sich hin, aber unter seinem zärtlichen Lächeln und beim Anblick eines verschlafenen Ryan mit zerzausten Haaren wurde ihr von innen heraus warm.

Er lehnte sich an den Felsen, zog sie zwischen seine Beine und schlang die Arme um sie, um die Decke auf ihr zu fixieren.

Über den Horizont zog ein Silberstreif. Zuerst bedauerte Hope, dass es wolkig war, doch als sich einzelne goldene Strahlen hinter den Kumuli hervorstreckten und wie ein Fächer über den Himmel verteilten, hielt sie die Luft an. Ein unglaubliches Schauspiel.

Plötzlich erschien ein rotes Glühen hinter einem Wolkenloch, und die Sonne zeigte, welch ein Feuerball sie eigentlich war. Das zuerst vereinzelte Kreischen der Möwen schwoll zu einem Konzert an, vermischte sich mit Meeresrauschen. Und plötzlich leuchtete der ganze Himmel in einem goldenen Schein, als sich die Sonne hinter den Wolken hervorschob.

»Wow«, hauchte Hope.

»Das war ein Spektakel«, bestätigte Ryan. Sein Atem strich warm über ihren Hals und verursachte ihr einen wohligen Schauer.

Sie blieben noch eine ganze Weile stumm sitzen, bis Chief unruhig wurde.

»Ich glaube, er muss mal«, sagte Ryan. »Ich werde mich wohl im Haus noch etwas aufs Ohr hauen. Die nächste Woche wird sicherlich anstrengend. Zwei Kühe werden vermutlich kalben, und auch eine Stute könnte in der Woche fohlen. Ich weiß nie, wann ich dazugerufen werde, und noch habe ich es nicht geschafft, diese Tiere zu überreden, einfach mal tagsüber zu gebären.«

»Dann schnell in die Falle«, stimmte Hope zu. Sie war auch noch etwas müde. Bis zum Frühstück waren es noch knapp drei Stunden, der Schlaf würde ihnen guttun.

Gemeinsam beschwerten sie die Decken und Matten mit einem Stück Holz und nahmen so viel mit, wie sie tragen konnten.

Chief verrichte sein Geschäft auf den ersten paar Metern.

»Endlich wieder richtiger Kot«, stellte Ryan zufrieden fest, als er ihn mit einem Beutel aufsammelte. »Guter Hund.« Er tätschelte den flauschigen Hundekopf.

»Bald darfst du wieder richtig fressen«, versprach Hope, und Chief hechelte begeistert.

Sie verstauten alles und gingen nach oben.

Vor ihrem Zimmer drehte sich Hope zu Ryan um. »Danke für die schöne Nacht.«

Um Ryans Mundwinkel zuckte es.

»Du weißt schon, was ich meine.« Sie grinste verlegen.

Er wurde wieder ernst, seine Augen verdunkelten sich. »Ich fand es auch sehr schön.«

Hope tauchte in seinen Blick ein. Das Herz schlug ihr bis zum Hals. Sein Gesicht war nur wenige Zentimeter von ihrem entfernt. Sie fuhr sich mit der Zungenspitze über die Lippen. Im Grunde müsste sie sich nur vorbeugen …

»Willst du noch mit auf mein Zimmer kommen?«, fragte er heiser.

Sie riss die Augen auf. »Was?«

Ryan lachte leise. »Das war eine rhetorische Frage. Ich respektiere, dass du vergeben bist, und ich schätze unsere Freundschaft.« Mit einem wehmütigen Lächeln tippte er ihr auf die Nasenspitze. »Aber ich bin auch nur ein Mann. Wenn du mich so ansiehst, dann kann es passieren, dass der Neandertaler in mir zum Vorschein kommt und ich dich an den Haaren hinter mir her in meine Höhle schleppe.« Seine weichen Lippen streiften ihre Schläfe. »Schlaf gut.«

Und schon drehte er sich um.

Die Schmetterlinge in ihrem Bauch mutierten zu einem Vogelschwarm, als sie ihm hinterhersah. Einen Moment kämpfte sie mit sich, dann schlich sie in ihr eigenes Zimmer.

Trotz der Müdigkeit fand sie lange keinen Schlaf.

Kapitel 11

Hope

Hope kam es vor, als schwebte sie den ganzen Tag auf Wolken. Sie schob es auf die Müdigkeit. Am späten Nachmittag fuhren sie ab. Die anderen machten sich gleich auf den Heimweg, doch Elly schlug vor, noch hier an der Küste etwas zu essen, was eine super Idee war, wie Hope fand.

Sie hielten in einem heimeligen Restaurant am Strand und aßen fangfrischen Hummer, für den Maine so berühmt war. In einer trauten Viererkombination, die wunderschön und Hope zugleich unheimlich war, weil sie so vehement an ihren emotionalen Grundfesten rüttelte.

Ihre meist himmelhochjauchzende Stimmung hielt auch im Laufe der Arbeitswoche an. Ryan und sie arbeiteten Hand in Hand zusammen. Er nahm sie an ihrem freien Nachmittag zu Tuckers Farm mit, zum Ultraschall an einer trächtigen Kuh, deren Kalb zum Glück richtig herum lag. Und anschließend zu Pete Lawrence, weil er dessen Fuchsstute »überreden« musste, sich von dem Hengst auf natürlichem Wege besamen zu lassen. Lawrence war nämlich kein Fan von künstlicher Befruchtung.

»Du hast so eine beruhigende Wirkung auf Pferde, Hope«, sagte Ryan. »Hattest du immer schon.«

Tatsächlich ließ die Stute den Hengst nach kurzer Zeit an sich heran.

»Warum nicht gleich so?«, murmelte Ryan.

»Dass die Frauen immer zicken müssen«, frotzelte Pete Lawrence.

Hope stemmte empört die Hände in die Hüften und funkelte ihn an. »Da muss ich energisch widersprechen.«

Sie hörte Ryans Lachen, das er schnell in ein Hüsteln umwandelte, als sie ihn scharf ansah. Seine Blicke brannten förmlich auf ihrer Stirn, und sie fragte sich, ob sie eigentlich gerade nur noch den einen Gedanken haben konnte.

Am nächsten Tag brachte Ryan den Welpen Zeus mit in die Praxis. Zur Mittagspause fragte er sie: »Zeigst du mir noch ein paar Übungen für ihn?«

»Klar, komm her!«

Ryan stellte sich so dicht neben sie, dass ihr ein wohliger Schauer über den Rücken lief.

Der goldfarbene Welpe sah sie mit großen braunen Augen an. Ein wenig erinnerte sie der Blick an Ryans, und sie musste unwillkürlich lächeln. Sie kraulte dem Kleinen das weiche Fell.

»Keine Sorge, Zeus, wir tun dir nicht weh. Aber deine Hüfte muss beweglich bleiben, damit du später keine Schwierigkeiten bekommst.« Sie machte erst einige Bewegungsübungen, straffte die Sehnen, dann nahm sie Ryans Hand und legte sie auf die Hinterhand, platzierte ihre darüber. »Spürst du die Verdickung hier? Da sind die Muskeln verhärtet; die müssen gelockert werden. Vom Ansatz her nach unten.«

Zeus winselte kurz, ließ sich aber sofort beruhigen.

Ryans Körper war nun direkt an ihren Rücken gepresst, während ihre Hände sich berührten. Hopes Haut prickelte, ihr Herzschlag beschleunigte sich.

»Spürst du es?« Sie drehte den Kopf, ihre Gesichter waren sich so nahe, dass sie sich fast berührten.

»Ja, ich spüre es.« Seine Augen verdunkelten sich.

Und auf einmal war sie sich nicht mehr sicher, ob er auch von der Muskelverspannung in Zeus' Bein sprach. Einen Moment standen sie regungslos da, die Blicke ineinander versunken. Die Geräusche um sie herum verstummten – das Röhren eines Motors, Mary, die im Vorraum irgendetwas sagte –, alles plätscherte nur so an ihnen vorbei wie in einem Nebel. Hope fühlte sich regelrecht berauscht. Nervös befeuchtete sie die Lippen.

Sie zuckte zusammen, als plötzlich die Tür aufgestoßen wurde.

»Hope!«, hörte sie die Stimme ihrer Mutter und ein männliches: »Was ist denn hier los?«

Zeus kläffte auf. Sie fuhren auseinander.

Hopes Verstand hatte Mühe zu verarbeiten, was sie gerade sah. Träumte sie? Verfolgte sie ihr schlechtes Gewissen? Oder stand tatsächlich Colin vor ihr?

Da wurde sie auch schon an den Schultern gepackt. Colin, der sonst öffentlichen Zuneigungsbekundungen eher zurückhaltend gegenüberstand, küsste sie fordernd auf den Mund.

Sie schob ihn atemlos von sich. »Colin! Was machst du denn hier?«

»Ach, Honey Pie. Du hast mir so leidgetan gestern Abend, als du mir sagtest, wie sehr du mich vermisst. Und immer wieder hast du mich doch angefleht, bei dir zu sein. Da musste ich dir einfach deinen Wunsch erfüllen. Deshalb habe ich mich heute früh ins Auto gesetzt.« Und wieder zog er sie an sich und suchte mit den Lippen die ihren.

Hope blinzelte verwirrt. Sie konnte sich überhaupt nicht erinnern, in letzter Zeit etwas Derartiges zu Colin gesagt zu haben. Zumindest nicht seit Ryans Kuss. Seitdem hatte sie sich extra sehr bedeckt gehalten.

Ryan, der Zeus auf den Arm genommen hatte, sagte gepresst: »Komm, Mary, wir lassen die Turteltäubchen allein.«

Die Tür schloss sich hinter ihnen, und Hope hatte Mühe, den Reflex zu unterdrücken, den beiden hinterherzueilen.

Sie trat ein paar Schritte zurück und musterte Colin, sein glattes Gesicht, das auch eine sanfte Sommerbräune angenommen hatte. Vielleicht noch von dem Segeltörn? Obwohl er doch eigentlich vom frühen Morgen und der langen Fahrt zerknautscht aussehen müsste, wirkte er frisch und wie aus dem Ei gepellt. Das sorgfältig gescheitelte Haar lag wie immer tadellos. Über das hellblaue Ralph-Lauren-Polohemd hatte er, trotz der warmen Temperaturen draußen, einen dunkelblauen leichten V-Ausschnitt-Pullover lässig um die Schultern geschlungen. Die marinefarbene Bundfaltenhose und die blauen Slipper harmonierten farblich hervorragend mit dem Rest. Der personifizierte Stil.

Früher hatte Hope solche Jungs eher spöttisch als »College-Boys« abgetan. Elly würde das vermutlich heute noch sagen.

Hope holte tief Luft, als ihr auffiel, wie verächtlich der Gedanke war, und schämte sich. Was war mit ihr los? Sie sollte sich freuen! Colin war extra die gut sechshundert Kilometer zu ihr gekommen. Gut, er liebte es, seinen Jaguar »auszuführen«, wie er es nannte; er fuhr oft mit ihr am Wochenende stundenlang umher. Trotzdem war es eine weite Strecke, die er auf sich genommen hatte. Weil sie ihm fehlte! Sie war vermutlich nur überrascht.

Schnell ging sie wieder auf ihn zu und schlang die Arme um ihn. Colin erwiderte die Umarmung. Hope wartete darauf, dass sich das gute Gefühl einstellte. Irgendetwas. Geborgenheit. Lust. Sonst etwas. Doch das Einzige, was sie wahrnahm, war der Duft seines Rasierwassers, der ihr beinahe den Atem nahm. Auf einmal empfand sie ihn als aufdringlich.

Dieses Mal ließ sie es zu, dass er seine Zunge zwischen ihre Lippen schob, doch sie konnte den Kuss einfach nicht erwidern. Wieder musste sie ihn von sich schieben.

»Ich … bin immer noch ganz überrascht, dich tatsächlich bei mir zu haben«, redete sie sich heraus.

Colin verengte die eisblauen Augen zu Schlitzen. »Das habe ich vorhin gemerkt.« Nun war seine Stimme kühl. »Wer war das?«

Für einen Moment war Hope versucht, sich dumm zu stellen, doch es brachte ja nichts. »Das war Ryan. Mein Kollege. Ich habe ihm gerade einige Übungen gezeigt. Der Welpe hatte eine Hüftluxation«, sagte sie möglichst gleichmütig.

»Ein Kollege?«, echote Colin und schürzte die Lippen. Missbilligend.

»Ja, er … behandelt hier hauptsächlich die Großtiere auf den Höfen.«

Colin ließ den Blick durch die Praxis schweifen. Mit dezent gehobenen Augenbrauen. »Nun weiß ich, warum du keine Zeit hattest, zu mir zu kommen. Hier muss ja wirklich so einiges in Angriff genommen werden.«

»Wie meinst du das? Wir haben renoviert.« Empörung brodelte in Hope auf.

»Soll das heißen, du findest, ihr seid hier fertig?« Wieder nur diese Nuance von Verächtlichkeit, die das Feuer in ihr schürte.

Sie verschränkte die Arme vor der Brust. »Ja, ich finde, es ist sehr schön geworden. Die Praxis brummt.«

»Mhm?« Auch wenn er es nicht aussprach, wusste sie genau, dass er ihre Worte anzweifelte.

Auf einmal erschrak sie. Hatte sie anfangs auf Ryan auch so herablassend gewirkt, wie Colin im Moment auf sie wirkte? Scham kroch in ihr hoch wie eine Würgeschlange, drückte ihr den Hals zu.

Sie wusste selbst nicht, warum sie stolz das Kinn vorreckte, und sagte: »Wir arbeiten hier viel pro bono.«

Wieder nickte Colin nur, und ziemlich sicher dachte er, dass man das sehen konnte. Doch auf einmal war ihr egal, was er dachte.

»Ich glaube, Honey Pie, es ist gut, dass ich gekommen bin«, sagte er selbstgefällig und legte den Arm um ihre Schultern.

Colin hatte viel für sie getan. Er hatte sie so sehr unterstützt. Doch auf einmal reichte ihr die Dankbarkeit nicht mehr. Aber bevor sie etwas dazu sagen konnte, lächelte er sie an. Es war das charmante Lächeln, das ihr früher so viel bedeutet hatte und das sie auf einmal völlig kaltließ.

»Komm mal mit raus, ich habe dir noch etwas mitgebracht.«

In dem Moment klopfte es an der Tür.

»Herein«, rief sie und hätte sich zu gern aus Colins Umklammerung befreit, doch seine Hand umschloss ihre Schulter wie eine Eisenfessel.

Ryan hatte die Augen wütend zusammengekniffen. »Ich nehme an, das ist Ihr Schlitten da draußen, der in der prallen Sonne steht. Darin bellt sich ein Hund die Seele aus dem Leib. Sie sollten schleunigst die Fenster öffnen.« Mit diesen Worten stürmte er wieder davon. Hope hörte ihn noch was von »Tierquälerei« murmeln. Kurz darauf heulte der Motor des Pickups auf.

Ein Hund? Colin hatte keinen Hund. Da ratterte es in ihrem Kopf.

»Miss Sophie!«, rief sie und stürmte nach draußen.

Sie konnte es kaum erwarten, bis Colin den Öffner gedrückt hatte, dann riss sie schon die Tür des Jaguars auf.

Mit einem Satz sprang Miss Sophie über den Vordersitz, was Colin einen empörten Aufschrei entlockte – vermutlich hatte er Angst um das weiße Leder –, dann lag die Labradorhündin endlich in ihren Armen. Ob es an ihren weichen Knien lag oder ob Miss Sophie sie ungünstig erwischt hatte, beim Hochspringen wurde Hope direkt umgeworfen. Miss Sophie leckte ihr aufgeregt über die Wange, über die einige Freudentränen rollten.

»Meine Süße!«, murmelte Hope und drückte ihr Gesicht in das weiche Fell. Natasha hatte ihre Hündin offenbar gut gepflegt; es glänzte und war weich.

»Hope!«, ertönte Colins mahnende Stimme. »Du wirst

dich doch nicht hier vor allen Leuten mit dem Hund auf dem Rasen herumwälzen und von ihm ablecken lassen?«

Doch, das werde ich, lag ihr auf der Zunge zu antworten. Stattdessen schob sie Miss Sophie von sich herunter und stand auf. Sie musste mit Colin sprechen. Dringend. Ohne ihn vorher gegen sich aufzubringen.

Für einen Augenblick überlegte sie, ihn zu sich hineinzubitten, doch schon bei dem Gedanken, wie er wieder die Nase über ihr Zuhause rümpfen würde, schüttelte es sie innerlich. Zudem wollte sie keinesfalls mit ihm allein sein.

»Du hattest eine lange Fahrt. Lass uns was essen gehen«, schlug sie vor. Bei ihrem letzten Besuch waren sie schon im *All about Meat* gewesen, dem einzig wirklich schicken Restaurant in Lynnwood Falls. Das wurde meist von den wenigen Touristen besucht, die sich hierher verirrten. Da es hochpreisig war, tummelten sich dort eher weniger Einheimische, oder nur zu besonderen Gelegenheiten. Es warb dafür, alles »direkt von der Farm auf den Tisch« zu bringen, und bot eine leckere Auswahl an Fleisch aus der Region mit einheimischem Gemüse und lokalen Zutaten. Es hatte damals selbst Colins kritischen Ansprüchen genügt.

»Das ist eine gute Idee«, stimmte er gnädig zu.

Kurz war sie versucht, sofort, so wie sie war, zum Auto zu gehen, doch dann sah sie seinen Blick. Gut, wenn sie schon mit ihm Schluss machen würde, dann hatte er wenigstens verdient, dass sie sich ordentlich für ihn kleidete. Die vor ihr liegende Aufgabe lag ihr ohnehin schwer genug im Magen, schließlich hatte Colin ihr einst viel bedeutet.

Sie zwang sich zu einem Lächeln. »Ich mache mich kurz frisch, ich bin sofort wieder da.«

Miss Sophie wich keinen Millimeter von ihrer Seite.

Sie küsste ihre Mom auf die Wange, sagte ihr, dass sie nicht mit dem Essen zu warten brauchte, und schlüpfte in ein leichtes geblümtes Sommerkleid, das sie noch im Schrank fand. Ausnahmsweise legte sie Lippenstift auf.

»Ich habe mich hier im örtlichen Hotel eingemietet und würde gern noch kurz dort vorbeigehen, um mich auch schnell frisch zu machen«, setzte er hinzu.

Wie frisch denn noch?, lag ihr auf der Zunge zu erwidern, doch sie lächelte nur.

Ihm gefiel nicht, dass sie entschied, im Foyer zu warten, aber sie begründete es mit Miss Sophie, die nicht von ihrer Seite wich. Vermutlich wollte Colin auch vor der Angestellten, Mrs Blackbeard, die sie neugierig beäugte, keine Diskussion anfangen. Doch keinesfalls war Hope nach intimer Zweisamkeit in einem Hotelzimmer. Da ertrug sie lieber den Tratsch und die hartnäckigen Fragen der älteren Frau.

Zum Glück war das Restaurant heute nicht voll, und sie bekamen einen Tisch in der Ecke, außerhalb der Hörweite anderer Gäste. Colin zeigte sich nicht davon erbaut, dass sie Miss Sophie mit hineinnahm, doch der Wirt, Chris Poppins, hatte nichts dagegen. Chris freute sich, Hope einmal wiederzusehen, und brachte der Labradorhündin gleich eine Schale Wasser.

Während des Essens – saftiger Schweinebraten mit Kartoffelpüree und Lauchgemüse für sie, Colin aß ein Steak mit Gemüse und Folienkartoffel – ließ sie ihn über seine Operationen und die neuesten Förderer erzählen, die er aufgetan hatte; solche Gespräche liebte er. Er sollte sich erst mal nach der langen Fahrt entspannen und stärken. Und so fiel ihm vielleicht nicht auf, dass sie sich regelrecht zum Essen zwingen musste.

Der kommende Schritt fiel ihr nicht leicht. Sie würde Colin verletzten müssen, und das hatte er wahrlich nicht verdient, so viel, wie er für sie getan hatte. Ein dumpfer Druck breitete sich in ihrem Magen aus.

Hope wartete, bis das Geschirr abgeräumt worden war,

und nippte an ihrem Weißwein. »Danke, dass du Miss Sophie mitgebracht hast«, begann sie.

»In mir wächst der Eindruck, dass du dich über das Wiedersehen mit ihr mehr freust als über das mit mir.« Sein Blick wurde kühl.

Hope nagte an ihrer Unterlippe. Sie holte tief Luft.

Doch Colin legte die Hand auf ihre. »Bevor du nun etwas Unüberlegtes sagst, lass uns zum Dessert auf mein Zimmer gehen. Ich habe den Eindruck, wir sind uns etwas fremd geworden. Aber du wirst sehen, wenn wir dann Liebe machen, ist alles wieder gut.« Er hatte Schmelz in seine Stimme gelegt, und vor einigen Wochen hätte sie sich sicherlich darüber gefreut, schon so zeitnah »auf seinem Plan zu stehen«. Doch im Moment war ihr überhaupt nicht nach »Liebe machen« mit ihm.

Auf einmal stand ihr die Zukunft mit ihm glasklar vor Augen. »Willst du eigentlich Kinder?«, fragte sie leise.

Sichtlich aus der Fassung gebracht, schüttelte er den Kopf. »Wie kommst du denn jetzt darauf? Hast du die Pille abgesetzt?«

»Wir haben nie darüber gesprochen. Die Frage war ernst gemeint.«

»Du kannst Fragen stellen, Honey Pie! Jetzt lass uns doch zuerst unsere jeweilige Karriere …«

»Hattest du schon an Hochzeit gedacht? Ans Zusammenziehen?«

Wieder hatte sie ihn wohl aus dem Konzept gebracht; seine Stimme war nicht so fest wie sonst. »Natürlich können wir das irgendwann, wenn dir das wichtig ist. Ich dachte, du willst dir zuerst beruflich einen Namen machen?« Ein Hauch von Vorwurf klang heraus.

Das war ihm also wichtig? Hope schüttelte langsam den Kopf. »Ich … dachte immer, wir hätten die gleichen Ziele und Pläne, doch das ist anscheinend nicht der Fall.« Sie schluckte.

»Karriere ist eine Sache, aber ich glaube, sie ist dir wichtiger als mir. Meine Heimat fehlt mir, Colin. Das habe ich in den letzten Wochen deutlich gemerkt. Ich gehöre hierher. Ich möchte nicht wieder zurück nach New York.« Dies auszusprechen war auf einmal, als rollte ihr eine Zentnerlast vom Herzen.

»Hat es mit diesem Kerl zu tun, diesem Ryan?«, kam es von Colin wie aus der Pistole geschossen.

»Nein, nicht nur. Ich bin hier zu Hause.« Und sie merkte, dass das die Wahrheit war. Sie wollte hier sein. Bei ihrer Familie und ihren Freunden, unabhängig von Ryan, auch wenn bei dem Gedanken an ihn ihr Herz anfing zu rasen.

»Du musst mir nichts vormachen. Ich habe gesehen, wie du ihn angeschaut hast.« Colins Gesichtsausdruck wurde arrogant. »Denkst du, mir ist dein verändertes Verhalten am Telefon nicht aufgefallen? Warum, glaubst du, musste ich herkommen und nach dem Rechten sehen?«

»Wir sind zusammen aufgewachsen; Ryan war immer wie mein Bruder, und wir … waren auch eine Zeit lang zusammen«, räumte sie schließlich ein.

»Hast du mit ihm geschlafen? Sei ehrlich!«

»Nein, habe ich nicht!« Wenigstens dabei konnte sie ihm in die Augen blicken. »Früher natürlich, aber jetzt nicht, falls du das meinst.«

Colin tätschelte gönnerhaft ihre Hand. »Dann sind das also nostalgische Gefühle. Das kennen wir alle. Komm einfach mit mir zurück nach New York, und du wirst sehen, mit etwas Abstand kommst du wieder zu klarem Verstand.«

Zu klarem Verstand? Dabei hatte sie so gar nicht den Eindruck, vernebelt zu sein – im Gegenteil. Auf einmal sah sie so klar wie schon ewig nicht mehr.

Sie zwang sich zu einem Lächeln. »Ich bin dir so unendlich dankbar für alles, was du für mich getan hast.«

Er lächelte selbstzufrieden.

Hope knetete ihre Hände. »Es tut mir fürchterlich leid, dass du den weiten Weg umsonst auf dich genommen hast.«

Das Lächeln schwand.

»Aber mein Entschluss steht fest: Ich bleibe hier. Zu Hause, in Lynnwood Falls. Und du hast recht, ich liebe Ryan.« Und das tiefe Glücksgefühl, das sie bei diesen Worten durchflutete, überraschte sie.

Colin nahm die Serviette von seinem Schoß, zerknüllte sie und warf sie auf den Tisch. »Wie schon gesagt, du bist durcheinander. Vielleicht hat dir dieser Kerl den Kopf verdreht. Lass dir nicht zu viel Zeit, wieder zu Verstand zu kommen. Ich werde nicht unendlich auf dich warten.«

Er warf achtlos einige Scheine auf den Tisch und stürmte aus dem Restaurant.

Das Mitleid in Hope wuchs. Sie wusste nur zu genau, wie es sich anfühlte, verlassen zu werden, und so hatte sie das ganz bestimmt nicht geplant. Das schlechte Gewissen drückte sie.

»Komm, Miss Sophie, lass uns nach Hause gehen.« Nach Hause. Das hörte sich gut an.

»Hey, das ist viel zu viel Geld«, rief Chris ihr hinterher.

Hope drehte sich lächelnd zu ihm um. »Nein, das passt schon.«

»War kein so ergiebiges Gespräch, oder?«, bemerkte er mitleidig. Er war auf derselben Schule wie sie gewesen, sie kannten sich gut. Von daher störte es sie nicht, dass die Frage wenig diskret war. In Lynnwood Falls kümmerte man sich umeinander, wenn es jemandem schlecht ging. Hope war sich sicher, Chris würde es nicht weitertratschen.

»Doch, in gewisser Weise war es sogar sehr ergiebig!« Fast schämte sie sich für die Erleichterung, die sie bei diesen Worten verspürte.

Nachdem sie nun die Entscheidung getroffen hatte, wollte sie auch Nägel mit Köpfen machen. Sie wählte direkt Natashas Nummer; sie müsste gerade Mittagspause haben. »Hey, meine Liebe, wie geht es dir?«

»Ist Colin schon bei dir? War Miss Sophie eine schöne Überraschung?«

»Absolut! Ich habe sie so sehr vermisst! Danke, dass du dich so gut um sie gekümmert hast!« Sie zögerte, doch warum sollte sie um den heißen Brei herumreden? »Hast du schon eine Stelle gefunden?«

»Nein, noch nicht. Aber ich bin dran.«

»Würdest du gern an der Klinik bleiben wollen?«

»Hast du den Eindruck, ich will dir deine Stelle wegnehmen?«, fragte Natasha erschrocken.

Hope lachte. »Nein. Ich werde kündigen. Und muss wissen, ob ich dich als feste Nachfolgerin vorschlagen darf.«

»Ach herrje!« Natasha schluchzte auf. »Ich meine, wenn du dir sicher bist …?«

»Ich bin mir sicher. Mein Herz hängt an Lynnwood Falls«, sagte sie fest.

»Dann … gern.« Sie schnappte wieder nach Luft. »Mein Traum.«

Es war auch einst ihr Traum gewesen …

Hope spürte, dass Natasha neugierig auf die Gründe war und sich nicht zu fragen traute, deshalb sagte sie: »Colin und ich haben uns getrennt.«

»Das tut mir sehr leid.«

»Danke! Manchmal passt es eben einfach doch nicht so.«

»Wie wahr!« Der Seufzer kam von Herzen.

Natasha hatte auch eine schwierige Trennung hinter sich, wusste Hope. Es war vor ihrer Assistenzzeit gewesen.

»Ich wünsche dir nur das Allerbeste. Würdest du mir alles, was noch an Kleidern und privaten Dingen in meinem Apartment ist, zukommen lassen? Wäre das okay für dich? Die Kosten übernehme selbstverständlich ich. Die Möbel kannst du behalten.«

»Oh, ich weiß gar nicht, was ich sagen soll. Danke! Ich kaufe sie dir auch gern ab. Natürlich schicke ich dir alles. Die privaten Dinge hatte ja Colin zu sich genommen.«

»Ja, richtig!« Dann musste sie ihn wohl deshalb nochmals kontaktieren. »Okay, also … ich habe noch einiges zu erledigen. Wir telefonieren die Tage.«

Am liebsten wäre sie sofort zu Ryan geeilt, doch ausgerechnet heute hatte Kylie gebeten, schon um zwei, wenn die Galerie schloss, mit ihrer Maine-Coon-Katze in die Praxis kommen zu können. Die Katze hatte ein entzündetes Auge, und Hope hatte zugesagt.

Was Ryan wohl sagen würde? Aufregung ergriff von ihr Besitz.

Dann würde sie eben heute Abend zu ihm fahren.

Sie ging mit Miss Sophie an der Leine nach Hause, die zumindest die Gerüche hier schon mal zu lieben schien. Es würde ihr in Lynnwood Falls gefallen, da war Hope sich sicher.

Ihre Mutter wischte sich Freudentränen aus den Augenwinkeln, als sie ihr die Neuigkeit verkündete, und auch Francy, die gerade zu Besuch war, strich sich ein Tränchen von der Wange.

»Unser Sweety ist wieder da!«

Hope musste mit einem von Francys selbst gemachten Himbeerlikören mit den beiden anstoßen.

»Weiß Ryan es schon?«, fragte ihre Mom.

»Ich werde es ihm heute Abend sagen.« Hope entgingen die verschwörerischen Blicke nicht, die die beiden wechselten. »Behaltet es bitte noch für euch. Ich möchte es auch Elly persönlich sagen.«

»Natürlich, Sweety!« Ihre Mutter lächelte selig. »Darf ich es deinem Dad erzählen? Die Freude wird ihm guttun!«

Hope lachte. »Klar.«

Francy nahm mal wieder kein Blatt vor den Mund. »Ich bin froh, dass du nicht bei diesem Kerl geblieben bist!«

Hope hob die Hand. »Colin hat viel für mich getan. Ich möchte nicht schlecht über ihn reden.«

»Hat er es für dich getan oder eher für sich? Damit er mit dir angeben kann?«, entgegnete Francy, doch als Hope sie streng ansah, legte sie den Finger auf den Mund. »Ich bin ja schon still.«

»Besser ist das!« Hope musste über die Grimasse lachen, die Francy schnitt. Und das Lachen hörte sich selbst in ihren eigenen Ohren befreit an.

Ryan

Er hatte ja mit viel gerechnet, aber nicht damit, dass Hope sich solch einen Schnösel angelacht hatte. Der aussah, als wäre er geradewegs einem Modekatalog entstiegen. Mit Jaguar-F-Modell. Als Tierarzt sollte er vielleicht etwas weniger Parfüm auflegen; damit ruinierte er ja den Geruchssinn seiner vierbeinigen Patienten. Und dann auch noch einen Hund im brütend heißen Auto lassen – ein absolutes No-Go!

Ryan schnaubte. Und er hatte gedacht, Hope zu kennen! Kein Wunder, dass sie am Anfang so borniert gewesen war!

Sein Blick fiel auf die Uhr. Es war erst kurz vor vier. Eigentlich könnte er noch in die Praxis fahren. Aber er hatte keine Lust, noch einmal auf diesen Lackaffen zu treffen.

So steuerte er den Pick-up nach Hause. Das war eine gute Gelegenheit, Suzie-Q zu striegeln. Etwas Bewegung würde ihm nach dem aufwühlenden Mittag guttun.

Es war ein traumhaft sonniger Sommertag; auf der Koppel war es warm. Ryan zog das T-Shirt aus und schlüpfte in eine kurze Jeans und Gummistiefel.

Suzie-Q bewegte die Ohren, als er sanft mit ihr sprach, während er den Striegel in gleichmäßigen Bewegungen über ihren Hals zog. Auf einmal hob Chief, der im Schatten der Scheune gedöst hatte, den Kopf und bellte.

Ein V8-Motor röhrte heran.

Ryan presste die Lippen zusammen. Das konnte doch nicht wahr sein, dass Hope diesen Kerl herbrachte! Der auch noch so forsch auf den Hof fuhr, dass die Hühner zur Seite stoben und Suzie-Q erschrocken wieherte und den Kopf hochwarf. Was sollte das? Zorn wallte heiß wie flüssiges Eisen in Ryan auf.

Durch die getönten Scheiben konnte er nichts erkennen, doch nur der Schnösel stieg aus. Und schenkte ihm ein falsches Lächeln, sodass die sicher künstlich gebleichten Zähne nur so blitzten.

Chief bellte so ohrenbetäubend, wie Ryan es noch nie von ihm gehört hatte. »Aus, Chief! Platz!«, rief er streng. Der Hund gehorchte nur widerwillig.

»Guten Tag! Ich bin Doktor Colin Harper, Chef-Kardiologe.«

Und ich Ryan Cooper, der Stallbursche, lag es Ryan auf der Zunge zu antworten, doch stattdessen sagte er kühl: »Was kann ich für Sie tun, Herr Kollege?«

Wie erwartet gefiel es dem feinen Herrn gar nicht, dass er ihn so direkt als »Kollegen« bezeichnete. Er schürzte missbilligend die Lippen; sicherlich fühlte er sich ihm als *Chef*-Kardiologe weit überlegen. Auf einmal ärgerte sich Ryan, dass er kein T-Shirt greifbar hatte, doch daran war nun nichts zu ändern.

»Sie sind Doktor Cooperfield? Ach, nein, das war nur Hopes Spitzname für Sie, nicht wahr, Doktor Cooper?«

Es traf ihn wie ein Faustschlag in den Magen. Hope hatte ihrem Freund ihren geheimen Spitznamen verraten? Für einen Moment war er sprachlos.

»Ich komme wegen Hope …«, fuhr Harper fort.

Hatte sie ihrem Freund auch erzählt, dass er sie geküsst hatte? Doch Harper machte nicht den Eindruck, als wäre er der Typ, der sich deshalb Mann gegen Mann mit ihm raufen wollte. »Genugtuung fordern«, wie man früher so schön gesagt hatte.

»Und? Wie kann ich Ihnen helfen?« Ryan gab sich keine Mühe, Freundlichkeit vorzutäuschen.

»Hope und ich stehen uns sehr nahe; wir sind Seelenverwandte. Sie nennt mich immer ihren ›Soulmate‘«, fügte Harper hinzu und traf damit wieder einen Nerv in ihm. Diesen Kerl also auch? So hatte Hope ihn früher immer genannt. Ryan schluckte. »Hope liegt mir wirklich sehr am Herzen …«

»Das ist schön«, zwang sich Ryan zu erwidern, ohne zu wissen, wo das Gespräch hinführen sollte. Er wünschte sich mehr denn je ein T-Shirt oder vielleicht sogar einen Panzer, dick wie der einer Schildkröte.

»Einem Menschen, der so herzlich von ihrer Familie aufgenommen und versorgt wurde, sollte sie auch am Herzen liegen«, betonte Harper mit einem unüberhörbaren Vorwurf in der Stimme.

»Was führt Sie zu der Annahme, dass dies nicht der Fall ist?« Die Höflichkeit zu bewahren fiel Ryan schwer.

»Lassen Sie uns Klartext reden: Sie hat sich gerade im Hotelzimmer bei mir ausgeheult.« Er zuckte anzüglich mit den Augenbrauen, vermutlich um ihm zu sagen, was Hope und er im Hotel noch gemacht hatten.

Ryan erschauderte, doch die nächsten Worte machten es nicht besser:

»Hope bedeutet die Praxis ihrer Eltern sehr viel. Sie möchte ein lukratives Unternehmen daraus machen. Und sie hat den Eindruck, dass Sie ihr bei diesem Vorhaben wie ein Bremsklotz am Bein hängen.«

Ryan verschlug es die Sprache. Das hatte Hope zu dem Kerl gesagt? Sollte das heißen, sie hatte vor, hier in Lynnwood Falls zu bleiben? Und er sollte gehen? Doch der Kerl schien sich warmgeredet zu haben, vermutlich hörte er sich selbst gern zu.

»Sie glaubt, Sie ruinieren die Praxis mit Ihren Pro-bono-Geschichten.«

Ryans Finger krampften sich um den Striegel, den er immer noch in der Hand hielt. Der Kerl konnte nicht wissen, dass sie hin und wieder ohne Berechnung arbeiteten; das musste Hope ihm erzählt haben. Stimmte also alles andere auch, was er behauptete? Hatte sie sich nicht selbst über die Pro-bono-Behandlungen geärgert?

Die Wut in Ryan wurde zu einem regelrechten Schwelbrand.

»Sie hat den Eindruck, von Ihnen aus dem Familienunternehmen gedrängt zu werden. Sie hat Angst, Sie zwacken alles Geld für Ihre Farm hier ab.« Er machte eine weitschweifende Handbewegung.

Als hätte er seinen Zorn gespürt, hob Harper beschwichtigend die Hand. »Ich möchte Ihnen nicht zu nahe treten. Ich weiß nur das, was Hope mir heute Mittag erzählt hat. Es war natürlich auch ein emotionaler Moment … das erste intime Wiedersehen seit längerer Zeit, Sie verstehen, hm?« Wieder war da dieses anzügliche Grinsen, das Ryan ihm am liebsten mit dem Striegel aus dem Gesicht poliert hätte.

»Und warum sollte Hope Sie schicken, anstatt selbst zu mir zu kommen, wenn es ihr so wichtig ist?« Er musste sich zwingen, ruhig zu klingen.

»Sie kennen sie doch schon lange genug. Wissen, wie sie tickt. Sie ist viel zu gutmütig. Immer darauf bedacht, den Konflikten aus dem Weg zu gehen.«

Sprachen sie von derselben Person? Die Hope, die er kannte, scheute durchaus keine Konfrontation.

Doch Harpers nächste Worte versetzten ihm einen herben Schlag. »Für Hope sind Sie immer noch der kleine Junge, der seine Eltern verloren hat. Mein Beileid übrigens. Zu dem sie mit zehn ins Bett gekrochen ist und den sie getröstet hat. Sie möchte Ihnen nicht wehtun.«

Das hätte sich Hope früher überlegen sollen. Die Tatsache, dass sie all ihre privaten Geheimnisse ausgeplaudert hatte, verletzte ihn tiefer, als er je erwartet hätte.

Ryan verschränkte die Arme vor der Brust. »Sie kommen hierher und erzählen mir irgendwelche Dinge von Hope. Was wollen Sie mir nun konkret damit sagen?«

»Hope möchte die Praxis gern mit ihrem Vater führen. Und zwar allein. Möchte die Jahre, die sie noch mit ihm hat, genießen. Ohne, dass sich jemand zwischen sie drängt und ihr ihren Platz streitig macht. Sie hat sich schon erkundigt. Im Nachbarort ist eine Praxis frei geworden.«

Natürlich. Doc Morris' Praxis. Die Arbeit des erkrankten Kollegen hatten sie ja übernommen. Doch Ryan sah Harper nur abwartend an, auch wenn ihm noch so viel auf der Zunge brannte.

Der aalglatte Ausdruck auf dem Gesicht wurde noch arroganter, falls dies möglich war. »Ich sehe Ihnen an, dass Sie mir nicht glauben. Aber woher sollte ich das alles wissen können, wenn nicht von ihr?«

Damit hatte er recht. Gut, einen Teil könnte er von der geschwätzigen Mrs Blackbeard im Hotel erfahren haben, aber nicht die intimen Details.

»Sie glauben vielleicht, Sie kennen Hope nun schon ein Leben lang. Haben mit ihr Doktor gespielt, sie in der Turnhalle geküsst oder sie mit einem billigen Sekt in den Wald geschleppt, anstatt sie wie ein Ehrenmann zu umwerben.«

Jede dieser Aussagen war wie ein Schlag in Ryans Gesicht, und Harper schien es zu genießen.

Er lächelte mitleidig. »Wenn Sie Hope so gut kennen würden, wie Sie sich einbilden, hätten Sie schon damals gewusst, wie sehr sie sich wünschte, in einer adäquaten Umgebung gewertschätzt zu werden. So, wie es einer Frau wie ihr gebührt. Doch Sie haben sie immer nur mit dem Billigsten abgespeist. Es hat mich viel Zeit und Zuwendung gekostet, dieses traumatische Erlebnis aus ihrer Erinnerung zu tilgen. Ich hoffe, Sie schätzen Hope so sehr, dass Sie sie nun endlich das Leben genießen lassen, das sie verdient, ohne sie ständig zu sich herunterzuziehen. Gönnen Sie ihr die Würde, die ihr angemessen ist!«

Ryans Blick fiel auf Chief, der nur darauf zu warten schien, dass er ihm den Befehl erteilte, den Kerl vom Hof zu jagen. Doch Ryan schüttelte unmerklich den Kopf.

In ihm tobten Wut und Schmerz gleichermaßen. Was fiel diesem Lackaffen ein, ihn belehren zu wollen? Und dennoch trafen ihn die Worte bis ins Mark. Hatte er sich zu sehr in Hopes Leben gedrängt? Hatte sie tatsächlich das Gefühl, er wolle ihren Platz einnehmen?

So viel lag ihm auf der Zunge, doch er traute weder seiner Stimme noch seiner Beherrschung. Die Worte seiner Granny kamen ihm in den Sinn: »Wer sich verteidigt, klagt sich an.« Deshalb sagte er nur möglichst herablassend: »Sind Sie jetzt fertig? Ich habe noch zu arbeiten.«

Harpers verächtlicher Blick glitt über Ryans nackte Brust und den Striegel in seiner Hand. »Dann viel Erfolg!« Er hob den Finger. »Aber tun Sie sich den einen Gefallen: Denken Sie nicht nur ständig an sich, sondern auch einmal an Hope.«

Erst als Harper zurück zu seinem Wagen stapfte, sah Ryan Angus, der am Trog mit dem Schlauch hantierte. Wasser lief über den Weg, unter dem Jaguar hindurch. Vor der Fahrertür hatte sich eine schlammige Pfütze gebildet.

»Können Sie nicht aufpassen?«, herrschte Harper den alten Mann an.

Angus legte die Hand hinters Ohr und gab sich weitaus tattriger, als er war. »Hä?« Seine Hand mit dem spritzenden Schlauch wackelte bedrohlich nah in Harpers Richtung.

Dr. Harper winkte ungeduldig ab und watete sichtlich widerwillig durch den Schlamm. Die teuren Slipper waren mit ziemlicher Sicherheit ruiniert. Es verschaffte Ryan wenigstens eine kurze Genugtuung, als auch noch die Räder beim sportlichen Rückwärts-Anfahren durchdrehten und zähen Schlamm gegen die Seiten des ehemals blank polierten grünen Jaguars spritzten.

Chief, der tapfer in seiner Lauerposition ausgeharrt hatte, bellte dem Wagen zornig hinterher.

»Danke, Angus«, sagte Ryan schlicht.

»Gern geschehen, mein Junge!« Die verkrüppelte Hand tätschelte seine Schulter. »Du sahst gar nicht glücklich aus.«

»Gar nicht glücklich« war die Untertreibung des Jahrhunderts. Er konnte viel verzeihen, aber Hopes Verrat, die Tatsache, dass sie ihre privatesten Geheimnisse ausgeplaudert hatte, würde er nicht vergessen. Sie wollte allein die »lukrative« Praxis aufbauen? Das konnte sie haben!

Kapitel 12

Hope

Es war schon nach sechs, als sie endlich aus der Praxis kam. Sie sprang unter die Dusche, denn sie hatte das Bedürfnis, so einiges von sich abzuspülen. Anschließend schlüpfte sie in eine Jeans und ein olivgrünes T-Shirt mit V-Ausschnitt, zu dem sie Ryans Bernstein-Schmuck anlegte. Die Haare ließ sie offen, ohne das Glätteisen zu bemühen. Vielleicht würde sie es demnächst entsorgen oder verschenken.

Nach kurzem Zögern packte sie eine Zahnbürste und frische Unterwäsche in ihren Rucksack. Man konnte ja nie wissen …

Ein Lächeln schlich sich auf ihre Lippen.

»Möchtest du noch was essen?«, fragte ihre Mutter, als Hope sich verabschiedete.

Essen? Dafür war sie zu aufgeregt. »Nein, danke! Ich nehme Dads Auto und fahre zu Ryan, okay?«

Ihre Mutter strahlte. »Aber natürlich. Lass dir Zeit.«

Das war der Plan! Ein übermütiges Grinsen erschien auf ihrem Gesicht. Hope drückte die Nase in Miss Sophies weiches Fell.

»Gleich werde ich dir Ryan und Chief vorstellen. Du wirst sie mögen«, wisperte sie und drängte sich mit einem heißen Glücksgefühl an ihre Hündin. Auch sie würden bestimmt ein schönes Vierergespann sein.

Auf der Zufahrt zu Ryans Anwesen kam ihr Angus in seinem alten Dodge entgegen. Sie winkte ihm fröhlich zu.

Dennoch konnte sie die Aufregung nicht ganz ablegen, als

sie näher kam. Ryan hatte sich nie geäußert, wie er zu ihr stand.

»Zur Not müssen wir ihn halt verführen, Miss Sophie«, sagte sie mit mehr Zuversicht, als sie verspürte.

Immerhin schien ihre Hündin an sie zu glauben; sie kläffte bestätigend.

»Danke, meine Süße!«

Ryans Pick-up stand vor dem Farmhaus; zum Glück war er zu Hause. Chief sprang ihr aufgeregt bellend entgegen.

»Schau mal, Chief. Das ist meine Hündin, Miss Sophie.« Kurz wirkten beide Hunde eifersüchtig, doch dann beschnupperten sie einander von vorn bis hinten und schienen Gefallen an dem zu finden, was sie rochen. Erleichtert seufzte Hope auf. Wenigstens würde es hier keine Schwierigkeiten geben.

Doch von Ryan war keine Spur zu sehen.

Sie läutete an der Tür. Nichts.

Hope rief in den Stall. Keine Antwort.

Dann kehrte sie zum Wagen ihres Vaters zurück und drückte kurz auf die Hupe.

Die Stalltür sprang auf, und ein wutentbrannter Ryan stürmte ihr entgegen. »Was soll das wilde Rumgehupe hier? Ich hatte gerade Lord V so weit, dass er sich streicheln ließ. Danke auch!«

Hope zuckte erschrocken zusammen. »Oh, das tut mir leid. So schade! Ich hatte gerufen …«

»Das habe ich gehört, aber wenn ich nicht antworte, wird es dafür schon einen Grund geben«, erwiderte er sichtlich zornig.

»Es tut mir wirklich sehr leid, dass ich ihn verschreckt habe. Soll ich zu ihm?«

»Nein!«

Das war ja mal kurz und bündig. Hope schluckte. »Soll ich ein andermal wiederkommen?«

»Du kannst genauso gut jetzt sagen, was du sagen willst«, lautete die immer noch unfreundliche Antwort.

Einen Augenblick war sie versucht, einfach wieder zu fahren. Sie verstand nicht, welche Laus Ryan über die Leber gelaufen war. War es tatsächlich wegen Lord V? Oder hatte es etwas mit Colins Besuch am Morgen zu tun, weil er sie vor Ryans Augen geküsst und diesen Schwachsinn geredet hatte?

Sie nahm allen Mut zusammen. »Ich habe in New York gekündigt und bleibe hier.« Sie behielt ihn bei den Worten genau im Auge. Er schien es gleichmütig hinzunehmen. Freute er sich denn gar nicht?

Abwartend sah sie ihn an.

»Und, war's das?«, fragte er und machte Anstalten, wieder in den Stall zu gehen.

»Das ist alles, was du dazu zu sagen hast?« Sie war zu verblüfft, um verärgert zu sein. Dennoch bohrte sich dieser Stachel in ihr Herz, den sie nicht ignorieren konnte.

»Ich habe schon davon gehört«, antwortete er.

Die Enttäuschung übermannte sie. Hatten ihre Mom oder Francy doch geplaudert?

»Und?«, hakte sie nach.

»Ich werde die Praxisräume hier ausbauen. Ein paar Tage Zeit werde ich brauchen, aber ich kann so lange auf den Höfen arbeiten«, sagte er.

»Was? Wieso das denn?«

»Dann hast du die Praxis mit deinem Vater für dich, sobald er wieder fit ist.«

»Es braucht sich dadurch doch nichts zu ändern. Pops möchte kürzertreten, würde sich gern auf Fleischbeschau spezialisieren, hat Mom mir erzählt.« Sie lächelte. »Damit verdient man ja auch gutes Geld und …«

»Wie schön, wenn die Kasse klingelt, nicht wahr?« Dies war nun unüberhörbar zynisch.

Sie stemmte die Hände in die Hüften. »Kannst du mir mal

sagen, was hier eigentlich los ist?« Sein Verhalten schmerzte sie, doch sie versuchte, es sich nicht anmerken zu lassen. Definitiv hatte sie sich eine andere Reaktion erhofft.

Er zuckte mit den Schultern. »Was soll schon los sein? Wir werden die Praxis splitten. Ein sauberer Schnitt. Wenn du alles haben möchtest, schaue ich mich anderweitig um.«

»Warum sollte ich alles wollen?« Sie konnte nicht fassen, was er da redete.

»Gut, dann behalte ich die Höfe, und ihr schaut, dass ihr die lukrativen Aufträge an Land zieht.«

Schon wieder fing er mit dem »Lukrativen« an. Doch es war noch etwas anderes, was sie bedrückte. »Was ist mit uns?«, platzte sie heraus.

»Du wirst doch nicht plötzlich sentimental werden und alte Geschichten aufwärmen wollen?« Wie verächtlich er das gesagt hatte!

Hätte er ihr einen Dolch in die Eingeweide gerammt, hätte es nicht weniger geschmerzt.

»Und … unsere Freundschaft?«, wisperte sie, weil ihre Stimme versagte.

»Du meinst, diese Soulmate-Nummer?«

Die Erinnerung überwältigte sie, und unwillkürlich musste sie, trotz des Schmerzes, lächeln. »Ja, ich dachte, das wären wir.«

Sein Lachen klang bitter. »Nun, für dich wird's ja immer wieder neue Seelenverwandte geben, nicht wahr?« Seinen durchdringenden Blick konnte sie nicht einordnen.

Alles in ihr schrie danach davonzulaufen, doch das hatte sie schon einmal gemacht. Dieses Mal würde sie nicht kampflos aufgeben. »Und wenn ich keinen neuen Seelenverwandten will?« Ihre Unterlippe zitterte, sie biss darauf.

Ryans Lippen dagegen mutierten zu einem schmalen Strich. »Ich fürchte, das ist eine Entscheidung, die du nicht allein treffen kannst.«

»Aber …« Als sie merkte, dass ihre Stimme bebte, verstummte sie.

Er seufzte, seine Miene wurde ein wenig freundlicher. »Hör zu! Lass uns das friedlich regeln. Wir teilen die Arbeit in der Praxis auf, können uns auch gern gegenseitig vertreten, wenn einer im Urlaub ist. Wir versuchen, so gut wie möglich miteinander auszukommen. Das werden wir schon hinkriegen. Und ansonsten geht jeder seiner Wege. Das ist das Beste.«

»Das Beste?« Nun brodelte Wut in ihr auf. »Das Beste?«, fuhr sie auf. »Das hast du schon einmal gesagt, kannst du dich erinnern? Hör bloß auf zu bestimmen, was für *uns* das Beste ist, Ryan Cooper! Damit hast du mir schon mal das Herz gebrochen!«

»Welches Herz? Du meinst die Registrierkasse in deiner Brust?«

Hope fühlte sich, als hätte er Eiswasser über ihr ausgegossen. Sie fröstelte. Für einen Moment war sie unfähig zu denken, zu reden, sich zu bewegen. Von diesem Dolchstoß in ihr Innerstes würde sie sich vermutlich nie wieder erholen.

Endlich – nach gefühlt Stunden, aber vermutlich verstrichen nur Sekunden – war sie in der Lage, ihre Füße vom Boden zu heben. Sie drehte sich um. »Miss Sophie!« Der Ruf kam lediglich als klägliches Krächzen heraus.

Es dauerte zwei, drei Schritte, bis sie endlich in Gang kam, auch wenn es mehr einem Taumeln glich. So dachte Ryan also von ihr? Und wie sollte es weitergehen? Würde sie es tatsächlich schaffen, weiterhin in seiner Nähe zu leben, ihn womöglich fast täglich zu sehen, während er sie für geldgierig und karrieresüchtig hielt?

Miss Sophie, die mit Chief herumgetobt hatte, eilte an ihre Seite, während Chief aufgeregt bellend vor ihr her sprang.

»Hope, warte!« Ryan klang heiser, doch sie eilte unbeirrt weiter.

Wieso hatte sie ihr Auto nur so weit vorn geparkt? Wegen dieser blöden Pfütze hier. Gott allein wusste, woher die kam!

»Es tut mir leid, ich hätte das nicht sagen sollen«, rief er ihr hinterher.

»Oh, immer nur raus mit deiner Meinung! Mit nichts hinterm Berg halten! Dann weiß ich wenigstens, woran ich bin.«

»Ich sagte, ich habe es nicht so gemeint, entschuldige! Im Gegensatz zu dir rede ich nicht hintenherum über die Menschen in meiner Umgebung«, gab er, nun ebenso zornig, zurück.

»Aha? Und mit wem habe ich über dich geredet? Und was habe ich gesagt?«

»Dass ich mich in deine Familie dränge zum Beispiel?« Seine Lippen waren weiß vor Wut.

Vor lauter Verblüffung vergaß sie ihren Zorn. »Wer redet denn solch einen Schwachsinn?«

»Du bist natürlich noch nie auf den Gedanken gekommen, nicht wahr? Soll ich dich daran erinnern, wie du reagiert hast, als ich am ersten Tag hätte zu euch zum Essen kommen sollen?« Er schürzte die Lippen. »›Ryan isst mit uns?‘«, äffte er sie nach.

Hope schloss die Augen. »Das tut mir wirklich leid! Ich war verwirrt, wie stark ich noch auf dich reagiert habe. Aber ich habe niemals behauptet, dass du dich in meine Familie drängst. Du warst immer ein Teil von ihr, so wie Francy.«

»Natürlich!« Er schnaubte. »Du hast auch nie behauptet, dass ich dir deinen Job in der Praxis wegnehme und ein Schmarotzer bin, der seine Farm mit eurem Praxisgeld finanziert?«

»Was redest du denn da? Wieso sollte ich so etwas behaupten? Das ist Unsinn! Ich weiß, dass du deine Wiese verkauft hast, um die Geräte zu bezahlen. Mom hat es mir heute Nachmittag erzählt.« Hope war gerührt gewesen, hatte gedacht, er hätte es für sie getan. Und zugleich beschämt, weil das natürlich nie in ihrer Absicht gelegen hatte.

»Woher weiß Mary das?« Nun wirkte er überrascht.

»Sie hat heute Mrs Legrand getroffen.«

»Und bis du am Nachmittag davon erfahren hast, bist du nie auf einen derartigen Gedanken gekommen?«

»Welch ein Quatsch! Natürlich nicht!«

»Deshalb hast du mir auch vorgeworfen, zu viel pro bono zu arbeiten, nicht wahr?«

»Das tut mir leid. Ich hatte wirklich vergessen, wie es hier läuft. Samantha hat mich im Gegenzug zum Essen eingeladen, ich …« Sie seufzte. »Ich weiß, ich war anfangs eine Zicke, aber …«

»Lass gut sein, Hope.« Er winkte müde ab.

Sie lachte freudlos. »Ich wollte es gut sein lassen und verschwinden, nachdem du mir so schön klargemacht hast, wie du über mich denkst. Doch du hast mich aufgehalten, erinnerst du dich?«

»Ich habe mich entschuldigt!«, erklärte er steif, »und gesagt, dass ich es so nicht gemeint habe.«

»Du verletzt mich und denkst, du kannst es so einfach mit einer lapidaren Entschuldigung aus der Welt schaffen?«

»Ich verletze dich? Glaubst du, es trifft mich nicht, dass du alles Private von uns beiden weitererzählt hast?« Sein Gesicht wirkte regelrecht kantig, als seine Wangenmuskeln zuckten.

»Ach ja? Was soll das sein?«

»Was ist zum Beispiel mit ›Mr Cooperfield‹?«

»Ich glaube nicht, dass ich Elly damals davon erzählt habe«, erwiderte sie verwirrt.

»Oder unser erstes Mal im Wald«, hatte er schon hinterhergesetzt, ohne ihr zuzuhören.

»Davon habe ich Elly erzählt, ja, aber …«

»Ich spreche nicht von Elly.«

»Außer ihr weiß es niemand, und sie hat es sicherlich nicht weitergetratscht.«

»Ich rede von deinem Freund!«

»Colin ist nicht mehr mein Freund; wir haben uns getrennt. Das sagte ich doch!«

»Das sagtest du nicht!«

»Was …« Auf einmal ging ihr ein Licht auf. »Moment mal! Colin war hier?«

An seiner Reaktion sah sie, dass sie ins Schwarze getroffen hatte.

»Was hat er dir erzählt?«, hakte sie tonlos nach.

Er schnaubte bitter. »Fragt sich eher, was *du* ihm *von uns* erzählt hast.«

»Gar nichts. Nicht viel. Nachdem ich eh Schluss machen wollte, habe ich den Kuss neulich verschwiegen«, gab sie verschämt zu. »Ich wollte nicht zusätzlich Salz in die Wunde streuen. Aber ich habe ihm gesagt, dass ich dich noch liebe und …«

Ryans Wut war noch nicht verraucht. »Und du hast nie all die privaten Dinge erzählt? Die weiß er nur zufällig, vielleicht, weil du im Schlaf sprichst?«

»Kannst du einfach mal Klartext reden? Welche ›privaten Dinge‹?«, fragte sie ungehalten.

»Dass du mich getröstet hast, nachdem meine Eltern gestorben waren. Der Kuss in der Turnhalle. Dass wir damals im Wald Sekt getrunken haben. Alles eigentlich.«

Fassungslos schüttelte sie den Kopf. »Ich habe heute zum ersten Mal mit ihm über dich gesprochen. Colin ist nicht der Typ, der sich für eine Vorgeschichte interessiert.« Auf einmal war sie nicht mehr sicher, ob Colin sich überhaupt für jemand anderen als sich selbst interessierte, doch das war jetzt zweitrangig. Wie ein Blitz fuhr es ihr in den Magen. Sie schlug sich die Hand vor den Mund. »O mein Gott!«

Eilig zerrte sie ihr Handy aus der Hosentasche und sah die letzten Anrufe durch. Sie drückte die Wahlwiederholung.

Colin nahm sofort ab. »Du bist also zur Vernunft gekommen«, sagte er in selbstzufriedenem Tonfall.

»Du hast mein Tagebuch gelesen?!«, schleuderte sie ihm ohne eine Begrüßung entgegen. »Es war bei meinen persönlichen Sachen.«

»Was? Wie … kommst du darauf?« Das für ihn ungewohnte Stammeln verriet ihn.

»Wie konntest du nur!« Die Empörung drückte ihr regelrecht den Hals zu.

»Jetzt komm, Hope, das ist doch Kinderkram. Ich habe mal kurz hineingeschaut, um nachzusehen, ob dort eine Adresse steht. Ich hatte den Namen des Kaffs hier vergessen – die Praxis hat ja nicht einmal eine Homepage!« Da war er wieder, dieser verächtliche Tonfall. »Jetzt sieh zu, dass du herkommst, dann …«

»Ganz. Sicher. Nicht.« Sie betonte jedes Wort und legte auf.

Ryan schüttelte den Kopf. »Er hat dein Tagebuch gelesen?«, fragte er schockiert.

Hope zuckte mit den Schultern. »Nach unserem Kuss konnte ich ihm am Telefon nichts mehr vormachen. Er hat wohl Verdacht geschöpft. Deshalb kam er vermutlich auch her.«

Ryan stieß die Luft aus. Auf einmal schien seine ganze Wut verraucht zu sein. »Ich fürchte, ich muss mich schon wieder bei dir entschuldigen.«

»Das denke ich auch!« Sie hob die Mundwinkel.

»Kannst du mir verzeihen?«

Es waren nicht die Worte, nicht mal sein zerknirschter Blick, was eine Saite in ihrem Inneren berührte. Es war die Angst, die sie hinter dieser Frage spürte.

Sie räusperte sich. Nahm ihren ganzen Mut zusammen. »Würde es dir etwas ausmachen, wenn ich es nicht könnte?«

Er nickte stumm.

Hope blinzelte. Hinter ihren Lidern brannte es. »In meinem Tagebuch stand nichts Schlechtes über dich, das hat er sich zusammenfantasiert. Du hast für mich immer zu meiner Familie gehört. Du warst der Bruder, den ich nie hatte, du warst mein allerbester Freund und … mein Soulmate.«

»Er war das nie?«

Sie schüttelte den Kopf. »Hat er das etwa behauptet?«

Sein Schulterzucken war Antwort genug.

»Nein, er war das nie. Nicht mal annähernd.«

»Deine Bemerkung vorhin … Dass du zu ihm gesagt hast, du liebst mich noch …?« Ryan wirkte nervös.

»Warum, glaubst du, bin ich hier? Warum lasse ich mich beschimpfen und stehe immer noch da – wie ein Volltrottel –, anstatt wegzulaufen, wie es jeder vernünftige Mensch tun würde?« Sie lächelte müde. »Ich habe Angst, Ryan! Ich habe Angst, dass ich dich wieder aus falschem Stolz verliere, und das … will ich nicht noch mal durchmachen müssen.«

Mit einem Satz war er bei ihr. Nahm ihr Gesicht in die Hände. Und endlich küsste er sie. Presste sie so fest an sich, dass ihr beinahe die Luft wegblieb, doch das machte ihr nichts aus.

Atemlos schob er sie nach einer Weile von sich, während Miss Sophie und Chief aufgeregt bellend um sie herumsprangen.

»Das ist also deine Hündin?«

»Ja, Miss Sophie.« Hope lächelte, als Ryan sich hinunterbeugte, die Labradorhündin an seiner Hand lecken ließ und sie zärtlich am Hals kraulte, was Miss Sophie mit einem wohligen Brummen kommentierte.

Er richtete sich wieder auf. Sein Adamsapfel hüpfte. »Warst du heute mit ihm im Hotel?«

»Ja, warum?« Als ihr klar wurde, was er meinte, schüttelte sie entsetzt den Kopf. »Um Himmels willen, nein! Natürlich nicht! Nur im Foyer. Was denkst du von mir?«

»Ich denke, ich bin ein verdammter Glückspilz!« Seine Augen waren dunkel vor Leidenschaft. »Ich liebe dich, Hope Francine Archer. Meine kleine Bogenschützin! Dein Amor-Pfeil hat mich vermutlich schon getroffen, als du zum ersten Mal in mein Bett gekrochen bist, in deinem Cowboy-Sheriff-Woody-Nachthemd. Oder vielleicht auch bereits, als du mich beim Doktorspielen untersucht hast und sagtest, er sei groß.« Da war es wieder, dieses verschmitzte Grinsen, das ihr Herz Purzelbäume schlagen ließ.

Hope brach in schallendes Gelächter aus, das alle Schwere der letzten Minuten mit sich riss. Ein heißes Glücksgefühl durchflutete sie.

Wieso hatte sie nur vergessen, dass es nicht nur glühende Leidenschaft und diese unter die Haut gehende Zärtlichkeit gegeben hatte, sondern wie viel Spaß sie immer miteinander gehabt hatten?

»Das war doch im Vergleich zu mir gemeint«, gab sie glucksend zurück.

»Nimm mir nicht die Illusion«, beschwerte er sich, sein Blick erinnerte sie stark an den kleinen Zeus.

»Ich habe mich ganz bestimmt nie beklagt. Aber um aus heutiger ärztlicher Sicht zu beurteilen, ob das noch der Fall ist, müsste ich das genauer untersuchen«, sagte sie mit ihrer sachlichen Arztstimme.

Sein Stöhnen klang wie das Grollen eines Bären. »Pass auf, was du sagst, sonst werfe ich dich auf die Ladefläche meines Pick-ups, und wir schaffen es nicht mal ins Bett.« In seinen Augen funkelte es verwegen.

Sie musste immer noch lachen. »Apropos Bett: Wieso hast du eigentlich zwei Kissengarnituren? Gibt es eine Frau, vor der ich fürchten müsste, dass sie mir Lügen über dich erzählt?«, fragte sie betont leichthin.

Er schüttelte den Kopf, und das Grinsen wurde breiter. »Die habe ich überzogen, nachdem wir das neue Ultraschallgerät getestet hatten. Herrje, du warst so süß! Das war die alte Hope, die mit sichtlicher Begeisterung Doktor gespielt hat. Wer weiß, was passiert wäre, wenn du nicht unterbrochen hättest! Ich wusste nicht, ob das ein verdeckter Hinweis war, als du sagtest, dass du zu mir kommen wolltest, um Suzie-Q zu untersuchen. Ich wollte sicherheitshalber vorbereitet sein.«

Wieder machte ihr Herz einen Satz.

»Hast du dir auch dieses Mal ausgemalt, wie es mit mir sein wird?«

»Oh ja, quasi konstant!« Er räusperte sich. »Ich hatte mir mehr als einmal überlegt, dich zurückzuerobern.«

»Wieso hast du es nicht versucht?«

»Weil ich gespürt habe, wie wichtig dir die Arbeit in New York ist. Die Entscheidung, sie aufzugeben, sollte von dir kommen.«

»Die Klinik war nur einer meiner Träume. Es ist immer noch mein größter Traum, Seite an Seite mit dir eine Praxis zu führen. Als du vorher sagtest, du wolltest sie splitten ...« Das Brennen in ihrem Brustkorb kam zurück, und sie musste schlucken.

»Es tut mir so leid. Du bist wirklich der letzte Mensch, dem ich wehtun möchte. Ich werde es wiedergutmachen.« Seine Hand fuhr im Zeitlupentempo ihren Rücken hinunter. Jeder Millimeter, den er berührte, prickelte. Sie sog scharf die Luft ein, als er ihren Hals mit den Lippen sanft liebkoste und die Hand in ihren Haaren vergrub.

Nach einer Weile lehnte sie sich zurück. Eine Frage brannte ihr noch auf der Zunge. »Hältst du mich für geldgierig? Weißt du, es geht mir doch ...«

»Quatsch, ich weiß ja im Grunde meines Herzens, wer die wahre Hope ist.«

Sie zog ihn zu sich herunter, und ihre Lippen verschmolzen abermals zu einem langen, innigen Kuss. Sie konnte gar nicht genug von ihm bekommen.

»Ich meine, wenn du das Bett nun schon bezogen hast, extra für mich, wäre es ja schade …« Sie klimperte mit den Wimpern.

Sein heiseres Aufstöhnen schürte die wohlige Hitze in ihrem Unterleib.

Er schob sie von sich. »Vermutlich kenne ich die Antwort, aber ich muss dich trotzdem fragen: Hättest du dir für dein erstes Mal einen anderen Ort gewünscht? Ein Bett, etwas …«

»Auf gar keinen Fall!« Sie rümpfte die Nase. »Hat er …?

»Ja!« Dieses Stöhnen klang genervt. »Warum habe ich ihm das alles nur geglaubt?«

»Weil er äußerst überzeugend wirken kann. Er leiert den Förderern der Klinik jedes Jahr Millionen aus den Rippen.« Sie biss sich auf die Unterlippe. »Und weil da immer diese Furcht ist, vermutlich. Diese Zweifel. So wie ich Peggy Sue Glauben geschenkt habe, obwohl ich eigentlich wusste, dass sie nicht wirklich dein Typ für etwas Festes ist.«

Er strich ihr liebevoll eine Strähne aus dem Gesicht. »Du hast wohl recht.« Seine Lippen glitten weich über ihre.

Sie räusperte sich. »Gibt es unseren Platz noch?«

Ryan nickte.

»Sollen wir …«, sagten sie wie aus einem Munde, und die Leidenschaft in seinem Blick jagte heiße Wellen durch ihren Körper. Hope glaubte, den weichen Waldboden in ihrem Rücken zu spüren und den frischen Kiefernduft zu riechen, und erschauerte.

»Das Bett läuft uns ja nicht weg. Wir haben die ganze Nacht. Ich hole schnell eine Decke«, sagte er. »Champagner habe ich keinen da, dafür dein Lieblingsbier.«

»Perfekt, das ist mir eh lieber.« Sie strahlte.

Er deutete auf den Vorgarten. »Schaust du mal, was reif ist? Ich glaube, es gibt Himbeeren. Ich packe noch Mozzarella und Kräcker ein. Butterfinger habe ich wohlweislich auch schon besorgt.« Er grinste.

Es rührte sie, wie er sich all die Sachen gemerkt hatte, die sie mochte. Sie hätte noch Gummibärchen für ihn mitbringen sollen. Das nächste Mal! Es tat so gut zu denken, dass es noch unzählige nächste Male geben würde.

Die Hunde schienen von der Aufregung angesteckt worden zu sein. Sie rannten um sie herum, als sie endlich aufbrachen, Hand in Hand, von der milden Abendsonne beschienen.

Sie mussten einige Meter querfeldein bergauf um Ryans Koppel herumlaufen und kamen aus der Puste, doch das hielt ihn nicht davon ab, sie immer wieder zu küssen.

Von hier oben hatten sie einen herrlichen Blick auf Ryans Farm; das blaue Gebäude strahlte etwas Friedliches aus. Die Koppel war in verschiedene Bereiche aufgeteilt. In einem Teil schmiegte sich das Kalb an seine Mutter, Lord V fraß einträchtig neben dem Lämmchen Marion, dem einzigen Tier, das er bisher zu dulden schien. Das würde sich noch ändern. Und Suzie-Q drehte den Kopf, als nähme sie ihre Witterung auf. Die dunkelbraune Mähne flatterte im Abendwind.

Hope schmiegte sich an Ryan. »Es ist so großartig, dass du all den Tieren ein Zuhause gibst. Und Angus ebenfalls.«

Ryan zwinkerte ihr verschmitzt zu. »Da gibt es auch noch genug Platz für eine hübsche Frau mit Bernsteinaugen.«

Sie war gerade wieder losgelaufen und blieb wie angewurzelt stehen, sodass er beinahe über sie gestolpert wäre. Unwillkürlich zog ein Strahlen über ihr Gesicht. »Du willst Tag und Nacht mit mir zusammen sein?«, versicherte sie sich.

»Na ja, ich dachte, ich könnte mal eine Putzfrau gebrauchen«, neckte er sie. Da waren sie wieder, die Verlegenheitsscherze und dieses unwiderstehliche Grinsen. Irgendwann würde sie in seiner Gegenwart noch überhitzen.

Sie gab ihm einen Klaps auf den Po. »Dir erzähle ich was von Putzfrau! Ich kann dir vielleicht das Bett wärmen.«

»Okay, ich gestehe, Mrs Hemsworth macht bei mir sauber. Sie hatte was gesucht, um ihre Rente aufzubessern. Wenn es für dich okay ist, würde ich das auch gern beibehalten. Sie wärmt dafür das Bett nicht so gut, das passt also.«

Die Glückszwerge in ihr tanzten Samba. »Das mit dem Zusammenziehen ist wirklich dein Ernst, oder?«

»Willst du lieber bei deinen Eltern wohnen bleiben?« Er sah sie verblüfft an.

»Nein, natürlich nicht!«

»Ich glaube, ich hatte genug Fernbeziehung mit dir.« Er tippte ihr auf die Nase. »Bei mir gibt es genügend freie Räume, dass du auch mal ausweichen kannst. Das Zimmer bei deinen Eltern hast du ja noch, wenn ich dir auf den Wecker gehe.«

»Jeden Tag in deinen Armen einzuschlafen und wieder aufzuwachen klingt fast zu schön, um wahr zu sein.« Sie blinzelte.

Ryan belohnte diese Aussage mit einem innigen Kuss, bei dem er die Hand unter ihr T-Shirt schob und aufreizend langsam ihren Rücken streichelte. Die Vorfreude machte sie ganz hibbelig, und sie musste sich regelrecht zwingen, die Finger von seinen Kleidern zu lassen. Sie wollte ihn endlich Haut an Haut fühlen, ihm ganz nahe sein.

Er presste sie so fest an seinen Körper, dass sie sein Verlangen spüren konnte. »Ich hoffe auch, wir sind bald da«, raunte er. Vermutlich hatte er mal wieder ihre Gedanken gelesen.

Dennoch hielt er auf dem Hügelkamm inne. Schlang die Arme von hinten um sie und sah mit ihr ins Tal hinab. Der Williams Creek und die malerische alte Papiermühle funkelten im Abendlicht. Dahinter lag wartend das Wäldchen; es verbarg ihre Lichtung vor neugierigen Blicken. Die Kiefern wirkten regelrecht verzaubert, von der Abendsonne in einen goldenen Schein getaucht.

Ohne sie loszulassen, drehte Ryan sich mit ihr um die eigene Achse. Zu ihren Füßen breitete sich Lynnwood Falls aus. Die endlosen Koppeln mit weidenden Kühen, Pferden und Schafen, Felder, auf denen die Ähren wie gesponnenes Gold glänzten, blühende Sonnenblumen und die bunten Häuser, in denen die Menschen wohnten, die ihr am Herz lagen. Hier ruhten ihre Wurzeln und all die wertvollen Erinnerungen.

Hope schmiegte die Wange an Ryans Schulter. Die Geborgenheit umhüllte sie wie eine schützende Glocke. Hier an diesem Platz, in seinen Armen, war ihre Heimat!

»Warte mal«, wisperte sie und zog ihr Handy hervor. »Ein Selfie von uns und den Hunden.«

Sie kauerten sich hinter Chief und Miss Sophie; die Sonne wärmte ihre Wangen. Die Gesichter leuchteten von innen heraus. Selbst die Hunde schienen zufrieden zu lächeln; es war ein schönes Bild.

Hope schickte es an Elly mit der Bemerkung: *Ich bin zu Hause.* Ihre Freundin würde schon wissen, was sie damit meinte.

»Heimat ist nicht nur ein Wort«, wisperte sie. Chief und Miss Sophie bellten bestätigend, als Ryan sie erneut in eine innige Umarmung zog.

Leseprobe

Healing Hearts – Für immer in deinem Herzen

von Annabell Nolan

1. Kapitel

Um ihn herum war es schwarz und kalt. Nur sehr langsam kehrten die Farben vor seinen Augen zurück. Als Erstes das Weiß des Schnees, später dann das Grün der Tannen und das Blau des Himmels.

Seine Sonnenbrille musste er beim Sturz verloren haben. Ja, genau, er war gestürzt. Glücklicherweise war er wohl nur ein paar Minuten bewusstlos gewesen. Oder Sekunden?

Also schön, dachte er, der Reihe nach. Mein Name ist Mark Turner, und ich bin Snowboardfahrer. Amerikanische Olympiahoffnung. Ich sehe gut aus, und Emely Redding ist meine Verlobte.

So weit, so gut.

Er hob den rechten Arm. Alles dran. Dann den linken, ebenfalls in Ordnung. Fängt gut an. Vorsichtig wischte er sich mit dem Handschuh über das Gesicht. Nase, Augen, Mund, Zähne, alles da. Ein wenig Blut. Rasch zog er den Handschuh aus und betastete seine Wange. Eine Schürfwunde. Kein Problem, nichts Tiefes. Schon mal gut.

Was auch immer passiert war, sein Gesicht hatte keinen großen Schaden genommen, und das erleichterte ihn. Schließlich zierte sein Kopf die Dosen eines namhaften Sporterfrischungsgetränkes. Gebräunt und gutaussehend lächelte er darauf dem Trinkenden zu.

Linkes Bein noch dran.

Rechtes Bein … Ein stechender Schmerz durchfuhr seinen ganzen Körper. Rechtes Bein im Arsch.

Er schloss einen Moment lang die Augen, dann blinzelte er und suchte den strahlend blauen Himmel nach dem Helikopter ab, der ihn am Old Lady Ridge Bergkamm zum Training abgesetzt hatte. Als er ihn endlich entdeckte, begann er hilflos zu winken.

Ungläubig sah er dem kleiner werdenden Helikopter nach. Niemand hatte ihn gesehen.

Kälte kroch jetzt unter seine Skijacke und in seine Thermohosen. Was auch immer mit seinem Bein nicht stimmte – wahrscheinlich war es gebrochen –, so würde er es auf keinen Fall aus eigener Kraft ins Tal schaffen.

Hier würde ihn so schnell niemand finden. Das war keine offizielle Piste, deshalb hatte er sich ja hier absetzen lassen: um ungestört zu trainieren. Hastig sah er sich nach allen Seiten um. Natürlich war nichts und niemand zu sehen.

Was ihn auch erleichterte, denn in seinem Zustand wäre er ein gefundenes Fressen für jeden Bären oder wahrscheinlich sogar für einen Berglöwen.

Würde ihn überhaupt jemand finden? Würde ihn jemand vermissen? Vielleicht heute Abend das Hotel, in dem er abgestiegen war. Vielleicht in ein paar Tagen seine Verlobte oder auch sein Agent und Manager, aber bis dahin konnte er längst tot sein. Erfroren, vom Bären gefressen oder von einem Puma zerfleischt.

Ja, okay, das klang jetzt etwas melodramatisch, aber ganz von der Hand zu weisen war es nicht. Vorsichtig und unter großen Schmerzen robbte er auf dem Hang ein Stückchen aufwärts, bis er sich schwer atmend mit dem Rücken gegen einen Felsen lehnen konnte. Das war ein schöner Blick ins Tal, dachte er. Wie oft war es ihm nur darum gegangen, möglichst schnell unten anzukommen. Hatte er jemals diese unglaubliche Schönheit wirklich genießen können?

Die Sonne auf dem glitzernden Schnee, das leise Rauschen des Windes in den Bäumen, knackende Äste. Irgendwo sang ein Vogel tapfer gegen den Winter. Eine zauberhafte Welt, die er sehr vermissen würde, müsste er jetzt und hier sein Leben lassen.

Abgesehen von dieser Schönheit, würde ihn wirklich jemand vermissen?

Emely, weil er kein Geld mehr in die Kassen spülte. Roger, weil er keine Werbedeals mehr für ihn abschließen konnte. Seine Eltern? Ob ihnen überhaupt auffallen würde, dass er nicht mehr da war?

Seltsam, solange er sich über den Tod keine Gedanken gemacht hatte, war seine Welt völlig in Ordnung gewesen. Jetzt war ihm, als legte dieser verdammte Unfall die Finger in alle wunden Stellen seiner Existenz.

Das erste Mal in seinem Leben spürte Mark Turner so etwas wie Angst in sich aufsteigen.

*

Als Dr. Leena Summers die Schwingtür zur Notaufnahme des Crystal Lake Medical Centers aufstieß, atmete sie einmal tief ein. Krankenhausluft ist doch überall gleich, dachte sie. Und die Mischung aus Putz- und Reinigungsmitteln umhüllte sie wie ein vertrauter Kokon.

Zügigen Schrittes durchquerte Leena den Wartebereich, trat an den Stationstresen und lächelte Schwester Betty freundlich zu, die dahinter telefonierte und ihr mit einer knappen Handbewegung zu verstehen gab, dass Leena sich gedulden müsse.

Um Bettys Augen hatten die letzten Jahre feine Falten gezaubert, und sie hatte ein paar Kilo zugelegt, aber von ihr ging immer noch dieselbe Energie aus, die Leena schon als Jugendliche bewundert hatte.

Jetzt erst legte Betty auf, musterte Leena und runzelte ungläubig die Stirn, bevor sich ihre Züge zu einem breiten Lächeln entspannten.

»Leena?« Ihre helle Stimme klang erstaunt. Und dann fragte sie noch einmal, diesmal etwas lauter: »Leena? Das glaub ich nicht! Was …?« Behände stand sie auf, umrundete den Tresen, und bevor Leena sichs versah, hatte sie zwei Küsse auf jeder Wange. »Ich kann es immer noch nicht fassen!« Betty schob sie auf eine Armlänge von sich, um sie genau in Augenschein zu nehmen. »Die kleine Leena ist erwachsen geworden. Wie lange ist das her? Zehn Jahre? Meine Güte, dann bist du jetzt achtundzwanzig, oder? Was machst du denn hier? Ich dachte, du lebst in Chicago und hast die Nase voll vom Landleben. Das hast du jedenfalls immer gesagt, als du noch klein warst.« Bettys Spott war gutmütig, so wie eben Betty gutmütig war, dachte Leena.

»Heute ist mein erster Tag am Crystal Lake. Sei lieb zu mir, Betty.«

»War ich nicht immer lieb zu dir?« Entrüstet griff Betty nach Leenas Hand. »Hab ich dich nicht immer mit Muffins gefüttert und dir Stifte zum Malen gegeben, wenn du deinen Vater zur Visite an den Wochenenden begleitet hast? Ach, das freut mich so, du glaubst es nicht! Wenn dein Vater das jetzt sehen könnte …« Rasch schlug Betty die Augen nieder.

»Ja, ich weiß«, gab Leena leise zurück, »ich glaube, er wäre stolz auf mich.«

»Ja, das wäre er. Ganz sicher. Ich hab ihn nicht vergessen. Er war einer unserer besten Unfallchirurgen. Es vergeht kein Tag …«

»Für mich auch nicht.« Leena musste schlucken. Fünf Jahre lag der Verkehrsunfall ihres Vaters schon zurück, bei dem er sich so schwere Verletzungen zugezogen hatte, dass er drei Tage später im Crystal Lake Medical Center verstarb. Ein schwarzer Tag für Leena und ihre Mutter, aber auch für das gesamte Krankenhaus.

»Sieh dich an«, sagte Betty betont leichthin, »jetzt bist du selbst Ärztin. Und was ist mit deiner Stelle in Chicago?«

»Ich bin fertig mit meiner Ausbildung. Vor dir steht Dr. Leena Summers, Orthopädin und Sportmedizinerin.« Als sie es aussprach, wurde Leena von einer Woge von Stolz erfasst. Ja, kein Zweifel, sie hatte es geschafft. »Und ich wollte nach Hause zurück.«

»Gibt es nicht genug Schnee in Chicago?«, fragte Betty ironisch, und Leena begann zu lachen.

»Unmengen davon sogar, aber es gibt keine Berge, und das hat mir gefehlt. Die Luft, die Wälder und die Skipisten -«

Das schrille Läuten des Telefons unterbrach Leenas Aufzählung. Betty lehnte sich über den Counter.

»Notaufnahme, Crystal Lake Medical Center!«, meldete sie sich knapp, bevor sie die Sprechmuschel mit ihrer Hand bedeckte. Gerade als Leena sich umdrehen und nach einem der Klemmbretter greifen wollte, um den ersten Patienten des Morgens zu behandeln, spürte sie einen Ruck an ihrem Kittel.

»Leena, bleib hier. Der Rettungshubschrauber landet in vier Minuten!«

»Frag den Notarzt, was er bringt.«

Selbst nach all den Jahren Berufserfahrung an einem der größten Krankenhäuser Chicagos durchfuhr Leena jetzt ein unbestimmtes Gefühl der Anspannung, während sie Bettys Antwort lauschte.

»Snowboardunfall, sieht nach einer komplizierten Fraktur aus, sagt der Notarzt.«

Das zweite Mal an diesem Tag atmete Leena tief durch. Ein Beinbruch also ist mein erster Fall zu Hause, dachte sie, bevor sie ihr Stethoskop aus der Kitteltasche holte und es sich um den Hals hängte.

Vier Minuten können zäh verstreichen oder rasend schnell vergehen, so wie eben jetzt. Leena fuhr sich durch die dunklen kurzen Locken, während sie mit Betty und einem weiteren Pfleger hinter der Tür zum Dach der Klinik auf den Hubschrauber wartete. Leises Motorendröhnen drang in ihre Ohren, bis es immer lauter wurde und schließlich aufbrandete wie ein Orkan. Vor dem klaren Winterhimmel der Rocky

Mountains senkte sich der Rettungshubschrauber langsam auf die Landesplattform.

Als Erster sprang der Notarzt aus der Tür, bevor zwei Sanitäter den Patienten auf der Trage nach draußen hoben.

Eisige Winterluft umfing Leena auf dem Dach, während der Notarzt auf sie zukam und ihr ein Klemmbrett in die Hand drückte.

»Hi, ich bin Dr. Pete Bowers, und Sie sind neu hier, stimmt's?«, brüllte ein freundlicher, schlanker Mann Mitte fünfzig gegen die lärmenden Rotorblätter an.

»Ja, Dr. Leena Summers, mein erster Tag am Crystal Lake.« Leena lächelte freundlich.

»Freut mich, willkommen an Bord! Ich bring Ihnen heute Mark Turner, neunundzwanzig Jahre alt, Snowboardunfall oben an der Old Lady Ridge. Er hat ein Weilchen im Schnee gelegen und ist unterkühlt. Das rechte Bein sieht nicht gut aus. Wir haben es geschient. Keine sichtbaren Kopfverletzungen, war wohl nur sehr kurz bewusstlos. Sonst ein paar Schürfwunden.« Dr. Bowers beugte sich vor und schrie Leena jetzt direkt ins Ohr: »Viel Spaß am Crystal Lake! Wir sehen uns bestimmt noch öfter!« Mit einem verschmitzten Zwinkern nickte er ihr zum Abschied zu.

»Ja, danke, ich freu mich!«, brüllte Leena zurück, und dann wandte sie sich im Gehen ihrem Patienten zu.

»Hallo, Mr Turner. Ich bin Dr.–«

»Summers. Hab ich gehört, bin ja nicht taub«, unterbrach sie Mark Turner rüde.

Verblüfft hob Leena die Augenbrauen und musterte ihren Patienten, der halb aufrecht auf der Trage saß, die Betty und ihr Kollege eben zum Fahrstuhl schoben. Sein kantiges Gesicht schimmerte blass unter seiner Sonnenbräune im unbarmherzigen Licht der Neonleuchte. Er sieht ziemlich gut aus, durchfuhr es Leena, und trotz seiner Verletzung und des angegriffenen Zustandes, in dem er sich befand, lag in seinen hellblauen Augen eine Entschlossenheit, die sie beeindruckte.

Dennoch hatte der Unfall Spuren bei ihm hinterlassen. Nicht nur gut erkennbar an der Halskrause, die ihm der Notarzt vorsichtshalber umgelegt hatte, der zerrissenen Skijacke und den Schürfwunden auf seinen scharfen Wangenknochen, sondern auch am Zittern seiner Finger, als er sich fahrig eine Strähne seines nussbraunen Haares aus der Stirn wischte.

»Und wie geht es jetzt weiter, Dr. Summers?«, fragte Mark Turner, als sie im Behandlungsraum der Notaufnahme ankamen. Seine Stimme klang ungeduldig.

»Ich sehe mir Ihr Bein an, danach checken wir Sie erst einmal genau durch, und dann kann ich mehr sagen.« Leena antwortete betont ruhig, spürte aber eine gewisse Verärgerung über seinen rauen Ton. Das ist sicher der Schock, dachte sie und wandte sich rasch Bettys gutmütigem Gesicht zu: »Vitalzeichen, großes Blutbild, und wir brauchen zügig ein Röntgenbild vom rechten Unterschenkel. Achtet auf seine Temperatur. Gebt ihm ganz langsam einen halben Liter erwärmte Kochsalzlösung. Das sollte für den Anfang reichen.«

Leena rieb beide Hände gegeneinander, bevor sie die leichte Decke zurückschlug und einen Blick auf Mark Turners Bein warf.

»Das wird jetzt wehtun«, warnte sie den jungen Snowboarder und lächelte ihm beruhigend zu.

»Machen Sie schon«, gab er zischend zurück, ohne ihr Lächeln zu erwidern, »als Profisportler bin ich Schmerzen gewöhnt.«

Vorsichtig strich sie mit dem Finger über seine weiche Haut. Kühl fühlte sich das Bein an, und gerade als sie den Bruch und die Schwellung abtastete, hörte sie, wie ihrem Patienten ein leises Stöhnen entfuhr.

»Gib ihm bitte noch etwas gegen die Schmerzen in seine Infusion, Betty.«

Mark Turner entfuhr ein pustender Laut. »Na, schön, dass Sie darauf noch gekommen sind!«

Leena legte die Decke wieder behutsam über das Bein, richtete sich auf, holte tief Luft und sagte dann ruhig: »Mr Turner, ich kann Ihr Bein nicht richtig untersuchen, wenn ich Ihnen schon vorher Schmerzmittel gebe. Können Sie mir sagen, wie der Unfall passiert ist?«

Sie fing seinen Blick auf. Was habe ich ihm denn bloß getan, fragte sie sich. Bei allem Verständnis für seine Situation, seine Schmerzen und den mit Sicherheit traumatischen Sturz kam sie trotzdem nicht umhin, sich über seinen unfreundlichen Ton zu wundern. Viel schlimmer allerdings als die Verwunderung war der Ärger, den sie in sich aufsteigen spürte.

Mark Turner schloss für einen Moment die Augen, als das Schmerzmittel in seine Vene floss, dann sah er ihr wieder in die Augen. »Was soll schon passiert sein? Ich habe mich mit dem Helikopter am Old Lady Ridge zum Training absetzen lassen und muss eine Unebenheit übersehen haben. Der Abhang ist steil, ich verlor das Gleichgewicht, umarmte einen kahlen Strauch, bevor ich gegen einen kleinen Felsen prallte.« Er zuckte die Schultern, als wäre das alles nichts. »Nächste Woche ist die Meisterschaft, aber die kann ich wohl vergessen.« Er bedachte seinen Unterschenkel mit einem bösen Blick, als wäre ebendieses Körperteil an seinem Sturz schuld. »So, Mrs Summers, und jetzt müsste ich mal telefonieren. Und wo bleibt eigentlich mein behandelnder Arzt, Dr. Bade? Schaffen Sie ihn her, er soll sich das unbedingt ansehen.«

Hatte Leena es bisher noch geschafft, höflich zu bleiben, spürte sie jetzt, wie aus dem Ärger Wut wurde. Was bildete sich dieser aufgeblasene Affe eigentlich ein?

»Erstens bin ich Doktor Leena Summers und nicht Mrs Summers, und zweitens -« Leena unterbrach sich. Was war eigentlich zweitens? Dass er es wagte, ihren Titel unter den

Tisch fallen zu lassen, hatte sie so erbost, dass sie völlig vergessen hatte, was sie noch sagen wollte.

Mark Turners Lippen kräuselte jetzt ein spöttisches Lächeln. Überraschend warm war seine Hand, als er nach ihrer griff. »Und zweitens, Doktor Summers?« Diesmal betonte er ihren Titel so, dass er völlig unwahrscheinlich erschien, so als hätte sie nie studiert, so als würde sie sich nur als Ärztin ausgeben.

»Zweitens«, mischte sich Betty energisch ein und löste die Bremsen der Trage, »zweitens fahren wir jetzt zum Röntgen. Brandon«, sie nickte ihrem Kollegen zu, »wenn du so lieb wärst?«

»Kommen Sie, Dr. Summers, Sie haben noch andere Patienten!« Leena ließ sich von Betty ins Arztzimmer ziehen, wo sich Betty in ihrer vollen Größe von ungefähr anderthalb Metern vor ihr aufbaute.

»Leena, was war das denn? Warum lässt du dich von dem eingebildeten Kerl so provozieren?«

Verwirrt fuhr sich Leena mit dem Handrücken über das Kinn. »Ach, Betty, ich weiß nicht, das fängt ja gut an. Was habe ich diesem Mr Turner eigentlich getan?«

Betty tätschelte Leenas Arm. »Jetzt mach dir mal nicht so einen Kopf. Das wird schon. Willst du, dass ich seinen Arzt, Dr. Bade, anpiepe?«

Kämpferisch reckte sie ihr Kinn nach oben. »Bis wir alle Ergebnisse haben, wird sich Mr Turner wohl gedulden müssen! Ich kümmere mich jetzt erst einmal um andere Patienten.«

Verschwörerisch zwinkerte Betty ihr zu. »Da ist noch eine junge Dame mit einem gebrochenen Daumen im Behandlungsraum eins.«

»Die sehe ich mir gleich mal an. Wenn alles fertig ist, sagst du dann Dr. Bade bitte Bescheid? Danke, Betty.«

*

Mark Turner starrte erst einen Moment lang finster auf sein Bein, dann auf das Telefon, das ihm eine der Schwestern gegeben hatte. Vielleicht der ältere Drachen, er konnte es nicht mehr sagen. Das Schmerzmittel vernebelte seine Gedanken. So ganz war ihm nicht klar, was er von diesem Unfall zu halten hatte, und vor allem wusste er nicht, was dieser Unfall für seine zukünftige sportliche Karriere bedeuten könnte.

Er schloss die Augen. Eine bleierne Müdigkeit übermannte ihn. Wach bleiben, Mark, befahl er sich und drehte unentschlossen das Telefon in seiner Hand. Wen sollte er zuerst anrufen? Roger, seinen Agenten und Manager? Emely, seine Verlobte? Oder vielleicht seine Eltern? Letzteres schob er weit weg. Sinnlos. Nicht nachdenken, Mark.

Emely also. Langsam und Ziffer für Ziffer wählte er ihre Nummer. Es klingelte ein paarmal, dann näselte ihre vertraute hohe Stimme ungeduldig: »Emely Redding!«

»Em, ich bin es, Mark.«

»Mark? Was ist das für eine komische Nummer, unter der du mich anrufst? Wo bist du?« Ihre Fragen klangen wie Pistolenschüsse in seinen Ohren.

»Ich bin im Crystal Lake Medical Center, in Woody Creek.« Er machte eine dramatische Pause.

»Ja, und? Ich habe gleich einen Termin bei unserer Wedding-Planerin. Also fass dich kurz.«

»Em, ich hatte einen Unfall, mein Bein ist gebrochen. Ich muss operiert werden!«

»Ach, nein, das ist ja schrecklich!« Emely stieß einen kleinen Schrei aus. »Meinst du, du bist bis Juni wieder fit? Weil – ach, Mark, wir werden zur Zeremonie fast achthundert Meter Strand entlanglaufen müssen. Außerdem, wie wird der Anzug sitzen, wenn du vielleicht noch eine Schiene tragen musst?

Und außerdem«, und jetzt klang ihre Stimme wirklich alarmiert, »wie willst du denn Geld verdienen, wenn du nicht an Turnieren und Wettkämpfen teilnehmen kannst?«

Mark fühlte sich matt. »Em, kannst du Roger anrufen? Er muss Bescheid wissen, damit er das Aspen International nächste Woche absagen kann.«

»Nichts mache ich.« Emelys Stimme klang entschlossen.

»Fürs Erste ist das einfach nur eine kleine Trainingspause, sonst springen uns noch deine Sponsoren ab. Und jetzt reiß dich zusammen, Mark, und werd gesund. Ich komm, sobald ich alles unter Kontrolle habe.«

Sie hatte aufgelegt, bevor er noch etwas sagen konnte. Typisch Emely. Sie wollte immer alles kontrollieren. Normalerweise hätte er sich mit ihr jetzt bis aufs Blut gestritten, aber heute fehlte ihm einfach die Kraft.